RÉALITÉS

VOLUME 2

Dépôt légal : Septembre 2017
Copyright Realities Inc.
ISBN : 979-10-95442-11-0
Crédits image : Tithi Luadthong/123rf

Realities Inc.
2, rue des Promenades
22000 Saint-Brieuc

RÉALITÉS

VOLUME 2

REALITIES INC.

SOMMAIRE

LES
PUNAISES

Né en 1977 à Bordeaux, **Loïc Daverat** est archéologue. Il a commencé à écrire ses premiers textes en 2015, ce qui chez lui est l'aboutissement d'une longue et irrémissible addiction à la lecture qui n'a cessé d'empirer depuis l'enfance (en même temps, si on n'essaie même pas de se sevrer…). Depuis deux ans, il a publié une dizaine de nouvelles, principalement en science-fiction, dans plusieurs revues (Espace(s), Gandahar, Brins d'éternité) et anthologies (aux éditions Arkuiris et Rivière Blanche).
Ses prochaines parutions sont prévues dans l'anthologie *Entre rêves et irréalité* (éditions Arkuiris), dans la revue Etherval 11 *Falciparum* et ici dans l'anthologie *Réalités volume 2*.
Il vit actuellement à Mulhouse avec sa femme et son fils.

Bibliographie :

Jeremiah Paz l'a dans l'os, Etherval n°11 « Falciparum » (2017)
Narcolocauste, Anthologie « Entre rêves et irréalité », éditions Arkuiris (2017)
35 kilos de peur, Brins d'éternité n°47 (2017)
Frigo pour un nounours, Anthologie «Dimension Merveilleux scientifique II », éditions Rivière Blanche (2017)
Hic sunt monstrorum, Anthologie «Les OGM et après…», éditions Arkuiris (2017)
ANDROÏDE NF ch. JF pour exp., Anthologie « L'art de séduire », éditions Arkuiris (2016)
Toni s'enfuit, Gandahar n°6 (2016)
Spirit, Espace(s) n°12, éditions du CNES/Centre National des Études Spatiales (2016)

LES PUNAISES

LOÏC DAVERAT

Les punaises grouillaient littéralement de partout. Elles avaient fini par recouvrir tous les continents et une bonne partie des mers. En pas mal d'endroits, elles se montaient dessus, piquées les unes sur les autres, et leur dos luisant attachait la lumière sans vraiment la réfléchir. La surface du globe en était si densément couverte que l'on s'attendait à ce qu'il bascule de son pied et roule sur le tapis.

Le sort des murs était à peine plus enviable. Partout où les livres ne les recouvraient pas, Richard avait fixé des cartes innombrables, souvent de mauvaises photocopies de romans. Tchaï, Ambre, Lyonnesse, Céléphaïs, Eschalon, Dworl… avec des contours et des légendes aussi exotiques que les noms qu'ils portaient. Et là encore, les punaises sillonnaient les côtes, arpentaient les routes, gravissaient les montagnes et prenaient leurs quartiers dans les cités, indistinctement.

La colonisation de l'espace se déroulait au plafond. Richard y avait encollé une immense carte astronomique et les punaises prenaient pied sur les étoiles et les planètes les plus éloignées. Il en suffisait d'une pour recouvrir un astre, parfois un système entier.

Quelques-unes étaient rouges, mais si peu nombreuses que la multitude des punaises bleues les recouvrait la plupart du temps, et encore n'en apercevait-on qu'à la surface du globe, au centre de la pièce. Les punaises rouges indiquaient les quelques rares endroits que Richard avait visités physiquement. Les bleues, ceux qu'il avait visités en esprit, au fil des lectures et des rêveries. Des voies plus lointaines, plus libres, moins coûteuses. Plus sûres, aussi. Ce n'est pas lui qui se serait ramassé une entorse, fait détrousser ou encore réduire en esclavage. Et ce n'est pas son fauteuil usé et douillet qui se serait écrasé en plein vol, abîmé dans les abysses ou fait avaler par un trou noir. Les punaises bleues étaient à la fois celles qui permettaient de voyager le plus loin et celles qui entraînaient le moins de risques. Richard n'avait d'ailleurs jamais eu la moindre intention d'accumuler plus de rouges que celles qui s'étalaient déjà sur sa mappemonde.

Jusqu'à aujourd'hui.

« Tu ne me crois pas, hein ? Pourtant, je vais le faire. J'en ai assez, de tout ça. Je l'ai supporté trop longtemps. Aujourd'hui, il me faut autre chose. Je n'ai plus le choix. Je *dois* partir. »

Je n'aimais pas beaucoup le voir s'énerver comme cela. D'abord parce que sa santé n'avait jamais été très bonne. Une vie solitaire passée dans les bouquins qu'il chérissait tant n'avait pas amélioré les choses. Dès qu'il sortait de chez lui, il avait la manie de ramasser le moindre microbe. Il le ramenait à son appartement et seule une batterie délirante de médicaments parvenait à déloger le squatteur microscopique. Du coup, je craignais maintenant de voir son corps frêle se disloquer d'énervement. Et puis je n'aimais ni cet emportement ni cet œil fiévreux, que je ne lui avais jamais vus auparavant. Même si c'était très relatif, puisque même là, il avait toujours l'air calme. J'avais quand même peur qu'il ne s'effondre psychologiquement, si ce n'était physiquement. Et franchement, quand je regardais son bureau autour de nous, je me demandais comment il avait tenu aussi longtemps.

« Richard… je ne comprends pas bien quel est le problème. Pourquoi devrais-tu partir ? Tu as des soucis d'argent ? Si c'est ça, je peux…

— Non, ça n'a rien à voir. Tu sais que je ne suis pas dépensier, en dehors de mes bouquins. Et ce que j'ai me suffit largement.

— Alors, quoi ? Tu as toujours eu horreur des voyages.

— Tu veux savoir ? Alors, je vais te montrer. Mais surtout, ne te moque pas de moi, s'il te plaît.

— Promis. »

En me regardant bien en face, il se contenta de pointer le doigt vers la petite table basse qui nous séparait. Je regardai sans comprendre le fouillis des livres, des notes, des crayons. Vraiment, je ne voyais pas. Je levai de nouveau les yeux sur Richard, en haussant les sourcils. Il eut un soupir agacé.

« Là ! À côté du Zian, celui à la couverture marron. À gauche… Non, ta droite à toi, désolé. Bon. Tu ne vois pas ?

— Mais que…

— Là, bordel ! La punaise ! La putain de punaise bleue ! »

Je la vis. C'était une punaise bleue, en effet, comme toutes celles qui nous entouraient. Sans étouffer d'intelligence, je me targue de ne pas être trop débile. Mais je ne comprenais toujours pas. C'était bien une punaise, et alors ? Elle n'était pas non plus en train de nous faire un solo de guitare.

« Bon, je la vois, je fis doucement. C'est une punaise bleue, une de celles que tu plantes un peu partout sur tes murs et ton plafond.

— Enfin ! Eh bien ! cette punaise est à cet endroit depuis trois jours. Je voulais relire le livre qui est dessous, mais je n'ai même pas pu le toucher à cause d'elle.

— Si tu veux que je t'en débarrasse…

— Non ! Surtout pas ! »

Ça y était, je l'avais vraiment énervé. Il avait même interposé brusquement sa main entre moi et la table. Je fourrai mes mains dans les poches pour le rassurer. De toute façon, j'avais besoin d'une cigarette. Il reprit son calme, avec un air navré.

« Désolé. Je dois avoir l'air dingue, mais écoute-moi. Cette punaise a atterri là il y a trois jours. Tu sais, en levant la tête, je peux dire du premier coup d'œil d'où elle vient, où il en manque une. Cette punaise, c'est le quatrième système solaire de la nébuleuse de la Fourmi. Ce système s'est effondré. Et c'est pareil pour d'autres systèmes dans la nébuleuse de l'Aigle, dans la constellation Proxima 3 et j'en passe. Quelques planètes sont tombées aussi. Pluton est la plus proche. »

Je faillis répondre que Pluton, aux dernières nouvelles, n'était plus une planète, mais quelque chose me dit qu'il le prendrait mal.

«Ça te paraît sûrement idiot, mais ces punaises qui tombent, c'est mon univers qui s'effondre. Un lieu après l'autre.»

À mon avis, ce n'était pas son univers qui s'effondrait, mais sa santé mentale. Un neurone après l'autre.

«Il y a trois jours, quand le quatrième système de la Fourmi est tombé, j'en ai eu assez. J'ai décidé de ne pas le remettre en place. Je l'avais fait pour les autres, mais c'est terminé. Je ne veux plus. Tu vois, en les replantant, chaque punaise me rappelle le roman ou la nouvelle qui m'ont fait connaître chaque lieu. Mais impossible de me rappeler ces lieux. Au mieux, je me souviens du titre et de l'auteur, de quelques personnages, mais rien de plus.

— Si les punaises tombent, je hasardai, c'est que ce sont les plus anciennes, j'imagine?

— Parmi les plus anciennes, oui. Mais pas forcément toutes. Pourquoi?

— Eh bien, ça veut dire que ça fait aussi longtemps que tu as lu les bouquins en question. C'est normal que tu ne t'en rappelles pas tous les détails.» Je marquai une pause, puis je lançai triomphalement : «Tu n'as qu'à les relire! C'est l'occasion! Et tu remets les punaises au fur et à mesure. Ton programme de lecture est tout fait! Et tu n'as même pas besoin de racheter de nouveaux bouquins.»

Abasourdi, il me regarda porter ma cigarette à mes lèvres pleines d'autosatisfaction. Il finit par se renfoncer avec lassitude dans son fauteuil. «Tu n'as rien compris», murmura-t-il. J'avalai de travers ma fumée et mon autosatisfaction toutes ensemble et me mis à tousser violemment.

«Richard… > TEUF-TEHEUTEHEU < … je…

— Parlons d'autre chose, tu veux? Comment ça se passe au boulot?»

Je finis par capituler face à son air déterminé et ma toux qui n'en finissait pas. Les deux avaient uni leurs forces contre moi. Et ces salopards étaient trop forts.

*

10

Je n'ai jamais compris l'obsession de Richard pour la lecture. Il en était névrosé. Cela m'arrive de lire, moi aussi, mais des choses simples que j'achète généralement avec mes cigarettes ou en faisant les courses. À la rigueur à la gare ou à l'aéroport. Je n'aime pas les romans trop longs aux descriptions interminables. La poésie me gonfle. Et je ne parle pas des essais. De toute façon, quand un roman est vraiment bon, il finit par être adapté en film. Alors pourquoi s'embêter à le lire quand on peut attendre sa sortie ? Je ne suis pas si pressé.

Mais je connaissais Richard depuis longtemps et je l'aimais beaucoup. Après notre conversation, le reste de l'après-midi et la soirée s'étaient passés comme toujours, c'est-à-dire très bien. S'il est un piètre cuisinier, Richard est vraiment quelqu'un d'agréable et très bon vivant. Je suis rentré en voiture avec un taux d'alcool probablement égal à la quantité de punaises de son bureau. Tiens, les punaises ! Je les avais oubliées, celles-là. Bah, tu te fais des idées, mon vieux, laisse tomber. Ce bon vieux Richard, toujours le même.

*

Évidemment, le lendemain, une fois dessaoulé, levé et plus ou moins libéré de ma gueule de bois – ce qui m'amenait bien sûr vers la fin d'après-midi –, je recommençai à m'inquiéter. Non, ce n'était pas le genre de Richard de tenir des propos pareils. Certains auraient cru à un coup de tête, un ras-le-bol momentané et déjà oublié, mais ça non plus, ça ne lui ressemblait pas. Alors quand je suis retourné au travail le lendemain, j'y pensais encore. C'était une inquiétude qui me traînait derrière la tête de la façon la plus irritante possible. Un coup, elle se faisait oublier et soudain, l'inquiétude me démangeait à nouveau. Impossible de m'en débarrasser. En fait, c'était comme si j'avais ramené de chez Richard une punaise tapie dans mes cheveux, revenue à la vie et bien décidée à ne pas quitter le confort de ma surface capillaire. Ni mon travail ni ma vie sociale ne s'en ressentaient, mais je venais d'acquérir le tic de me passer la main dans les cheveux.

11

On n'a jamais pu savoir exactement à quelle date Richard disparut. Je crois cependant que c'était le 28 août, environ quatre mois après notre dernière soirée. Je dis cela parce que c'est à cette date que la punaise cessa de se balader dans mes cheveux.

C'est moi qui avais avec Richard les contacts les plus suivis, et même là il était rare que je le voie plus de deux fois dans le mois (même deux fois, c'était rare). Je n'agis qu'au bout de quatre mois, après avoir en vain appelé chez lui et même être venu sonner à son interphone à plusieurs reprises. Deux semaines plus tard, quand ma punaise disparut et fit place à un pressentiment bien arrêté, je me rendis au commissariat le plus proche. Les flics m'ont accompagné chez Richard deux jours plus tard. Autant dire que de deux semaines en deux jours, tout s'est fait par coups de deux et j'aurais dû m'attendre à ce qu'ils abandonnent l'affaire au bout de deux heures. Ce qui n'a pas loupé.

Ces deux heures leur ont suffi à faire appel à un serrurier, à pénétrer chez lui et à inspecter l'appartement pièce par pièce. Un peu de poussière, rien de plus. Le désordre douillet qui régnait n'avait rien d'inhabituel. J'ai été assez con pour le leur confirmer, mais je pense que de toute façon, sans traces d'effraction ou de lutte, ça n'aurait rien changé. Avant d'aller les voir, j'aurais probablement dû briser une fenêtre, rentrer et casser quelques chaises. Les flics ont bien rigolé en voyant le bureau avec toutes ses cartes et ses punaises. Et quand je leur ai fait remarquer ce qui n'allait pas avec les punaises par rapport au système de Richard, j'ai bien senti que pour eux, il n'y avait aucune différence entre lui et moi. Deux dingos faits pour s'entendre. On m'a dit que l'on me tiendrait au courant. Ils l'ont d'ailleurs fait, à ma grande surprise. Dès le lendemain, l'inspecteur en charge du dossier m'a appelé pour me dire qu'il avait pris contact avec le conseiller bancaire de Richard. D'après lui, il était parti pour une durée indéterminée et avait laissé des consignes pour payer ses charges et ses impôts.

Les intérêts de ses placements y suffiraient largement, si la conjoncture se maintenait et tout un tas de choses techniques que l'inspecteur n'avait pas comprises et que je ne tentai même pas de démêler. L'inspecteur m'a remercié de ma démarche d'un ton qui tenait du ne-venez-plus-nous-faire-chier-avec-ça.

*

Bon. Autant vous le dire tout de suite : Richard n'est jamais réapparu. Il n'a jamais donné de nouvelles à qui que ce soit. Pas de chute, pas de révélation. Je suis désolé, je sais que ça ne se fait pas. Je devrais en principe vous tenir en haleine, tout balancer à la dernière phrase, mais je ne peux tout simplement pas. Pour entretenir le suspense, encore faudrait-il que je sache ce qui s'est passé. Ce n'est pas le cas. J'en suis réduit à des conjectures, alors je préfère jouer cartes sur table avec vous.

J'ai bien essayé de trouver une piste, une indication. Rien ou peu de choses. J'ai commencé par cuisiner ses voisins d'immeuble. Ils ne le voyaient pas souvent et pour tout dire ils ne s'étaient rendu compte de sa disparition que lorsque j'étais venu avec les flics. Mais en bons voisins, ils avaient beaucoup de choses à dire même s'ils ne savaient rien. En particulier l'horrible vieille peau dont la porte faisait face à la sienne. Celle-là, je n'avais même pas besoin de lui poser des questions pour qu'elle y réponde.

«Vous savez, j'ai toujours trouvé que ce n'était pas normal, de rester tout le temps enfermé comme ça. Je le voyais à peine…»

À mon avis, tu le voyais bien assez comme ça.

«… mais ces derniers temps, j'avais bien vu qu'il se passait quelque chose d'anormal. Oh! Des petits riens, des détails. Mais je l'ai bien vu. Remarquez bien, je n'espionne pas les gens et je respecte leur intimité…»

Ben voyons.

«… mais on n'est jamais trop prudent, vous savez. Et un monsieur comme lui, qui voit si peu de gens… Ah! Si ce n'est pas malheureux. Il serait parti en voyage, d'après ce que j'ai compris?

13

— Apparemment. Mais je ne sais pas où.

— J'espère qu'il n'a pas d'ennuis, au moins ? Partir comme ça du jour au lendemain, on pourrait s'imaginer des choses... » Elle me coula un regard par en dessous que je n'aimais pas du tout. Je pouvais lui faire confiance pour s'imaginer bien des choses et pour inciter ses voisins à en faire autant.

« Pas que je sache. Et apparemment, la police n'a rien remarqué de suspect.

— ...mmmhh. C'est que... à deux ou trois reprises, je l'ai vu avec un autre monsieur, que je n'avais jamais vu.

— Un autre monsieur ? Vous avez entendu son nom ? Ou vous pourriez me le décrire ?

— Je ne connais pas son nom. Et je ne l'ai pas bien vu. La dernière fois, c'était il y a bien deux mois, peut-être plus. Mais je m'en souviens parce qu'il avait une allure... En tout cas, *moi*, je ne lui aurais jamais ouvert la porte. Et puis, il y a aussi tous ces paquets qu'on lui livrait. Avant même que ce monsieur apparaisse. Et sa boîte aux lettres qui débordait de courrier. Pas des publicités, non, de *vraies* lettres. Alors que d'habitude, il ne relevait même pas son courrier tous les jours. »

Ça, j'en savais quelque chose. Le nombre de fois où il me demandait à l'interphone de regarder par la fente s'il n'y avait pas trop de courrier... Dans tous les cas, la vieille peau n'en savait pas plus. Je la laissai éberluée et vexée en lui apprenant que Richard m'avait laissé un trousseau de clefs pour m'occuper de son appartement en son absence. Ce qui était parfaitement faux, mais j'avais soudoyé le serrurier que la police avait appelé pour me faire une clef de la nouvelle serrure qu'il avait dû mettre en place. Au moins, tant que la vieille passerait son temps à colporter ses soupçons sur Richard et à se plaindre qu'étant sa plus proche voisine, c'était à *elle* qu'il aurait dû confier son trousseau, elle ne s'interrogerait pas sur mes allées et venues. D'autant que je n'avais pas l'intention d'en faire plus que nécessaire. Mais elle m'avait donné à réfléchir. En dehors de moi, Richard recevait très peu, et je connaissais tous les rares élus. La vieille aussi, j'en étais certain. Je n'avais aucune raison de penser qu'elle mentait : ces commères sont toutes les mêmes, à vouloir avoir le dernier mot. Et le meilleur moyen, c'est de médire sur ce qu'elles ont *réellement* vu. Après coup, elles peuvent toujours assener un «Je vous l'avais bien dit!» triomphal.

Je ne me rendis que deux fois à l'appartement de Richard. La première, sitôt que la vieille eut fini de me parler – ou plutôt sitôt que je mis fin à la conversation. Je refis attentivement le tour. La police n'avait touché à rien. S'il n'y avait aucune trace de lutte, j'étais incapable, en regardant l'intérieur de son armoire, de dire si Richard était parti volontairement : je n'étais pas assez intime avec sa garde-robe pour voir s'il y manquait quoi que ce soit. Et comme je ne l'avais jamais vu voyager, impossible de savoir s'il avait même possédé une valise ou un sac de voyage. Par contre, son bureau m'effrayait plus que jamais. Je restai un instant sur le pas de la porte à regarder le nombre impressionnant de punaises tombées au sol en l'espace de quatre mois. Richard s'était tenu à sa décision et n'en avait ramassé aucune. Je regardai les murs. Je regardai les meubles, le sol. Je regardai le plafond. Et je regardai surtout le réseau de fils de laine qui couraient dans tous les sens. Pas étonnant que les flics l'aient pris pour un dingue et moi aussi. Il avait tendu des fils de toutes les couleurs entre les punaises échouées et le point d'où elles étaient tombées. Je ne doutais pas un seul instant que c'était Richard qui avait tissé cette toile démente et multicolore. Lui seul aurait pu établir ces connexions sans se tromper et lui seul était assez névrosé pour le faire. Je me demandai un instant si les couleurs des fils correspondaient à un quelconque schéma. Il y avait trop de couleurs. Soit l'esprit de Richard battait la campagne en suivant des cheminements encore plus fous que je ne croyais, soit il avait pris ce qu'il avait sous la main et les couleurs étaient le pur fruit du hasard.

Pour cette fois, je décidai de ne pas entrer dans le bureau et préférai fouiller avec minutie le reste de l'appartement. Je ne trouvai pas la moindre trace des monceaux de courrier dont m'avait parlé la vieille. Ni des emballages de colis. Je finis par quitter l'appartement sous l'œilleton inquisiteur de la porte de la vieille.

Bon, ce n'est pas la peine que je m'étende à n'en plus finir sur mes petites investigations. Sachez quand même que j'ai cuisiné tout le monde : commerçants du quartier, proches, rares amis que je lui connaissais… J'ai même embauché un détective privé. Pas très cher, je le confesse, alors certainement pas le meilleur. Mais il a quand même réussi à dégoter des historiques téléphoniques et à identifier l'homme mystérieux que la vieille peau n'aimait pas – du moins j'imagine que c'est lui : un seul, ça fait déjà beaucoup, et je ne parviens même pas à imaginer que Richard se soit lié à deux inconnus en si peu de temps.

Et puis je suis revenu chez Richard. J'ai fouillé le moindre tréfonds de son PC, j'y ai traqué la moindre bribe d'information – ce n'était d'ailleurs pas très difficile, Richard semblait à la fois manquer de la plus élémentaire imagination en matière de mots de passe (c'était *Richard* à chaque fois) et ignorer même l'existence de la corbeille autant sur son ordinateur que sur sa boîte mail. J'ai remonté la moindre commande qu'il avait passée, le moindre contact qu'il avait eu et quand je ne pouvais pas aller plus loin, j'envoyais mon privé suivre la piste. Avec plus ou moins de bonheur.

Mais au final, comme je vous l'ai dit, je n'ai retrouvé aucune trace de Richard lui-même. Pas moyen de savoir ni où il était allé ni de quelle manière. J'ai tout de même des éléments, mais impossible de les connecter en un schéma cohérent – comme ces putain de fils de laine dans son bureau.

J'ai quand même ma petite idée sur ce qu'il a voulu faire et sa disparition me laisse penser… Mais bon, le mieux c'est que je vous fasse le topo.

1/ Richard s'est plongé dans l'étude des modes de déplacement longue distance les plus extravagants. Et quand je dis « longue distance », c'est un euphémisme. Voyage spatial, sortie habitée dans l'espace, théories quantiques de l'espace et du temps… Jusque-là, tout va bien. Mais il a exploré avec un sérieux apparemment égal d'autres pistes. Théories science-fictionnelles. Enlèvements par extra-terrestres. Magie. J'ai même retrouvé de copieux historiques de recherche sur les techniques yogis et les projections astrales à la Burroughs et à la Gustave Le Rouge. Apparemment, Richard était à ce stade incapable de distinguer ce qui relevait de la science ou de l'affabulation. Chaque fois, il commençait par des recherches sur internet, puis par prendre contact avec les modérateurs des sites qui l'intéressaient et il finissait par des correspondances (mails ou courrier, parfois des coups de fil).

2/ Les commandes passées par Richard, quand j'ai pu les remonter, étaient très diverses. Comme il fallait s'y attendre, il y avait énormément de bouquins, qui correspondaient en gros à ses recherches : astrophysique, éditions de grimoires, textes d'émanence bouddhiste qui remontaient jusqu'au zoroastrisme et j'en passe. J'ai retrouvé la plupart de ces torchons un peu partout dans son bureau, perdus dans le fatras du reste.

3/ Richard avait commandé d'autres choses plus singulières. Ici encore, ces commandes d'objets hétéroclites étaient liées à ses obsessions. J'ai retrouvé les justificatifs de paiement de tout et n'importe quoi. Des composants électroniques, alors qu'en général c'était *moi* qui devais changer les ampoules de Richard. Des échantillons d'alliages métalliques et d'autres synthétiques. Une boule de cristal. Un moulin à prières. Et même un costume de derviche (là, je ne pus retenir un sourire en imaginant Richard affublé de la tenue qui apparaissait sur l'écran).

4/ Richard a certainement passé d'autres commandes par des canaux beaucoup moins légaux. L'homme que la vieille avait remarqué était fiché chez les flics et aux Renseignements généraux. Il était soupçonné de tremper dans des réseaux de trafic d'armes et d'espionnage industriel de pointe. Je n'ose pas imaginer ce que Richard avait pu lui demander. Il était suffisamment à la masse pour lui commander une fusée Ariane et le bonhomme avait l'air assez dénué de scrupules pour tenter de la lui procurer.

5/ Suite à tout ça, Richard a disparu (je sais que je me répète, mais c'est quand même le cœur du problème).

Tirez-en les conclusions que vous voudrez. Moi, mon opinion est faite. Même si je suis incapable de l'expliquer, je crois qu'il a finalement tenu parole.

Une dernière chose, et vous pouvez mettre un 6/ devant si vous voulez.

Dix ans après la disparition de Richard, j'ai reçu un courrier de notaire qui me demandait de contacter son étude pour convenir d'un rendez-vous. Intrigué, je composai le numéro et j'appris qu'il s'agissait des affaires de Richard. Il avait pris ses dispositions pour qu'au bout de dix ans, tous ses biens soient liquidés. Je me retrouvais légataire universel de toutes ses affaires, appartement et bouquins compris.

J'ai revendu l'appartement, j'ai fait don des livres à la bibliothèque d'un foyer de quartier (bien du plaisir pour les ranger!) et de tout le reste à une association caritative. Et me voilà chez moi, avec un peu plus de fric à la banque, avec le sentiment d'avoir fait des choses bien et avec trois cartons dont je me demande bien quoi foutre.

Je n'étais pas revenu à l'appartement depuis sept ou huit ans. Je dis ça en passant, mais ça a son importance.

Sur les trois cartons, l'un contient des souvenirs auxquels tenait Richard et que j'ai très sentimentalement voulu garder. Des photos, deux ou trois livres sur lesquels il revenait toujours, un mug culotté qui faisait plus ou moins partie de lui – je l'avais toujours vu dans son bureau, et je ne lui en avais jamais vu d'autre. Le second contient les cartes de son bureau, toutes, même si la carte astronomique du plafond a un peu morflé au décollage et s'est retrouvée en plusieurs morceaux. Le troisième est rempli à ras bord de tous les fils de laine et toutes les punaises que j'ai précautionneusement, presque religieusement, rassemblés, au sol, derrière et sous les meubles, au mur, au plafond, parfois entre les lattes de plancher.

(7/) Dans le carton, les fils multicolores forment un emmêlement magnifique. Et toutes les punaises sont rouges. Pas une bleue.

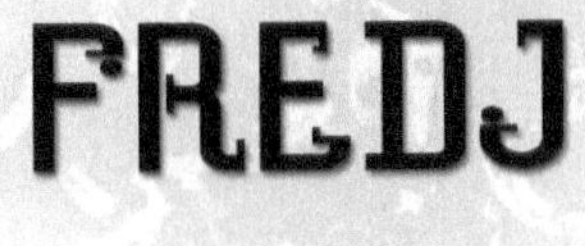

FREDJ

Vivien Esnault a commencé à écrire de la science-fiction et du fantastique durant ses classes prépa scientifiques, par envie d'évasion. Il y revient à l'occasion, quand une vie bien remplie d'ingénieur R&D et de jeune papa lui en laisse le temps. A ce jour, Il a publié une demi-douzaine de nouvelles, en revue (Géante Rouge, AOC, Etherval) ou en anthologie (éditions Arkuiris). Vivien a un réel attachement pour le format court, qu'il s'agisse d'en lire ou d'en écrire. C'est pour lui le moyen idéal pour essayer des choses un peu dingues.

Bibliographie :

Le démantèlement d'une feuille, Etherval n°11
« Parasites et symbiotes » (2017)
La désastreuse performance de la Délégation Britannique aux Jeux Olympiques de 2032, AOC n°45 (2017)
Les éléments rares, Etherval n°10 « Les Métaux » (2017)
Un unique dalmatien, Anthologie « Les OGM et après... »,
éditions Arkuiris (2017)
Un Périhélie, AOC n°41 (2016)
L'ascension, Géante Rouge n°23 (2015)

FREDJ

VIVIEN ESNAULT

«Venez à moi, vous tous qui souffrez et pliez sous le fardeau.» Matthieu 11.18

1

C'est beau, la mer, se dit FredJ. C'est apaisant, surtout le matin.

Il s'est installé sur une banquette blanche pour six personnes au moins, un Martini presque fini à la main, face à une baie vitrée immense. Face à la mer Méditerranée, surtout, toute brillante sous le soleil déjà haut de ce matin de mai.

Autour de lui, tout est trop grand, surtout pour lui tout seul : le salon de réception en deux étages plus terrasse, le reste de la villa avec ses chambres qu'il n'a jamais pris le temps de compter, plusieurs piscines, quelques bibliothèques, piste de danse disco, salle de billard, salle de massage, et salles de Dieu sait quoi encore. Quelques milliers de mètres carrés de béton, raffinés et nets comme une brochure d'architecte. Le parc impeccable, immense lui aussi, descend en paliers de roches rouges, de cyprès et d'oliviers, jusqu'à la mer. La mer aussi est grande, et vide, et calme, mais ça ne fait pas pareil.

FredJ prend une dernière gorgée, avant d'examiner la rondelle de citron et l'olive, à sec dans son verre. Il se demande si le robot barman garde les citrons entamés, ou s'il en sacrifie un complet à chaque fois qu'il lui demande un Martini. Les robots, avec FredJ, sont les seuls occupants de la maison, si on exclut le propriétaire, qui ne compte pas vraiment. Il y en a peut-être autant que de pièces, ici. Les robots serveurs, des robots jardiniers, des robots ménagers, le robot chef trois étoiles et un robot vigile équipé d'une mitrailleuse lourde, dont FredJ a bidouillé les réglages pour le rendre un peu moins parano.

FredJ se demande aussi si c'est inquiétant de finir son premier Martini à dix heures du matin. Il est plutôt ancienne école en matière de psychotropes, en tout cas pour lui-même. Mais nouvelles ou anciennes, il connait les substances, et ceux qui les consomment ; quelque chose lui dit qu'il ne dérapera pas.

FredJ est DJ. Drug-Jockey. C'est même le drug-jockey privé du propriétaire des lieux. Il y a quelques dizaines d'années, l'appellation était juste une blague un peu cliché dans le milieu de la nuit. Et puis elle est restée, au fur et à mesure que les disc-jockeys traditionnels insistaient pour se faire appeler « musiciens électroniques » ou « ambianceurs », et que les DJs comme FredJ gagnaient en respectabilité.

Mais il y a du vrai là-dedans : FredJ n'est pas un bête dealer. D'ailleurs, c'est l'heure pour lui de se remettre au travail.

FredJ monte retrouver le propriétaire dans sa chambre. Pour être exact, ce n'est pas vraiment sa chambre. Il en a une vraie, tout en haut de la villa, avec piscine, lit bien plus que deux places, et terrasse sur la mer. Il n'y va plus, vu qu'il ne va plus nulle part.

La chambre, donc, appelons-la comme ça, est une pièce confortable, de dimensions modestes comparées au gigantisme ambiant. FredJ n'aime pas la déco méditerranéenne ocre et bleu, mais peut-être qu'il n'aime juste pas cet endroit. On dirait que quelqu'un a voulu aménager un petit nid à échelle plus humaine au sein du vide ambiant, sans tout à fait y arriver. Il y a aussi une baie vitrée ici, mais la lumière est masquée par de grands rideaux.

Le propriétaire est allongé dans son grand lit médicalisé. Plusieurs fils sortent d'un pied à perfusion automatique pour aller se ficher dans ses avant-bras, ses cuisses, sa gorge. Le haut de la tête et du visage disparait dans un dôme qui lui descend jusqu'aux pommettes, un peu comme un de ces casques chauffants que l'on trouve chez le coiffeur. La bouche se tord régulièrement en des sourires étranges, que personne ne réussit jamais à déchiffrer. C'est une belle bouche pourtant, fine et bien dessinée, avec des dents blanches et bien alignées quand elles apparaissent entre les lèvres.

L'odeur est celle du travail bien fait, pour FredJ : désinfectant chloré, et crème hydratante pour la peau, utilisés généreusement.

FredJ contrôle le tout depuis une console de commande, à la droite du lit. Il a trois écrans, qui lui permettent de piloter en même temps plusieurs dizaines de paramètres physiologiques et neuronaux. C'est de là qu'il orchestre les stimulations du cerveau du propriétaire.

On appelle ça un orgue I.V., pour intraveineuse, une ancienne terminologie là encore. Seul un fond continu de stimulations repose sur des intraveineuses, ce que les DJs appellent la trame. Le cœur du trip, ce sont les séquences de stimuli directs, dynamiques, qui passent en micro-injections subcraniennes ou par voie électrique.

Beaucoup soutiennent que ce que fait FredJ, c'est de l'art, et que l'orgue I.V. est son instrument. Une musique de l'âme. La forme ultime de l'art, même, celle permettant de réaliser enfin pleinement la communion du spectateur avec l'œuvre. L'esprit du spectateur devient le support direct de la performance artistique, son objet même.

FredJ n'a pas d'opinion. Avant, il trouvait la question trop complexe et trop subtile pour y répondre simplement. Maintenant, il s'en fout. Il laisse l'art à ceux qui ont encore le cœur à ça.

Reste que c'est assez technique, et que c'est son métier. Un contrat spécifie des objectifs chiffrés à atteindre à intervalles réguliers, des niveaux de stimulations à dépasser, des paliers de jouissance ou d'excitation à maintenir. FredJ s'imagine que cela doit correspondre à des expériences agréables, mais en fait il n'en est jamais sûr. Les gens sont si bizarres.

Le propriétaire est encore plus loin de ces considérations. Il ne parlait déjà plus beaucoup lorsque FredJ l'a pris en charge : pas terrible pour le feedback. Là, il plane dans une extase semi-comateuse, que FredJ lui a programmée pour la nuit sur le séquenceur automatique.

FredJ ne risque pas de faire de l'art avec ce cerveau-là, ça va être difficile en tout cas. Il est le plus souvent d'une lourdeur infinie, ne répondant qu'avec mauvaise grâce aux sollicitations, et toujours à retard. Mais l'instant d'après, il se dérobe pour un rien, et menace de partir en vrille au plus mauvais moment.

Le fond du problème ? Ce cerveau est fatigué et usé, et malheureusement ça n'est pas plus compliqué que ça.

FredJ lance les séquences de reprise. C'est un peu comme faire ses gammes : on fait monter certains signaux caractéristiques, puis on redescend. On tourne d'indicateur en indicateur, d'une fonction cognitive à une autre, on masse pour le réchauffer ce cerveau encore coincé dans sa torpeur. On passe à des séquences plus complexes, toujours sans rien brusquer.

Chaque jour qui passe, cet échauffement prend un peu plus de temps. Le propriétaire bouge un peu les jambes. Il émet des petits grognements, à peine audibles, à moins que ce ne soit que sa tête qui frotte contre les parois du dôme lorsqu'il s'agite.

FredJ poursuit en le faisant monter un peu en régime. Il envoie quelques pics orgasmiques, juste de quoi valider les objectifs minimums pour la journée, puis s'arrête. Même comme ça, un point d'excitation refuse de se dissiper, et menace de faire partir tout un hémisphère en surchauffe. Les signaux finissent par se calmer, tout doucement, FredJ accompagnant le mouvement par des stimuli plus apaisants.

FredJ n'en fait pas plus pour ce matin. Il attend encore un quart d'heure, puis il coupe le flux intraveineux et aborde les séquences de sortie.

C'est que FredJ va devoir réveiller le propriétaire, dans trois heures à peu près. Cet après-midi, Monsieur a de la visite.

2

À l'heure prévue, FredJ se rend sur le perron principal à l'arrière de la villa pour accueillir le médecin inspecteur.

Le parc s'étend aussi de ce côté, et le portail sur la rue reste invisible, caché dans les massifs. FredJ entend le bip quand la barrière se lève, puis le bruissement sur les graviers de l'électro-coupé de sport. Une Audi Phantask, flambant neuve. Il faut croire que l'inspection des services d'hygiène paie toujours aussi bien.

Un robot trapu roule juste derrière la voiture et braque sa mitrailleuse sur la portière qui s'ouvre. Terrence, l'inspecteur, est un beau mec, noir, costume noir et fine cravate noire. Juste un peu trop chic, comme souvent les gars des cités qui ont réussi contre le cours du jeu.

Il s'apprête à sortir de la voiture, mais s'arrête net quand il voit le robot.

« Putain, FredJ, dis-lui d'arrêter de faire ça !

— Arrêter de faire quoi ?

— Tu fais chier, il est flippant ce truc…

— Tsss… Justement, qui sait s'il ne réagit pas au stress ? Il le sent, que tu n'as pas la conscience tranquille… Bon allez, à la niche, Rambo, à la niche. »

Le robot n'obéit pas à FredJ, il n'est pas programmé pour ça, mais il finit quand même par rentrer sa mitrailleuse et se caler dans un coin de la cour d'où il peut surveiller le visiteur, boudeur. Malgré les efforts des designers pour lui donner un aspect martial, on ne dirait rien tant qu'un chien obèse qui tire la tronche.

« Tu peux pas le programmer pour qu'il arrête ? Il ne te braque pas à chaque fois, toi !

— Faut gagner sa confiance… Et non, je n'arrive à rien avec les réglages, j'ai déjà essayé plusieurs fois. Bon, tu rentres, ou tu préfères rester sur le perron avec Rambo ? »

En tant qu'inspecteur, Terrence est chargé de vérifier que les termes du contrat entre le client et l'agence qui emploie FredJ sont bien respectés. Il contrôle l'atteinte des objectifs neurologiques, les substances utilisées, la variété des expériences procurées… que le client en a vraiment pour son argent, quoi, que l'on n'abuse pas de sa vulnérabilité pour lui refiler de la camelote.

Il est aussi, accessoirement, chargé du respect des exigences éthiques imposées par la loi. Une demi-page sur des contrats qui en comptent parfois des centaines, pour rappeler que le client doit apporter à intervalles réguliers « la confirmation de son adhésion à l'expérience récréative telle que définie dans le présent accord, et sa volonté de la poursuivre ».

Terrence est assermenté pour enregistrer ce consentement. Moyennant cela, le client est jugé pleinement responsable des conséquences médicales du « traitement », tant qu'il est administré dans les règles fixées dans le reste de la demi-page : pas d'actes de cruauté ou d'atteintes physiques (sauf si spécifiquement stipulé dans le contrat), un minimum d'hygiène, interdiction de quelques substances entrainant une addiction sans effet récréatif prouvé. Terrence et FredJ vérifient deux-trois bricoles, revoient ensemble le planning de la semaine, puis montent dans la chambre sans perdre plus de temps. FredJ lance la phase finale des séquences de réveil, Terrence en profite pour faire le tour du lit médicalisé.

« Ça va, c'est propre. Pas de selles, pas d'urine. Les escarres habituelles, donc n'hésite pas à y aller sur la pommade...

— Je fais ce que je peux, mais c'est dur à éviter sur des long-courriers comme lui.

— Non, mais attends, je sais bien ! On voit que tu t'en occupes. Tu verrais ce qu'on voit passer avec des mecs moins clean que toi, c'est à vous coller la gerbe !

— Ne m'en parle pas... »

Ils cassent encore un peu de sucre sur les collègues moins scrupuleux qu'eux. FredJ n'écoute plus que d'une oreille, on rentre dans la phase délicate. Le cerveau du client s'éveille. Des fonctions cognitives endormies depuis des jours s'allument. Elles s'affolent dans ce cerveau instable habitué à n'être plus régulé que par la trame chimique et les stimuli imprimés par la console.

FredJ perd le contrôle. C'est le but. Le patient doit être « conscient-lucide » pour donner son consentement, un état neuronal défini de manière réglementaire, et FredJ valide les jalons un par un, méthodiquement.

Le client a commencé à s'agiter. À un moment, lorsqu'il commence à percevoir l'environnement extérieur, FredJ déconnecte partiellement le casque et sort le client, avant qu'il ne fasse une attaque de claustrophobie. Il perd du même coup une bonne partie de la vision qu'il possède sur les fonctions neurologiques.

Les traits du propriétaire accusent la cinquantaine fatiguée. Ses cheveux gris, longs mais clairsemés, lui collent au crâne sous l'effet de la sueur. Il continue de suer abondamment, du reste, tandis que ses yeux fous roulent autour de lui en tentant de faire sens de cet environnement qu'il a oublié.

FredJ valide les derniers jalons en mode dégradé. Même comme ça, le désordre de ce cerveau remis en liberté hurle sur les consoles de contrôle. FredJ réussit finalement à valider tous les signaux, de manière à peu près stable.

Terrence arbore son expression la plus médicale, ou la plus commerciale :

« Monsieur ? Monsieur ?

— Monsieur, Monsieur… », répond le client en miroir.

La voix est trop aiguë, étranglée.

« Vous m'entendez Monsieur ? Tout va bien ? Je suis votre médecin traitant, c'est le jour de la visite…

— J'ai froid. »

Terrence jette un coup d'œil à FredJ, qui hoche la tête pour montrer qu'il y travaille. Il noie les perceptions thermiques du client de signaux apaisants.

« Ça va mieux comme ça monsieur ?

— J'ai froid, j'ai froid, j'ai froid…

— FredJ, bordel, fais quelque chose ! »

FredJ n'y peut rien. Le client ne ressent plus aucune sensation de chaud ou de froid, c'est neurologiquement impossible.

« C'est déjà fait. Il déconne un peu, essaie de le calmer… »

Le client répète encore un moment qu'il a froid, chantonnant comme pour une comptine, avant de céder aux cajoleries de Terrence.

« J'ai plus froid.

— C'est bien. Tout va bien. Comment vous sentez-vous, Monsieur ?

— Pourquoi ça s'est arrêté ? Je veux pas que ça s'arrête ! »

Une expression de gourmandise infinie passe dans la voix haut-perchée. Un spasme de désir le tord sur sa couchette.

«Je suis désolé, Monsieur. On recommencera dans une minute. Il faut juste que je vous demande si vous voulez continuer. C'est la loi. Vous voulez continuer, Monsieur?

— Pourquoi ça s'est arrêté? Ça s'est arrêté!

— Monsieur… Vous voulez continuer?

— Je veux pas que ça s'arrête!»

Il pleure, maintenant.

«Terrence, je vais avoir du mal à le garder descendu encore longtemps…

— Monsieur. C'est important. Dites-moi si voulez que ça continue. Vous voulez que ça continue? Vous ne voulez pas que ça s'arrête?

— Noooon…

— Vous voulez que ça continue? Oui?

— Ouuuuuui. Oui oui oui. Ouuui.

— FredJ c'est bon pour toi? C'est dans la boite?»

FredJ acquiesce. Il a réussi, non sans mal, à maintenir le client validé «conscient-lucide» sur l'interface durant l'ensemble de la conversation. Terrence jette un regard lassé vers le client qui continue de dire «oui» sans pouvoir s'arrêter. À personne en particulier, semble-t-il.

«Bon, bah, renvoie-le dans les étoiles avant qu'il ne parte définitivement en sucette.»

Terrence pousse un grand soupir, tandis que le patient s'effondre sous l'avalanche de sédatifs et d'anxiolytiques que FredJ lui envoie pour le stabiliser.

«Putain, il s'améliore pas, ton gars.»

FredJ hausse les épaules. Ce serait bien si ce genre de choses pouvait s'améliorer.

Ils repassent au salon de réception pour finir d'examiner les papiers. Tout est en règle. Terrence n'a pas l'air super à l'aise, pourtant. Il passe et repasse les séquences de la semaine écoulée sur sa tablette, comme s'il espérait y trouver quelque chose qui n'y est visiblement pas.

«Tu y vas un peu fort avec lui, quand même.

— C'est dans le contrat.»

C'est vrai. Même si FredJ voulait faire preuve ne serait-ce que d'un tout petit peu plus de retenue, il ne remplirait plus ses objectifs, et ça, ce serait une violation de contrat.

Terrence n'a pas l'air de s'en contenter.

« Je sais bien, tout est clean… N'empêche que tu y vas fort. »

Il continue de fouiller dans l'historique des séquences de FredJ. Les coups de massue donnés au cerveau du client font de grandes taches de couleurs dans les graphes. Terrence marmonne régulièrement « qu'il y va fort », pour lui-même.

FredJ attend. Il veut bien qu'on lui dise comment il pourrait s'y prendre plus en douceur. Lui, il ne voit pas.

« Écoute, c'est clean, je te l'ai déjà dit… »

Un geste vague de la main qui veut dire, « Tu vois ? ».

« Arrête, FredJ, je sais. C'est juste que l'on rentre dans une phase délicate, là… Même si ça reste dans le contrat, ça peut être super dommageable pour ton image et celle de l'agence si ça tourne mal. »

FredJ ne peut retenir un gloussement nerveux. C'est censé « tourner bien » comment, cette histoire, au juste ? Terrence n'est pas amusé, lui :

« Arrête, c'est pas drôle ! On a beau savoir comment ça va finir, il y a la manière. Personne n'a envie que ça tourne au glauque. On doit tout faire pour que ça finisse clean juridiquement, mais aussi… Proprement quoi. Tu vois ? »

Non, FredJ ne voit pas. Il ne voit pas trop comment faire pour que ce ne soit pas glauque, si on est un tant soit peu honnête. Il s'accroche à ça, quand son boulot devient vraiment trop sale. Peut-être bien qu'il n'est plus « propre » depuis longtemps, qu'il a perdu ses illusions en route. Mais FredJ est un dégueulasse honnête.

Terrence ferme sa tablette et sort une ordonnance de sa valise. Il a pris une décision :

« Je te le mets au repos pour une semaine. Sédation profonde, stabilisation des fonctions vitales, suspension des objectifs contractuels pour raison médicale. Profites-en pour prendre des vacances aussi. Ça doit faire un bail, non ? »

Terrence a l'air soulagé d'un homme qui s'est résolu à agir selon sa conscience. FredJ le raccompagne à sa voiture sans oser rien dire qui puisse dissiper sa satisfaction.

Qui est-il pour juger des petites abdications des autres ?

3

FredJ a pris du Novatran et il n'aurait pas dû. D'accord, il a du mal à dormir sans Novatran, mais le somnifère a tendance à donner aux rêves une précision et une cohérence qu'ils n'ont pas habituellement, à les ancrer dans les souvenirs.

FredJ fait toujours le même rêve sous Novatran.

C'est l'enterrement de vie de jeune fille de la brune déguisée en chat, celle au milieu de la piste de danse.

À l'époque, FredJ est un DJ prometteur, il a déjà travaillé sur de gros projets avec des «créateurs d'expériences mentales» du haut du panier, comme *Circonflex* ou *Soudaine Vague*. Il exécute le détail des séquences pendant que «le Patron» veille à «l'architecture globale de la performance».

Ce soir, il opère en solo pour la partie psycho, avec un ambianceur pour les stimuli sonores et visuels. Ils n'ont jamais travaillé ensemble, mais ça va, le type connait son boulot. On n'est pas sur des orgues I.V., FredJ ne travaille pas encore beaucoup sur orgue à l'époque, il trouve que c'est pour les junkies. Il gère un «bar à bonbons», c'est-à-dire qu'il suit les paramètres physio et neuro des filles via des patchs wifi, et envoie un petit robot décoré avec des pompons roses pour distribuer les friandises, pour les prises.

On est sur son offre «soirée fofolle entre copines» : euphorisants, excitants, hallucinogènes softcore, plus quelques physiostimulants et stabilisants pour aider à tenir la durée en douceur.

La soirée est déjà bien avancée, et l'ambianceur passe *Hohé, Hohé, Vélociraptor!*, un truc bien, bien second degré, pour public bien, bien parti. Les filles se secouent plus ou moins en rythme, hurlent comme des putois, se roulent

30

des palots en riant. L'une d'entre elles a dessiné une bite au robot-distributeur avec son rouge à lèvres.

Bref, tout le monde s'amuse énormément.

La sœur de la future mariée est en jupe et petit haut gris. Elle a les cheveux plus courts et plus clairs que son aînée, elle est aussi un peu plus grande et plus maigre. Elle a encore tous ses vêtements là où sa sœur est déjà à moitié à poil.

Elle est jolie, même si ça se voit qu'elle est très jeune. Elle est mineure, 17 ans, mais elle a une autorisation parentale. Comme sa mère dira lors du procès : « C'était l'enterrement de vie de jeune fille de sa sœur, quand même, il fallait bien qu'elle s'amuse ! »

FredJ n'a pas de souvenirs d'elle en train de danser. Il est concentré sur la future mariée, qui a un programme spécial, et l'essentiel c'est qu'elle s'amuse, c'est sa soirée. Sa petite sœur est sur le programme commun, comme les autres. Il a juste allégé un peu le régime d'une de ses copines, celle un peu forte en robe rouge, qui commençait à monter dans les tours au niveau cardiaque.

La petite sœur, elle, ne donne aucun signe inquiétant, reste plutôt discrète, et doit bien profiter de sa soirée, non ?

Il n'a pas de souvenirs de ces derniers instants, alors il imagine. Des fragments de souvenirs, d'autres filles avec la tête à l'envers, et qu'il a dû trouver belles.

Elle sautille dans tous les sens, les bras levés et les mains jointes. Sa tête bute en rythme contre ses épaules et on ne voit presque plus son visage derrière ses cheveux. Ses petits seins bondissent aussi, un peu à contretemps.

Ou bien elle fait l'avion, tout doucement, et parfois, elle donne vraiment l'impression de flotter en appui sur ses bras dans l'air. Elle est si légère… Mais non, ce n'est pas compatible avec ce qu'elle a pris ce soir-là.

Le fond de la chose, c'est qu'il ne se souvient pas. L'essentiel, c'était que la future mariée passe une bonne soirée.

Un moment, la petite sœur se met à quatre pattes, et ça FredJ s'en souvient par contre, c'est le moment où il s'est dit que quelque chose n'allait pas. Elle a les bras qui tremblent et FredJ croit voir quelque chose de brillant au sol, peut-être de la bave.

Petite alerte du lecteur physio : une danseuse a suspendu sa respiration. Il n'a pas besoin de regarder son écran de contrôle, il sait qui c'est.

La petite sœur pousse un cri étranglé, et commence à se fracasser la tête sur le sol, en rythme, avec une puissance inhumaine.

Au même moment, tous les indicateurs de souffrance cérébrale passent au rouge écarlate. FredJ ne saura jamais si ce sont les produits, ou les chocs à la tête, ou la putain de combinaison des deux.

Les filles font cercle en applaudissant et en hurlant des encouragements, comme pour un bon solo. Danse, danse… Un talon glisse sur la flaque de sang qui commence à se former. La future mariée est un peu en retrait, les yeux écarquillés, les deux mains sur la bouche. Elle rigole.

Ho! Hé! Ho! Hé! Vélociraptor! La musique continue, couvrant le son des alarmes qui jaillissent de la console. L'ambianceur ne s'est encore rendu compte de rien, l'enquête montrera qu'il était un peu pété.

FredJ se réveille, il est dans sa chambre, à l'hôtel un peu pourri du côté de la Gare de Lyon où il descend quand il monte à Paris.

Il ne hurle pas, ne pleure pas, n'a pas de grandes suées. Pour les mauvais rêves, comme pour les drogues, les effets les plus aigus s'émoussent avec le temps. Il regarde juste le vieux ventilateur mécanique s'agiter au-dessus de lui et se dit que même comme ça, il n'a pas d'air.

« Celui qui tue, il porte la marque », disait Marseille–Saint-Germain, une sorte d'ancien mentor pour FredJ. Celui qui lui a appris le métier, en tout cas.

« Ça ne change rien que ce soit de ta faute ou pas, que tu aies un style un peu chaud ou bien prudent. Tu tues, tu portes la marque, c'est comme une tache qui déteint sur tout ce que tu fais. Après ça, tu ne sens plus la vibe comme avant, t'es tout de suite dans le dur, dans le truc qui fait mal. Il y a quelque chose de morbide dans tes enchainements.

La marque, tu la sens, les autres la sentent, les clients la sentent. T'as beau être clean, t'es plus vraiment net. »

Tu saisis ?

Marseille–Saint-Germain était de l'ancienne école, il parlait d'énergies, de canaliser les fluides de pensées, ces conneries-là. Le genre qui expérimentait la camelote pour mieux comprendre l'expérience du client, aussi. FredJ n'avait pas prêté attention à l'époque à cette histoire de marque, pas plus qu'à autre chose en tout cas.

Il parait que c'est comme ça, les gens ne prêtent jamais attention, il faut qu'il y ait un mort.

4

FredJ est revenu à Paris voir ses amis. Ses anciens amis. Ça a beau faire quatre ans, partout, la marque le suit. On lui claque la bise en lui servant du « Salut ma poule ! », mais on sent une réserve.

Des patrons de clubs avec une réputation à défendre l'accueillent avec de la peur au fond des yeux. Des DJs propres sur eux tiennent à marquer, mine de rien, leur différence. On lui marque la déférence inquiète qui va aux gens dangereux.

Personne n'évoquera cette fameuse nuit, ni devant lui, ni même dans son dos, probablement. Mais la rumeur, il la sent courir au bord de son champ de vision, lui bruisser dans la nuque. Il voit presque cette aura de crasse et de mort, et les efforts de tous pour s'en extraire quand il s'approche, s'en secouer comme d'un truc collant.

FredJ prend des trucs avec ses potes, pour détendre l'ambiance. Il part tout de suite mal. Quand il rigole, on dirait qu'il va mordre. Il croit voir du sang dans les endroits luisants.

Il finit par s'embrouiller avec des types qu'il connait de vue. Casser deux-trois gueules, laisser une empreinte de dents sur un cou. Il se fait virer d'un club sans trop de casse, le nez dans le bitume mouillé du trottoir, à trois heures du matin.

FredJ se réveille dans sa chambre d'hôtel vers onze heures, la gorge sèche, la tête en pagaille et juste ce qu'il faut de souvenirs de la veille pour que ce soit désagréable. C'est dimanche, c'est son dernier jour de vacances, et il n'a aucune envie de le passer avec ses amis, qui doivent encore dormir de toute façon.

À la place, il saute dans un métro vers la gare de l'Est, et prend un billet TGV pour Bar-le-Duc.

À proprement parler, FredJ n'est pas vraiment un tueur. Déjà, elle n'est pas morte. Dès qu'il a vu que quelque chose tournait mal, il a fait tout ce qu'il avait à faire pour limiter la casse, tout en gérant l'atterrissage des filles qui titubaient en se demandant pourquoi la musique s'arrêtait. Le temps qu'elles commencent à réaliser ce qui s'était passé, les flics et les pompiers étaient là pour aider, pendant qu'il suivait le SAMU vers les urgences neurologiques pour fournir le descriptif détaillé du programme de la soirée.

Au procès, il a été blanchi de tout soupçon. L'enquête a mis en cause un excitant cognitif, le «Solar Flare», qui associé à certaines séquences de flash lumineux peut entrainer des crises d'épilepsie. Cette saleté a vu sa classe de dangerosité monter de quelques crans, et n'est quasiment plus utilisée, sauf par quelques tordus que le risque de se faire fondre la cervelle excite.

L'ambianceur a payé pour toute l'équipe, cher, un peu pour soulager la famille, selon FredJ. Stimuli visuels inadaptés, toxicologie positive, retard à l'allumage au moment de l'accident : un peu de sursis et une suspension de licence à vie. Mais FredJ, rien, Blanche-Neige.

Mais franchement, ça trompe qui ? Pas lui, en tout cas.

La petite sœur est en soins de longue durée dans une clinique privée de neurologie, à Bar-le-Duc. Ses parents voulaient la faire euthanasier, mais la grande sœur s'y oppose. La culpabilité, la peur d'avoir à affronter la mort de sa sœur pour de vrai, peut-être.

Avec les paperasses et le conflit familial non résolu, la procédure traine. En attendant, elle vit, indifférente et insensible à tout, même à sa famille qui se déchire pour savoir si elle doit continuer à le faire.

FredJ arrive sur le parking de la clinique sous une pluie battante. Il fait attendre un moment le taxi automatique, le temps de passer un coup de fil à l'accueil du service.

Comme toujours, c'est la chef de service, Muriel, qui lui répond. Et non, il n'y a pas de visite de la famille, il peut venir. FredJ court se réfugier à l'intérieur en se cachant la tête comme il peut sous sa veste.

Muriel est descendue pour l'accueillir. Leur rituel est bien rodé, à tous les deux, ce n'est pas la première fois qu'il vient. Il n'a jamais rien expliqué, mais FredJ pense que Muriel le prend pour un petit copain brouillé avec la famille. C'est une brune un peu forte de quarante ans et quelques, avec une bonne bouille franche mangée de taches de soleil, les cheveux coupés en un carré plus pratique qu'élégant. Elle donne toujours l'impression d'avoir besoin d'une ou deux bonnes nuits de sommeil, tout en pouvant en sauter une ou deux de plus si ça peut rendre service. Comme chaque fois qu'il la voit, FredJ se dit que son pyjama lui va atrocement mal, et imagine deux-trois trucs qu'elle pourrait faire pour s'arranger un peu.

La clinique est encore plus vide et silencieuse qu'à l'accoutumée. C'est dimanche, se rappelle FredJ. Il aurait pensé qu'il y aurait plus de familles en visite, mais ça n'a pas l'air d'être le cas. Il n'ose pas demander à Muriel pourquoi. Peut-être que c'est juste trop glauque pour un dimanche, pluvieux de surcroit. Ça vous gâcherait un weekend.

Ils passent ensemble dans de longs couloirs déserts. Des portes ouvertes des chambres filtrent quelques bips d'équipements électroniques. Parfois le chuintement sourd d'un respirateur, écrasant dans le silence.

Un robot infirmier se présente à une porte, le glissement des roues à peine perceptible sur le plastique du sol. Il se ravise à la vue des humains et rentre en marche arrière pour les laisser passer, comme surpris de leur présence et s'excusant d'être là. Un petit robot jardinier se gare derrière la plante verte qu'il est en train d'arroser.

Muriel est donc aussi là le dimanche, se dit-il, et ça ne le surprend qu'à moitié. Elle était là chaque fois qu'il est venu, pour lui elle fait partie des meubles. Il essaie de lui imaginer un chez-elle, avec un canapé où elle regarde la télé, une table à manger, un lit pour dormir. Peut-être même une famille. Et c'est comme si quelque chose ne collait pas, comme si elle ne pouvait être vraiment à sa place ailleurs que dans ces couloirs blancs et déserts, à faire un bruit dingue mais bien vivant avec ses chaussons sur le sol plastique, au milieu des robots fusant comme des fantômes.

Elle le laisse dans la chambre, lui montrant sans réfléchir pour la énième fois le bip pour l'appeler, et qu'il n'hésite pas s'il a besoin de quoi que ce soit. Et puis il se retrouve seul, ou presque.

Ce serait plus simple si c'était un légume, les yeux dans le vague sur son lit, avec pour seul mouvement le respirateur qui fait bouger les draps. Au lieu de ça, elle est très agitée, ses bras esquissant des gestes qu'elle ne peut plus coordonner, sa gorge gargouillant les mots qu'elle ne peut plus articuler. Ses yeux roulent devant son cerveau abimé, où semblent se débattre des sensations malformées, des pensées pas abouties. Elle bave.

FredJ ne sait jamais comment ou quoi faire, surtout au début. Il se sent voyeur, comme si cette vulnérabilité, ce combat perdu en permanence devait rester intime. Et puis il finit par trouver sa place, par réussir à être là, tout simplement. Il prend dans la sienne une main qui se tord pour qu'elle s'agite moins. Répond par un ou deux mots apaisants à un feulement douloureux.

Le temps passe.

Au bout d'un moment, Muriel glisse sa tête dans l'embrasure de la porte.

« J'ai fini ma tournée, je prends une pause. Ça vous tente d'en griller une ? »

Ils traversent à nouveau les couloirs vides. Pas plus qu'à l'aller, FredJ n'ose regarder par les portes ouvertes des chambres. Parfois il s'y force, pour se prouver que ce n'est pas de la lâcheté. Il aperçoit un pied sortant d'un drap, une machine, le dossier d'une chaise rapprochée près d'un lit. Rarement plus.

Muriel et lui passent comme un bateau sur un lac de silence, laissant derrière eux un sillage d'écho de conversations, sous le regard presque désapprobateur des robots.

Ils sortent sous un auvent qui donne sur un petit parc intérieur, à l'usage des patients qui peuvent en profiter. D'habitude, il y a toujours quelques malades sur fauteuil automatique à profiter de l'air frais, parfois accompagnés de personnels soignants ou de leur famille. Mais là c'est dimanche, et il flotte.

Muriel le regarde se rouler une cigarette à l'ancienne d'un air dégouté.

« Vous savez que maintenant, ils en font qui ne donnent pas le cancer, non ?

— Je croyais que vous preniez votre pause ?

— Pfff, c'est vos poumons après tout. Quoi que, je ne sais même pas pourquoi j'accepte de rester à côté de vous pendant que vous cramez cette saleté… »

Elle laisse tomber après ça, elle n'est jamais méchante. Les nouvelles clopes ne sont pas addictives non plus, pense FredJ. Il se demande si c'est pour ça qu'il ne se fait pas désintoxiquer, s'il est de ce genre de pervers, lui aussi.

Au bout d'un moment à fumer tous les deux en regardant la pluie tomber, elle lui dit :

« Ça lui fait du bien, vos visites. Les jours suivants, on voit la différence. Elle est plus calme, plus… elle va mieux. »

FredJ sent comme un poids lui tomber sur l'estomac. De la tendresse et de la peur, mêlées.

« Vous… Vous pensez qu'elle me reconnait ? »

Muriel a un petit sourire sec.

« Faut pas rêver, non plus… »

Elle se pince l'arête du nez entre deux doigts.

« Excusez-moi, c'est la fatigue qui parle. Les journées sont longues… Mais non, je ne crois pas qu'elle vous reconnait, ni qu'elle ne reconnaisse qui que ce soit. C'est juste que ça lui fait du bien que vous passiez du temps à ses côtés. Ça, elle le sent. »

Puis, se trompant sur l'expression de FredJ :

« Je suis désolée. »

Il continue à fumer sa clope en regardant la pluie tomber. Il se sent moche, comme s'il pouvait souiller les choses rien qu'en les regardant. C'est du soulagement qu'il a ressenti quand elle lui a confirmé que la petite sœur ne le reconnaissait pas, et ça le dégoute. D'abord ces mensonges à Muriel, puis maintenant cette impression de se refaire une virginité sur le dos de sa victime en profitant de son état…

À un moment, ça sort, tout simplement.

« Vous savez… En fait, je ne suis pas son copain. »

Il s'attend à ce qu'elle dise quelque chose, à ce qu'elle rebondisse sur cette ouverture, mais elle a juste arrêté de fumer, et elle le regarde avec cette intensité bienveillante qu'elle a déjà dû utiliser sur des dizaines de proches éplorés. Alors il continue.

« Je suis le DJ. »

Un éclair pas professionnel du tout passe dans les yeux de Muriel. Un éclair de quoi, de choc, de surprise ? De colère ? FredJ et ses collègues sont ses premiers fournisseurs de patients, loin devant les suicides ratés et les accidents de la route. Elle a dû s'en rendre compte parce qu'elle détourne le regard un moment, prétextant un mégot à jeter.

Deux secondes de flottement, peut-être, et la Muriel qu'il connait est de retour.

« Vous… exercez encore ? Comme psychoperformeur ? »

Et quand il hoche la tête pour dire oui :

« Ça ne doit pas être facile tous les jours. »

FredJ n'a pas envie de répondre. Il n'a pas dit ça pour qu'on le plaigne. Alors Muriel ne dit rien non plus.

Au bout d'un moment il finit par demander :

« Vous ne me foutez pas dehors ?

— Non. »

Et comme il n'a pas l'air de s'en satisfaire :

« Écoutez, Fred, c'est ça ? Ça fait combien de fois que vous venez cette année, trois ? Quatre ?

— Quatre.

— OK. Ses parents ne viennent plus. Ils voudraient qu'elle soit morte, qu'on en finisse, vous comprenez ? Alors ils font comme si elle l'était déjà. Il y avait des amis qui venaient au début, mais plus depuis un bail. Sa sœur vient encore, mais c'est difficile pour elle, vu les circonstances, ça peut se comprendre. Alors elle fait sa visite une fois par an, pour l'anniversaire de sa sœur, et on est bien obligé d'admettre que c'est un moment éprouvant. Pour toutes les deux. »

Elle le regarde droit dans les yeux, et là c'est bien de la colère que FredJ peut y lire, mais contre personne en particulier. FredJ se dit qu'elle doit parfois avoir ce regard-là, sans s'en rendre compte, lorsqu'elle parcourt les couloirs vides de la clinique.

Ils restent encore un moment ensemble à regarder tomber la pluie, mais il n'y a plus rien à se dire. Muriel finit par faire demi-tour pour rentrer. Pendant qu'elle lui tient la porte pour qu'il puisse passer sans badge, elle lui glisse un dernier mot.

« Vous venez quand vous voulez. Vraiment. Je vous l'ai déjà dit, ça lui fait du bien. Vous évitez juste le jour de son anniversaire, d'accord ? »

5

Il est presque vingt-trois heures lorsque FredJ est finalement de retour à la villa. La vénérable ligne TGV-Méditerranée a encore connu un incident sur le retour, et le train de FredJ est resté planté en pleine voie pendant trois heures, quelque part du côté d'Avignon.

Il passe voir le client, qui n'a pas bougé d'un pouce, évidemment : coma artificiel lourd. Il veut contrôler les paramètres physiologiques pour vérifier que tout va bien, avant d'aller se coucher, mais une alerte clignote en haut de l'écran principal :

« Urgence : non-atteinte objectif majeur ».

FredJ contrôle sa montre et oui, on est bien le lundi 18 mai, et il est 23h08. Le 18 mai est un jour particulier, sur le contrat. Un paragraphe décrit des objectifs spécifiques, particulièrement exigeants, à atteindre chaque 18 mai avant minuit. L'agenda du système aurait dû lui renvoyer une alerte, mais après vérification FredJ n'était enregistré en vacances que jusqu'à aujourd'hui, 18 mai. 12h30.

C'est l'anniversaire du client, si ça se trouve. Tout le monde s'en fout, ce n'est pas lui qui va porter plainte. Mais justement parce que tout le monde s'en fout, que personne n'est en position de se plaindre, le contrat prévoit toute une série de pénalités et de sanctions automatiques.

FredJ n'a pas fait gaffe, et il est à quarante-cinq minutes de la faute professionnelle. Quarante-cinq minutes, c'est à peu près ce dont il a besoin pour faire un échauffement propre, au sortir d'une séquence de sédation aussi longue.

« Il faut tout faire pour que ça finisse proprement, tu vois ? » *Terrence*

« Celui qui tue, il porte la marque. » *Marseille-Saint-Germain*

« Vous évitez juste le jour de son anniversaire, d'accord ? » *Muriel*

Quelque part dans l'esprit de FredJ, il y a quelque chose qui saute. Et il la sent monter, sans plus rien pour la retenir. La colère.

Il tape un peu sur tout à la fois : réactivation de la trame, stimulation cardio et ventilo, flashes directs sur des zones cérébrales choisies au hasard. Le cerveau du client réagit peu, au moins au début, alors il continue. Il perd ses repères, ignore l'historique de ce qu'il fait, et se contente d'empiler les stimuli comme ils lui viennent sous les doigts. Il s'en fout.

Le cerveau s'emballe tout d'un coup, partout à la fois. FredJ joue des séquences périodiques maintenant, comme un refrain entêtant chanté à tue-tête, ou une ligne de basse martelée à pleine puissance. Longtemps. Un des talons du client se met à marteler la couchette de manière spastique.

Les alertes multicolores s'empilent tandis que sur la représentation graphique de grandes plages du cerveau s'illuminent comme des nuages d'orage. Mais FredJ ne réussit pas à maintenir l'état d'excitation cohérent que requièrent les objectifs. Alors, comme il n'a pas le temps, comme le client risque de fatiguer, et comme il a la rage, il envoie trois grands coups de boutoir, des éclats de cymbales pour le final de cette symphonie infernale d'alarmes système.

Sur l'écran, le cerveau rentre en combustion, toutes les couleurs de la représentation graphique saturées. Les indicateurs sont tous dépassés, puis explosés. Il est 23h47 et un petit «ping» indique que FredJ vient de valider ses objectifs. Du bon boulot.

Il coupe tout, sans plus de précautions. Pendant de longues minutes, des aires cérébrales liées au langage, à l'exécution de tâches complexes, et à toutes sortes d'autres choses continuent de briller à l'écran d'un rouge sombre, comme des braises qui refuseraient de s'éteindre. FredJ n'entend plus que le bruit de sa propre respiration, haletante, rauque.

Pris de panique, il finit par reprogrammer un petit quelque chose, la trame plus une séquence de récupération. Du rafistolage, pour ce qu'il doit rester à sauver, puis il s'en va, trop lâche pour contempler les résultats de son œuvre, ou même vérifier que le client se stabilise.

Quand il sort de la pièce, il devine une présence en travers de la porte, dans le noir. FredJ panique un quart de seconde, le temps d'identifier une diode rouge qui brille, trop bas pour un visage. C'est le robot-vigile.

Rambo reste au milieu du chemin, gênant le passage. Tandis que ses yeux s'accommodent à l'obscurité, FredJ remarque la mitrailleuse dégagée de son logement, et braquée droit sur lui. C'est déjà arrivé des dizaines de fois, mais sans savoir pourquoi, il a la sensation qu'il risque vraiment sa peau, ce coup-ci. Une fraction de seconde, il réalise que les assurances ne le couvriront pas s'il se fait trouer la peau, vu qu'il a touché aux réglages. Et qu'il s'en fout, vu qu'il n'a ni famille, ni assurance-vie.

FredJ éclate de rire, il est si fatigué.

«Tu veux ma peau, Rambo? Eh bien, vas-y, allume-moi, au lieu de rester planté là comme un con!»

Un signal lumineux se met à parcourir périodiquement la surface du robot, du centre vers la droite. «Rangez-vous», ou «Bouge ton cul», c'est selon. FredJ a à peine la place, mais il se glisse le long du mur, et réussit à dégager la porte.

Toujours sans un bruit, Rambo range sa mitrailleuse et se glisse à l'intérieur. FredJ guette la porte un moment pour voir s'il ressort, mais le robot reste dans la chambre, au moins jusqu'à ce que FredJ se décourage et se décide finalement à aller se coucher.

6

« Putain, FredJ, t'as déconné, là. T'as déconné grave ! »

Et le pire, c'est que FredJ est d'accord. Il a déconné. Trois jours se sont écoulés depuis cette nuit du 18 mai, mais sur les scripts que Terrence examine pour la visite médicale, on ne voit qu'elle. Terrence n'aurait pas eu plus de solutions acceptables que FredJ pour gérer cette situation, bien sûr, mais lui, ça n'est pas son boulot.

« Je te le mets au repos pour une semaine ! Je te dis même de prendre des vacances… Et toi, qu'est-ce que tu fais pour fêter ça ? Tu lui décalques la tronche ! Mais tu pensais à quoi quand t'as fait ça, bordel ? Tu pensais à quoi ? »

Mais à rien, il ne pensait à rien. À quoi voulait-il qu'il pense ?

Terrence continue sur ce ton pendant encore un moment, repassant encore et encore sur les enregistrements du 18 mai. Mais comme ça ne le calme pas vraiment, et que FredJ ne réagit pas, ils finissent par passer dans la chambre du patient. Au moment de lancer la séquence de réveil, Terrence lui balance une dernière vacherie :

« Je te préviens, FredJ, sur ce coup, t'es tout seul. On a beau être entre potes, je ne couvre pas ce genre de conneries. T'es à poil. »

Ça, FredJ s'en doutait un peu. Au moins, Terrence a l'air de s'être calmé un peu en pensant à ça. Les bénéfices d'une conscience tranquille, sans doute.

Suit un quart d'heure de silence embarrassé et tendu, tandis qu'ils réveillent le patient. À vrai dire, les deux s'attendent à ce que la réanimation mette à jour à un moment ou à un autre des dommages irrémédiables, et à ce que FredJ passe le reste de la journée à expliquer la situation à la Commission de Validation des Décisions pour la Fin de Vie, et accessoirement, à la Police.

Et pourtant, la séquence se déroule remarquablement bien. Au point que même Terrence finit par croire que tout pourrait se passer sans anicroche.

«Bon, FredJ, tu me tiens au courant quand tu t'approches de l'état conscient/lucide ?

— Il… Il est réveillé.

— Comment ça ? Il sera conscient dans combien de temps ?

— Il est réveillé. Là, maintenant. C'est venu tout d'un coup. »

Comme une personne saine qui s'éveille. Terrence jette un coup d'œil incrédule au lit médicalisé. Le client a toujours la tête enfouie dans le casque de stimulation. Il n'a pas esquissé un geste.

« Pu… Mais sors-le de là ! Tu veux qu'il nous fasse une attaque de panique ? »

FredJ obtempère, bien sûr, il préfère ne pas trop la ramener aujourd'hui. Il n'empêche, même s'il ne dit rien pour ne pas rajouter à la confusion : le patient, sur la console, ne présente pas le moindre signe d'anxiété. Et ça, ce n'est pas très normal pour quelqu'un qui se réveille la tête enfoncée dans une boite noire, la tête serrée dans un étau pour éviter qu'il n'arrache la connectique.

Quand ils le sortent, le client a les yeux grands ouverts. Et si l'un d'eux se berçait encore d'illusions sur le fait que tout était normal, plonger dans ce regard suffit à les détromper. Ce regard ne fixe rien, ou plutôt des choses droit derrière eux, des abimes insondables qui leurs échappent à tous les deux.

Terrence tente bravement sa chance malgré tout.

« Bonjour Monsieur. Ça va ?

— Bonjour. »

Ça doit faire un moment que le client n'a pas répondu à un bonjour. FredJ serait tenté de parler de miracle, s'il n'y avait pas ce fichu regard.

« Je suis votre médecin traitant. C'est le jour de votre visite…

— C'est un jour heureux dont le Seigneur nous fait grâce, Docteur.

— Que… Je vous demande pardon ?

— Je disais que c'est un jour heureux dont le Seigneur nous fait grâce, Docteur. »

Terrence jette un regard inquiet vers FredJ.

«Tu peux pas faire quelque chose, là? Il y a des inhibiteurs pour ce genre de trucs normalement…

— J'ai rien sur les indicateurs.

— Qu'est-ce que tu veux dire?

— J'ai rien sur les indicateurs 4, 9, et 24. Schizo-négatif. Il ne délire pas.»

Terrence a un mouvement de bras paniqué qui doit vouloir dire «Décroche de ton écran et écoute un peu ce qu'il vient de me dire», mais comme FredJ ne peut rien pour lui, il est bien obligé de reprendre la conversation.

«Monsieur, il faut que je m'assure que… vous adhérez au processus en cours. Que vous êtes d'accord pour que ça continue. Vous comprenez?

— Oui.

— Souhaitez-vous la poursuite de l'expérience récréative, tel que stipulé dans le contrat?

— Ce ne sera pas nécessaire.

— Pardon?»

Une grossière erreur, parce que le client se redresse, fixe Terrence de ce regard insoutenable, avant de lui saisir le bras d'une poigne que FredJ devine écrasante. Il dit d'une voix monocorde, mais bizarrement décidée :

«Il est apparu dans une grande lumière. Il a tourné son visage vers sa créature.»

Puis après une pause interminable :

«Ce ne sera pas nécessaire. Plus jamais.»

Terrence a un cran incroyable, il faut lui accorder ça. En fait, en cet instant, FredJ pense qu'il est le culot incarné. Il sourit, fait desserrer d'une caresse la main qui lui serre toujours le biceps, avant de se tourner vers la console :

«Très bien, FredJ, tu nous fais les papiers de sortie?»

Et comme FredJ reste planté là comme un con, il articule sans le prononcer un «Grouille-toi, enculé» bien visible, si bien que celui-ci réussit à sortir de sa torpeur.

Plus tard, Terrence est sorti pour passer quelques coups de fil pour les dernières formalités, et échapper à la présence angoissante du client. FredJ reste seul avec lui, à enlever les dernières connectiques et les cathéters, et lui faire un brin de toilette.

Le client se laisse faire, immobile et rigide comme une statue, mais à un moment il lui saisit le bras à lui aussi, et ça fait aussi mal que ça en avait l'air sur Terrence. Comment garde-t-on une poigne pareille à végéter pendant des mois dans un lit ?

Ce regard.

« Vous êtes l'instrument de Dieu.

— Lâchez-moi, je ne suis l'instrument de rien du tout, je vous passe juste une compresse de désinfectant dans le dos...

— Pas plus qu'un marteau dans la main du forgeron, l'instrument de Dieu ne choisit d'être un outil. Il n'empêche, vous avez été choisi, et vous avez forgé. Soyez béni, éternellement.

— Lâchez-moi... »

Et il le lâche, et même s'il reste une trace un peu louche vers le bas du dos, FredJ décide qu'il en a fini avec la toilette. Comme s'il avait compris, le client se lève, et sort de la pièce. Ça fait des mois, et c'est tout juste s'il vacille un peu sur ses jambes.

Bientôt, on n'entend plus que la pluie qui s'est mise à tomber lourdement, et qui martèle la porte-fenêtre de la petite chambre.

Quand FredJ se décide à suivre le client, il est déjà presque rendu à la porte d'entrée. Il serait sans doute déjà sorti si Terrence ne faisait pas barrage. Dans un coin de la pièce, Rambo observe la scène, suivant comme distraitement les déplacements des uns et des autres de sa mitrailleuse.

« Monsieur, je comprends que vous vouliez sortir. Mais en tant que médecin, ça ne me parait pas prudent, surtout après une immobilisation aussi longue. Et puis...

— Je mets mes pas dans ceux du Seigneur, ils en sont plus légers. Mes forces n'ont pas d'importance, je m'abreuve à la source de la Vraie Force.

— Mais... »

Mais il pleut des seaux, et puis vous êtes complètement à poil. Terrence s'aperçoit soudain de la futilité d'argumenter avec quelqu'un qui s'abreuve à la source de la Vraie Force pour inscrire ses pas dans ceux du Seigneur, à poil sous la pluie.

Il fait une dernière tentative désespérée :

«FredJ, tu dois savoir où se trouve la garde-robe de Monsieur ?»

Mais ce dernier se fend d'un sourire, le premier, avant de répéter une dernière fois :

«Ce ne sera pas nécessaire. »

Puis il sort. Un chuintement, et Rambo file à sa suite dans la nuit. On entend un moment les pas du client dans les graviers, le crissement des pneus du robot, puis il n'y a plus que la pluie.

Terrence pousse un juron, avant de prendre son téléphone pour appeler les flics. FredJ va leur servir un verre au bar, un dernier avant qu'ils n'aient tous deux à vider les lieux. Quand il revient, Terrence a raccroché, il est parti s'asseoir dans la grande banquette du grand salon, face à la baie vitrée. Mais on ne voit rien dans la nuit, pas même la lueur des bateaux au loin qui doit être masquée par la pluie.

Ils boivent leur verre sans un mot, ça dure un moment. Jusqu'à ce que Terrence parte d'un grand éclat de rire, un peu forcé.

«C'est pas commun, ça, quand même! T'es un génie dans ton genre, FredJ, un putain d'artiste. Je crois que je n'ai jamais vu un client aussi satisfait, d'une certaine manière. »

FredJ ne répond rien, il n'a pas vraiment écouté, d'ailleurs. Dehors, il pleut toujours autant.

7

La police d'Antibes a fini par remettre la main sur le propriétaire vers quatre heures du matin. Toujours à poil, et toujours sous une pluie battante. La fatigue l'avait finalement rattrapé, et il s'était effondré sur un trottoir, à l'abri relatif d'un palmier.

Ils ont appelé FredJ, bien sûr, vu qu'ils l'avaient encore d'enregistré comme tuteur légal. Mais comme tout était clean dans les papiers, la police s'est contentée de coller une couverture sur le dos du client, et de le ramener chez lui pour éviter qu'il continue de se balader à pied.

Il a refusé d'aller à l'hôpital. Au moins, il était bien trop crevé pour retenter une vadrouille cette nuit-là, et les policiers n'en étaient pas chagrinés. Eux aussi, ils l'ont trouvé un peu bizarre.

FredJ n'a plus de boulot, il est remonté sur Paris, où il dépanne pour des missions courtes ou de l'événementiel à l'agence, le temps qu'on lui retrouve un contrat de long terme. Il fait déjà ça depuis quelques semaines quand un jour, en arrivant au boulot, un collègue lui relaie un article de magazine sur son mail. Le titre :

«IL EST APPARU DANS UNE GRANDE LUMIÈRE…»
«Au bout des expériences mentales les plus extrêmes, la Révélation?»

Ça continue sur ce thème sur quatre pages, et visiblement, le client ne s'est pas arrangé depuis leur dernière rencontre.

Inutile de vous dire, les collègues sont morts de rire. FredJ est la star des machines à café pendant un moment, il gagne des surnoms comme «BernadetteJ» ou «FredJésus», on lui offre même des images de la Vierge pour son anniversaire au cas où des clients lui en demandent. Et puis ça s'arrête, les gens n'étant pas si à l'aise que ça avec cette histoire, au fond.

FredJ a un peu craint pour son employabilité, mais l'affaire ne nuit pas à sa cote marchande, c'est même plutôt le contraire. Le marketing le met sur un créneau «trash-chic», comme ils disent, et ça, c'est carrément trendy.

L'un dans l'autre, les choses rentrent dans l'ordre.

Jusqu'à ce matin de début août, alors que FredJ vient de terminer un boulot. Il est très tôt, le soleil se lève à peine et fait briller les trottoirs laissés humides par une averse. Il fait déjà bon, mais FredJ a froid. Il n'a pas dormi, et la soirée lui laisse un sale goût dans la bouche et une envie de prendre un bain. Il intervenait sur une partie fine pas si fine que cela, qu'il était chargé de psycho-encadrer.

FredJ repère tout de suite le type assis sur son banc, et pour cause, les rues de Paris sont désertes dans ce quartier chic, c'est l'heure où sortent les camions automatiques de la voirie. Le type se lève, et se dirige vers lui avec un grand sourire, comme s'il l'attendait. Costume rayé bien coupé, mais de goût douteux, cheveux jetés en arrière avec une tonne de gel, une chevalière énorme à chaque main.

« M. FredJ, c'est bien ça ? Dr Zoran Gulakis, je travaille chez Nerck-Mestlé… », lui dit-il, en lui tendant une carte.

Sur celle-ci, on lit que le Dr Zoran Gulakis est chef de projet R&D agro/pharma, dans le département neuro-récréation. FredJ comprend mieux le look de gangster années 20. Ces gars des labos pharmas, ils n'ont jamais pu totalement se débarrasser de leur côté mafieux, ça doit remonter à l'époque où vendre de la drogue était un trafic.

« Vous faites dans l'agroalimentaire, Dr Gulakis ?

— Ha ha ha. Ouais, je vends des compléments alimentaires pour bébés lapins. J'aurais aimé parler business deux minutes avec vous, si vous avez le temps. »

FredJ ne sait pas s'il a vraiment envie de parler business avec Costume Rayé. D'accord, il est tombé bien bas, et il creuse encore, d'accord, il porte la marque, mais la recherche pour les labos, les cobayes humains… Ça fait peur.

Mais FredJ repense à sa soirée, et il se demande s'il ne se dégoûterait pas encore plus à jouer les vierges effarouchées, après ça. Alors il dit pourquoi pas, si c'est pour deux minutes.

Costume Rayé a l'air de bien connaitre le quartier, ou d'avoir fait un repérage, parce qu'il leur trouve sans hésitation un troquet ouvert à six heures du matin. Il se commande une bière, et un café pour FredJ.

« Vous vous doutez de pourquoi je viens vous voir, FredJ ? »

Oui, il s'en doute un peu. Ça fait sourire Costume Rayé.

« Un profil étonnant ce monsieur, hein ? Bon, vous connaissez nos produits, vous savez qu'on est présent aussi bien sur les substances physiques que les intangibles. On est toujours à la recherche de trucs un peu en rupture, et on se demande s'il n'y aurait pas quelque chose à faire avec votre séquence… On peut en discuter ? »

Oui, d'ailleurs, c'est ce qu'ils sont en train de faire, en discuter. FredJ ne sait pas trop, le contrat avec l'agence, les aspects de propriété intellectuelle… Il a aussi la trouille et cette séquence le dégoûte, mais ça, il ne pense pas que ce soit dans son intérêt de le dire.

Costume Rayé se montre compréhensif.

« Pas de problèmes, il n'y a rien qui presse… Je vous laisse vous mettre au clair avec votre conseil juridique, et vous revenez vers moi dans quelques jours ? »

Costume Rayé a fini sa bière et FredJ n'a pas touché à son café. Ils se disent au revoir là-dessus, et FredJ se demande si c'est ce qu'il fait tous les jours, Costume Rayé, poireauter à six heures du matin pour attendre un gars, lui offrir un café, et finalement ne pas lui dire grand-chose.

8

Sans grande surprise, l'avocat de FredJ, maître Faugel, se dégonfle quand il lui demande de l'assister pour des négociations avec Nerck-Mestlé.

« Il faut que tu comprennes que c'est délicat, FredJ. La propriété intellectuelle, ce n'est pas du tout notre domaine…

— Vous n'étiez pas censé avoir un gars au cabinet qui pouvait traiter ce genre de questions ?

— Non, mais bien sûr, Didier peut dépanner, pour des petits trucs… Mais là c'est autre chose, c'est Nerck-Mestlé, quand même ! »

Oui, c'est Nerck-Mestlé, et FredJ peut comprendre l'argument. Ces grands labos pharma trainent une réputation d'enfoirés en matière de droit, pas totalement usurpée au vu des quelques dossiers qu'il a pu voir passer dans sa carrière. L'avocat en panique finit par lui promettre de transmettre le dossier à un cabinet spécialisé.

Quelques jours plus tard, FredJ se retrouve à Amsterdam, dans les locaux de Van Eyck & de Vrij. Faugel ne s'est pas foutu de lui : c'est un des cabinets les plus réputés sur tous les sujets liés à la neuro-récréation. Sur un mur, une frise résume leurs plus grands succès, depuis l'époque où les cabinets hollandais étaient en pointe du combat pour la libéralisation des substances psychoactives en Europe.

FredJ est en avance. Il ravale sa salive quand la réceptionniste lui indique que son rendez-vous est avec maître de Vrij en personne. Il s'installe pour patienter dans un des fauteuils en cuir du grand hall d'accueil blanc. Il a encore une demi-heure pour essayer de comprendre pourquoi son pauvre dossier peut intéresser cette boite, et leur avocat star qui plus est. Mais il n'y arrive pas, tout se brouille dans sa tête, et il reste stupidement assis, à attendre.

Ici aussi, les banquettes sont trop grandes, se dit FredJ. On est au septième étage et en bordure du quartier d'affaires, et la grande baie vitrée donne sur une mer de pavillons de banlieue. FredJ se sent aussi peu chez lui ici que là-bas.

Maître Dora de Vrij le reçoit finalement, dans un bureau tout en boiseries chaleureuses. C'est une grande blonde d'une cinquantaine d'années, très élégante, avec un grand sourire engageant et des yeux rieurs qui font oublier les quelques rides qui les entourent. Elle parle français avec un léger accent, chaque mot comme découpé avec soin dans les pages d'un journal.

Un robot laisse un plateau à café en argent sur une table basse. Derrière, le bureau est quasiment vide. Un grand ordinateur intégré au bois massif, quelques objets sans faute de goût. Dans un coin, une petite forêt de photos d'enfants et de petits-enfants.

« Oui, c'est moi qui ai sélectionné votre dossier. Cette histoire de représentant qui vous démarche en pleine rue… Ça m'a intrigué. Et puis c'est Nerck-Mestlé, ça ne leur ressemble pas de rentrer en négociation avec un indépendant comme vous. Avec ce genre de boites, c'est plutôt soit ils vous ignorent, soit ils vous baisent… »

Elle insiste un peu sur le mot vulgaire, en vous regardant de son air perpétuellement amusé, comme pour vous mettre au défi de vous en offusquer.

« Vous m'avez amené les transcripts en question ?

— Bien sûr. »

Les documents sont en papier, à l'ancienne, pour la confidentialité. Il a une légère hésitation au moment de les lui donner, et elle doit s'en apercevoir.

— Allons… FredJ, c'est ça ? Vous croyez vraiment que l'on bâtit une réputation comme la nôtre pour la foutre en l'air du jour au lendemain à entuber un client ?

— Excusez-moi. Vous lisez les séquences directement ? »

Elle se penche sur les graphes sans lui répondre, avec une moue amusée pour lui faire comprendre qu'il est un peu ridicule, et finir de le rassurer. Elle lit effectivement très vite, très concentrée.

Ses yeux s'écarquillent d'un coup, et FredJ sait très bien quel passage elle a dû aborder.

« Pourquoi… Vous leur faites souvent ce genre de prestations, à vos clients ?

— C'était une occasion particulière. »

Elle arrête de lire, le regarde droit dans les yeux, puis éclate de rire. La petite lueur maline dans son regard vire au franchement malsain.

FredJ réalise qu'il s'est laissé berner. Par le sourire franc, le style sobre et bourgeois. Par les photos de famille sur le bureau. Dora de Vrij est une complète, une absolue salope. Il jure intérieurement qu'on ne l'y reprendra plus, à donner sa confiance comme ça dans ce milieu, même pour quelques minutes. Il est un peu déçu, aussi.

« Si c'était pour une occasion particulière, alors… »

Elle jette encore un œil en souriant sur quelques passages, avant de mettre les feuillets de côté.

« Bon, blagues à part, je ne vois pas trop, là. Si vous m'expliquiez plutôt directement pourquoi Nerck-Mestlé s'intéresse à vos talents d'artiste ? »

FredJ s'exécute, en essayant de rester aussi factuel que possible. Il se rend vite compte qu'elle n'a jeté qu'un coup d'œil rapide à son dossier, avant sa venue. Elle l'écoute avec attention, mais sans enthousiasme particulier. Elle l'interrompt de temps à autre pour une question, toujours précise.

Dès qu'il a fini, sans transition :

«Très bien, FredJ, vous savez comment nous fonctionnons, ici ?

— Heu, financièrement, vous voulez dire ?

— Oui, financièrement. Nous nous payons entièrement sur le résultat, rien que sur le résultat. On est suffisamment bons pour ça. Dans le cas qui nous intéresse, le montant de la licence que vous accordera Nerck-Mestlé, ou les dédommagements s'ils cherchent à vous baiser. Mon assistante a déjà dû vous communiquer les pourcentages ? Parfait. Ça veut aussi dire que l'on choisit nos dossiers. Je vais faire ma petite enquête pour éclaircir ce qui me semble bizarre dans votre histoire, passer deux-trois coups de fil, et je devrais pouvoir vous dire dans quelques jours si on peut travailler ensemble. Je vous rappelle à ce moment-là. Des questions ? »

Pas de questions.

« Dans ce cas, il ne me reste plus qu'à vous souhaiter un bon retour sur Paris, FredJ. »

FredJ est dehors, puis dans le train. Il a passé moins de 3 heures à Amsterdam, dont un peu moins de vingt minutes dans le bureau de l'avocate.

Dora de Vrij le rappelle effectivement, cinq jours plus tard.

« Maitre de Vrij ?

— Laisser tomber ça, et appelez-moi Dora, on va bosser ensemble. J'ai du nouveau. »

Elle semble surexcitée, FredJ a du mal à raccorder ça à sa vision du personnage.

« J'ai un peu fouillé pour voir si quelqu'un s'était intéressé à votre truc, et en particulier voir si Nerck-Mestlé avait bougé sur le sujet. J'ai fini par appeler un contact à la Commission d'Éthique des Pratiques Paramédicales à Bruxelles, vous savez, ceux qui sont censés réguler l'activité de gars comme votre ami à costume rayé. Eh bien, figurez-vous qu'ils sont drôlement remontés contre N-M, là-bas. Oui, à bloc. En particulier, il y a un protocole, apparemment sans grand intérêt, pour lequel N-M déclare quatorze décès en cours d'expérimentation, plus une autre douzaine dont le dossier d'euthanasie reste à valider. »

Elle dit tout ça à toute vitesse, presque sans pause entre les phrases. Elle n'a pas l'air d'avoir pris des trucs. Juste l'excitation d'un chien qui a reniflé quelque chose et court partout autour en remuant la queue.

« La CEPP ne peut rien faire pour bloquer le dossier, bien sûr, mais en attendant, ça gueule ! Une nichée de putois. Ils ont demandé des clarifications sur les protocoles à N-M et je devrais pouvoir mettre la main dessus quand ça sortira. Ça vaudra ce que ça vaudra, vu que N-M risque de se foutre de leur gueule, mais je ne serais pas étonnée que ça ressemble à votre petite gâterie du dimanche soir, leur protocole expérimental. Alors…

— Attendez, attendez, une minute. Vous pensez qu'ils ont la séquence ?

— Bah, bien sûr qu'ils ont la séquence. Vous avez une confiance inébranlable en l'honnêteté de votre oui-oui ? »

C'est comme ça que certains appellent les inspecteurs des services d'hygiène dans le milieu, surtout ceux qui ont connu l'époque où pas mal de trucs se faisaient encore clandestinement. FredJ pense à Terrence, à ses costumes chics, à la voiture de sport flambant neuve…

« Inébranlable, c'est pas vraiment le mot.

— Bon, pas la peine d'aller chercher plus loin, à mon avis. On pourra toujours menacer de poursuivre ce con si ça sert nos intérêts. Mais en attendant…

— Mais nos intérêts pour quoi, bordel ! Ils ont la séquence. Et en plus ça tue leurs cobayes ! C'est foutu, non ?

— Foutu ? Le con. Il pense que c'est foutu ! Je vous jure, il y a vraiment des fois où il faut que l'on vous prenne par la main, vous, les artistes. Vous allez voir, c'est comme pour vos performances, l'important, c'est les enchainements. »

Elle n'a toujours pas l'air de vouloir reprendre son souffle.

« Donc, N-M voit passer dans la presse l'histoire de votre client qui a vu la Lumière, ou quelque chose de ce genre. Ça les amuse, ils se renseignent un peu, puis ça les intéresse, et ils décident de débaucher votre copain. Ou bien c'est lui qui vient les démarcher. Bref, comme vous dites, "ils-ont-la-séquence". Vous me suivez, jusque-là? Bon, à partir de là, ils cherchent à vous baiser. Normal. Bien sûr, ils ne sont pas assez cons pour copier-coller et violer ouvertement vos droits de propriété en vous piquant la formule directement. Votre oui-oui est peut-être un pourri, mais il est bien obligé de déposer vos enregistrements chez un huissier numérique, au minimum. Par contre, ils vont essayer de faire des trucs juste un petit peu différents, qui si ça se trouve marchent un poil mieux, ou juste différemment. Ils encadrent votre idée, posent leurs propres brevets tout autour, jusqu'à ce qu'elle ne vaille plus un clou et qu'ils puissent la contourner comme ils veulent. Et vous êtes baisé, vous ne pouvez même plus exploiter votre propre concept sans leur accord, si c'est bien fait. »

Cette partie-là, FredJ avait compris.

« Ils n'y arrivent pas. Vous comprenez? Ils essaient comme des dingues, mais ils n'y arrivent pas. Pour exciter comme ça les oui-oui en chef de Bruxelles, il a vraiment fallu qu'ils déconnent à max, chez Nerck-Mestlé, et il faut vraiment qu'ils aient une bonne raison pour faire ça. Pas que la CEPP soit jamais bien pénible avec eux, mais pourquoi risquer que ça change, n'est-ce pas? Votre truc à vous, il marche. Vous inquiétez pas, ils ont dû vérifier, sinon ils ne claqueraient pas des sommes dingues en cobayes humains, surtout avec des pénalités "décès et invalidité" en plus. Votre truc marche, mais pas leurs conneries pour le contourner. On les tient par les couilles, FredJ, par les couilles! Alors, voilà ce qu'on va faire... »

Mais FredJ ne suit plus, la voix de Dora ronronne en fond sonore tandis que ses pensées suivent leur propre cours.

Combien a-t-elle dit déjà, quatorze? Non, ça, c'est sans ceux qui attendent encore qu'on les achève. Combien de ceux-là? Et combien non encore déclarés? FredJ réalise qu'il est peut-être bien un tueur, maintenant, en fin de compte.

9

Le rendez-vous suivant avec N-M a lieu dans une brasserie à la mode de Bruxelles. Costume Rayé est venu accompagné d'un directeur de quelque chose, un Indien dont FredJ n'a pas réussi à enregistrer le nom.

Costume Rayé commence à évoquer la cession d'une licence d'exploitation pour la séquence, et comme convenu, Dora le plante d'entrée. Aucune licence tant que les essais cliniques ne sont pas terminés. Dans l'attente, ils sont venus négocier la collaboration de FredJ au programme de recherche, en échange d'un accès complet aux résultats et l'inclusion de FredJ dans l'équipe de recherche avec un salaire «conforme à son importance pour la réussite du projet».

Costume Rayé fait d'abord semblant de croire à une plaisanterie. Dora rigole avec lui, mais ne lâche rien. Le ton s'échauffe au fur et à mesure qu'il réalise que Dora à la ferme intention, pour reprendre son expression favorite, de le baiser. On discute, donc.

L'Indien est un gros type à moustache qui sue abondamment dans sa chemise à carreaux. Il suit la conversation sans dire un mot, les yeux à peine entrouverts, si bien que FredJ finit par se demander s'il ne somnole pas à moitié malgré les échanges de plus en plus animés.

À un moment, l'Indien se rend compte que FredJ l'observe, et lui fait un grand sourire :

«En tout cas, Monsieur J, si vous devez travailler pour nous, c'est déjà un plaisir de constater que vous savez bien vous entourer...»

Costume Rayé, déjà bien rouge, donne l'impression qu'il va s'étouffer, mais il ne dit rien. Son chef reprend la main et dix minutes plus tard, un accord de principe en vue de l'embauche de FredJ et de l'accès aux données préliminaires est trouvé.

Le rendez-vous fini, il y a un truc que FredJ ne réussit toujours pas à saisir.

«Mais c'est quoi au juste qui les intéresse, dans cette fichue séquence ?»

Ça fait bien rire Dora. Tout la fait rire, le déjeuner a l'air de l'avoir mise de bonne humeur.

« Houla, vous, vous n'êtes pas trop du genre mystique…

— Non. Pourquoi, c'est votre cas ?

— Oh non, ce n'est pas mon genre non plus, ne vous inquiétez pas. Donc comme ce n'est pas notre truc, ni à vous ni à moi, voilà ce que je vous propose : on laisse la question de l'intérêt de votre trouvaille aux mystiques et au service marketing, et on se contente d'intégrer le fait que N-M est prêt à se foutre à poil pour faire marcher votre solution ? »

Une semaine plus tard, FredJ a rendez-vous dans les labos de N-M. C'est Costume Rayé qui conduit, et Dora est à l'arrière. Ils sont en Picardie, pas loin de la ligne de front où la mégalopole parisienne continue de grignoter la campagne.

Costume Rayé a l'air plutôt bien remis de son humiliation du déjeuner à Bruxelles. Sans doute a-t-il l'habitude d'avaler des couleuvres, ou bien son métier lui a fait travailler ses talents d'acteur. Dans tous les cas, FredJ pense plus prudent de ne pas le considérer comme un grand copain. Dora n'arrange rien : elle parle peu, mais ne se donne pas la peine de cacher son mépris. Elle n'aime pas les perdants.

Ils finissent par s'arrêter devant des bâtiments anonymes, dans une zone d'activité quelconque. L'emplacement des locaux est gardé aussi discret que possible, annonce Costume Rayé, qui s'en excuse : une mesure de sécurité vis-à-vis des excités pro-life, dit-il.

« Qu'ils nous fassent chier quand on faisait des expériences sur les chimpanzés… Franchement, je pouvais comprendre. Mais là, merde, ce sont des volontaires ! On les paie pour ça ! » ajoute-t-il, incrédule.

FredJ se dit que ça va être difficile de toute façon d'être très copain avec Costume Rayé.

Les locaux banals cachent des systèmes de sécurité impressionnants : portes à sas, systèmes d'intervention automatisés… Au-delà, les locaux sont plus grands qu'il n'y paraît, s'enfonçant dans le sol sur plusieurs niveaux.

Alors qu'il parcourt les grands couloirs neutres et les open-spaces de bureaux, un chiffre lui revient en mémoire : 27.

C'est le nombre de décès enregistrés, tout bien compté, tel que noté dans les données du programme préliminaire que leur a gracieusement transmis N-M. Quatorze invalidités graves, aussi, et FredJ se demande comment on les compte. Les chercheurs ont volontairement exclu des invalides les sujets présentant des symptômes « conformes aux résultats attendus du protocole ».

À l'étage en dessous, la moquette cède la place à de grands couloirs carrelés de blanc au sol et au mur. Ça colle sous les pas après un passage de serpillière visiblement un peu rapide.

Costume Rayé leur fait enfiler une de ces blouses en papier qui ne protègent rien avant de pousser les battants de la porte de leur laboratoire.

La première chose que perçoit FredJ, c'est l'odeur d'urine. Violente, âcre, et pas toute fraiche.

« Votre console est au bout », dit Costume Rayé.

La salle est toute en longueur, avec des lits de chaque côté, peut-être une vingtaine, quasiment tous occupés par des cobayes sédatés. Un caniveau central pour recueillir les eaux de nettoyage quand ils nettoient, s'ils nettoient. Et effectivement, tout au bout, sur une sorte d'estrade comme pour mieux contempler le désastre, une console de DJ, peut-être la plus impressionnante que FredJ ait jamais eu l'occasion de voir.

« Vous les avez déjà branchés ? »

 C'est peut-être encore ce qui choque le plus FredJ.

« On n'a pas commencé sans vous, si c'est ce que vous vous demandez. On fait juste un blanc, si vous êtes familier des protocoles d'essais cliniques. Un coma artificiel profond, pour égaliser les conditions de départ entre les sujets…

— J'ai pas pris leur consentement.

— Fait, c'est sur votre console. »

FredJ traverse la salle comme dans un rêve, monte sur l'estrade. Il s'apprête à se brancher sur l'interface à commande oculaire, avant de se raviser et de la reposer sur son support en hochant la tête.

« Ça sent la pisse.

— Ouais. »

Et comme la réponse n'a pas l'air de suffire à FredJ, Costume Rayé rajoute pour s'excuser :

« On a dû les installer là depuis un peu longtemps, faire le blanc prend un moment… On voulait pas tous se les trimballer avec leur quincaillerie, vous imaginez le truc ?

— Je ne travaille pas comme ça.

— De quoi, vous avez l'odorat sensible ? »

FredJ se voit déjà lui hurler dessus, lui ordonner d'aller torcher le cul lui-même à ses cobayes pour aller voir s'il y a des escarres. Il souffle un bon coup, une fois, deux fois, et quand il a fini, c'est clair dans sa tête.

« Premièrement, vous me videz ces lits, et vous me lavez cette porcherie. Pas trois coups de jet d'eau, vous me la serpillez au désinfectant et aux ultrasons, sol, mur, plafond. Deuxièmement, si vous n'avez pas de chambres individuelles, vous me collez des cloisons amovibles entre les lits. Ou au moins des rideaux mobiles, ou quoi que ce soit qui leur permette d'avoir un peu d'intimité…

— Ils vous donnent l'impression d'avoir besoin d'intimité, là, tout de suite ? Ils sont dans le coma !

— … Troisièmement, quand vous avez terminé, je lance les séquences de réveil. Vous êtes gentil, mais les entretiens préalables et les recueils de consentement, je les prends moi-même. Je ne fracasse pas le cerveau de quelqu'un sans avoir dit bonjour. »

Costume Rayé n'est décidément pas son copain. Il doit s'y reprendre à trois fois avant de lui répondre tellement il s'étrangle de rage.

« Je crois qu'il va falloir se calmer, la diva. Je ne te laisserai pas foutre la MERDE dans MON unité de rech…

— Mes conditions, connard. Ou bien je me casse. Je te laisse une heure, au cas où tu aurais des coups de fil à passer. »

Costume Rayé donne l'impression pendant un court instant de vouloir hurler quelque chose, plein de choses, en fait. Mais il fait finalement demi-tour et sort, sans dire un mot de plus.

«Bravo, Waouw, quelle virilité! Vous ne vous martelez pas la poitrine avec les poings en signe de victoire?»

C'est Dora, qui a assisté à toute la scène, dans son coin. Dingue comme elle peut occuper tout l'espace et puis, l'instant d'après, savoir se faire oublier aussi complètement.

«Des commentaires à faire sur mes conditions et ma manière de les faire appliquer, Maître?

— On fait comme on a dit, FredJ. Les aspects techniques, ça vous regarde…»

FredJ finit par ajouter, en marmonnant:

«En plus, ça va être l'occasion de vérifier que notre prise aux couilles est aussi assurée que vous avez l'air de le penser, pour reprendre votre expression favorite…»

Elle souriait déjà, elle éclate franchement de rire, et FredJ est heureux qu'à part eux deux, tout le monde soit dans le coaltar dans la pièce, parce que ce rire pue la mort.

Elle rigole encore quand les équipes de manutention arrivent pour débarrasser les lits, les engins de nettoyage sur leurs talons.

10

Le cobaye de l'après-midi s'appelle Karim. Il a le profil que FredJ s'est habitué à rencontrer, ces dernières semaines.

Karim n'est pas vraiment dépressif, ce serait un motif d'exclusion pour son recrutement comme cobaye. Il a juste suffisamment une vie de merde pour essayer de la monnayer: le cocktail habituel de surendettement, de chômage et de dégoût de lui-même.

Il n'est pas non plus sans attaches, il est divorcé, mais avec deux gosses, et c'est d'ailleurs pour eux qu'il fait tout ça. Plus précisément, il le fait pour le fric, donc pour eux: Karim sait qu'il est hasardeux de compter profiter lui-même de l'indemnité.

D'ailleurs, FredJ et lui font vite le tour de la question, au cours de l'entretien de recueil des consentements. FredJ n'a aucune prise sur un type comme lui. Karim n'a pas besoin qu'on lui explique les risques, il est lucide. Il n'a pas besoin d'être écouté, d'une main secourable, d'une dernière chance, ou d'une connerie de ce genre.

Il n'a même pas vraiment envie d'être rassuré sur la non-dangerosité de l'essai, ou au moins, son caractère non létal. Au fond, une mort nette, bien propre, avec primes, ce serait peut-être ce qui règlerait le plus efficacement ses emmerdes, à lui comme à sa famille.

Donc comme il n'y a rien à faire d'autre, on signe, on se dit au revoir, et on fait le blanc. Tandis que Karim s'endort, FredJ se rappelle le nom et les visages des trois cobayes qu'il a fait revenir sur leur décision à la dernière minute. Chacun d'entre eux lui a valu des engueulades avec les équipes de N-M, et une montagne de paperasse à remplir.

Des petites victoires un peu vaines, se dit FredJ, vu qu'il faut bien remplir les créneaux. Il se demande si ça change vraiment tout, que ce soit un type décidé comme Karim qui y passe, plutôt qu'un autre qui flanche au dernier moment.

Une fois que le coma artificiel est bien installé, l'ordinateur lance automatiquement la séquence. On est dans les phases finales de l'étude, où l'on ne cherche plus qu'à vérifier la répétabilité des résultats. La rigueur scientifique interdit des sources de biais comme la réalisation manuelle des enchainements.

Pas de soucis de ce point de vue là, d'ailleurs : les résultats sont très répétables.

FredJ reste pour vérifier que tout se passe bien, mais au fond, il a fini sa journée. Ce boulot vire vraiment à la blague. C'était acquis que Dora le lui avait obtenu pour rester au contact du dossier, l'intéresser aux résultats sans s'engager sur un prix de vente. Mais jusqu'à maintenant, il trouvait encore moyen de se rendre utile.

Sur le chemin de la sortie, FredJ fait un détour pour passer devant les chambres du niveau -3, où a lieu l'analyse des résultats de l'étude en cours. FredJ est exclu de cette étape, son contrat ne mentionne que la « réalisation » des essais. Une petite mesquinerie de Costume Rayé qui se venge comme il peut. En pratique, FredJ endort ses cobayes, réalise les séquences, puis ils disparaissent de sa vie.

Il entend du bruit derrière une porte fermée. Il hésite un instant, il n'a rien à faire là sinon passer, mais il finit quand même par coller l'oreille. Les sons sont trop assourdis pour qu'il entende le détail de la conversation. Il y a plusieurs voix rapides, professionnelles, qu'il attribue à des chercheurs. Et une que l'on distinguerait entre mille, froide, investie d'une gravité inébranlable.

FredJ saisit au vol des bribes, un mot par-ci par-là, rien qui ne fasse sens. Il finit par repartir avant de se faire surprendre à jouer les espions, pressant le pas pour s'éloigner de cette porte qu'il n'aurait pas le droit d'ouvrir même s'il le souhaitait.

FredJ habite dans un nouvel appartement que lui a trouvé N-M, officiellement pour le rapprocher de son travail. C'est surtout bien plus spacieux que ce qu'il avait avant, et FredJ soupçonne Dora d'en avoir fait la demande rien que pour emmerder le monde et marquer son, ou leur emprise sur leur « partenaire ».

Sabrina est là quand il rentre, mais elle s'est enfermée dans la chambre, et FredJ n'a pas spécialement envie d'aller la déranger. Ces derniers temps, elle est soit défoncée, soit de mauvaise humeur à cause d'une gueule de bois.

Sabrina aussi, ce sont ses nouveaux collègues de N-M qui la lui ont trouvée. Enfin : « présentée ». C'est le genre de fille qui a appris que trainer autour des DJs lui permettait d'avoir des vices au-dessus de ses moyens financiers. Il y a un réseau pour ce genre-là, que FredJ hésite à appeler un marché, et évidemment N-M y est bien introduit.

Sabrina l'appelle sur son portable. Elle est dans la chambre, il est dans le salon, et il faut qu'elle l'appelle sur son portable...

« Dis donc, tu ne pourrais pas te lever, si tu as un truc à me dire ?

— Oh, ça va, tu m'emmerdes, je suis fatiguée... Il y a un type qui est passé, il voulait te voir.

— Passé ? Pour quoi faire ?

— Qu'est-ce que j'en sais ? Il a dit qu'il voulait te voir, c'est tout, et je lui ai dit de laisser un numéro, que tu le rappellerais.

— Et si je n'ai pas envie de le rappeler ?

— Bah, c'est ton problème ! Il avait l'air super sérieux, je me suis dit que ça pouvait être important. Je te file son numéro, tu te démerdes… »

FredJ a un sale pressentiment, en tout cas le numéro ne lui dit rien. Mais il appelle quand même. Tandis que son interlocuteur tarde à décrocher, il se dit que c'est un peu l'histoire de sa vie : avoir un sale pressentiment par rapport aux choses, et puis les faire quand même parce qu'il ne voit pas trop quoi faire d'autre.

« FredJ. J'ai demandé au Seigneur de pouvoir te parler, et il m'a exaucé. »

Putain. Qu'est-ce que Sabrina lui a dit, déjà ? Qu'il avait l'air « super sérieux » ?

« Vous êtes qui ?

— Tu m'appelleras : Gabriel. Car le Seigneur a fait de moi un messager… »

FredJ ne connait pas de Gabriel. Il est certain qu'il n'a pas traité de Gabriel depuis qu'il est arrivé chez N-M, et que les essais préliminaires n'en comptaient pas non plus. FredJ connait par cœur le nom de chacune des personnes à qui il a fait subir le traitement. Mais la voix, même transformée, finit par lui évoquer quelque chose.

L'image d'un type lui traverse l'esprit. Un black, qui avait dû être costaud, mais empâté à force de rester allongé dans un lit. Un des long-courriers de la branche thérapeutique des essais, quand N-M a voulu confirmer que la séquence agissait de manière reproductible sur les effets délétères de certains traitements. C'est plus une intuition qu'autre chose, FredJ et lui se sont à peine parlé, le type n'était vraiment pas dans un état terrible à l'époque.

« Moussa ? Moussa N'Daye, c'est ça ?

— Qui j'ai pu être n'a que peu d'importance. Le messager n'a que peu d'importance. Je t'amène la parole de Celui Qui m'a Précédé. L'écouteras-tu ?

— Que… la parole du Seigneur, c'est ça ? Vous amenez la parole du Seigneur ?

— Non. Du Premier d'Entre Nous. »

Moussa paraîtrait amusé s'il donnait l'impression d'avoir un sens de l'humour. Et puis FredJ comprend.

Celui qui m'a précédé. Le premier d'entre nous. Le client d'Antibes.

« Le premier… Comment va-t-il ?

— Il est mort.

— Ah. Merde.

— Non. Pas merde. Il est libre. Nous organisons ce soir une célébration pour consacrer le triomphe de son âme face à la Grande Illusion. Nombre d'entre nous pensent que celui qui est Outil, Prophète et Esclave devrait y assister. »

Là, FredJ devine que l'on parle de lui. Il ne la sent pas trop cette invitation, évidemment. Mais comme d'habitude, il accepte. C'est comme pour les consentements, se dit-il. Même si ça ne rime pas à grand-chose au final, il y a des trucs qu'il ne se voit pas faire sans avoir dit bonjour.

Dire « au revoir » va peut-être s'ajouter à cette liste un peu dérisoire de responsabilités qu'il s'impose à lui-même.

Avant de rejoindre Moussa qui est passé le chercher, il passe la tête dans la chambre pour dire à Sabrina qu'il sort. Et que non, ce n'est pas la peine qu'elle l'accompagne, c'est en lien avec le boulot. Elle fait un peu la gueule, et exige qu'il lui programme un petit truc sur son séquenceur I.V., tant qu'à faire de rester toute seule.

FredJ est énervé. Tout le monde sait comment ça finit, ce genre d'histoire, surtout quand comme elle on n'a pas les moyens financiers pour assurer derrière. N-M a plein de programmes de recherche pas trop exigeants en matière de recrutement qui accueillent des Sabrina comme cobaye. Si ça se trouve, c'est aussi pour ça qu'ils maintiennent leur petit cercle de parasites autour de leurs chercheurs.

Même Sabrina à l'air de le comprendre, elle n'est pas si bête, et c'est peut-être ce qui énerve le plus FredJ. Parce qu'après tout, il l'aime bien quand même.

Alors FredJ lui programme un truc, comme elle le lui demande, mais en lieu et place d'une séquence récréative il lui met quinze heures de sédation brute. Parce que c'est ce dont elle a vraiment besoin, une vraie bonne nuit de sommeil.

FredJ réalise en sortant qu'après un coup pareil, elle se barrera probablement dès son réveil, peut-être en lui pétant la moitié de l'appartement pour passer ses nerfs.

Tant pis, il est trop énervé pour que ça lui fasse vraiment quelque chose.

11

Au bout d'un moment, FredJ perd le fil de l'itinéraire que lui fait prendre Moussa/Gabriel. Métro, RER, puis bus, et ça fait tellement longtemps qu'il n'a pas pris les transports en commun...

Ce qui lui parait encore le plus étrange, c'est à quel point Moussa se fond dans la masse. FredJ s'essaie à un exercice, tandis qu'ils traversent Paris puis sa banlieue, une sorte de jeu des sept erreurs. Il observe Moussa un moment, sur la banquette en face, puis quelqu'un d'autre, choisi dans la rame au hasard.

Et peut-être que les yeux de Moussa se fixent un peu bizarrement sur les choses, peut-être que ses lèvres bougent un peu plus que de raison. Sans doute imagine-t-il tout ça. À côté, les passagers vont et viennent au fil des arrêts, indifférents à tout.

Ils finissent par s'arrêter au pied d'une tour de banlieue quelconque. Le rez-de-chaussée abrite une salle municipale, que la Mairie prête aux associations, et Dieu sait comment Moussa et ses coreligionnaires ont su obtenir ce qu'il fallait de reconnaissance officielle pour y avoir accès.

La pièce est quasi-vide, le sol couvert d'une moquette aux motifs brun-vert indéfinissables. Les murs sont nus à l'exception d'une photo géante, juste derrière une estrade avec un micro. La tête du Client, en énorme, visiblement peu après sa conversion. FredJ se demande s'il ne l'a pas déjà vue dans un article de magazine. Il arbore cette expression grave mais perdue, et ce regard qui fixe au-delà de toute chose. Le Client avait gardé ses cheveux longs et rares, mais lavés et peignés ils perdaient cet aspect filasse un peu répugnant que FredJ leur connaissait. FredJ se dit qu'il aurait peut-être voulu le rencontrer comme ça, juste une fois, pour voir.

Il en avait peur, mais non, le cadavre n'est pas là. Moussa ne sait pas où il est, un funérarium sans doute, ça n'a pas d'importance.

64

Il y a déjà une quarantaine de personnes, et il en arrive encore. À sa grande horreur, FredJ connait absolument tout le monde. Les patients des essais préliminaires, ceux des tests de répétabilité, et de sensibilité aux conditions initiales. Et même ceux du programme de N-M d'avant son embauche, dont il a étudié le dossier. Les prénoms lui viennent en tête, en désordre, au fur et à mesure qu'il réussit à les coller sur ces visages d'illuminés.

Eva, Abdellatif, Nathan, Ismène… Tiens, une autre Sabrina.

Moussa le guide vers le côté, un peu à l'écart, sans chercher à faire les présentations. Quelles présentations, de toute façon? Les conversations s'arrêtent sur leur passage, ou se poursuivent à voix basse, les yeux braqués sur eux, avec de grands gestes et des mines exaltées. Personne n'essaie de les aborder.

Au bout d'un moment, FredJ finit par en avoir assez, de ces regards en coin, et il demande :

« Ils m'en veulent ?

— Qui donc ? »

FredJ a un mouvement de bras circulaire, qui veut dire un peu tout le monde, et de qui veux-tu que je parle ?

« Ha… Bien sûr que non. Par contre, il est évident que vous êtes une puissante figure, un symbole de la puissance de notre Seigneur, et votre nature théologique est au cœur de nombreux débats…

— Ma nature théologique ?

— Oui, pour certains, vous êtes un grand prophète, le plus grand même…

— Et pour vous ?

— Pour moi vous êtes Dieu. Ou son avatar, sa manifestation rendue charnelle pour triompher de notre incroyance… »

Moussa a un sourire qui pourrait être rassurant en d'autres circonstances.

« … Mais tout être vivant étant une manifestation du Très Haut, cela n'aide pas beaucoup à préciser votre statut, à vous, en particulier. Non, vous êtes Outil… Prophète… et Esclave. »

Il accompagne chaque titre d'une série de manipulations rituelles sur son visage, et celui de FredJ, doucement, mais avec une fermeté qui n'admet pas d'être interrompue. Après cela, FredJ ne pose plus de question, et à son grand soulagement, Moussa décide d'en rester là pour les explications.

Ils attendent que tout le monde arrive pendant ce qui paraît durer une éternité à FredJ. Finalement une femme, Elsa s'il se souvient bien, se décide à monter sur l'estrade et à prendre le micro.

« Il y avait le bruit. Son esprit était enfermé dans une prison de bruit, aplati, transpercé, enfermé. Le bruit pesait sur lui comme un couvercle. Puis le bruit est devenu Lumière, le bruit avait toujours été Lumière… »

Et ainsi de suite. FredJ perd le fil quasiment dès le début. Il y a cette image du bruit et de la lumière censée figurer le monde d'avant et d'après la « Révélation », mais pas grand-chose d'autre auquel il réussisse à s'accrocher. Il n'est pas aidé par Elsa qui semble psalmodier son texte, comme pour une sorte de rituel. Les mots coulent, insaisissables, ou rebondissent les uns contre les autres en désordre. Régulièrement, les enceintes émettent des larsens atroces qui lui fusillent les oreilles, mais qui ne semblent déranger ni l'oratrice, ni l'assistance, captivée.

Un nouveau bruit suraigu, et FredJ croit que c'est encore cette fichue sono, mais c'est une de ses voisines qui hurle à la mort, la tête rejetée en arrière. D'autres suivent, des feulements graves, des hululements et des aboiements, parfois accompagnés de gestes violents ou de petites danses. FredJ se tourne, désemparé, vers Moussa, mais celui-ci est perdu dans son monde, la tête dodelinant de droite à gauche.

Tandis que la transe se généralise, FredJ sent comme une barrière tomber entre lui et la frénésie qui l'entoure. Il cherche à distinguer ce à quoi ils réagissent, mais c'est comme essayer de regarder à travers une vitre dont on n'arriverait pas à essuyer la buée. FredJ flotte comme une étrange bulle de froideur et de normalité au milieu des cris et de l'agitation.

Elsa finit par s'arrêter, mais d'autres orateurs suivent. En Français, ou dans des langues que FredJ ne comprend pas, si tant est qu'elles existent. Les mots en eux-mêmes ne semblent avoir que peu d'importance, ou de prise sur l'auditoire. La transe s'affaiblit au cours de la soirée, avec de brusques regains d'activité, toujours inexplicables.

Finalement le dernier discours, les derniers hurlements se dissolvent dans un brouhaha de conversations, tandis que l'assistance se fragmente en cercles épars, assis sur la moquette. Quelqu'un éteint la lumière, et les échanges se poursuivent dans le noir.

FredJ s'assoit contre un mur, à une distance prudente des groupes dont il perçoit les éclats de voix autour de lui. Il hésite à partir, personne n'a l'air de tenir tant que ça à ce qu'il soit là, après tout. Mais il a l'impression de ne pas tout à fait en avoir terminé. Il ressent comme un devoir, mais un devoir de quoi? S'il doit témoigner, il ne sait pas de quoi, et il doit y avoir quelque chose à acter dans toute cette effervescence de dévotion, mais cela lui échappe. Peut-être est-ce suffisant de simplement être là, tente-t-il de se rassurer.

Une forme vient s'asseoir à côté de lui dans les ténèbres. Moussa.

«Alors, que pensez-vous donc de notre petite confrérie, FredJ?»

FredJ inspire profondément. Il appréhendait cette question. Mais bon, au moins a-t-il pu réfléchir à ce qu'il pourrait répondre à l'avance.

«Vous êtes pétés.

— Pourtant, le Seigneur m'en est témoin, l'enthousiasme que tu vois à l'œuvre ne trouve pas sa source dans des psychotropes, mais dans l'amour de…

— Non, ce n'est pas ce que je voulais dire. Le terme n'est pas approprié, excusez-moi. Vous êtes… cassés. Fêlés, mais au sens propre.»

Et c'est moi qui vous ai brisés, rajoute-t-il intérieurement. Mais quel besoin de préciser ça? Sa réflexion ne semble d'abord rien évoquer à Moussa. Puis il hoche doucement la tête.

«Vous n'avez vraiment aucune idée de ce que nous avons vécu, n'est-ce pas?»

Et comme FredJ ne répond rien, il rajoute :

«Nous sommes tous "cassés", FredJ. La Création est "cassée".

— Oui, mais…

— Tous, FredJ. Chacun d'entre nous.»

Il dit cela d'une voix douce, mais avec une fermeté qui met d'abord FredJ en défaut de trouver une réponse. Puis il remarque l'éclat fou dans le regard de Moussa, ces yeux qui vous fixent quand ils devraient ciller. FredJ a un petit rire sans joie.

«Ouais, peut-être… Mettons que je sois fêlé, moi aussi. Toujours est-il que je n'obéis pas à une sorte de compulsion que l'on m'aurait martelée dans le crâne. Je suis libre!

— Libre?»

C'est au tour de Moussa de rire, aux éclats. Pas les gloussements d'un malade, mais le rire irrépressible, mais un peu cruel de celui qui réagit à l'affirmation la plus ridicule qu'il ait jamais entendu.

Et même dans le noir, FredJ croit voir briller l'amusement dans les yeux qui se tournent vers lui, tandis que l'hilarité de Moussa dérange les groupes voisins.

La soirée n'est toujours pas finie, mais FredJ a fini par en avoir assez, et le voilà seul à attendre son taxi sur le parvis de l'immeuble. Et là, sans raison, lui revient sa première conversation avec Sabrina. C'était dans une boite chic, louée par N-M pour une soirée privée. En début de soirée, Sabrina était encore à peu près nette, et ils avaient réussi à échanger quelques mots malgré la musique à fond :

«Il parait que c'est à toi qu'il faut parler pour rencontrer Dieu?

— Il parait…

— Allez, fais pas ton timide… Ça ressemble à quoi, alors? On peut goûter?

— Non, c'est encore en développement. Et puis si tu savais… Je ne sais pas si tu serais vraiment intéressée.

— Oh, tu sais moi… C'est bon, on ne me fait pas vite peur ! Et puis ça ne te fait pas envie, de rencontrer Dieu, toi ?

— Non.

— C'est marrant ça, pourquoi ? J'aurais imaginé que tout le monde serait au moins un petit peu tenté…

— Je ne sais pas. J'imagine que je ne saurais pas trop quoi lui dire. »

12

C'est beau la mer, c'est apaisant. Surtout le matin. Fredj s'est assis dans sa banquette préférée, avec un Martini qu'il s'est fait servir en arrivant. Aussi dingue que cela puisse paraitre, le robot serveur l'a accompagné d'une rondelle de citron qu'il a dû garder en réserve pendant tout ce temps.

Un bruissement dans le silence. C'est la fille de l'agence immobilière qui s'agite dans son dos, mal à l'aise. Ils sont là pour visiter, et il ne visite pas, et elle doit se demander s'il n'est pas juste venu pour prendre un verre.

« C'est bon, je vais vous la prendre. Vous avez préparé les papiers ?

— Vous… ? Heu, non, mais c'est l'affaire de cinq minutes. Si vous voulez bien patienter… »

Fredj veut bien patienter cinq minutes, et elle court préparer le contrat de vente. Elle n'est pas payée pour se poser des questions inutiles, après tout.

Fredj est riche, désormais. Pas incroyablement, indécemment riche, mais suffisamment pour envisager de se payer cette maison, comme un investissement. Il compte en louer une partie, ou monter un petit quelque chose dedans. Il ne sait pas encore trop. Il a juste prévu de limiter la flottille de robots au strict nécessaire, parce que c'est cher, et qu'il n'en a pas l'usage.

Rambo a braqué la nana de l'agence, mais pas lui, à leur arrivée. Il a cherché une explication dans l'œil de la caméra, mais il n'y avait que son reflet.

Dora de Vrij a été déçue quand il lui a dit qu'il voulait lâcher l'affaire :

69

«Je comprends que ça peut sembler une bonne idée, maintenant que ça commence à marcher, mais c'est trop tôt! Ils vont chercher à pinailler, prétexter des incertitudes à la con pour nous entuber à la baisse sur le prix de cession. Tenez, si vous restez dans la barque, je pense même pouvoir vous négocier une place au board des directeurs de N-M, au train où ça va... »

Fredj sait bien qu'il y avait encore du fric à gratter en restant à bord. Mais il trouve que ça ne fait finalement pas bien cher, pour retrouver sa liberté, de renoncer à être plus que riche lorsque l'on est déjà plein aux as. Sans même aborder la question de savoir s'il mériterait autre chose que du mépris pour toute cette histoire...

Il devait avoir l'air suffisamment déterminé, car Dora n'a pas tellement insisté. Le jour de la signature de l'accord final, elle lui a même glissé qu'au départ, elle n'aurait jamais cru qu'il aurait les couilles d'aller jusque-là. Fredj ne sait pas trop s'il est censé le prendre comme un compliment, mais il a résolu de s'en foutre.

Les papiers sont effectivement prêts en cinq minutes. Alors qu'il s'apprête à signer avec le système de lecture d'iris, elle finit par lui demander :

« On m'a dit à l'agence que vous connaissiez l'ancien propriétaire ? Vous étiez une sorte de coach, c'est ça ?

— Non. J'étais son Dieu. »

Elle marque un temps d'arrêt, réalise sans doute que sa question d'origine n'était pas très professionnelle. Mais bon, tout le monde est curieux à propos de cette histoire, c'est bien normal, non ? Le métier reprend vite le dessus, et elle démine la situation d'un petit rire léger.

« Vous savez, ce genre de chose... Ça n'a jamais trop été mon truc ! »

Si elle a d'autres questions, elle les garde pour elle. Ils discutent de la vente encore un moment, mais il n'y a vraiment rien d'autre à faire, et la voilà partie. Ça n'aura pas duré une demi-heure, et le voilà seul. Chez lui.

On est un peu après dix heures, et Fredj réalise qu'il ne sait pas ce qu'il va faire de sa journée, ni de toutes celles qui suivront après.

Il y a les mails qui s'accumulent, sur son portable. Alors même que le produit n'a pas été vraiment lancé. Pour combattre la méfiance du marché, les stratèges de N-M ont eu l'idée d'un pré-lancement, réservant le produit dans un premier temps aux applications strictement thérapeutiques. Le temps aussi de rassurer le public et les agences sanitaires sur le décès du patient zéro. Mais bon, ce n'est pas comme si on était en peine de trouver des explications alternatives : un long-courrier qui rencontre des troubles cardiovasculaires après des années sous orgue I.V...

En attendant, ou plutôt, pour faire attendre, ils font aussi monter le buzz autour du « protocole Dieu ». Marketing.

Ça suffit déjà pour lui gagner un culte, et des fidèles toujours plus nombreux. Ils lui écrivent, certains tous les jours, des messages de plusieurs pages dont il n'arrive jamais au bout. Il se dit qu'il devrait faire plus d'efforts, au moins tant qu'ils ne sont pas des millions, mais dès qu'il essaie de s'accrocher et d'en lire quelques-uns, toutes les louanges se mélangent dans un déjà-vu écœurant.

Et puis il y a les sollicitations diverses. Il y a même un couillon qui l'invite à donner une conférence sur le thème : « L'exigence de l'éthique dans le cadre délicat de la recherche neurothérapeutique ». Fredj ne sait pas s'il doit en rire ou en pleurer.

Muriel aussi lui a écrit. Elle se tient régulièrement au courant des avancées dans son domaine, et quand N-M a proposé en essais libres son protocole miracle, vu le nombre de cas désespérés dans son unité, elle n'a pas hésité longtemps.

« ... Aurélie a vu ses capacités cognitives et relationnelles s'améliorer de manière spectaculaire... »

Aurélie, c'est le nom de la petite sœur, bien sûr. On la sent embarrassée face à ce miracle, Muriel. Elle ne sait pas quoi en penser. Elle évoque sans les décrire les « symptômes associés », que Fredj connait par cœur. Elle pourrait dire qu'Aurélie va mieux, tout simplement, mais c'est comme si ce terme paraissait indécent devant les ravages que sa personnalité a subis. Comme une façade en miettes qui disparait sous les couches épaisses d'enduit de restauration.

Elle ne regrette pas pour autant une seconde le choix qu'elle a fait pour ses patients. La grande sœur d'Aurélie, encore moins. C'est décidé, dès l'ouverture au grand public, elle suivra le « protocole Dieu ». Pour être enfin réunie avec la sœur qu'elle avait laissé filer ce soir-là.

Fredj ne sait pas quoi lui dire, à Muriel. Il vient de s'acheter une nouvelle vie, mais ne sait pas quoi en faire, pas encore. Peut-être qu'il va lui répondre, à elle, puis à tous les autres, que ça deviendra sa nouvelle raison de vivre. Une instance spirituelle par correspondance.

Peut-être qu'il va partir à la recherche de Dieu, mais à l'ancienne, parce que ce nouveau truc qu'il a inventé, ça ne lui revient décidément pas. Après tout, s'il doit devenir un prophète, il aimerait autant savoir de quoi.

Ce n'est finalement pas si simple, cette sensation de responsabilité qui vous colle comme un chewing-gum sous la semelle alors que vous voudriez partir au loin. Plus compliqué que de se dire « bonjour », puis « au revoir », avant de passer à la suite.

Fredj a laissé tomber le « J » majuscule, c'est juste Fredj maintenant, le nom que lui a donné sa mère. Ça veut dire le soulagement, ou la délivrance, en arabe. C'est sans doute un signe du destin, mais peut-être que le Ciel est moqueur.

On est toujours un peu après dix heures. Sur sa banquette, face à la mer, Fredj commande un deuxième martini.

LE
SEMEUR
DE
COLONNES

Son master d'histoire médiévale en poche, **Wilfried Renaut** hésite entre une formation en ébénisterie, histoire d'un peu se corner les mains, et l'écriture. C'est finalement cette seconde option qui l'emporte largement à force de gargouillements plus convaincants. On pourrait croire que le métier d'historien et celui d'auteur de science-fiction se situent aux antipodes, et bien non ! Sa formation de médiéviste donne à Wilfried des références qu'il adore réinjecter dans ses récits, son expérience de conteur dans la forêt de Brocéliande y distille des bribes de mythologie et sa pratique de la musique tente de faire chanter les mots entre les pages. Ces inspirations en tête, Wilfried se plaît à créer des mondes d'anticipation où la noirceur vogue avec le rêve.

Discographie :

EP#1, Søhan (2015)
EP#2, Søhan (2017)

Bibliographie :

Raf(a)les, Horrifique n°122, spécial « Secrets de Cthulhu » (2017)

LE SEMEUR DE COLONNES

WILFRIED RENAUT

Chapitre I

Comme toutes les fins d'après-midi au départ de sa nourrice, Noi arpenta le chemin rocailleux derrière sa maison. Des graviers farceurs roulaient sous sa semelle et l'obligeaient à se contorsionner pour se stabiliser. Il trébucha à plusieurs reprises sur les tuiles glissantes qui s'amoncelaient sur la pente.

En même temps, il ne s'était pas facilité la tâche : une de ses mains d'appui restait fermement serrée en l'air. Il avait anticipé sa maladresse et ne souhaitait surtout pas détériorer les organes qu'il avait mis tant de jours à ouvrager. Le trajet s'annonçait difficile, mais il se l'était juré : ses trésors ne subiraient aucun dommage sous sa protection.

Une de ses rotules sauta dangereusement lorsque ses genoux se piquèrent sur le tranchant d'un écueil. Une fois debout, tous ses os se remirent en place, solides comme s'ils avaient été taillés dans une armature de métal, souples comme s'ils étaient reliés par des tendons à l'élasticité sans pareille. La précarité de son sens de l'équilibre lui avait coûté de nombreux bleus au fil de ses excursions. Par expérience, tant que le sang ne perlait pas à travers le tissu, il n'y avait pas lieu de s'inquiéter.

Pour le moment, son pantalon ne rougissait pas. Il poursuivit son ascension, les doigts contractés sur les attributs finaux de sa création. Le Parvis de ce secteur s'étendait à perte de vue en un désert de pierres autour de sa colline. Seuls quelques monticules de basalte pointaient vers le ciel en stalagmites minérales et des champs de calcaire décoloraient l'horizon en vastes pelouses blanches. Sinon, un simple reg couvert de schistes composait le paysage.

Les parents de Noi se complaisaient dans cette solitude. Ils avaient choisi de s'ostraciser pour éviter que leurs valeurs ne s'étiolent sous les préceptes empiriques des Templiotes. Ils se flattaient de n'apercevoir les contreforts d'aucun de leurs Temples. Cela convenait très bien à Noi, il était fier d'être Parviote.

Le garçon parvint au sommet du tertre alors que la nuit s'annonçait. Allongée, immobile, son œuvre l'attendait. D'habitude, c'était lui, chaque soir, qui s'impatientait en guettant le retour de ses parents. Plus il trépignait d'entendre le cliquetis de la clé dans la serrure, plus l'instant des retrouvailles s'éloignait. Son père avait remarqué son air boudeur un soir qu'il s'était attardé au travail. Le jour suivant, il l'avait initié à la sculpture. Noi avait été très attentif aux conseils du tailleur de pierre et, depuis, passait des après-midis entières à buriner sur les hauteurs du Parvis.

S'il ne se départait plus de son sourire, si la frustration ne venait plus assombrir son quotidien, c'était pour une seule et unique raison : on l'attendait sur la colline.

« Comment ça va, aujourd'hui ? » s'enquit Noi.

La sculpture fixait le crépuscule. Ni sa tête polie ni ses membres ovoïdes n'esquissèrent le moindre geste.

« Hmm, toujours aussi bavarde, plaisanta-t-il. Regarde ce que je t'ai apporté. »

Noi déploya ses doigts devant le visage du golem. Deux petites gemmes parfaitement tournées roulèrent dans sa paume. Une troisième boule en marbre, plus grosse, avait été cerclée d'une spirale.

« Papa m'a un peu aidé, mais c'est moi qui les ai faites pour toi. »

Ces trois pièces avaient requis énormément de minutie. En même temps, elles donneraient toute son identité à sa création. Non pas qu'elle n'en ait pas déjà une : Noi avait éprouvé de l'affection dès le taillage de son crâne et escaladait la colline avec un plaisir chaque fois renouvelé, comme s'il rejoignait une amie de chair et d'os. Sa silhouette, qu'il avait taillée à son image, lui suffisait pour la considérer comme aussi vivante que lui. Les trois pierres ne faisaient que peaufiner son éclosion dans le désert.

Le garçon se pencha sur la sculpture. Il y enchâssa avec délicatesse chacune des sphères.

« Ça y est, tu as un cœur, s'enthousiasma Noi. Tu es une vraie fille. »

Noi jaugea le soleil, dont les faisceaux palissaient. Lorsque les couleurs du couchant se fanèrent sous le toucher du bleu cobalt, un voile courut depuis les champs de calcaire vers la colline.

Juste à temps !

Le rideau absorba sa maison puis s'attaqua à la pente. Des pierres s'illuminèrent doucement à mesure que l'obscurité s'affirmait. Bientôt, des bourgeons bleus se multiplièrent au point de baliser un chemin qui s'élançait à l'assaut du tertre depuis la porte de chez Noi. Soucieux du bien-être de son fils, le père du garçon avait placé des fluorites tout au long du sentier. Elles avaient pour propriété de se gorger d'une telle lumière au cours de la journée qu'elles bravaient la nuit de leur lueur bleutée. Lorsque Noi redescendait à l'heure du repas, il y voyait quasiment comme en plein jour.

La nuit recouvrit l'apprenti tailleur. Deux éclats bleus s'allumèrent dans le visage du golem.

« Et maintenant, tu peux me voir et tu as une âme ! »

Fou de joie, Noi s'étendit sur le bloc de schiste, contre son amie. Leurs yeux débordant d'étoiles, ils observèrent leurs sœurs, main dans la main.

Thelm lui proposa de dessiner l'histoire dont il lui rebattait les oreilles depuis le matin. Noi traça soigneusement les courbes de la sculpture, des orteils au sommet du crâne. Étant l'artisan de chacun de ses membres, il en connaissait les proportions par cœur, mais il peinait à faire ressortir le grain de leur surface de craie. Il l'avait pourtant polie jusqu'à concurrencer la douceur de sa propre peau. Rien à faire, son aspect laiteux demeurait râpeux et froid sur le papier.

La nourrice l'interrompit alors qu'il s'obstinait gauchement. À force de gommages, il avait épluché la feuille et les multiples essais colorimétriques s'éloignaient de plus en plus du velouté de la craie. Considérant le croquis irrattrapable, Thelm lui demanda de faire briller ses fameuses étoiles.

« Il me faudrait des heures et des heures pour faire autant de points ! s'exclama le garçon.

— Dix suffiront.

— Hein ? Mais il y en avait des milliers !

— Va pour vingt alors. »

Noi s'exécuta avec l'intime conviction qu'il trahissait les beautés nébuleuses de l'univers. Dans son dessin n'apparaîtraient pas tous les soleils des royaumes de leurs ancêtres, ni les yeux enflammés des dieux qui scintillaient au-dessus du Parvis même de jour. S'il oubliait d'immortaliser de son crayon ceux des divinités lunatiques, comment réagiraient-elles ? Sa maison bénéficierait-elle toujours de leur protection ?

Il se remémora les cartes astronomiques que Thelm lui avait mises sous le nez. Elle lui avait conté les aventures de ses héros en tapotant sur tel ou tel astre. Les terres de leurs exploits avaient été baptisées à leurs noms. Les étoiles les avaient fièrement portés à travers les âges, rendant plus ludique ce tableau noir moucheté d'éclats blancs.

« Tu t'emballes, remarqua Thelm. On a dit vingt. »

Frustré de ne pouvoir honorer la nuit et ses déités lointaines, Noi bougonna en effaçant les étoiles surnuméraires.

« Bien. Maintenant, signe ton nom et celui de ce petit garçon.

— C'est une fille ! s'indigna-t-il.

— Oh, pardon, répondit Thelm avec un sourire aux lèvres. Elle ne ressemble pas vraiment à une fille avec son crâne chauve. »

Noi se pencha sur son illustration.

« Les couleurs ne la mettent pas en valeur, c'est tout, bredouilla-t-il, vexé. Et elle n'est pas chauve, c'est une fille !

— Quel est le nom de ta petite amoureuse, alors ?

— C'est pas mon amoureuse ! Et elle s'appelle… »

Le jeune garçon rougit d'ignorance. Il lui avait tout donné, des pieds, un cœur, des yeux, mais pas de prénom. Noi réfléchit à toute vitesse sous l'urgence, sans toutefois trouver ni la légèreté ni la rondeur des lettres qui graveraient à jamais l'identité du golem.

« C'est un secret, se défila-t-il.

— Hmm, et je n'en suis pas digne, hein ?

— Exactement. Un jour, peut-être, je te le dirai.

— Marché conclu, sourit Thelm. Inscris vite ton nom à côté de ta mystérieuse amie parce que je dois partir. Il est l'heure d'aller voir un autre garnement dans ton genre. »

Elle embrassa son élève alors qu'il s'appliquait à signer de sa plus belle calligraphie. La nourrice s'éclipsa en titubant sur les galets du jardin. Elle n'avait pas l'air plus équilibriste que Noi.

Il aimait bien Thelm. Il savait pertinemment qu'elle ne venait pas chaque jour juste pour qu'il gribouille ses caprices sur une feuille ou qu'il rêvasse en écoutant ses contes. Des enseignements se cachaient derrière les instructions d'un dessin et le lacis fleuri des légendes. Noi le sentait sans toujours s'en rendre compte.

Ainsi, Thelm lui délivrait en douceur le savoir que tout enfant parviote devait apprivoiser : l'art, l'anatomie, les mathématiques, l'histoire. Le reste, il l'apprendrait, à son avantage ou à ses dépens, en cumulant les expériences lorsqu'il aurait l'âge de choisir sa voie. Pour le moment, ses parents confiaient son éducation à Thelm, loin des subversions du Temple.

La taille de pierre était la première aptitude sérieuse que Noi avait apprise sans les conseils de Thelm. D'ailleurs, la nourrice avait soulevé plus d'un problème en ce qui concernait son chef d'œuvre. Noi rangea rapidement la table à dessin et se précipita dans la salle de bain puis dans le grenier. Il lui restait quelques heures avant que ses parents ne reviennent.

Et puis, on l'attendait.

Ses deux mains étaient libres lorsqu'il amorça la montée cette fois-ci. Par contre, un sac en bandoulière battait contre sa hanche, manquant de le faire basculer à chaque balancement. Le ballot et son contenu appartenaient à sa mère. Elle serait furieuse si un affleurement sectionnait la moindre fibre de son sac ou éventrait les bocaux qui y tintinnabulaient. Le tout c'était de tâtonner du bout du pied chaque appui.

Il parvint par miracle au sommet sans nouvel hématome à ajouter à sa collection. Son amie de craie vagabondait toujours au-delà de l'atmosphère du Parvis, le regard éteint, mais rivé sur l'infini. Sa blancheur contrastait avec l'austérité de son lit de schiste. Elle était si paisible.

« Salut… euh… »

L'inspiration lui manqua encore. Ce n'était pourtant pas ce qui lui faisait défaut habituellement, parfois au grand dam de ses parents. Le poids de la décision l'oppressait tant qu'il tétanisait son imagination d'ordinaire si fertile.

Elle demeurerait anonyme pour le moment.

« Je t'amène de quoi ressembler à une fille, comme maman. »

Un pot de vernis et des tubes de maquillage tintèrent les uns contre les autres lorsqu'il présenta les fruits de son emprunt. Il les déposa à côté de la tête de son amie puis sortit du sac une perruque. Ses parents conservaient tout un assortiment de déguisements dans les bacs en pierre ponce du grenier. Ils les revêtaient parfois pour faire rire Noi ou à la suite de rituels, lorsque la famille se réunissait chez eux.

Les cheveux en fils de pétrole étaient coupés court. Il lui enfila la perruque puis la coiffa en caressant son front.

« Elle te va bien ! la complimenta-t-il. Tu… tu es très belle. »

Les cheveux l'humanisaient, lui conféraient du mouvement en volant sous la brise. Cela troubla Noi plus qu'il ne l'avait présagé. Le jeune Parviote n'avait croisé que peu de fillettes, d'enfants en général, au cours de ses quelques années d'existence. Son amie n'avait pas encore l'apparence d'une véritable fille, mais elle n'était plus seulement qu'un simple golem, à mi-chemin entre l'inerte et l'animé.

« On peut faire mieux », s'encouragea Noi.

Il s'empara d'un poudrier puis d'un rouge à lèvres pâle et lui donna les couleurs de la vie.

Lorsque Noi dévala la colline, les lampes à fluorites, qui doraient les fenêtres de sa maison grâce au filtre jaune apposé sur la pierre, annonçaient la nuit.

« Papa, maman ! brailla-t-il en ouvrant la porte à la volée.

— Oh la ! doucement, bonhomme ! lança son père, un homme replet au regard doux.

— Venez, venez, j'ai quelque chose à vous montrer ! continua Noi, tout excité.

— Où ça ? demanda sa mère, en reniflant une casserole dont le fumet nappait les éphélides sur ses joues d'une fine pellicule de buée.

— En haut ! Sur la colline !

— Il est trop tard, Noi, intervint son père. Puis on prépare un bon dîner.

— Ça devrait aller, il faut que ça mijote quelque temps encore. Allez, je vais enfiler une veste. »

Une fois bien emmitouflés, ils foulèrent le chemin rocailleux en file indienne, guidés par le garçon. Les fluorites étincelaient sur l'échine du tertre. Les deux adultes s'arrêtaient régulièrement pour admirer le Parvis. Des récifs phosphorescents constellaient le désert de galets. Ils semblaient refléter le scintillement des géantes rocheuses à l'autre bout de la galaxie. Les étoiles miroitaient-elles sur le Parvis, ou était-ce l'inverse ?

« Tu sais, murmura sa mère, les Templiotes n'ont ni la chance d'observer un ciel aussi vaste ni la possibilité d'apprécier la brillance des pierres à leurs pieds. »

Noi connaissait le refrain. Il se fichait éperdument du malheur des Templiotes, seule importait son amie. Il n'avait pas la patience de savourer le lyrisme du décor et piétinait à chacune de leurs pauses, soupçonnant son père de surtout vouloir reprendre son souffle.

Son empressement empiéta sur la prudence : les collisions à répétition tachèrent son pantalon de sang. Ces satanés rochers l'emportaient toujours, c'était un fait immuable que ses chevilles finiraient par enregistrer.

Noi parvint sur la crête tandis que ses parents, une dizaine de mètres en arrière, s'enchantaient encore devant les beautés parviotes.

« Dépêchez-vous !

— Qu'est-ce qu'il y a, Noi ? ronchonna sa mère. Qu'y a-t-il de si…

— Waouh ! C'est toi qui as fait ça, mon fils ? »

Elle les attendait tous, assise sur son bout de schiste, les jambes pliées en tailleur. Dans l'obscurité, sa posture était digne d'une jeune fille. Seule la luminescence de ses yeux révélait son caractère extrahumain.

« Oui, presque tout seul ! »

Noi avait ajusté la perruque pour lui donner un aspect plus naturel. Deux gros traits noirs surplombaient son regard azuréen. Le garçon lui avait grossièrement peinturluré la bouche de plusieurs couches de rouge à lèvres et ses joues étaient saupoudrées d'une bonne épaisseur de fond de teint. À vrai dire, son grain de peau ressemblait étrangement au dessin de cette après-midi. Il avait tout autant gommé la craie pour atteindre ce résultat.

« Elle est très jolie… », s'émerveilla sa mère.

Cette dernière s'approcha de la sculpture. Elle lui caressa la joue d'une tendresse dont seules les mamans ont le secret.

« … mais permets-moi d'arranger deux ou trois détails. »

Noi hocha la tête. Il était ravi qu'elle lui plaise. Sa mère se pencha sur la jeune fille : elle appuya son pouce sur ses pommettes de pierre, estompa certaines lignes, humecta le bout de son index pour prélever les grains superflus.

Aveugle derrière elle, Noi s'impatientait, pressé d'admirer les retouches.

« Et voilà. »

Son amie était métamorphosée. Le maquillage harmonisait son visage, comme si elle portait un masque d'enfant sur mesure. Elle possédait toujours un corps minéral, mais la vie coulait désormais dans ses joues beiges, palpitait dans ses lèvres roses.

« Merci, maman, chuchota-t-il, béat.

— Au lieu de dévaliser mes tiroirs, demande-moi la prochaine fois. »

Son père enroula un bras autour des épaules de Noi. Dans son regard se lisait la fierté : son apprenti avait taillé sa première statue.

«Ses yeux sont magnifiques, s'extasia-t-il en connaisseur. C'est la fluorite qu'on a tournée ensemble l'autre jour, hein? Très malin. Et la sphère de marbre avec la spirale?

— Son cœur.

— Eh bien! Tu as de la poésie dans les mains mon grand!

— Quel est son prénom?»

Noi baissa la tête. C'était la deuxième fois qu'on lui posait cette question aujourd'hui et il n'en avait toujours pas la moindre idée.

«Que dis-tu de Soane? proposa sa mère, hypnotisée par le regard de la sculpture.

— Soane?

— Ça signifie "celle qui brille".»

Les iris de la sculpture ondoyaient, pétillaient, comme si l'on y passait en accéléré les circonvolutions de la galaxie. Noi s'attendait à la voir sourire ou cligner à tout moment.

«Soane, répéta Noi. Ça me plaît, et je crois que ça lui convient parfaitement!»

Le jeune tailleur s'émancipa du bras paternel et posa une main sur l'épaule de la fillette.

«Papa, maman, je vous présente ma meilleure amie, Soane!

— Enchantée.

— Si je m'attendais à assister à un baptême ce soir! plaisanta son père. En même temps, c'est un endroit sublime pour naître.

— Je ne veux pas gâcher la solennité du moment, les garçons, mais le repas risque de mijoter un peu trop, voire de brûler, pour parler franchement, si nous traînons trop longtemps.

— Oui, oui, bien sûr, j'avais complètement oublié! Allez, Noi, dis-lui au revoir et on redescend.»

Alors que ses parents glissaient dans les sinuosités de la pente, Noi embrassa la jeune fille.

«À demain, Soane.»

Chapitre II

Au cours des semaines qui suivirent, Noi rendit tous les soirs visite à Soane. Dès que Thelm refermait son livre de musique ou de mathématiques, il partait déraper sur les lacets derrière la maison. La joie de retrouver immanquablement son amie minimisait les rhumatismes de ses chutes.

Il avait tout fait pour qu'elle s'épanouisse sur sa crête de schiste. Depuis peu, elle n'était plus nue. Sa mère lui avait donné une robe assortie à ses yeux, ainsi qu'une petite paire de chaussures. Grâce à ses conseils en maquillage, Noi s'était appliqué à transformer la craie des mains et des pieds en épiderme capable de tromper l'œil d'un inconnu.

Soane avait largement franchi le fossé qui la séparait du profil humain. Le trouble inconscient qui tiraillait Noi face à son hybridité s'était volatilisé : elle était désormais une fille du même âge que lui. Le rapport prétentieux du créateur à son œuvre avait disparu de pair. Ne subsistait qu'une franche amitié.

Noi l'avait entourée de jouets qu'il avait consenti à lui offrir, cependant il les retrouvait le lendemain à l'endroit exact où il les avait déposés. Soane était plutôt du genre rêveur. Les distances au-delà de l'atmosphère parviote la transcendaient davantage qu'une réplique de locomotive.

Elle le fascinait, d'autant plus lorsque le soleil déclinait au loin. La magie opérait à l'instant où ses yeux prenaient vie. Deux éclats s'ajoutaient alors au royaume des astres. Plus vivantes que celles qui bordaient le chemin, les fluorites de Soane brillaient d'une étincelle de lucidité. Une conscience issue d'un tout autre plan, qui ne se contentait pas d'un corps grimé sur du schiste. Quand il osait s'y plonger, Noi avait la certitude de s'aventurer sur des horizons qui s'étiraient à des années-lumière du Parvis.

Les récits de Thelm résonnaient parfois dans l'air du tertre. Noi s'était investi d'une mission de transmission et se plaisait à conter à Soane les légendes des étoiles.

« Tu auras la tienne un jour aussi, et j'espère que j'en ferai partie. »

La journée, le jeune garçon rêvassait pendant ses leçons. Il pensait davantage à Soane qu'à compter les doigts de sa tutrice. Il n'était attentif à ses mots que s'ils pouvaient plaire à Soane. Or, les mathématiques n'intéressaient pas la jeune fille.

Dès que Thelm lui demandait de raconter une histoire ou de chanter, Soane hantait obstinément la voix de Noi. Il versait alors dans un lyrisme étonnant : des étendues lunaires boursouflées de cratères blancs défilaient dans le salon ; le jour suivant, des planètes couvertes de mers agitées crachaient leur écume sur leurs satellites.

Thelm était éblouie par la capacité d'abstraction de Noi. Malgré les erreurs grammaticales communes aux enfants de son âge, elle s'envolait à ses côtés, tout à fait conquise par ces constellations inconnues.

Les cours se maintinrent à ce rythme, sauf que les rôles s'inversèrent. Ce jour-là, Thelm, blottie dans un fauteuil, supplia Noi de commencer son récit. Ses mondes avaient gagné en consistance, en authenticité. Il lui décrivait des espaces vierges, tour à tour luxuriants ou plus déserts que le Parvis. Des alliances élégantes de pigments les coloraient, des reliefs complexes les déchiquetaient, des codes physiques alambiqués, mais d'une incroyable vraisemblance, offraient des possibilités inimaginables.

« D'où tiens-tu tout ça ? s'enthousiasma Thelm.

— De Soane.

— Elle fait preuve d'une telle fantaisie !

— Tout ce que je te raconte existe.

— Tout ce que tu me racontes est magnifique, Noi, mais, ne t'égare pas, ce ne sont que des illusions, absolument plausibles, c'est vrai, mais seulement des illusions.

— Tu dis n'importe quoi, je les ai vues !

— Moi aussi, grâce à toi.

— Non, tu n'as fait que les imaginer ! Moi, je les ai regardées directement, à travers les yeux de Soane.

— Les fluorites ? Comme celles du chemin ? finit-elle sur une moue moqueuse.

— Elles sont différentes ! s'offusqua-t-il en se levant de sa chaise. Ce sont des portes d'entrée sur l'univers !

— Tu divagues, Noi ! Calme-toi, maintenant !

— Soane m'y guide ! Comment aurais-je pu inventer tout ça, à ton avis ?

— Elle n'est qu'un tas de pierres ! Ses yeux ne sont rien de plus !

— Soane est mon amie, tu n'as pas le droit ! brailla-t-il encore plus fort. T'es qu'une adulte qui prend toujours les réalités d'un enfant pour des rêves stupides ! C'est ça votre maladie ! »

Noi était rouge de colère au point d'impressionner Thelm quelques secondes. Il n'avait jamais fait preuve de la moindre hostilité. Passée la surprise, la tutrice se ressaisit et pointa son élève du doigt.

« Tu vas monter immédiatement dans ta chambre, jeune homme ! On en reparlera au retour de tes parents ! D'ici là, tâche de réfléchir ! »

Noi courut à travers le salon, empoigna son manteau et s'échappa par l'arrière-cour. Thelm le somma de rebrousser chemin alors qu'il s'engageait sur le sentier. Ses parents brillaient par leurs longues absences ; Thelm était finalement trop bornée. Il n'y avait plus que Soane pour le comprendre. Il grimpa jusqu'au promontoire en un temps record, une fleur bordeaux sur chaque genou.

Soane reposait sur les plaids dans lesquels Noi s'emmitouflait l'hiver. Il était certain de pouvoir s'en passer au moment du grand froid. Des anneaux scintillaient, collés aux oreilles de sa fidèle amie, et une chaîne d'argent entourait son cou. Les jouets pullulaient autour d'elle, ainsi que des outils de taille. Noi avait entamé la sculpture d'un autre golem pour tenir compagnie à Soane lorsqu'il suivait les cours de Thelm ou qu'il dormait.

Il se coula contre elle pour profiter de la douceur du crépuscule. Le reg se dorait sous les rayons du soleil décadent. La colère avait tant épuisé les ressources du garçon qu'il s'assoupit doucement. Il vogua sur la toile millénaire du cosmos depuis son berceau de schiste.

Les échos d'éboulis percèrent les brumes de sa somnolence. Noi baignait dans le halo bleuté distillé par les yeux de Soane. Des galets roulaient de manière continue sur la pente de la colline. Une large ombre se détacha sur le ciel étoilé. Elle se tordit en deux pour plaquer ses mains sur ses cuisses.

« Tu as vu l'heure, Noi ?! rouspéta son père en reprenant son souffle.

— Euh… non, je ne sais pas.

— Ne sois pas insolent, je te le déconseille ! Après ce que nous a rapporté Thelm, tu n'es pas en position de te le permettre ! Maman et moi nous faisions un sang d'encre !

— Mais, papa…

— Thelm est vexée par ton comportement, je ne l'ai jamais vue comme ça ! Tu auras intérêt à t'excuser dès son arrivée demain matin !

— Elle a insulté Soane ! se défendit Noi.

— Ne sois pas si égoïste ! Il n'y a pas qu'elle dans ta vie ! D'une, tu manques de respect à ta tutrice et de deux, tu traînes à des heures pas possibles sur la colline. Et tout ça à cause d'elle ? Il va falloir que ça change, mon garçon ! »

Son père pénétra dans la lumière des fluorites. Noi discerna la fureur dans ses yeux.

« D'où viennent tous ces bijoux ?! interrogea-t-il en regardant Soane.

— De maman…

— C'est elle qui te les a confiés ? Réponds-moi, Noi !

— Non…

— Alors maintenant tu es un voleur ? Ces couvertures, c'est toi qui les as faites ? Et que font mes outils ici ? »

Le tailleur de pierre remarqua l'ébauche d'un crâne sur un bloc de craie, à côté de Soane.

« Oh non, Noi, ne crois pas que tu en feras deux, reprit-il, menaçant. D'ailleurs, elle est déjà de trop à mon goût ! »

Sa main boudinée attrapa les chevilles de Soane.

« Elle va devoir s'absenter un bon moment !

— Non ! » cria Noi en s'emparant des bras de son amie.

Allongée dans les airs, Soane sondait l'indicible, imperturbable. Les deux rivaux l'avaient rapprochée des étoiles d'un demi-mètre.

« Lâche-la, Noi ! Tout de suite ! »

Les pieds du jeune garçon glissaient sur les graviers. Il ne pouvait résister à la puissante attraction de son père. Ce dernier fulminait de voir son fils combattre son autorité.

« Jamais ! »

Noi était décidé à employer la moindre molécule de vigueur pour contraindre l'hystérie paternelle. Sa seule amie valait les conséquences d'une telle lutte, il la garderait auprès de lui coûte que coûte.

Soudain, les membres de Soane se disloquèrent. Le père et le fils s'échouèrent dans une gerbe de galets, chacun d'un côté. Dépourvue de bras et de jambes, Soane s'écrasa. Les blocs de craie éclatèrent sur le schiste. Des grains blancs fouettèrent les deux coupables, balafrant leurs joues de cicatrices pâles. Le halo bleuté s'éteignit.

Noi sauta sur ses pieds et se précipita vers son amie.

« NON ! »

Ses mains fouaillèrent les poussières qui coulaient depuis les blocs éventrés. Ces derniers se réduisirent en poudre sous le toucher paniqué du jeune Parviote. Les yeux de Soane illuminèrent brusquement ses doigts tremblants. Un peu plus loin, le cœur de marbre, gravé d'une spirale, semblait intact, mais son père empoigna Noi avant qu'il ne ramasse les trois sphères.

« Ça suffit, maintenant !

— Attends ! »

Les larmes du garçon creusèrent des puits dans les résidus de craie.

« Allez debout, on rentre », déclara-t-il en soulevant son fils.

Noi ne put qu'abdiquer. Il se retourna avant de perdre de vue le lieu du massacre. À l'endroit exact où les restes de Soane s'éparpillaient en sable blanc était étendue une petite fille brune. Son corps n'arborait plus la rigidité de la pierre. Ses galbes paraissaient souples comme la chair. À travers sa peau translucide, Noi vit le cœur de pierre flotter dans son torse.

Soane se redressa et regarda Noi. Deux orbes éclatants éclairaient l'intérieur de son visage. Un léger sourire étira ses lèvres.

D'une bourrade, son père le força à se presser.

Une silhouette surveillait leur retour depuis l'encadrure de la porte. Ils dépassèrent la dernière fluorite et plongèrent dans la touffeur de la maison. Noi s'isola dans le salon tandis que ses parents chuchotaient dans la cuisine.

Un visage couvert de taches de rousseur s'assit devant lui avec un plateau-repas.

« Ça va, mon grand ? commença-t-elle, pleine de compassion.

— Oui, très bien.

— Papa m'a raconté ce qui s'est passé là-haut. Est-ce que tu veux en parler ? Je sais que ton amie était importante pour toi. »

Noi hésita un instant, mais ne put réprimer son excitation.

« Elle est vivante, maman, murmura-t-il. Soane, elle a quitté son corps de pierre, je l'ai vue, elle m'a souri. »

Sa mère l'examina, troublée. Noi s'assombrit en entendant du bruit dans la cuisine.

« Ne le dis surtout pas à papa, il se fâcherait. »

L'homme de la maison entra dans le salon.

« Allez, mange, ça ira mieux après, conclut-elle sur un ton neutre. Puis, au lit. »

Chapitre III

Noi cogita toute la nuit. Jamais Soane n'avait été aussi réelle, douée d'expression. Il était certain qu'elle pouvait parler. Il en vint à la conclusion que la combinaison d'états d'âme contraires en était pour quelque chose. Les histoires de Thelm l'avaient mis sur la voie. Elle lui avait raconté comment, dans les temps oubliés, le corps humain avait été façonné à partir de glaise, et quel interdit avait contraint son sculpteur à poursuivre en secret. Ce dernier, motivé par l'affection qu'il vouait à sa création, lui avait insufflé la vie au mépris de ses détracteurs.

Ainsi, le surplus d'amour de Noi, combiné à la colère de son père, avait eu pour effet d'engendrer une entité qui transcendait les propriétés originelles de Soane. Ces deux émotions extrêmes, purement animales, avaient donc le pouvoir de créer l'humanité.

Le matin pointait à l'horizon lorsque sa mère le réveilla. Il s'habilla, satisfait de sa réflexion nocturne, puis descendit s'attabler. Son petit-déjeuner lui réchauffa le ventre.

« Je vais attendre Thelm dehors.

— Elle ne viendra pas aujourd'hui, mais enfile quand même une veste. Et mets tes chaussures.

— Ah ? On va où ?

— Au Temple, répondit-elle en nouant ses lacets. Tu vas à l'école aujourd'hui.

— Pourquoi ? »

Elle posa ses mains sur les épaules de Noi.

« Papa et moi avons peut-être fait une erreur en t'isolant dans le Parvis. Ça te fera du bien de voir d'autres enfants.

— Soane me suffit, tu sais. »

Sa mère soupira.

« À quelle heure je vais rentrer ? reprit-il.

— Avec nous.

— Mais c'est super tard ! Je pourrai quand même aller la voir ?

— On verra. »

Ils enfourchèrent le véhicule à chenilles familial puis traversèrent le Parvis en direction du soleil levant. Ils croisèrent quelques maisons disséminées dans le désert ; passèrent sous des arches antédiluviennes, façonnées par des milliers d'intempéries ; longèrent les champs de calcaire dont Noi admirait le chatoiement depuis la colline.

Le futur écolier ne pensait qu'à Soane, ainsi qu'au bonheur qu'il contenait difficilement à l'idée de la retrouver ce soir dans sa nouvelle substance. Pourrait-il la toucher ? Dialoguer avec elle ? Explorer l'espace sur des distances encore plus incroyables ? Il piaffait de découvrir tous les bouleversements que sa renaissance supposait.

Des reliefs symétriques attirèrent son attention. Bientôt, les piliers du Temple surgirent du sol. La chenille s'immisça entre deux grandes tours rondes, sur une route parfaitement plane. Ils longèrent une allée jalonnée de colonnes, strictement alignées en un chemin de procession.

« Certains de ces immeubles ont été plantés il y a des siècles, l'informa son père. Bien avant la calcification de notre maison. »

La circulation était dense. Ils croisèrent des voitures pourvues de roues et non de chaînes métalliques. Sur les bords de la route, de nombreuses personnes marchaient sur des espaces réservés aux piétons. Les Templiotes y grouillaient comme les fourmis dans leurs galeries de talc. Noi n'avait jamais vu autant de monde rassemblé au même endroit.

Le Temple semblait être un champ géant de brins de granite aux altitudes époustouflantes. Tous les bâtiments s'étageaient bien plus haut que la colline. L'ombre qui régnait au pied des édifices impressionna le jeune Parviote, l'effraya, même. La lumière profitait de quelques interstices étroits pour éclairer la rue par intermittence, alors que Noi avait toujours été exposé aux humeurs du soleil.

Leur véhicule se gara au centre d'un péristyle, le long d'un bâtiment plus petit et plus trapu.

« Ça y est, on est arrivés », lui indiqua sa mère sur un sourire, pour dissiper l'anxiété visible de son fils.

Ils traversèrent une cour de récréation où des enfants s'épuisaient à cavaler avant le début de la journée. Ils slalomaient en beuglant leur surplus d'énergie entre des embryons de bâtisses. La maîtresse les accueillit au bout de ce jardin statuaire.

« Bienvenue, tu dois être Noi ? dit-elle sur le ton mielleux des institutrices qui tentent tant bien que mal d'imiter l'affection d'une maman. Je suis madame Phi.

— Bonjour, bredouilla le concerné.

— Tout va bien se passer, mon cœur, lui promit sa mère. Nous viendrons te chercher à la garderie ce soir. »

Ses parents lui lâchèrent la main puis se volatilisèrent à bord de la chenille. Madame Phi l'emmena dans sa classe. Noi peinait à réprimer son angoisse dans ce monde à l'esthétique inconnue. L'institutrice eut la délicatesse de lui épargner le stress de se présenter en s'en chargeant. Elle lui désigna sa chaise à côté d'un garçon aux cheveux bruns, soigneusement habillé.

« Je m'appelle Graham, chuchota ce dernier, mais on me surnomme Gram, c'est plus simple.

— Noi. »

Ce matin-là, le Parviote remercia silencieusement Thelm pour la qualité de son enseignement. Il n'était lésé d'aucun retard. Au contraire : la maîtresse l'assomma d'un savoir pour le moins élémentaire, et particulièrement fade. Son discours ne s'ornait jamais de verbes choisis pour leur sonorité, ni de rythmes mouvants qui le dynamiseraient. Elle négligeait avec finesse les beautés de la langue, se privait de danser avec les mots ou bien ne faisait que marcher sur leurs pieds.

Ses histoires étaient aussi soporifiques que la révision des tables d'addition qui avait suivi. Le nez penché sur des lignes de chiffres, Noi se demandait bien ce qu'il raconterait de palpitant à Soane ce soir.

Elle n'avait pas la carrure d'une Thelm. Le contraste était éloquent. La tutrice avait nourri Noi de passion en lui décrivant l'évolution des premiers hommes sur un sol qui n'avait pas toujours été si rocailleux. Elle l'avait bercé de poésie quand les nombres s'animaient sur son cahier et s'unissaient aux lettres pour que fleurisse en pétales d'encre la solution d'un problème. Dans la bouche de Thelm, les sciences amères se changeaient en possibilités délicieuses, les gammes fastidieuses en chef-d'œuvre en composition. Rares étaient ces personnes capables de métamorphoser la répulsion en intérêt, d'un simple effet de style.

Toutefois, Noi se complut dans la facilité jusqu'à la sonnerie du midi.

«À table, les enfants, soupira madame Phi, en contraignant sa joue récalcitrante à sourire. Gram, peux-tu faire un tour de l'école avec Noi, s'il te plaît?

— Bien sûr, madame, répondit-il, charmeur, avant de se tourner vers son voisin. On mange ensemble aussi?

— D'accord.»

Ils se détachèrent du groupe des écoliers en route pour le self puis marchèrent entre les bâtiments avortés qui parsemaient la cour. La démarche altière, Gram avait fière allure. Il semblait connaître le jardin comme s'il l'avait cultivé. Les pierres crissaient à peine sous son pied et il ne souffrait jamais du moindre déséquilibre.

«Tu es là depuis combien de temps? tenta Noi pour refouler son propre malaise.

— Attends », murmura Gram en regardant au-dessus de son épaule.

Lorsque madame Phi entra dans le réfectoire à la suite de ses élèves, Gram poussa Noi dans un coin.

« Voilà, on sera tranquilles. »

Il souriait, manifestement satisfait de son mystère, puis il délogea quelques pierres. Triomphal, Gram extirpa un sachet du sol.

« Tiens, pour toi, crachouilla-t-il, la bouche déjà pleine, en laissant rouler des billes multicolores dans la main de Noi. Des bonbons de bienvenue !

— Merci, c'est gentil.

— Oh, de rien, c'est mon frère qui me les donne quand je range sa chambre. Du coup, il faut que tu saches deux choses à propos de l'école, les plus importantes de toutes : obéis à madame Phi et tu auras des points en plus, complimente l'odeur des plats et les dames du self rempliront tes assiettes. Compris ?

— Sourire et flatter, répondit Noi, abasourdi par l'insignifiance de ces règles.

— Exact. Sinon, t'as joué au dernier Stone Wars ?

— C'est quoi ?

— Hein ? s'indigna Gram. C'est le jeu vidéo dont toute la cour parle ! Mais tu sors d'où ?

— Du Parvis, s'excusa Noi, penaud.

— Waouh ! J'ai jamais rencontré d'enfant du désert ! T'as une maison au moins ?

— Bien sûr, j'imagine qu'on vit à peu près comme vous. Les jeux vidéo en moins, quoi.

— Hmm, tu t'ennuies pas trop là-bas ? Tu fais quoi pour t'occuper du coup ?

— Je sculpte. »

Noi ne parvenait pas à anticiper les réactions de Gram. Est-ce que sa réponse allait provoquer le rire ou l'attention ? Gram semblait être un enfant en avance sur son temps, en tout cas sur celui de Noi.

« Ah ouais ? Tu sculptes quoi ?

— J'ai taillé une fille qui s'appelle Soane. Je lui ai donné un cœur pour qu'elle vive et des yeux pour qu'elle voie. Et ça a marché ! »

Le fait de parler de son amie le rassura. D'ailleurs, les platitudes de madame Phi et l'irruption de Gram avaient interféré avec son obsession. Soane ne lui avait pas vraiment manqué jusqu'à maintenant.

« Classe ! s'exclama Gram avant de se rembrunir. Au fait, Silae, c'est ma copine, hein, donc pas touche. »

Noi acquiesça, troublé par le soudain sérieux de l'écolier.

« Tu regardes le Reg Cross ? » reprit Gram, de nouveau enjoué.

Le Parviote secoua la tête en signe de dénégation, honteux d'ignorer les centres d'intérêt des garçons de son âge.

« C'est une course automobile à laquelle mon père participe cette année. Les concurrents doivent parcourir cinq mille kilomètres. Il y aura des sprints sur le goudron des Temples, des étapes d'endurance sur les montagnes du désert et d'autres qui demandent plus d'instinct, dans les labyrinthes de basalte, par exemple. »

Noi n'avait entendu que deux moteurs tousser leur gaz sur les galets du Parvis : le véhicule de ses parents et celui de Thelm. Jamais il n'aurait pu imaginer des centaines d'engins prêts à en découdre à vive allure.

« Je t'inviterai pour regarder ça, si tu veux. Sinon, tu fais quoi comme sport ? Moi, j'adore le... »

Une sonnerie le coupa.

« C'est pour avertir les retardataires de se presser à la cantine, l'informa son guide en se dépêchant de planquer ses trésors sucrés. Allez, on y va. »

Gram fit la démonstration de son numéro de charme dès son entrée dans le réfectoire. En guise de préambule, il huma le fumet des plats puis expira en fermant les yeux de contentement. Enfin, il livra deux ou trois compliments bien sentis. La cantinière le gratifia d'une portion supplémentaire d'argile blanche sur son lit de sauce calcium. Gram couronna son succès d'un clin d'œil complice destiné à Noi. Ce dernier sourit du culot incroyable de son nouvel ami.

« Tu te moques de moi, le nouveau ? l'interrogea soudain la cantinière.

— Nnn... non, madame, répondit Noi, paniqué.

« — C'est ça, retire-moi cet air insolent, finit-elle en aspergeant son assiette d'une dose ridicule dépourvue de sauce.

— Merci », bredouilla Noi en réprimant un sourire poli qui pourrait lui attirer les foudres de la cantinière s'il était mal interprété.

Gram avait assisté à la scène, assis à côté d'une fenêtre qui donnait sur la rue devant l'école.

« Tu sauras l'appâter avec le temps, tu verras. »

Noi était choqué d'entendre parler Gram de la sorte. Certes, la cantinière lui avait semblé bourrue, mais elle n'était pas un animal. Le corps tétanisé par la dispute et l'esprit désespérément à la recherche de l'élément déclencheur, il ne releva pas l'insulte. Il enfourna une cuillère d'argile dans sa bouche pour justifier son silence.

« Tu vois la fille là-bas ? poursuivit Gram.

— C'est Silae ?

— Non, non, je ne connais pas son nom. Elle est jolie, hein ? »

Noi haussa les épaules en se reportant aux mouvements de l'autre côté de la fenêtre. Affublés de costumes similaires, les Templiotes déambulaient dans la rue, le regard fixe. La densité de la foule entravait l'amplitude de leur mouvement. Ils se balançaient d'un pied sur l'autre pour anticiper le trajet du sosie d'en face ; glissaient en fendant la marée de profil ; s'emplafonnaient sans détourner les yeux, sans murmurer le moindre pardon, comme s'ils étaient les acteurs d'une joute sans merci.

Ni amour ni rage. Les deux ingrédients fondateurs de l'humanité, créateurs de Soane, avaient abandonné les avenues du Temple.

« Au moins chez moi, on peut marcher où bon nous semble, se vanta Noi en scrutant la houle perpétuelle. Pas de trottoirs. On ne s'y serre jamais sur une si petite parcelle. Je t'emmènerai sur ma colline, on y est libre de courir et de balancer ses bras sans obstacle. Ça te dirait ? »

Noi était seul à table. Il aperçut Gram, installé devant la fillette qu'il lui avait désignée quelques minutes plus tôt. Elle riait à gorge déployée devant la moue ensorceleuse du garçon. Ce dernier connaissait certainement le nom de l'écolière désormais. Quel baratineur, songea Noi.

Ils ne prirent pas place en classe cette après-midi-là. Ils s'assirent en cercle dans le jardin statuaire. Madame Phi leur énonça quelques règles de sécurité rudimentaires puis distribua des limes qui, selon Noi, s'useraient davantage que la moindre pierre. Sous la surveillance de son père, il avait l'habitude de manipuler des outils autrement plus sérieux que ces coupe-papiers. La maîtresse leur répartit des cubes de craie.

« Initiation à l'architecture, les enfants. Je voudrais qu'à l'aide de ces limes vous me sculptiez un joli grain. »

Noi connaissait parfaitement les propriétés de cette roche : sa densité, sa porosité, sa résistance à la compression. Il l'avait travaillée, le front cisaillé de traces blanches, pendant des jours et des jours pour parvenir à la version finale de Soane.

L'apprenti tailleur mesura d'abord l'accroche du métal sur la craie jusqu'à négocier la pression adéquate. Ensuite, le contrôle du limage n'était plus qu'une question de toucher qu'un tailleur compétent jaugeait d'après les vibrations de l'outil dans sa main.

En un rien de temps, une bille absolument sphérique roula le long des lignes de sa paume.

« Excellent, Noi ! Tu es très doué. Venez voir tous. »

Les yeux de l'institutrice perdirent momentanément la sécheresse intellectuelle que lui inspirait son propre enseignement. Noi se flatta d'avoir instillé ne serait-ce qu'un peu d'imprévu dans sa monotonie.

Les élèves se serrèrent autour de lui.

« Je vois que tu as compris la leçon, lui susurra Gram en constatant l'air réjoui de madame Phi. En même temps, c'est vrai qu'il est parfait ce grain.

— Creuses-y un petit trou, lui indiqua la maîtresse. Voilà. Puis verses-y une pincée de cette poudre. Il s'agit de sulfite, cela profite à la fertilisation des grains. Bien. Dernière étape : dégage quelques galets puis insère-le dans le sol. C'est ça. Et maintenant, nous n'avons plus qu'à croiser les doigts pour qu'il germe ! »

La sonnerie retentit. Déjà? L'intensité de la lumière en cette fin d'après-midi surprit Noi. Normalement, à cette heure-ci, le soleil devrait décliner derrière les colonnes.

« Ce sera tout pour aujourd'hui, les enfants! On se dit à demain. »

Des parents déboulèrent aussitôt. Certains s'empressèrent d'enlacer leur fille, d'autres, vautrés sur un banc, craignaient par avance le prochain caprice. Noi espérait voir les visages des siens, priant pour qu'ils aient débauché plus tôt. Gram fonça dans les bras de son père tandis que Noi croyait apercevoir sa mère chaque fois qu'une femme passait le portail.

Une assistante regroupa les enfants pour la garderie. Noi s'y dirigea en traînant des pieds. Il regrettait déjà le départ de Gram.

« Comme nous avons un petit nouveau, nous allons lui présenter notre école depuis les hauteurs. OK? »

Fatigués de leur journée, aucun enfant ne répondit à sa tentative d'acclamation, même si son engouement semblait beaucoup plus naturel que celui de madame Phi.

Les abandonnés du soir sortirent du jardin statuaire puis marchèrent sur les trottoirs bondés, comme un banc de poissons luttant contre les flots. Les costumés ne parvenaient pas à scinder la ligne compacte de nabots : certains s'avouaient vaincus d'un coup d'œil et dérivaient sur le bas-côté, tandis que d'autres, intraitables, les emboutissaient sans ménagement. Quelques écoliers décrochaient alors, mais le grappin de l'assistante les réintégrait dans les rangs. Noi maintint sa place aux côtés de cette dernière.

Ils longèrent ainsi les tours sur un petit kilomètre. Des vitres automatiques s'ouvrirent finalement devant la troupe de demi-portions. Ils se tassèrent tous dans un ascenseur. C'était fou comme le Temple rimait avec claustrophobie. L'assistante appuya sur le numéro 203. La cabine s'ébranla et la peur congela le cerveau de Noi.

Un crépuscule bien entamé les accueillit au sommet de la tour. Noi inspira de grandes goulées d'air frais pour apaiser ses suffocations phobiques. Dommage que Gram n'ait pas été présent pour l'avertir.

« Approche-toi, Noi, l'appela l'assistante. Viens regarder par-dessus le parapet. »

Cette fois-ci, ce fut le vertige qui l'empêcha de respirer. En contrebas, l'école n'était plus qu'un point dans le halo doré des lumières du Temple. Au-delà, des milliers d'édifices se blottissaient les uns contre les autres en une pelouse de stalagmites titanesques. Des immeubles en granite, aux angles absolument droits, déchiquetaient l'horizon templiote. C'était comme s'il existait un second plancher en altitude. Un sol gonflé de collines aux escaliers plus ou moins réguliers et de falaises vertigineuses. Les volumes étaient disproportionnés par rapport à tout ce qu'il chérissait dans les paysages de son enfance.

Une fois passé l'étourdissement, Noi fut surpris d'assister aux toutes dernières ardeurs du soleil alors qu'il faisait si jour en bas. Certes, l'angoisse semblait avoir ralenti les secondes pendant le trajet en ascenseur, mais de là à bondir de plusieurs heures dans le temps...

L'apparition des premières étoiles refoula sa réflexion. D'ici, elles paraissaient deux fois plus éclatantes. Leurs rayons s'entrecroisaient et créaient de nouveaux astres à leurs points de rencontre. Les fenêtres des tours, éclairées par les fluorites d'intérieur, répondaient à leurs signaux lointains. Le ciel miroitait-il sur le Temple, ou était-ce l'inverse ?

Jamais Noi n'avait été aussi proche des étoiles. Il leva les bras pour les caresser et – qui sait ? – les attraper. Ses doigts ne palpèrent que le vide. Néanmoins, il était persuadé qu'un jour il bouleverserait les constellations de son toucher.

« On redescend, les enfants. »

Ils se rangèrent sous les instructions de l'assistante. Noi se prépara mentalement à l'épreuve de l'ascenseur qu'il franchit avec brio.

Le jour régnait toujours au pied de la colonne. Noi comprit le décalage de luminosité entre le sommet et le plancher en remarquant les projecteurs remplis de fluorites installés à chaque carrefour. Un filtre transformait leur radiation d'ordinaire bleutée en lumière dorée, comme chez lui.

Il se souvint des mots de sa mère :

« Tu sais, les Templiotes n'ont pas la chance de voir un ciel aussi vaste. »

Ceux des trottoirs, constamment bombardés par les spots, ne pouvaient apprécier les étoiles, cependant, les rêveurs se donnaient forcément la peine de grimper aux derniers étages du Temple pour les honorer.

Ses parents patientaient devant la grille de l'école.

« Ça va, mon grand ? demanda son père en l'attrapant dans ses bras potelés.

— Oui, très bien. »

Un mélange de soulagement et de déception défila dans le regard de sa mère.

« Tu te trompais, maman, au sujet des Templiotes.

— Ah bon ?

— Ils peuvent observer l'univers. »

Dans la voiture, Noi raconta sa journée dans les moindres détails : sa rencontre avec Gram, ses remords envers Thelm, la sculpture sur craie et enfin le panorama au sommet du Temple.

« Vivement demain, conclut-il. Au fait, est-ce que je pourrais assister au Reg Cross avec Gram ? »

Ses parents semblaient ravis. Néanmoins, Noi crut discerner dans leurs œillades la même expression désabusée qu'affichait continuellement madame Phi. Il ne s'en alarma pas, bien trop émoustillé par le rappel des événements.

Chapitre IV

Lorsque la chenille projeta son ultime vague de galets devant la maison, Noi décampa à l'assaut de la colline.

« Pas si vite ! l'arrêta son père. Tu n'as pas de devoirs ?

— Euh… si.

— Ça passe avant tout le reste, Noi. Ce ne sont plus les cours particuliers de Thelm que tu suis. L'enseignement collectif suppose des exercices à faire chez soi, faute de temps à consacrer à chaque élève.

— Je les ferai en revenant.

— Non, les devoirs d'abord.

— Mais, papa… C'est juste un peu de lecture et quelques calculs. Thelm m'a déjà appris tout ça.

— Maintenant, Noi !»

Le garçon hésita à obéir, mais le souvenir du regard foudroyant de son père la veille l'en dissuada. Jamais son visage ne s'était autant contracté sous la colère.

Noi étala ses cahiers en toute hâte sur la table de la salle à manger. L'algèbre ne fut qu'une bagatelle et un bébé aurait su lire les paragraphes à étudier. Le vocabulaire en était d'une telle banalité que Noi eut l'impression désagréable de régresser. Il expédia ses exercices en un rien de temps. Alors que le fumet des marmites s'ébrouait jusqu'à son poste de travail, il s'harnacha des couches nécessaires pour affronter le froid. Il ne lui restait que peu de temps avant le repas.

Les fluorites s'éveillèrent au cours de son escalade. Leurs jumelles, égarées dans la désolation parviote, s'illuminèrent de concert. Une multitude de champignons photogènes pullula bientôt sur le désert.

Devant ce spectacle, Noi se souvint des milliers de points dorés qui piquetaient les piliers du Temple. La différence entre les deux miroirs du ciel était d'ordre colorimétrique, leurs longueurs d'onde ne se valaient pas : l'un illustrait la fraîcheur rassurante du désert et l'autre le fourmillement fascinant des colonnades.

Noi imaginait Gram dans l'une d'elles baver d'extase devant les rediffusions du Reg Cross ou braver les instructions de ses parents pour revivre sur sa console les premières guerres de la pierre. L'insouciance du Templiote l'intriguait au plus haut point. Lui n'était doué qu'à rêver, qu'à flâner entre les galaxies, alors que Gram s'adaptait aux courants, se les appropriait pour mieux les leurrer en toute impunité. S'il fallait ruser, séduire, tromper, pour se fondre entre les colonnes du Temple, il était à bonne école avec Gram comme mentor.

Noi trébucha sur un affleurement de schiste et s'y vautra durement. Absorbé par l'horizon, ses jambes s'étaient activées de manière mécanique, accoutumées à la déclivité de la pente. Une fois sur le plateau, elles avaient tourné dans le vide.

De la poudre de pierre fardait la veste de Noi : il avait dû rouler sur sa sculpture en poussière. Étendue quelques mètres plus loin, Soane, dans sa nouvelle substance, tendait ses mains vers son créateur. Le visage diaphane de la fillette se contractait de souffrance. La luminescence des fluorites tranchait sur la translucidité croissante de sa peau. Ses yeux, d'ordinaire si rêveurs, contenaient la menace d'une sombre tempête. Ils imploraient silencieusement Noi autant qu'ils l'accusaient.

La terreur supplanta l'exaltation qui avait aveuglé Noi à la rétrospective de sa journée.

Le corps fantomatique de Soane amorça son envol, simple plume bercée par des vents inexistants. Tétanisé, le Parviote n'osait envisager le drame qui se jouait. Les rayons bleus des fluorites refluèrent du corps de la jeune fille, comme si une main invisible délogeait la vie de ses orbites. Lorsque ses cheveux noirs se balancèrent dans les airs, Noi tressaillit en apercevant les deux gemmes bleues qui scintillaient dans la craie, sans hôte.

Jusque-là pointés vers Noi, les doigts de Soane retombèrent. Ils tracèrent un sillon dans un monticule de poudre plus grise.

« Le cœur ! » sursauta Noi.

Le choc tordit les tripes du garçon. Pendant qu'il rêvait des colonnades au-delà du Parvis, il avait écrasé le cœur de marbre en culbutant. Il avait tué Soane !

Noi se rua sur la fillette en suspension, soulevant dans la panique des nuées de craie. Ses mains traversèrent la matière évanescente de son amie. Son apparence n'évoquait plus qu'un pâle spectre de ce qu'elle était. Noi fouetta tous ses membres à la recherche d'une quelconque prise qui l'attirerait vers lui. Ses phalanges désespérément vides ne rencontrèrent que l'air immobile du Parvis.

Couchée entre l'espace et le désert, Soane poursuivit son ascension. Noi bondissait pour l'atteindre, l'espoir vissé au bout des ongles. Lorsque ses mains se faufilèrent une ultime fois dans les cheveux de la jeune fille, elle s'éleva, hors de portée.

Noi s'effondra dans la poussière composite et admira, impuissant, le départ de Soane. Ses doigts caressèrent par hasard les deux fluorites abandonnées dans la craie. Dans un sursaut de démence, il s'en empara puis les jeta vers celle qu'il avait négligée l'espace d'une journée.

Les sphères jumelles s'envolèrent, défiant la gravité. Elles foncèrent droit sur leur hôte. La silhouette de Soane disparut dans la nuit au moment où ses propres yeux s'y figeaient en lévitation. Joyaux inestimables dans un gouffre d'antimatière.

Les deux fluorites brisèrent finalement leur couple. L'une d'elles retomba en un fuseau bleuté et s'échoua dans la paume de Noi. Elle était aussi brillante que s'il venait de la tailler, mais dépourvue des éclats qui lui avaient donné vie.

Quant à la seconde gemme, elle scintillait toujours dans le ciel, parfaitement intégrée aux archipels stellaires. Cette nouvelle étoile était la source intarissable des rêves du garçon, celle qui ne souffrait aucun oubli, aussi partiel fût-il.

« Pardonne-moi, pleura Noi. "Celle qui brille", mais si loin… par ma faute... Je trouverai un moyen de nous réunir. »

À mesure que sa peine cascadait de ses pommettes, des rigoles de larmes fondaient leur lit dans la craie.

« Attends-moi », l'implora-t-il en contemplant l'œil bleu de Soane au-dessus de lui.

Noi serra plus fort son jumeau dans sa main. Ils resteraient connectés malgré le temps et la distance.

Même sous la supplique, Noi refusa de révéler à ses parents les raisons de son mal-être alors qu'ils chenillaient entre les hauts édifices templiotes. Le défilement des immeubles n'accrochait pas son regard rougi par la fatigue et les pleurs.

En arrivant à l'école, madame Phi l'attendait avec le directeur.

« Félicitation pour ton travail, mon garçon », déclara ce dernier en désignant le jardin statuaire.

En plein milieu, y calcifiaient des fondations parfaitement géométriques. Elles dénotaient par rapport aux ébauches maladroites disséminées autour. Leur hauteur ne dépassait pas quinze centimètres et elles ne couvraient environ qu'un mètre carré, mais elles étaient régulières. Son grain avait germé étonnamment vite.

« Ça te dérange si je t'emprunte tes parents ? » reprit le vieil homme, en appuyant sa main sur l'épaule de Noi pour installer un semblant de connivence.

Le garçon acquiesça, parfaitement détaché de ce qui se profilait à son sujet. Il n'avait que faire de la sollicitude du directeur. Les affectations travaillées de madame Phi l'irritaient plus encore.

La journée s'écoula aussi lentement qu'une poussière devenait galet. Même les plaisanteries de Gram ne provoquèrent aucun sourire. Noi avait recouvré sa position initiale, celle qui enrayait la course des aiguilles de l'horloge. Il était de nouveau coincé dans l'attente insoutenable qu'on vienne le libérer du joug de l'ennui.

Plus personne ne l'attendait sur la colline et ses parents ne lui manquaient pas. Il avait simplement hâte de s'enfoncer dans son malheur en paix, dans la solitude du Parvis.

En traversant le jardin statuaire à la sonnerie du soir, Noi constata que les fondations avaient doublé en l'espace d'une journée. Il estima la taille que ce pilier atteindrait une fois à maturité. Rivaliserait-il avec ceux qui entourent l'école ? Les snoberait-il même ? Soudain, la promiscuité des astres sur le toit d'hier l'inspira. Il s'imagina sur une colonne dont le grain était taillé avec tant de doigté qu'il ne cessait de croître. Perché sur son fantasme de pierre, il se voyait s'envoler vers son étoile bleue.

Noi courut jusqu'à la chenille et harcela son père pour qu'il accélère, quitte à bafouer les règles de circulation. Ce qu'il ne fit pas, malgré l'impatience irascible de son fils.

Le jeune Parviote bâcla ses devoirs puis foula la pente le poing en l'air. Arrivé sur le comptoir rocheux, il fora un petit trou dans la fluorite par laquelle Soane avait regardé. Il préleva une pincée de poudre de marbre et la versa dans la cavité, comme le lui avait spécifié madame Phi. Une fois le grain gorgé des poussières du cœur, Noi le serra dans sa paume en fixant l'étoile bleue tout là-haut. Il y injecta le feu de l'amour et le sel de la tristesse.

Enfin, le garçon planta la fluorite dans le schiste puis l'ensevelit sous un cairn de galets. Noi attendit que le miracle s'opère, priant pour assister à l'éclosion de son rêve. Aucun muret ne transperça l'amas de pierres. Il sut qu'il lui faudrait de nouveau composer avec la patience.

Au cours du dîner, ses parents lui annoncèrent sans préambule son inscription dans une école d'architecture pour jeunes prodiges. Ce matin, madame Phi et le directeur leur avaient fourré dans les mains tout un tas de lettres de recommandation. Cette nouvelle redonna d'abord un coup de fouet à l'ambition qui taraudait Noi : un enseignement adapté lui fournirait les clés pour concevoir des édifices susceptibles de l'emporter vers Soane.

Toutefois, les étudiants devaient vivre entre les murs de l'institution. L'internat perturberait le suivi de la calcification en cours.

« Vous ne pouvez pas m'y obliger ! Soane, sur la colline…

— Tu reviendras en fin de semaine pour surveiller ta plantation.

— Et Gram ?

— Tu te feras d'autres copains. »

Ses parents remportèrent finalement le débat, sous couvert de divers prétextes, allant de l'intégration scolaire à l'intérêt d'une concentration continue. Noi les soupçonnait surtout de vouloir couper les liens qui l'unissaient encore à son amie.

Qu'importe, il ne perdrait pas la foi. Avant de s'endormir, il se jura de dédier tous ses efforts, personnels comme scolaires, à la reconquête de la jeune fille.

Chapitre V

Assis nonchalamment sur une chaise, l'architecte s'égarait dans les arabesques esquissées par les étoiles. Les radiations perpétuelles de la ville en contrebas n'en altéraient pas les perspectives. Le gin s'occupait seul d'en parasiter la netteté.

Des ombres s'immisçaient sans cesse dans son champ de vision, osaient s'interposer entre lui et l'objectif de toute son existence. Reconnecté au réel, son regard dérivait alors de visages flous en verres de gin. Si l'alcool pouvait l'aider à gommer les sourires carnassiers qui barraient la gueule des convives, il se soûlerait jusqu'à l'évanouissement.

Ils étaient tous gris. Gris clairs, gris foncés, presque blancs ou presque noirs. Empaquetés dans leur costume impeccablement sobre, qu'une simple étiquette sur la poche intérieure différenciait des autres. Noi s'était plié à leurs mœurs esthétiques pour que Gram arrête de l'emmerder. Il avait offert sa silhouette à la sérigraphie chic du Temple dans l'espoir de se fondre dans le décor. Cela n'avait pas suffi, une futilité en supplantait inévitablement une autre. À croire que le Temple s'ingéniait à hacher sa pensée à coups de monomanies populaires.

Déguisé comme les autres protagonistes de cette farce, Gram les traînait sans relâche de conférences de presse en buffets huppés pour asseoir leur monopole. Il aurait dû s'habituer à ce rythme, s'y complaire même, à l'instar de ces stars grisées par la flatterie, mais la renommée ne l'avait jamais consolé. Alors, il attendait que cela se passe, depuis cette nuit lointaine où il s'était promis d'être patient.

Quelques jours après l'enfouissement du grain sur la colline – le temps que les administrations parviennent à s'échanger les bons documents sans qu'ils ne disparaissent dans certains tiroirs particulièrement qualifiés dans l'oubli –, Noi avait rejoint l'école d'architecture. Il avait suivi son enseignement avec rigueur et toujours plus d'empressement. Chaque fois qu'une brèche se profilait lors de ses visites dans le Parvis, il fonçait sur la colline pour mesurer la calcification de la fluorite. Les fondations s'avéraient ambitieuses, mais leur surface s'étalait avec une lenteur exaspérante.

Au sein de son nouvel établissement, Noi avait regretté les facéties de Gram. Néanmoins, en âge de profiter de quelques privilèges, les deux garçons avaient obtenu le droit de se retrouver pour jouer. À force de promenades, ils explorèrent les moindres recoins du labyrinthe templiote. Ils prirent tôt l'habitude de se rejoindre dans le désordre d'un terrain vague, déniché par Gram.

« Allez, il faut que tu t'entraînes si tu veux rejoindre ta précieuse étoile, le motivait Gram. Si tu deviens le meilleur, tu auras tous les moyens à ta disposition pour réussir. »

À cette époque, Noi ne parvenait qu'à faire naître quelques cabanes sommaires, mais Gram l'avait sans cesse poussé dans ses retranchements. Il l'avait même surnommé le Semeur de Colonnes, pseudonyme dont la presse s'était emparée.

D'ailleurs, les yeux de Noi tombèrent sur son vieil ami qui papotait avec la fine fleur du Temple en matière d'hypocrisie, à l'autre bout de la salle de réception. De son propre chef, Gram s'était attribué les postes de comptable et de vice-président de l'entreprise d'architecture régie par Noi. Il s'était démené pour définir, puis peaufiner, les modalités de la firme. Ils formaient un duo parfaitement compatible : Noi bossait sur ses semences tandis que son alter ego s'occupait des négociations de contrat.

Maître parmi les maîtres, Gram rassurait les frustrés, une flûte à la main. Tactile et concerné, il riait à pleins poumons avec les grands pontes, ceux dont les poches débordaient des mises décuplées par le talent de Noi et l'habileté de Gram. Il nageait dans son élément, capable de mouiller son œil ou de froncer juste ce qu'il fallait de sourcils à l'écoute d'une anecdote.

En vérité, Gram n'en avait rien à faire de leur baratin, il usait d'éloquence en pariant qu'une partie de leur fortune glisserait dans sa bourse. L'étoile bleue lui importait encore moins. Noi savait depuis longtemps qu'il n'était lui-même qu'un outil qui favorisait l'ascension du beau brun dans les hautes sphères de la société templiote.

Aujourd'hui, Gram obéissait à Noi comme il s'inclinait devant madame Phi ; il embobinait les investisseurs comme il séduisait les cantinières.

L'alcool imbiba le poignet de l'architecte lorsqu'il se redressa en chancelant. Noi fendit la foule en évitant ceux qui mériteraient des courbettes et esquissa des sourires torves à ceux qui lui frictionnèrent l'épaule. Putain, mais lâchez-moi, pensait-il à chaque infraction à son espace vital.

Il ne s'était jamais défait de sa claustrophobie, surtout dans ce genre de réunion saturée des haleines et des bedaines de Templiotes à qui on oserait mal annoncer la fétidité ou l'obésité. Le Parvis l'avait nourri de vastes libertés.

Noi tituba jusqu'à la balustrade de la terrasse, laissant derrière lui une traînée mouillée sur le marbre. Devant lui s'étendait l'empire qu'il avait créé. Le Temple ne ressemblait plus à l'horizon qu'il avait contemplé lors de sa première visite. Désormais, des immeubles de toutes essences et de toutes formes s'extirpaient du halo doré des rues. Des flèches chromées réfractaient les rayons des fluorites ; des cubes d'albâtre brisaient les courbes des coupoles ; des tours cristallines, en alliage de verre et d'argent, s'élançaient au-dessus des toits.

Noi avait modélisé le Temple à l'image de la verticalité de sa quête. Il avait outrepassé les lois de l'architecture pour concevoir le grain idéal. Il avait même créé de nouvelles essences en greffant des espèces entre elles. Le champ des possibles ne souffrait d'aucune limite, notamment grâce aux compétences de Gram pour glaner des fonds.

De semeur, il était devenu inventeur.

Dans ses immeubles naissaient de nouvelles technologies, on y guérissait des maladies, on y vendait ou distribuait les denrées nécessaires aux Templiotes. Noi avait contribué à tout cela, chacune des activités du Temple portait son empreinte. Sa folle campagne pour l'espace avait recouvert de colonnades tous les Parvis. Il n'existait plus qu'un seul Temple, celui que l'architecte avait semé pour mieux le quitter.

À chaque fois qu'il greffait, qu'il plantait, qu'il échouait, ce n'était pas pour supporter telle ou telle entreprise, c'était pour Soane.

Noi vivait d'ailleurs la réception de ce soir comme un retour à la case départ. En se penchant au-dessus du parapet, il avait le fol espoir d'apercevoir ses parents deux cents mètres plus bas, à la fenêtre de la maison de son enfance. Peut-être lui pardonneraient-ils ses caprices ? Si seulement il savait où ils vivaient aujourd'hui dans ce dédale de gratte-ciels qu'ils avaient tant détestés…

Dire qu'il se tenait au point exact où, vingt ans plus tôt, il avait planté la fluorite remplie du cœur en poudre. La colonne sur laquelle il se tenait avait balayé sans ménagement la petite maison de pierre dans laquelle il avait grandi. Il avait sacrifié sa vie et sa famille pour régresser au point d'origine de sa névrose.

Noi caressa les veines azur qui courraient sur le marbre de la rambarde. Au fond, la célébration de la taille record de cette colonne ne l'étonnait pas. Ses voisines n'avaient pas bénéficié des émotions liées à l'envol de Soane.

Un couple d'invités se pencha devant lui, comme si leur importance justifiait la gêne occasionnée. L'homme lui sourit en tendant son verre pour trinquer. Sa femme caressa langoureusement l'épaule de Noi puis réajusta sa cravate. Noi refusa de jouer son rôle habituel : celui de l'architecte lunaire dont on moque les rêveries une fois les contrats signés.

Il renversa la femme sur une table voisine puis frappa le poignet de l'homme. Son verre s'envola dans le gouffre. Les obstacles valsèrent alors que Noi traversait le camaïeu déprimant des actionnaires. Il se contrefoutait des protestations mesurées du peuple mondain. Certaines sangsues s'accrochèrent tout de même à ses manches, histoire de démontrer aux autres convives leur intimité avec la vedette de la soirée. Noi les repoussa sur leurs congénères.

Gram s'interposa devant la porte de sa suite, adjacente à la salle de réception.

« Qu'est-ce que tu fais ? chuchota-t-il, sur les nerfs.

— Laisse-moi passer.

— Arrête, ressaisis-toi, il y a Sjal, du Comité du…

— J'en ai rien à foutre, laisse-moi…

— Écoute, je comprends que ça te fasse chier. Tu es déçu par cette colonne et on étouffe sous la connerie des gros bonnets, j'ai saisi, mais fais un effort, bordel ! Pense à notre avenir. »

Cette dernière phrase exaspéra l'architecte. Il sentit le fiel imprégner ses veines.

« T'es viré, Gram ! gueula-t-il assez fort pour que tout le monde en soit témoin.

— Qu'est-ce que tu...

— Comment penser à notre avenir alors que tu n'estimes que le tien ? T'en as rien à foutre du mien, rien à foutre de Soane ! T'es viré, compris ? T'es libre de t'enfoncer dans tes petites combines avec ton ramassis de connards travestis en hommes à respecter, mais sans t'appuyer sur mon nom, OK ?! »

Noi profita de la surprise de Gram pour se faufiler derrière lui. Il se retourna une dernière fois vers l'assemblée bouche bée.

« Très chers amis, considérez tous vos contrats comme avortés ! Voyez ça avec mon ex-comptable et vice-président ! C'est bien les titres que tu t'étais donnés, hein, Gram ? »

La porte de la suite claqua derrière le semeur. Le cliquetis d'une clé en marqua la fermeture. L'obscure tranquillité de sa chambre ne suffit pas à apaiser sa furie. Ses espoirs mourraient avec la pleine maturité de la colonne. Si ce grain avait échoué à l'emmener vers Soane, rien ne le pourrait. Le comportement de Gram et les flatteries des entrepreneurs ne faisaient que nourrir sa tempête intérieure.

Noi se précipita sur le mobilier appuyé contre les murs de marbre. Il projeta par terre tables et étagères, se délestant du surplus d'hormones qui saturait son organisme en colère. Les débris des meubles recouvrirent bientôt les veines azur du sol d'une épaisse pellicule de roches. La suite était en ruines.

Brusquement captivé par le changement de décor, Noi ôta ses chaussures en soufflant ses dernières bribes de rage. C'était la première fois qu'il réalisait une structure horizontale : un morceau de Parvis créé de sa main, deux cents mètres au-dessus de son ancienne colline. Ses pieds s'écorchèrent sur des affleurements tranchants. Ses genoux percutèrent des récifs qui meurtrirent sa peau de corolles violettes.

Noi progressa calmement à travers ce reg des hauteurs, comme l'acteur d'une procession qu'il se devait d'harmoniser par la beauté de la lenteur.

Plus loin, la terrasse donnait sur le Temple. Noi s'y était élevé en brusques saccades, par la pierre. Soane avait préféré la gracieuse voie des airs. D'ailleurs, l'étoile bleue ne brillait plus à sa place habituelle. Sans sa lanterne parmi l'insipidité des autres étoiles, il n'avait plus aucune raison de regarder vers le haut. La brume perpétuelle en contrebas lui offrirait l'oubli.

C'était à cet endroit précis que tout avait commencé et c'était ici que tout se finirait. À une échelle différente. Fatale.

Un phare chatouilla au loin les silhouettes du Temple. À une dizaine de pas du vide, l'architecte se hasarda à en saisir les nuances et les variations. Le lampion n'était d'abord qu'un point bleu qui vacillait entre les immeubles. À mesure qu'il s'embrasait, son halo enfla jusqu'à concurrencer les lumières de l'empire templiote. Comme absorbées par un trou noir, les fluorites quittèrent une à une les fenêtres des tours. La brume d'or des premiers étages s'effilocha et se précipita pour nourrir le disque d'accrétion en formation.

Le silence régnait sur le Temple, pourtant un chaos prodigieux se dilatait dans le sillage de la singularité. Les colonnes à la porosité délicate s'émiettaient. Des agrégats massifs se délitaient des immeubles aux essences plus denses. Les chenilles s'envolaient en décrivant des tonneaux, les lampadaires s'inclinaient en guise d'obédience et des geysers de pétrole jaillissaient des sources souterraines. Les débris générés par le cataclysme sustentaient une auréole de verre et de poussières qui s'épaississait autour de la lumière.

Les yeux écarquillés, Noi observait l'arrivée de la sphère azurine qui gonflait à toute allure. Elle ne se trouvait plus qu'à quelques mètres de son Parvis artificiel, assez près pour qu'il puisse la comprendre. Ses hanches se balançaient doucement, de droite à gauche, réglées comme le pendule d'une horloge. Un peu plus haut, ses petits seins pâles rebondissaient en pointant vers lui. Noi en connaissait chaque courbe, chaque déséquilibre, mais en dimension réduite.

Un frisson de joie le parcourut. Noi marcha à la rencontre de l'étoile à travers son désert. Sa fascination amoindrit tant sa prudence que ses pieds se dérobèrent sur un écueil. Étalé de tout son long sur les pierres, il remarqua la disparition des murs. La suite avait été balayée.

Sans sourciller, Gram et ses semblables poursuivaient leur cour dans la salle de réception. Comment ne pouvaient-ils s'apitoyer sur la profanation de leur cher Temple ? Ou s'extasier de la présence d'une étoile ?

Noi se releva devant Soane, d'une beauté extrahumaine. Elle était nue, comme au premier jour dans la craie, les yeux clos. Son disque d'accrétion, gavé de verre et de lumière, les englobait tous les deux.

Le désert sous leurs pieds se mit soudain à vibrer. Les blocs de pierre tremblèrent en rebondissant sur leurs voisins. Un cratère s'érigea bientôt entre les deux êtres. Lorsque le petit volcan entra en éruption, aucune écume ardente n'en jaillit, seulement une fluorite qui patientait depuis deux décennies.

L'étoile s'en empara au vol puis plaqua ses paumes sur ses orbites. Ses mains retombèrent doucement sur les joues de Noi, légères comme des plumes. Elles caressèrent son cou, son torse en retirant sa chemise. Tandis que Noi se blottissait contre sa poitrine, Soane ouvrit les paupières.

L'énergie qui illumina Noi lui coupa le souffle. Jamais les fluorites n'avaient manifesté autant de substance. Ce regard compilait les univers dans lesquels son amie avait dérivé au cours de son exil. Des ouragans soufflés par les pores du sol y façonnaient des montagnes en suspension ; des systèmes stellaires y tournaient l'un autour de l'autre par amour, jusqu'à enfanter d'un pulsar ; des brins de calcaire verts nappaient des vallées sur lesquelles s'ébrouaient des machines dédiées à la cueillette de stalagmites brunes.

« Depuis le temps que nous nous cherchons, murmura Soane.

— Pourquoi maintenant ?

— Tu es de nouveau tout entier à moi. »

Soane enlaça le cou du jeune homme puis noua ses jambes autour de lui. D'une œillade, Noi aperçut Gram qui le fixait de ses yeux dépourvus de leur malice habituelle. D'autres faces inexpressives apparurent pour mieux disparaître.

« Tu vois, Gram ! Je ne délirais pas ! J'ai réussi ! »

Son vieil ami s'évapora lorsque Noi quitta définitivement le plan dans lequel l'homme d'affaires évoluait. Trop loin des étoiles dans son précieux Temple.

Blottis l'un contre l'autre, Noi et Soane s'envolèrent depuis la terrasse, escortés par le rideau de verre brisé. À l'intérieur du cocon en lévitation, un seul cœur suffisait à réchauffer les deux êtres en communion. Le jeune homme jubilait de l'offrir à son idole en espérant qu'elle lui pardonne le morcèlement du sien. Soane ne demandait qu'à partager sa transcendance.

Fin prêt à enfreindre les frontières du Temple, Noi plongea dans les yeux de sa muse.

Ils ne formèrent plus qu'un.

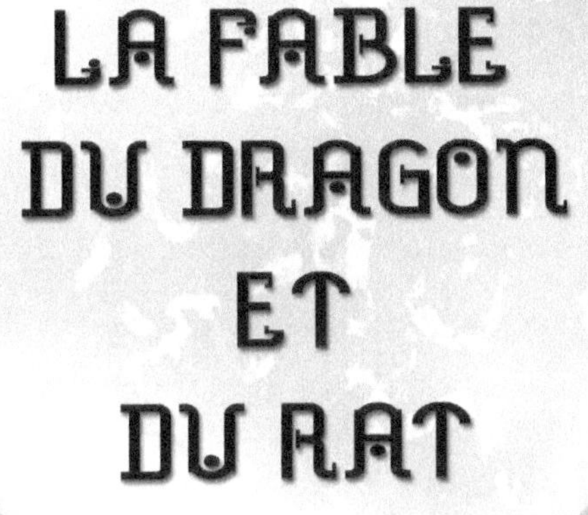

LA FABLE DU DRAGON ET DU RAT

Après des études en archéologie, puis en documentation, **Manon Bousquet** se destine à la documentation technique et scientifique. Ou aux jeux vidéo en bibliothèque, tout dépend de l'humeur. Elle aime jouer avec les mythes du monde entier dans ses nouvelles et ses romans, que ce soit pour les réinterpréter en fantasy ou les réécrire en science-fiction.

Ses dernières publications en date :

Noir freux et Blanche Laie, Brins d'éternité n°47 (2017)
Du bout des doigts, Anthologie « Blessures »,
éditions Flammèche (2017)
Danseur étincelle, Anthologie Malpertuis VII,
éditions Malpertuis (2016)
De Rouille et de Glace, Realities Inc. (2016)
Entrechats de mercure, Anthologie « Puzzles »,
éditions HPF (2016)
No past, no Future, no Proust, Anthologie « Quantpunk »,
Realities Inc. (2016)
La peau du fennec, Anthologie « Rêves d'Afrique »,
éditions Voy'[el] (2016)
La symphonie des dragons, Éveil n°4 : Éclosion,
association Transition (2015)
Entre les racines du banian, Tombé du ciel,
Piments & Muscade n°22 (2015)
Science-fiction : quand les scientifiques réalisent les rêves des auteurs, Mots & Légendes n°9 (2015)
La fête de l'homme mort, Gandahar °3 spécial 24 heures de la nouvelle (2015)

LA FABLE DU DRAGON ET DU RAT, RAPPORTÉE PAR QIUYUN LA SAGACE

MANON BOUSQUET

Penchée par-dessus le rebord d'un nuage, j'observais le lent débit du Yangzi Jiang asséché. Les péniches échouées sur les rives boueuses ne parvenaient plus à rejoindre le faible courant au centre du lit. Avec un soupir, j'entrepris de débarbouiller mon gris et blanc museau, lissant mes longues moustaches. Pour aussitôt m'arrêter. Même ma toilette ne parvenait plus à m'apaiser. Si Shenlong ne se décidait pas à reprendre ses flâneries sur les nuages, la Chine serait bientôt réduite à une plaine désertique peuplée de cadavres affamés. Et pas seulement les hommes, petites créatures fragiles, mais aussi mes congénères rats. J'attrapai ma queue pour en laver les écailles une à une, en les lissant soigneusement. En bonne compagne des forces divines, je me sentais responsable de mes semblables, ceux qui n'avaient pas reçu leur attention ou leur affection.

Je délaissai mon nuage d'observation pour trottiner sur les nuées jusqu'à la caverne de Shenlong, dont les ronflements résonnaient comme le fracas des cuivres sur le flanc de la montagne. Ce vieillard n'avait jamais été un exemple de dynamisme et de sobriété, même – surtout? – au temps de notre folle jeunesse. Quel désordre avait-il mis lors de notre rencontre chez la lunaire Chang'e dans sa Vaste Froidure! Depuis, l'astre me semble toujours vaguement réprobateur, même si son croissant ressemble à un sourire attendri.

Je bondis entre les rochers avant de traverser le chaos de jarres vides aux relents de *baijiu*[1]. Sous mes pattes, le

---

[1] Sa boisson préférée. Un vrai breuvage d'ivrogne. Déjà, le vin de riz – ou même de blé, de sorgho, d'orge… tout ce que vous pouvez transformer en alcool – me fait tourner le museau et j'ai les moustaches qui frisent pendant deux jours, mais alors-là imaginez! Le *baiju*, c'est du vin de céréales que l'on a distillé. L'alcool de l'alcool.

sol tremblait du souffle de Shenlong, immense silhouette perdue dans la pénombre. Je me dressai, prête à sermonner une fois de plus ce vaurien de saurien.

«Shenlong, la situation est plus catastrophique que jamais!» couinai-je.

L'interpellé ne répondit que par un ronflement plus profond que les autres. Son dos massif se souleva jusqu'à la voûte, avant de retomber dans une bourrasque alcoolisée. Outrée, je me raidis, ma queue tendue le long du dos.

«Shenlong!»

Toujours rien. *Maudit dragon!* Le piment m'en monta au nez. Je sautai sur l'une des serres du dragon afin d'escalader sa patte de tigre et m'agripper aux écailles de carpe. *J'aurais mieux fait de rester auprès de Karni Mata².* Je courus entre les bois de cerf jusqu'au museau de chameau et m'assis devant les deux grands yeux. *Maudit dragon!* D'un coup de dent sec, je lui mordis le bout du nez. *Voilà pour lui apprendre!*

Au grondement menaçant de Shenlong, je regrettai vite mon geste et décampai dans une jarre. Le dragon se redressa jusqu'à occulter la lumière; je me voyais déjà roussie ou écrasée sous ses griffes. Il gonfla le dos… pour mieux se rallonger. Je soupirai, au bord des larmes. Assise sur un goulot brisé, mes pattes trempaient dans un fond de *baiju*.

«Allons, ne pleure pas, prends une goutte avec moi…» La voix roula dans sa tempête de cuivre.

Quel idiot, quel inconscient, quel ivrogne, soûlard nigaud!

«Shenlong, tu ne te rends pas compte! Il faut que tu retournes faire tomber la pluie ou les Hommes vont mourir!»

---

2 Cette sage grande dame a tout compris aux rats : elle sait que nous aimons bien le lait, les caresses, et que nous ne mordons pas si personne ne nous embête. Avant qu'elle m'accorde sa grâce divine avec l'esprit sagace et la longévité surnaturelle, je vivais dans le temple construit en son honneur, en Inde. Un lieu bien sympathique, pour tout vous dire. Accessoirement, les mortels la vénèrent comme l'incarnation de la déesse Durga : mais si, vous savez, l'une des facettes de la déesse Parvati. Oui, rien de moins! Est-ce que c'est vrai? Aucune idée, mais sérieusement, vous avez souvent vu des déesses incarnées, vous?

Et les rates ! ajoutai-je en mon fort intérieur.

« Les Hommes… se débrouillent… sans moi… maintenant », grogna le dragon.

Ses paupières s'alourdissaient au rythme de ses mots. Il marmonna :

« Je n'ai pas envie de sortir, le soleil est trop fort. »

Il souffla un minuscule éclair. La lumière s'effrita avant de disparaître dans le sol, sans même une marque de brûlure. Sa puissance semblait l'avoir abandonné. Si la colère ne m'habitait pas déjà, j'aurais eu pitié.

« Les Hommes sont trop ingrats… Je suis bien ici. Cesse cette triste mine, et va donc me chercher une jarre de *baijiu* dans la réserve.

— Hors de question ! Tu ne crois pas avoir déjà assez bu ? »

Je bondis, furieuse, en lui montrant les jarres vides d'un geste de la patte.

« Tu peux à peine te lever, et regarde quel genre d'éclair tu as fait ! Pas même une trace ! »

J'indiquai le sol poussiéreux. Honteux, Shenlong courba la tête, le museau dans la poussière.

« On est bien loin des éclairs que tu faisais quand tu courtisais Fu-zang. »

Je dois concéder que mentionner cet échec sentimental auprès du noble dragon des trésors n'est pas ma meilleure idée en cette journée.

« J'ai peut-être un peu perdu, concéda mon ami. Écoute, apporte-moi une jarre d'alcool de serpent, il me remettra sur pied.

— D'accord, mais après ça, tu sortiras pour amener la pluie ! » exigeai-je en tapant de la patte.

Le dragon grogna un vague assentiment avant de se cacher la tête sous la queue. Je sortis de ma jarre, le pelage empesté d'alcool, puis trottai jusqu'à l'extérieur de la grotte sans même un coup de patte derrière les oreilles. La toilette attendrait. Peu à peu, la nuit tombait sur la Chine ; si au-dessus des nuages, le soleil persistait encore, la plaine du Yangzi Jiang s'enfonçait dans l'obscurité. Je frissonnai dans la fraîcheur bienvenue. Mais quelque chose n'allait pas, une ombre menaçante planait sur mon esprit.

Hésitante, je me frottai le museau, me léchai une goutte de *baiju* sur le ventre. La réserve n'était pas loin, juste quelques minutes en suivant le sentier vers la vallée, perdu entre les buissons épineux, cependant je pressentais une mauvaise surprise. Parmi les effluves d'alcool et de résine une autre odeur m'inquiétait. Trop sauvage. Infecte, même. Par petits bonds, je m'approchai discrètement de la dépense. Depuis l'intérieur me parvenaient des bruits de grattements, de frottements et un hululement à glacer le sang. Le mien ne fit qu'un tour et je lâchai un piaillement de terreur. *Un hibou! Je suis perdue!* La pire bête que le monde ait jamais porté, la plus maléfique et vicieuse. La menace ressentie plus tôt n'était qu'une prémisse de ce *yang* éclatant, déséquilibré dans son abondance.

Impossible de s'échapper, la bête avait dû m'entendre. Tremblante, je me terrai sous le feuillage rachitique d'une bruyère, ma queue enroulée sous le ventre. Qu'y pouvais-je, moi, simple rate amenée parmi les esprits pour ma sagacité? Comment lutter contre une créature aussi néfaste?

Battement d'ailes.

Une silhouette voleta jusqu'à l'extérieur de la réserve avant de se poser sur une pierre.

«Je t'ai entendue, petite souris», hua le hibou.

Je ne suis pas une souris! m'indignai-je, sans toutefois bouger une moustache. Me vint la question de savoir ce qu'un tel oiseau fabriquait dans la grotte garde-boire du dragon. Rien n'y était comestible pour lui : on n'y trouvait que du thé et de l'alcool, principalement du *baijiu*, mais aussi le vin de serpent.

Le hibou fit quelques pas devant la grotte. Sa marche sonnait comme celle d'un homme, ses pattes cognant dans les cailloux pour les envoyer rouler sur la pente. Il hulula de nouveau.

«Je sens ton odeur, petite souris! Ton cœur s'affole, je l'entends.»

Je me tassai sous ma bruyère, retenant à grand-peine mes criaillements de terreur. Mes moustaches en tremblaient. Heureusement, le buisson ne frémit ni ne trahit ma présence. En supposant que l'oiseau ne me dévore pas

immédiatement, il s'amuserait peut-être de me voir voler !
Je finirai éventrée, broyée ou écrasée ! Je redressai le museau :
*Allons, qui aidera Shenlong à se remettre sur pied si je ne suis
plus là, hein ?*

Le hibou déploya ses ailes avant de s'envoler. Je n'osais
encore exprimer mon soulagement. L'une de ses plumes
tomba dans la poussière, plus grande que moi. L'oiseau
tourna en cercles durant de longues minutes ; tandis qu'il
planait dans les cieux, son ombre rampait au sol. Elle
frôlait ma cachette, se glissait entre les branches. Puis le
hibou s'éloigna sous les nuages, vers les plaines arides. Mes
muscles douloureux de tension se relâchèrent d'un coup.
Je profitai de l'accalmie pour bondir hors du buisson et
détalai vers la caverne du dragon.

Le reptile y continuait sa lourde sieste, ne bougeant
parfois qu'une patte pour se gratter les flancs. Épuisée, je
me laissai tomber dans le col d'une jarre, la tête appuyée
contre la céramique. L'odeur d'alcool, inhabituellement
lourde, m'abrutissait. Jamais je n'aurais pu forcer le vieux
Shenlong à se mouvoir, il était bien trop gros et trop las…
Cette dépression commençait à me chiffonner grandement,
et même à me gagner. Jamais je ne l'avais vu dans un tel
état de langueur.

Oh, certes, parfois il buvait – de temps en temps
avec moi. Mais beaucoup plus que moi, beaucoup plus
souvent, et longuement. Pendant plusieurs jours, il gisait,
ivre mort, incapable d'amener ne serait-ce qu'une bruine,
puis il prenait une nuit ou deux pour oublier la gueule
de bois avant d'être sur pied. Mais là, cela durait depuis
bientôt trois semaines. Que faisait ce hibou dans la cave à
alcool ? Du poison ? Non, Shenlong n'y était pas sensible.
Le maudit volatile devait tramer quelque chose de louche.
Après tout, ces oiseaux de malheur n'appartenaient-ils
pas à l'aspect *yang*[3] du monde ? Symbole de l'été, qui de

3 Les hiboux en particulier possèdent du *yang,* en excès d'ailleurs.
Cela dit, tous les animaux du côté *yang* ne fomentent pas de sinistres
complots et sont loin d'être néfastes. Certains sont mêmes très
respectables, et je ne dis pas ceci parce que les rats appartiennent au
yang. Et Shenlong ? Eh bien, comme la plupart des dragons, il aborde
des aspects à la fois du *yang* et du *yin.* Une vraie girouette, si vous
voulez mon avis !

mieux placé pour désirer la sécheresse? Mais comment une simple bête pouvait-elle venir à bout de l'intellect de l'une des créatures les plus rusées[4] de la Chine? Et mettre à mal l'une des plus puissantes[5]?

Impuissante devant ce prédateur, dépassée, je soupirai une fois de plus. La boule de désespoir grossissait dans ma gorge. Oh certes, j'aurais pu tout dire au dragon. Sauf que ce grand fainéant ivre ne bougerait pas une griffe!

D'ailleurs, Shenlong redressa son museau et marmonna:

« J'ai soif. M'as-tu ramené du *baijiu*?

— Nous avions convenu que tu arrêtais là!»

Le dragon marmonna quelque chose, pas tout à fait un assentiment, puis se releva péniblement. Si l'avant suivait ses mouvements, ses pattes arrière et sa queue traînaient au sol. J'en avais mal au cœur. Quand il parvint à se stabiliser, je remarquai la maigreur de ses flancs. Lorsque Shenlong dormait, ramassé sur lui-même, rien ne montrait une telle faiblesse. Mais maintenant que je le regardais avec attention, ses écailles me paraissaient plus ternes, ses moustaches plus tombantes, sa crinière encrassée. Il titubait entre ses jarres vides, les soulevait, les retournait. De grosses larmes se formaient dans ses yeux voilés. Ce n'était pas qu'une simple crise de paresse. Nerveuse, je me saisis de ma queue pour en nettoyer l'extrémité. Trop épuisé pour continuer ses recherches, Shenlong retomba au sol, écrasant plusieurs jarres sous son poids, et lançant sur moi des remparts de poussière. Toussant, crachant, je retournais à son côté, plus inquiète que jamais, quand l'image des panses de céramique éclatées éveilla en moi une idée. Je souris. C'était mesquin. Mais peu importait, le monde des hommes et des rats était en jeu! Et aussi la vie de Shenlong!

Si la nuit ne pouvait me dissimuler aux yeux du hibou, elle m'offrait un certain réconfort ainsi qu'une fraîcheur bienvenue. Si l'aube se montrait clémente,

---

4 Donc moi. Qui a cru que je parlais de ce grand niais? Il nage dans sa vinasse!

5 J'aurais aimé renchérir, mais il me faut montrer réalisme et modestie, il s'agit ici de Shenlong.

elle me donnerait quelques précieuses gouttes de rosée. En attendant, je devais agir : je descendis la montagne à petits bonds, truffe levée à la recherche d'une odeur en particulier : celle des œufs du hibou. C'était la saison de la couvée, la femelle devait garder le nid pendant l'absence du mâle. Lui éloigné, sa dame endormie, voler un œuf serait un jeu d'enfant.

Au cœur d'un bosquet assoiffé, je finis par trouver la demeure des oiseaux. La femelle y somnolait, la tête enfouie sous une aile. Grâce à un rayon de lune, je discernai l'un des précieux œufs. Le nid, petit, ne devait pas en abriter plus de quatre, ce qui rendrait les parents plus coopératifs… Je me glissai au pied du nichoir avant de l'escalader sans bruits. Entre les brindilles, je vis que l'un des œufs avait roulé hors du giron de sa mère. Cependant, celle-ci relevait la tête au moindre craquement de bois, au moindre souffle de vent. Ses grands yeux jaunes se tournèrent vers moi. Ce fut comme regarder la mort en face. Mon cœur se figea et se glaça. Une ombre me passa sur l'âme. Mais la hibou ne me vit pas. Ses yeux se reportèrent sur l'horizon en un tour de cou.

Son plumage roussâtre luisait sous la lune et prenait des éclats argentés à chaque mouvement. Tantôt, elle regardait vers l'amont, tantôt vers l'aval, puis vers la plaine, le sol… Son guet ne laissait aucune faille pour moi. C'était déjà un miracle qu'elle ne m'ait pas vue, camouflée par les feuillages desséchés. Mais il me fallait une stratégie. Je mémorisai l'emplacement de l'œuf isolé avant de disparaître sous le nid. Là, j'écartai une ramille silencieusement, et une autre, encore une dernière… La coquille blanc sale m'apparut bientôt par le trou ainsi pratiqué et je m'en saisis. L'œuf se coinça mais finit par m'atterrir entre les pattes. Au-dessus, la mère ne semblait s'en être inquiétée, trop occupée à surveiller les environs plutôt que son propre nid. Sans demander mon reste, je retournai à la réserve à alcools, mon butin sur le dos. Le hibou veillait, perché sur un arbre mort à l'entrée. Il tourna sa face plate aux grands yeux vers moi dès mon approche.

« Ah, petite souris, tu es revenue. Tu viens chercher une jarre pour le vieux fou ? Je peux t'en donner, mais ensuite va-t'en ou je te dévore. »

Je sortis des buissons, l'œuf ostensiblement levé au-dessus de ma tête. En voyant cela, le hibou lâcha un hululement apeuré. Je peinais sous le poids du butin, mais je ne devais pas laisser paraître ma faiblesse. Si je lâchais l'œuf par erreur, tout était fini. Je réprimai un tremblement.

« Si tu ne t'éloignes pas, je le jette ! », piaillai-je.

L'oiseau hésita, penché. Prêt à s'envoler, vers son nid, vers l'œuf, vers moi ? Le regard jaune plein de haine du hibou me desséchait de l'intérieur. *Je dois lutter !* Pourtant, je ne voulais maintenant plus qu'une chose : partir en courant ! Me blottir entre les membres affaiblis du grand dragon. Mais voilà, c'était à la petite rate de protéger la majestueuse créature. *Ne pas flancher.* Les larmes me piquaient les yeux, pourtant je réussis à contraindre ma voix à ne pas trembler.

« Animal du *yang*, je te somme de disparaître ! Laisse Shenlong en paix, abandonne sa montagne ! Ou je tue ta descendance à venir ! »

Le hibou hua, étendit ses ailes de toute leur envergure. *Mon heure est venue !*

« Je vais rentrer dans la réserve, chercher ce pour quoi je suis venue, et une fois chez Shenlong, je déposerai ton œuf devant sa caverne. Tu pourras le reprendre et partir. Maintenant, va-t'en ! »

Après un dernier hululement, le hibou s'envola enfin. Je crus que j'allais m'écrouler, mais rien n'était terminé. Il n'alla pas bien loin et resta à planer au-dessus de la montagne. Avec précautions malgré ma hâte, je courus m'emparer d'une flasque d'alcool de serpent. En cherchant parmi les étagères, je reconnus l'odeur âcre de l'opium, pour en avoir jadis fumé dans ma jeunesse[6]. J'ouvris une jarre où les fragrances du *baijiu* masquaient celles de la drogue. Voilà ce que faisait le hibou ! Voilà pourquoi Shenlong semblait si paresseux et déprimé ! Cela expliquait également l'étrange lourdeur des vapeurs d'alcool ! Maudit hibou ! En provoquant cette sécheresse, qui leur est déjà favorable, il fait pencher vers le *yang* du monde et s'en

6 Par contre, Shenlong, lui, n'était pas du genre à chasser le dragon !

trouve renforcé. Même si la situation m'est également bénéfique, elle n'est ni bonne, ni stable. Qui sait ce que nous deviendrions, nous êtres du *yang*, à long terme? Ahanant, je fis rouler les pots de *baiju* jusqu'au seuil de la grotte et les laissai courir se fracasser sur les flancs de la montagne. Bon débarras!

Dès que je passais de l'obscurité de la grotte au regard de la lune, je sentais celui du hibou picoter ma nuque. *Je vais mourir, je vais être dévorée, il va me déchiqueter, je ne veux pas qu'il me mange ou me lâche en plein vol, je…* Exténuée, je pris quelques instants pour reprendre mon souffle, avant de parcourir les étagères à la recherche de l'alcool de serpent. Il était réputé si fort qu'il dégrisait n'importe qui, même si ensuite le contrecoup était puissant. Enfin, la lueur lunaire caressa un reflet verdâtre. Dans la liqueur flottait une vipère; ses yeux me fixaient avec voracité par-delà la mort. *J'en ai assez des regards menaçants pour cette nuit!* Je frémis avant de la mettre dans une hotte de paille, où la rejoignit l'œuf de hibou. *Espérons que cela suffise à purifier le corps de Shenlong! Au moins le temps d'une nuit!*

Je sautai sur une pierre, qui se déroba sous mes pattes. Les étoiles basculèrent, l'œuf sortit de ma hotte. *Non!* Je bondis et m'enroulai autour de la coquille. Le premier choc me cisailla les reins, le deuxième me vida les poumons. Loin au-dessus de moi, le fracas du verre brisé et la puanteur de l'alcool. *Tout a échoué! Pour un faux pas!* Au troisième choc, sonnée, je m'agrippai à ma queue, priant pour que la chute cesse bientôt.

Le quatrième choc ne fut pas contre les roches. Deux serres puissantes me saisirent avec délicatesse. Shenlong était-il revenu à lui? Je relevai le museau vers les yeux ambrés du hibou. *Je suis perdue. Tous ces efforts pour rien.* Je blottis mon nez entre mes pattes, faute de pouvoir soulager ma crainte en mordillant ma queue. *Au moins, il ne peut pas me lâcher sans lâcher l'œuf.*

Le battement des ailes se fit plus puissant tandis qu'il ralentissait. N'osant bouger, je ne pouvais voir où nous nous trouvions. Au-dessus du nid, prête pour le dîner? Tandis que les griffes me déposaient en douceur, je me redressai, l'œuf toujours serré contre mon ventre. La grotte de Shenlong. Le hibou m'avait déposée devant la grotte. Sans un mot, il reprit son envol, revint quelques minutes plus tard, le lacet d'une fiole de serpent coincé dans son bec, puis il emporta sa progéniture, toujours en silence. Sans même un bruit d'ailes, sans une raillerie, sans un regard.

Roulement, grondement. Réveil en sursaut. L'éclair à cinq griffes déchira le ciel, suivi aussitôt par l'explosion du tonnerre. Le sol trembla sous mes pattes et je levai le museau vers les nuages aussi noirs que la nuit. J'attendis. Mes moustaches frémissaient d'électricité, ma fourrure se dressait sur mon dos. De nouveau, la foudre frappa la plaine. Des villages montaient une clameur effrayée, vrillée par l'espoir. Qui du feu ou de l'eau l'emporterait en la tempête ? Les dernières récoltes brûleraient-elles ou la pluie embrasserait-elle la terre ? Je me relevai un peu plus pour guetter Shenlong. Le mugissement du tonnerre roula longuement dans l'atmosphère empesée.

Puis soudain, crépitement. Le rideau de pluie fendit les nuées avant de se ruer à l'assaut de la Chine.

Sur les nuages, Shenlong, le dragon des pluies, reprenait sa ronde impériale – bien qu'à la démarche un peu incertaine.

DANS
L'ÉPAVE
DU
HORN

Sylwen Norden habite un coin perdu, en lisière de forêt, avec son épouse et plein de créatures à quatre pattes qui sont en fait ses esprits gardiens.
Après avoir longtemps travaillé auprès d'animaux abandonnés, puis de jeunes en difficultés, des ennuis de santé l'ont contraint à lever le pied… et à se remettre sérieusement à l'écriture !
L'auteur a toujours été passionné par les ambiances sombres et poétiques, tout un univers fait de lueurs étranges, de personnages sans avenir et d'endroits perdus où la réalité déraille et la vie s'efface. Des textes marqués par la poésie trouble des âmes qui se délitent et des décors qui s'écroulent. Les littératures de l'imaginaire, les musiques ambiantes et industrielles, la condition animale et la Grande Extinction des espèces orchestrée par l'Homme, sont au cœur de ses préoccupations.

Bibliographie :

L'Épave du Bout du Temps, Anthologie « Animaux Fabuleux », éditions Sombres Rets (2017)
La Mer des Morts, Anthologie « Malpertuis VIII », éditions Malpertuis (2017)
Et le Sang Régnera…, Anthologie « Les Océans du Futur », éditions Arkuiris
Des Lumières dans la Zone, Anthologie « Lieux Magiques et Mystérieux », éditions Otherlands
Sur la Mer des Ténèbres, Anthologie « Sur les Traces de Lovecraft », éditions Nestiveqnen
Le Miroir d'Hécate, Revue AOC n°46 (1er prix Visions du Futur 2017)

DANS L'ÉPAVE DU HORN

SYLWEN NORDEN

"There's kind of a boiling, right under the surface. A pain.
It's like taking a deep breath and not being able to let it out.
Right under the surface, a pain."
*Voix captée par la sonde Ys-76X, Orbite de Saturne, origine inconnue,
date inconnue*

— Un monde meilleur est possible.
— Oui, bien sûr, mais alors sans Hommes.
Lisbeth Drowned, *My Life among the (Living-)Dead*

Vue de l'espace, la planète Svärd a quelque chose de sinistre. Sinistre dans sa couleur crème. Ce blanc tourmenté, taché de nielles et d'abîmes profonds, qui lui donne un air de marécage lunaire. Sinistre aussi, parce que ce blanc évoque les lèpres inconnues et les pourritures sournoises de l'outre-espace et des explorations sans retour.

Bien entendu, des quelques hommes du vaisseau, le Rorschach Experiment, aucun ne s'attarde à cela. Pour eux, Svärd n'est qu'une bulle de plus dans le vaste océan d'ennui de l'univers. Une étape vers l'agonie ultime du Cosmos.

Et je vais descendre là, dans cette soupe de lait caillé, ce gigantesque océan inconnu marqué par la couleur plus sombre de ses gouffres et les rares engrêlures de ses terres émergées.

Car je suis le Passeur. Le nouveau Passeur de Svärd.

Moi et Hel-44, mon robot.

Et comme Hel a une voix de femme et que je n'ai jamais songé à la reprogrammer, je l'appelle parfois *Elle*, un mot de vieux français, une langue morte parlée jadis sur une planète elle aussi morte.

« Monsieur ? »

Monsieur! C'est ainsi que l'on appelle, que l'on *doit* appeler les passeurs. Quelle ironie pour un vieux crevard dans mon genre! Un misanthrope doublé d'un misogyne qui ne respecte rien et déteste tout.

« Qu'y a-t-il ? »

Le jeune homme se tenait devant moi, le visage baigné par la lueur malade qui s'échappait de la planète et venait hanter ma cabine. Je ne l'avais pas entendu arriver, perdu dans mes pensées. Pensées sinistres, bien entendu. Sinon, pourquoi serais-je venu crever sur Svärd-la-Blême ?

« La navette est prête, Monsieur, vous allez pouvoir débarquer... »

Le gamin avait de grands yeux tristes, je n'y avais jamais fait attention. C'était le seul potable de cet équipage de névrosés et de sales types, et j'espérais sincèrement qu'il ne leur servait pas de souffre-douleur. Mais c'était un peu tard pour m'en préoccuper.

J'allais lui parler, lui demander quelque chose, mais il était déjà reparti. Habitué sans doute à ce que personne ne lui réponde, à ce que personne ne le remarque. Il m'avait fallu dix jours depuis notre départ de Nebroskaïa pour commencer à m'intéresser à ce qui m'entourait. Pas de doutes, je n'étais pas prêt de m'améliorer en relations humaines. Pourtant, après toutes ces années...

Hel fit son entrée, un sac sur l'épaule.

Je levai la main avant que sa voix doucereuse n'emplisse mes tympans.

« Ouais, ouais, je sais... On y va ! »

*

L'entrée dans l'atmosphère de Svärd fut épouvantable.

Le pilotage automatique devait être défectueux, ou alors c'était ces types, là-haut, qui avaient décidé de m'en faire baver en reprenant le contrôle de la navette et en s'amusant à la balancer d'un côté puis de l'autre de l'univers. Ils devaient avoir une dent contre moi; une sacrée dent même. Ou alors c'était peut-être la faute de ces nuages que nous traversions depuis un moment ? De vastes choses, boursouflées, bouillonnantes, qui s'agitaient dans les cieux, gorgées de je ne sais quel ichor détestable. On les voyait défiler par un petit hublot, juste en face de moi, et ils venaient s'y écraser comme si nous traversions des vols entiers de créatures molles et gluantes.

Nous finîmes pourtant par nous poser ; Hel retira la main avec laquelle elle me tenait plaqué contre la cloison depuis que le harnais de sécurité avait lâché. Devant nous, le sas s'ouvrit de lui-même.

L'air qui se précipita à l'intérieur de l'habitacle sentait la marée. Mais une marée de l'autre bout de l'univers. Une marée extra-terrestre, pleine de fragrances inconnues, de moisissures bizarres et d'odeurs entêtantes. Il était aussi lourdement chargé en oxygène, en vrai oxygène, pas le truc en conserve que l'on nous balançait dans le vaisseau ; j'en restai d'ailleurs étourdi pendant quelques minutes. Même après toutes ces années, après tous ces voyages, toutes ces solitudes, il reste des choses auxquelles on ne s'habituera jamais.

L'odeur des mers extra-terrestres en fait partie.

Et j'ai bien peur que la vie aussi en fasse partie, mais ça, c'est une autre histoire.

Je voyais Hel agiter ses capteurs vers la porte tandis que ses yeux se tournaient vers moi pour me scanner fébrilement. J'avais les jambes en coton, envie de vomir et ma tête tournait quand un type passa la sienne à l'intérieur de l'habitacle.

« Eh ! Ne restez pas là, Monsieur, sinon vous allez être renvoyé là-haut ! »

Hel se tourna vers lui, le scanna et m'envoya un message via ma connexion neurale, puis elle me saisit avec l'un de ses bras et je réussis à faire quelques pas en avant. J'eus juste le temps de voir la clarté saumâtre qui tombait du ciel pour éclairer les vagues haineuses d'un océan, un vaste océan d'une couleur blême et indéfinissable, au-dessus duquel planaient des fantômes d'écume, puis tout devint noir pendant quelques secondes. Derrière moi, j'entendis la porte du vaisseau qui se refermait, le chuintement des réacteurs qui montaient en puissance, et Hel fit plusieurs bonds pour éviter que nous ne soyons carbonisés par la déflagration au moment du décollage.

Nous nous retrouvâmes sur une plage d'un blanc irréel.

Le vent soufflait de l'océan, traînant dans son sillage les odeurs mêlées de milliers de choses mortes et laissées derrière lui. Je le sentais glisser dans mes cheveux tandis que je reprenais un peu de couleur. Sous mes pieds, des fragments de roches translucides, des galets d'une blancheur d'ossuaire, formaient la plage et réverbéraient avec une puissance décuplée la lueur moribonde de Pâle, le soleil de cette planète. Mais le plus étrange encore, c'était cet océan de lait tourné, avec ses vagues déchaînées et l'écume qui s'en échappait pour former de grandes écharpes spectrales à fleur d'eau. Elles s'effilochaient et venaient glisser sur la plage pour finir par se perdre dans ses dunes d'albâtre.

« Ils voulaient votre peau ? »

Le type qui avait passé sa tête dans le sas du vaisseau nous faisait face. Manifestement, les réacteurs ne l'avaient pas grillé. Il devait avoir une bonne cinquantaine d'années… Enfin, je devrais plutôt dire qu'il avait l'aspect d'un type de cinquante ans, peut-être plus, mais c'était sûrement aussi un effet de la longue barbe hirsute qui lui mangeait une partie du visage. Le peu que l'on distinguait encore de sa peau avait une drôle de couleur sous cet éclairage de paradis frelaté.

Mais cela ne m'étonnait pas tellement.

« J'ai bien cru que la navette allait s'écraser ! »

L'homme perdait ses cheveux, et ceux qui lui restaient retombaient sur ses épaules, élimés, filasse, comme usés par le vent et les embruns de ce monde à l'écart des routes stellaires. Ses yeux aussi donnaient l'impression d'avoir perdu de leur éclat. D'avoir perdu quelque chose.

« Tiens, voilà le comité d'accueil… »

Je suivis son regard. Au-delà de la plage, derrière les grandes dunes scintillantes, les toits de plusieurs constructions dépassaient. Juste devant, sur le vague sentier qui devait mener jusqu'à la mer, une dizaine de silhouettes se dirigeait vers nous.

Hel se redressa, sa longue forme souple étincelant au soleil malgré les mouchetures d'écume qui commençaient à en ternir le lustre.

«HAINE/ENVIE DE MEURTRE, me dit ma chère collègue.

— Quoi encore, Hel?

— Rien de plus. Stupidité habituelle détectée chez n'importe quel être humain moyen. Possibilité de conflits aussi, mais pas immédiate. Ils vont essayer de t'impressionner. Plus tard, ils te tueront.»

Je me tournai vers le groupe qui approchait.

«Que viennent-ils chercher?

— Des réponses. Des réponses à leurs peurs. Leurs propres réponses dans ta bouche.

— Quoi? Qu'est-ce qu'elle dit? demanda le vieil homme.

— Ce sont ses capteurs, dis-je. Hel peut percevoir les intentions, les sentiments, de la plupart des trucs vivants dans l'univers.

— Ah!»

Il secoua la tête de façon affirmative; mais je vis le doute, puis la peur, passer dans ses yeux en l'espace d'une seconde. Tactiquement, je me demandai si c'était une bonne idée d'avoir agi ainsi; mais Hel devait savoir ce qu'elle faisait.

«Oui, il est bien possible que votre copine ne se trompe pas...

— Quel est votre nom?»

Il se tourna vers moi, étonné.

«Doc', tout le monde m'appelle «Doc'».

— Pourquoi?

— Parce que j'ai un doctorat en Lettres mortes. Je l'ai obtenu sur Selvmord-6F il y a... un paquet d'années maintenant... et...»

Le vieil homme s'arrêta net et me regarda droit dans les yeux.

«Bon sang, vous êtes complètement dingue d'être venu ici! Vous ne savez pas... ces gens vont vous tuer...»

Je ne pris pas la peine de répondre; la petite troupe approchait. Des lueurs étranges balayaient les cristaux de la plage et des dunes, jouant sur le sol et les visages des hommes avec un je ne sais quoi de tragique et de désespéré. De longues écharpes d'écume continuaient de courir sur la plage et je sentais monter en moi une terrible impression de déjà-vu, un terrible sentiment de fatalité – et tout cela ne me disait rien de bon. Comme toujours, j'avais l'impression d'avoir déjà joué cette scène de nombreuses, de trop nombreuses fois, et cela pesait sur mon moral.

Ma première impression fut que ces hommes avaient l'air traqué. Puis je me repris : non, en fait, ils avaient l'air hanté.

Ils étaient tous armés et se déployèrent en cercle autour de nous, pointant le canon de leurs armes dans notre direction. La plupart portaient des symboles religieux autour du cou. Le type qui les dirigeait n'avait pas une tête de salopard, pourtant, j'étais sûr que c'en était un. Un bon gros salopard à l'air gentil : ce sont les pires. Un peu comme les garces avec des airs d'ingénues. Les autres… quelle importance, ils se ressemblaient tous.

Celui qui devait être leur chef prit la parole.

« Bonjour, *Môssieur le Passeur*. Hein, c'est ainsi que l'on doit vous appeler ? »

Les autres se mirent à rire ; je n'en attendais pas moins de leur part. La connerie est la même d'un bout à l'autre de l'Univers… et du Temps. J'étais bien placé pour savoir de quoi je parlais. En plus, j'avais le privilège de voir le vrai visage de ce sale type ; pas de détours hasardeux par la case « Je suis sympa et tu ne verras mon vrai visage que quand je serai sûr de pouvoir te poignarder sans être éclaboussé ».

« Et vous, comment dois-je vous appeler ? »

L'homme me fourra son arme sous le nez.

« C'est moi qui pose les questions ici ! Tu vas vite apprendre à le savoir ! »

Au même moment, une longue écharpe d'écume vint s'écraser sur mon visage, entamant sérieusement, j'imagine, une bonne part de ma crédibilité.

Je l'essuyai avec autant de dignité que possible tandis que le type faisait encore un pas dans ma direction. Il me flanqua de nouveau son arme sous le nez ; c'était sans doute une coutume dans les parages.

« Tu vois ça, dit-il. C'est un peu vieux comme arme, je sais, mais on en a plusieurs ici. Il suffit d'appuyer deux secondes dessus pour que ça te coupe en deux, toi et la boîte de ferraille qui t'accompagne. Tu me comprends ? »

J'acquiesçai en regardant aussi loin que possible les vagues qui se formaient à l'horizon. Quel que soit le monde, la planète, il est curieux de constater combien le ressac des vagues a toujours quelque chose d'enivrant.

«Alors, maintenant, reprit-il avec un sourire satisfait, tu vas me dire ton nom. Ton *vrai* nom. Parce que l'on ne t'appellera pas le Passeur, ni Monsieur, ni je ne sais quelle autre connerie inventée par de faux prêtres en robe de moine qui habitent à l'autre bout de l'univers. »

Dès lors, à la seconde près, je sus exactement ce qu'il allait se passer. Mais ça m'était bien égal : j'ai toujours aimé jouer les cow-boys, les héros solitaires, les durs à cuire.

Ses yeux se plantèrent dans les miens un court instant, et ce qu'il y vit ne dut pas lui plaire, car son bras droit se détendit presque aussitôt et il me frappa en plein visage avec la crosse de son arme.

Je retombai en arrière d'un bon mètre. À côté de moi, Hel n'avait pas bougé. Je sentis aussitôt quelque chose de chaud qui coulait du coin de ma lèvre supérieure. Doc' se pencha sur moi pour m'aider à me relever, mais l'un des hommes pointa son arme dans sa direction. Je me relevai tout seul, comme un grand garçon. Une fois debout, je fis quelque pas vers l'homme tandis que le sang continuait de couler sur mon menton et allait se perdre dans ma barbe.

J'étais prêt pour la suite des événements.

«Bien ! Alors vous voulez savoir mon *vrai* nom ? » demandai-je en regardant de nouveau l'horizon.

Le ciel était noir, asphyxié par des nuages tourbillonnants qui devaient porter en eux le germe de tempêtes terrifiantes.

«Ouais ! » répondit l'homme qui me faisait face.

Je ne vis pas son air, mais je sentais que sa voix était déjà moins assurée.

«Eh bien ! je vais vous le dire. Mon nom c'est : je t'emmerde… »

L'homme ouvrit grand les yeux. Ce fut tout ; à ce moment-là, Hel balança le champ de stase. Dans sa surprise, il vit à peine ma main balayer son arme pendant que je l'attrapais par les cheveux. Le type se mit à hurler tandis que je le forçais à s'agenouiller devant moi. Autour de nous, ses copains essayaient fébrilement de se servir de leurs armes ; évidemment, aucun d'entre eux ne réussit à tirer. Je sortis mon couteau de sa gaine et le lui flanquai sous la gorge.

« Bien, dis-je. J'ai fait un long voyage pour venir vous voir. Je ne serais d'ailleurs pas venu si vous ne m'aviez pas (comment dire ?) appelé. Dois-je comprendre que vous n'avez plus besoin de mes services ? »

Les hommes regardaient leur chef avec un air ahuri ; celui-ci était tourné vers eux, accroupi, et lui aussi dut sérieusement revoir sa crédibilité à la baisse.

« Pourquoi m'avez-vous appelé ? »

Les hommes reculaient lentement ; le champ de stase étant invisible, ils ne comprenaient pas pourquoi, soudainement, ils ne pouvaient plus se servir de leurs armes. Depuis plus de 150 ans qu'ils vivaient seuls, sur Svärd, en ayant que très peu de contacts avec les autres mondes, sinon aucun, ils avaient dû finir par développer tout un tas de légendes absurdes, de contes ridicules, sur le reste de l'univers. À présent, malgré la technologie de pointe qu'ils avaient amenée avec eux, nous devions quand même leur faire l'effet de démons venus d'une autre dimension.

Je regardai les lumières qui dansaient sur le sol, à nos pieds, comme si de mauvais esprits venaient s'interposer entre le soleil et nous. Le vent soufflait de plus en plus fort et la tempête nous fonçait droit dessus.

« Alors, que s'est-il passé ? »

Je fis un signe de tête à Hel. Elle empoigna l'un des types qui ne comprit rien à ce qui lui arrivait.

« Le Passeur vous a posé une question, dit Hel. Répondez. »

L'homme gargouilla quelque chose puis fut reposé sur le sol.

« Ils… ils sont tous morts… dit-il en reprenant son souffle… Morts… ceux qui voulaient… votre venue…

— Que leur est-il arrivé ?

— C'est la Main de Dieu qui les a tués ! cracha l'homme.

— Relâche-le. »

D'un bout à l'autre du ciel, le noir de la tempête finissait de gangrener ce qui restait de blanc dans les nuages.

Je me rendis soudain compte que la pesanteur était plus légère sur Svärd que sur Karisnaïa, la dernière planète où j'avais été ordonné.

« Bien, dis-je. Nous allons parler de tout ça, mais pas ici. Montrez-moi le chemin. »

Je rengainai mon couteau et envoyai leur chef s'étaler sur le sol.

L'homme se releva et me fit face, rouge de colère.

« C'est curieux, dis-je, comment les hommes peuvent rester des crétins d'un bout à l'autre de l'univers. Quelle que soit la planète, son histoire, ses religions et ses sociétés, tout cela n'a aucun impact sur cette vérité première : l'Homme est con. »

Je marquai une pause, regardant celui qui me faisait face droit dans les yeux, avant de lui balancer l'une des répliques idiotes dont j'avais le secret.

« Je buterai le premier qui s'avisera de nouveau de porter la main sur moi… et croyez-moi, après, je ne m'occuperai pas de son âme…

» Montrez-moi le chemin », ajoutai-je à l'attention du chef.

*

Lorsque nous arrivâmes à destination, le vent hurlait à nos oreilles, emportant des cristaux de sable qui allaient poudroyer devant nous sur le sentier. Le village était triste, perdu au milieu des dunes étincelantes, avec les toitures maculées d'écume de ses maisons sans âme, et, juste au-dessus, le vent qui tournoyait sous des cieux qui commençaient à virer au cauchemar.

Une bonne centaine de personnes nous attendait dans l'unique rue principale. Des femmes, quelques rares enfants, et d'autres types dans le même genre que ceux qui m'avaient gentiment accueilli sur la plage. Tous étaient blancs, du blanc tourné au rance de l'océan et des cieux. Ils me regardaient avec des yeux terrifiés, et le vent, qui agitait leurs cheveux et leurs vêtements, ajoutait à cette impression de peur et d'angoisse qui marquait les visages. Les plus jeunes avaient du mal à se tenir debout, mais les adultes ne faisaient aucun geste pour les aider. De temps à autre, au milieu des sursauts de lumière et de ténèbres, de grosses gouttes venaient s'écraser sur ces faces de damnés.

Rapidement, au milieu de toute cette engeance, je remarquai quelqu'un qui semblait tenir tout ce petit monde sous sa coupe. Une femme. Une grande femme dont la longue chevelure délavée s'étalait autour d'elle, agitée par les spasmes du vent, et dont le regard de prédateur ne me paraissait rien devoir augurer de bon.

D'un coup d'œil, elle comprit la situation. Je vis simplement sa lèvre supérieure frémir ; rien de plus. J'évitai soigneusement son regard ; d'instinct, je sus que c'était le genre de goule qu'il vaut mieux faire mijoter quelque temps. Et je ne fus pas le seul à détourner le regard : devant moi, le boss se mit soudain à regarder avec insistance les ténèbres qui montaient de l'autre côté de la rue.

Nous nous arrêtâmes devant un vaste édifice, une sorte de temple à l'architecture douloureuse, contournée, boursouflée et saturée de fioritures et de faces grimaçantes qui semblaient renvoyer les hommes de cette colonie tout droit dans les limbes de l'histoire et des procès pour sorcellerie.

Je commençais à trouver des plus sinistres le ballet d'ombres et de lumières produit par le soleil et les nuages. Toutes ces formes qui se retrouvaient projetées sur le sol, ces spectres qui rampaient sur les visages des hommes et grimpaient à l'assaut des façades. Tout cela était stressant, et on avait l'impression, la terrible impression, que des choses mortes grouillaient autour de nous.

Lentement, péniblement, la planète étendait sur moi son douloureux sortilège — et ce n'était pas ce défilé de visages blêmes et neurasthéniques qui allait m'aider à conjurer le mauvais sort.

« Pas ici, Neville ! »

Je me retournai. La grande femme arrivait à longues enjambées ; elle évita mon regard comme j'avais évité le sien un instant plus tôt, et se planta devant celui que je croyais être le chef de cette colonie d'outre-tombe.

« Pas ici ! Pas l'Église ! »

La femme prit le devant de notre groupe et s'engouffra dans un bâtiment plus modeste. Doc' était toujours à mes côtés ; je le suivis au fond d'une salle où tout le monde réussit de justesse à s'entasser. Je me retrouvai sur une estrade ; face à moi, en contrebas, je ne voyais que les yeux obnubilés de la foule.

Dehors, le vent hurlait de plus belle et la pluie s'écrasait sur les vitres de la salle.

La jeune femme se tenait juste devant moi. Neville était à ses côtés ; il tripotait d'une main nerveuse un petit symbole religieux qu'il avait sorti de sa poche. Tout autour d'eux, il y avait les autres membres du comité d'accueil de la plage ; tous, à un moment ou un autre, avaient laissé tomber leurs armes.

« Nous n'avons pas besoin de vous, Passeur, commença la jeune femme. Vous êtes… un voleur d'âmes ! »

Il y eut un grondement sourd d'approbations dans son dos.

« Qu'en pensent ceux qui m'ont appelé ? »

La femme eut un sourire carnassier. Je remarquai pour la première fois qu'il y avait des taches ambrées dans ses yeux, comme dans ceux des serpents. Sans doute des traces de venin…

« Ce qu'ils en pensent ? gronda à son tour la femme. Ce que pense cette bande de malades qui voulaient finir dans le ventre de votre copain en ferraille ? Mais… ils ont eu ce qu'ils méritaient ! Nous ne voulons pas de ça ici. Dieu a agi en conséquence… »

Pendant un instant, j'essayai de chercher des traces de folie religieuse sur ce visage de succube juvénile, mais je n'en vis aucune. Juste un immense besoin de domination.

La femme dut comprendre ce que je voyais sur son visage, et elle y associa sans aucun problème la moue de dégoût qui me tordit la bouche. Je la vis s'empourprer. Elle allait parler, mais une femme au fond de la salle se mit à hurler.

« Dieu est grand ! Tuons le voleur d'âme ! Tuons-le ! »

J'activai la connexion neurale qui me permettait d'entrer directement en communication avec Hel-44.

« *Ils ne passeront pas à l'acte,* me dit-elle aussitôt.

— Pourquoi?

— Peur. Ils ont peur. Et ils ont besoin de nous. Regarde leurs yeux… Ils irradient la peur jusqu'ici… »

La foule s'agitait devant l'estrade. À présent, je pouvais me permettre un petit sourire en coin. Cela rendit folle de rage la femme qui me faisait face; je vis la haine qui s'écoulait de ses yeux en un flot continu et bouillonnant comme celui des nuages de cette planète maudite. La haine et… un début de réévaluation des forces en présence et des tactiques à mettre en place pour arriver à ses fins quand on est une belle salope.

Et ça cogitait dur entre ces yeux bleus maculés de fiel.

« Alors vous êtes des croyants? » demandai-je à la foule.

Celle-ci se mit à hurler de plus belle.

La femme se retourna vers elle et se mit à crier plus fort.

« La ferme! Taisez-vous! »

Puis elle me fit de nouveau face. Son visage, son expression, avaient changé. Elle avait recalculé les probabilités en ma faveur. Les probabilités d'arriver (ou de se maintenir) tout en haut, en me passant dessus, en se servant de moi.

« Nous devons discuter, dit-elle. Discuter posément. »

Ses yeux se plantèrent dans les miens.

« Mon nom est Orna. Je suis… la Gardienne en chef de cette communauté, dit-elle en étendant les bras avec un mépris qui n'était pas feint. Et Neville en est le prêtre.

» Nos descendants sont arrivés sur Svärd il y a exactement 157 ans. C'était une erreur de venir sur ce monde. Peu de terres émergées, moins de 1% de la surface globale de la planète, et rien que ce vaste océan décoloré! Aucune forme de vie ne dépassant la taille de mon petit doigt, ce qui est absurde, vu la surface de la planète. Il devrait y avoir des monstres dans ses abysses, des Krakens colossaux, des Léviathans qui ne feraient qu'une bouchée de cette île ridicule où nous nous trouvons, mais non, rien, rien que des algues insipides, des nuées de planctons où surnagent à peine quelques dizaines d'espèces différentes de micro-organismes. Nous avons cherché, plongé dans la plupart des gouffres, lancé nos filets un peu partout, mais nous ne ramenons toujours que cette chair maigre et insipide.

Cette bouillie d'algues et de micro-organismes dont nous nous nourrissons. Et, pire que tout, nous n'avons pas réussi à adapter les espèces embryonnaires que nous avions emportées dans nos bagages, ni en plein océan, ni dans aucun parc. Pareil pour les légumes et les mammifères qui nous ont suivis. Rien n'a survécu.

— Qu'ai-je à voir avec tout ceci ? »

Elle leva la main et poursuivit.

« L'un de ces micro-organismes s'attaque à tout ce qui ne vient pas de cette planète.

— Même sur cette île ? demanda Hel.

— Même sur cette île, affirma la jeune femme en évitant bien de regarder le robot.

— Comment ?

— Ils se faufilent partout, provoquent des nécroses, des maladies, un pourrissement… Malgré nos deux navires, nos robots et nos machines, nos instruments sont bien trop rudimentaires pour nous en expliquer clairement le fonctionnement, le modus operandi, et c'est irrémédiable. À chaque essai, c'est l'échec. Cette gélatine blanchâtre, vaguement phosphorescente, passe à l'attaque.

— Mais vous, vous êtes toujours là ? »

Orna hocha la tête.

« C'est ce que les premiers colons ne comprenaient pas.

— Et vous, qu'avez-vous compris ? »

Cette fois elle baissa les yeux.

Neville répondit pour elle.

« Dieu nous a choisis ! Dieu nous protège ! »

Je ne pus m'empêcher de sourire.

« Alors, c'est que sur cette planète, Dieu vous aime autant que le plancton ! Vous êtes de sacrés veinards ! »

Il y eut un murmure menaçant dans la salle.

« Bien, ajoutai-je sans me démonter, je crois que j'ai sous les yeux une belle brochette d'assassins. »

Je marquai une pause avant de reprendre.

« C'est bien joli tout ça, mais vos petites histoires d'apprentis culs-terreux qui ne savent même pas planter des patates ne m'intéressent pas ! Pourquoi avez-vous tué ceux qui m'ont appelé ? Combien étaient-ils, d'ailleurs ? »

Ce fut au tour de Neville de baisser les yeux.

«Nous n'avons tué personne, nous vous l'avons dit : c'est la Main de Dieu! Quant à ce que vous êtes venu faire ici, nous ne croyons pas les Nihilnes, les Ninilnes ou les je ne sais quoi... Leur expérience ne vaut rien, c'est un mensonge, un subterfuge pour pousser les hommes, à l'instant de leur mort, à faire appel à des monstres comme vous pour emprisonner leur âme dans une machine! C'est un sacrilège! Un sacrilège! L'Âme appartient à Dieu...

— L'expérience est parfaitement fiable, contestai-je. D'ailleurs ce ne sont pas les seuls extraterrestres à avoir mis au point de tels instruments. Et même sans instruments, les créatures télépathes, comme les Viornes de Mu-4, ont conscience de la désagrégation de la pensée de leurs congénères à l'instant de leur mort.

— Aucune autre espèce connue à travers l'Univers n'est assez conne pour croire en des dieux», chuchota le Doc' à mes oreilles.

J'avais presque oublié sa présence. Je le regardai de biais un moment et j'allais réactiver ma connexion neurale lorsque la foule se remit à m'invectiver.

«Le transmetteur est une supercherie! Les Nihilnes veulent nos âmes, ce sont des démons! Des mangeurs d'âmes!

— Je ne suis pas d'accord. Le transmetteur permet de suivre en direct les pensées et les sentiments des hommes et des femmes sur lesquels il est appliqué. Et à l'instant de la mort, l'appareil continue à transmettre... mais ce qu'il transmet, ce n'est plus qu'un camaïeu instable d'images et de sensations confuses, de vagues rémanences où la pensée et les souvenirs se délitent, effaçant peu à peu l'individu, l'oblitérant à jamais. Tout s'effiloche, tout se perd et s'étouffe : c'est la dilution de la pensée dans le néant de la mort. La déréliction ultime.

— Non, dit Neville, ce que transmet cet objet de malheur, c'est l'âme qui échappe au règne de la chair. C'est une perte de transmission, c'est tout. Cela ne veut pas dire que l'âme ne continue pas à émettre quelque part!»

Je haussai les épaules.

«Si vous vous cognez la tête un peu trop fort contre un mur, vous devenez à moitié débile, et vous voudriez survivre à la décomposition de votre corps! Bande d'imbéciles!

— C'est pourtant ce que fait votre machine, ricana le prêtre. Elle est censée emprisonner l'âme. Si vous niez l'existence de l'âme, vous remettez en question le bien-fondé du fibrillateur psychique! Si l'âme n'existe pas, votre bidule n'est donc qu'une arnaque!

— Le fibrillateur forme un instantané des pensées, des affects, des connaissances, de la mémoire, bref, de l'intégralité du psychisme de n'importe quelle forme de vie. Il extrait ces données des cellules, juste avant que la mort ne fasse œuvre de destruction. S'il existe bien une âme, elle n'a rien à voir avec ce que nous recueillons. Toutes les pensées qui constituent l'individu se dégradent dès qu'il y a altération de l'intégrité du siège de la pensée. Je ne sais pas s'il existe un au-delà, quelque part, autre que celui des menteurs, des lâches et des fous, mais si ce qui vous intéresse, c'est de passer l'éternité à faire des rondes autour d'un hypothétique Dieu, vous risquez d'être déçu.

— Vous ne pouvez pas parler ainsi de Dieu! hurla Neville.

— Les seuls dieux, ce sont les trous noirs qui sillonnent l'espace… Le reste n'a aucune importance!

— Conduisez-le à l'épave! cria une femme au second rang. Conduisez ce blasphémateur à l'épave – et qu'il voie! Qu'il voie son erreur et restitue à Dieu toutes les âmes qu'Il lui a volées!»

Il y eut soudain un grand silence, l'un de ces silences qui permet de mesurer le malaise à l'aune de sa profondeur.

La femme était restée les bras en l'air; ils retombèrent lentement tandis que je soutenais son regard ahuri.

Orna reporta lentement les yeux sur moi.

«Nous y voilà», dis-je.

Dehors, la lumière n'en finissait plus de baisser. Tout paraissait noyé et incertain derrière les grandes fenêtres maculées d'écume et de pluie. Et à l'intérieur de la salle, les visages avaient l'air tout aussi triste et hanté, malgré la haine qui les animait.

La haine qui a su maintenir l'homme en vie au travers des siècles et des millénaires.

Et je devais avoir l'air d'un drôle de prêcheur dans cette lueur malsaine ; un oiseau de mauvais augure, assenant des vérités définitives à cette foule de paumés et de désespérés du bout de l'univers. Je me reconnaissais bien là. Détruire, cracher sur tout, et se laver les mains dans les larmes du monde.

Quel sale type.

« Dites-moi ce qui est arrivé à ceux qui sont morts, repris-je. Aux autres, à ceux qui m'ont appelé pour que je recueille leur essence, pour que je la stocke dans la mémoire d'Hel jusqu'à ce que l'Évêché d'Arcane-13 leur fournisse un nouveau corps de synthèse. Dites-moi à présent la vérité sur cette histoire, sur ce qui vous empêche – pour le moment ! – de me tuer.

— Bien, commença Orna. Dieu nous a imposé de rester seuls sur Svärd pour expier nos fautes passées. Mais Dieu nous protège, car malgré nos erreurs, nous sommes l'espèce élue ! Bien entendu, nous n'étions pas d'accord sur ce point avec les autres... Peu à peu, la population de Svärd s'est séparée en deux groupes opposés : croyants et non-croyants. La situation s'est dégradée. Nous devions rejeter la science, les Passeurs, tout ce fatras insipide de connaissances qui ne mènent nulle part, pour repartir à zéro, pour expier nos fautes. Nous devions nous dépouiller de tout. Mais nous étions la minorité. Les autres ont voulu s'enfuir avec le Horn ; ils ont emporté les machines, les nutritionneurs, les robots constructeurs. Tout cela nous est égal, nous nous nourrissons des algues et du plancton qui s'approchent du rivage, mais nous ne pouvions pas laisser ces blasphémateurs fuir. Aussi nous les avons poursuivis avec la Nixe, le navire d'exploration scientifique. »

La jeune femme regarda un moment par la fenêtre, mal à l'aise.

« La Nixe est beaucoup plus petite que le Horn, qui ressemble à une ville flottante, avec ses unités de traitement des aliments et des matériaux, mais elle est aussi plus rapide. Lorsque nous sommes arrivés en vue de l'autre navire, lorsque nous l'avons vu se profiler à l'horizon, sur un fond de ciel nébuleux et crépusculaire… il était en train de sombrer… »

Orna continuait de regarder par les fenêtres la tempête qui faisait rage dans l'unique rue du village. Je voyais les nuages bouillonner au-dessus des maisons et Pâle qui réussissait encore à apparaître, ici et là, au milieu de toute cette violence.

« C'est la Main de Dieu ! hurla une vieille femme. La Main de Dieu ! »

Je vis Orna serrer les dents avant de reprendre.

« Il faut savoir que le Horn ne peut pas couler. Ses machines, ses métaux intelligents, ses robots, ses générateurs de matière combleraient n'importe quelle brèche avant qu'elle ne devienne fatale.

— Une explosion ? »

Orna secoua la tête.

« Non, pas d'explosion.

— Eh bien, si c'est Dieu, vous devez être contente alors. Mais je ne vois pas ce que j'ai à faire dans cette histoire… il se trouve justement que moi et Dieu, dans l'éventualité où il existerait bien sûr, ne sommes pas exactement copains… Trop de morts, trop de haine, sur toutes les planètes, à toutes les époques, quelle que soit la religion, le sexe où la couleur de peau des imbéciles qui y habitent. »

J'allais descendre de l'estrade lorsque Neville se jeta sur moi. Cette fois je m'écartai pour le laisser aller s'éclater tout seul contre son rebord. Il se retourna presque aussitôt, le nez en sang et les yeux brillants.

« Il n'y a pas eu de survivants ! hurla-t-il. Nous sommes restés là des heures, à faire des cercles autour du lieu du naufrage, mais nous n'avons même pas vu un cadavre remonter à la surface ! Rien ! Et il n'y a pas eu de prêche pour ces salauds !

— Taisez-vous, Neville ! »

L'homme la regarda avec un rictus mauvais.

« Qu'est-ce qu'il vous prend, Orna ? C'est ce chien de faux curé qui vous excite, hein, c'est ça ? »

La jeune femme s'approcha de lui en souriant.

« Relevez-vous, Neville. Vous êtes ridicule. »

L'homme allait obtempérer lorsque le pied droit de la jeune femme se détendit brutalement et le frappa à la mâchoire. Il retomba d'un bloc en arrière. Cette fois, le sang coulait de sa bouche. Il resta un moment inerte, puis finit par ouvrir un œil.

« Allons, Neville, je vous ai dit de vous relever. C'est moi qui commande ici. Alors allez reprendre votre place derrière moi. Loin derrière moi. »

C'était presque du théâtre ; une mauvaise pièce de théâtre jouée dans une salle du bout de l'univers par un soir d'Apocalypse.

Lentement, information après information, je commençai à comprendre ce qu'il s'était passé. Je n'étais pas venu là pour rien ; et j'étais à peu près certain de ne pas ressortir vivant de tout ceci.

Ce qui me fit sourire.

Le vent était à présent si violent que l'on avait du mal à s'entendre dans la salle. Orna jeta un nouveau coup d'œil aux fenêtres, se retourna, et se mit à haranguer la foule, avec une voix de Sibylle prêchant l'anéantissement du monde.

« Pourquoi n'y a-t-il pas eu de survivants ?

— Parce que c'est la Main de Dieu qui a frappé ! hurla la foule.

— Pourquoi ?

— La Main de Dieu ! »

Elle s'approcha ensuite de moi pendant qu'une centaine de bouches continuait de vociférer dans son dos ; de mêler leur haine, leurs peurs et leur bêtise en un requiem puissant qui faisait concurrence à celui de la tempête.

« Nous sommes revenus quelques jours plus tard, *Monsieur*, dit-elle en me regardant droit dans les yeux, et nous sommes descendus voir l'épave avec le bathyscaphe de la Nixe.

— Et qu'est-ce que vous avez vu ? »

La jeune femme sourit.

« Ce que tu verras en y descendant, *Passeur.* »

*

Le soleil avait sombré depuis longtemps par-delà les eaux troubles de l'horizon, mais on devinait encore, à la lueur glauque qui s'attardait ici et là parmi les nuages, que son agonie se poursuivait sous d'autres cieux.

Dans ce crépuscule amer, l'océan avait de nouveau cette couleur de neige sale et de chair malade.

J'en étais là de mes pensées lorsque je vis une ombre s'accouder à mes côtés au bastingage.

Orna.

« Nous devrions arriver sur place demain, en fin de journée. Si tout va bien, me dit-elle.

— Bien sûr, s'il ne nous arrive pas la même chose qu'au Horn... »

La jeune femme haussa les épaules.

« Oui, je sais, Dieu vous protège ! Enfin, c'est le seul navire qu'il vous reste, s'il sombre lui aussi, les derniers survivants se retrouveront sans machines, sans moyen de transport, sans rien sur un monde isolé, et personne ne viendra les secourir...

— Nous ne comptions pas le garder. Ça, et le reste.

— Vous êtes cinglés ! Il n'y a que des cailloux sur votre île, comment allez-vous survivre ? Rien que pour l'eau potable ? Que je sache, il n'y a pas de source ! C'est un retour... »

Je m'arrêtai d'un bloc et me tournai vers elle.

« Ne me dites pas que vous croyez en toutes ces conneries, la Main de Dieu et le reste ! Pas vous ! Comment vous êtes-vous retrouvée coincée dans ce rôle de pythonisse douteuse avec ce prêtre minable, ce type insipide, qui ne doit pas plus savoir prier que manier le fusil ? »

Quelqu'un passa à côté de nous sur le pont et disparut derrière un escalier.

« Alors ? insistai-je.

— Qu'est-ce que cela peut bien vous faire ! dit-elle en se tournant aux trois quarts vers moi. Nous, nous sommes bloqués ici à jamais, nous ne pouvons pas aller d'un monde à l'autre comme vous le faites. En près de deux siècles, à part Doc', débarqué d'une navette de survie, nous n'avons vu personne. Pas de pirates, pas de commerçants, et aucun navire n'est venu s'échouer de l'espace profond sur nos rivages! Nous captons bien, de temps à autre, de rares émissions en provenance de planètes plus développées que la nôtre, des mondes qui ont eu de la chance, et ne doivent pas se contenter de ces eaux tristes et blêmes, mais c'est tout. Lorsque nous envoyons des messages, personne ne nous répond. Nous sommes trop petits, trop loin, et nous n'avons rien à échanger.

— Nous vous avons répondu… »

Mais la jeune femme n'entendit même pas mes paroles. Les embruns venaient poisser le bastingage, mes mains, mon visage… tout ce qu'ils touchaient. Orna parlait de plus en plus faiblement, et les vagues qui s'écrasaient par paquets sur la coque de la Nixe m'obligeaient à tendre l'oreille pour saisir ses paroles.

« Ce monde ne nous aime pas, je le sens, nous le sentons tous, et les scientifiques qui se sont acharnés pour trouver des réponses, au cours de toutes ces années stériles, n'y ont rien compris non plus. Pas de végétations sur les rares îles, pas de vie, sinon des micro-organismes agressifs, rien, juste cette soupe d'animalcules! C'est absurde. Nous n'avons aucun espoir. Pendant des années, nos prédécesseurs ont essayé de traficoter les programmes des ordinateurs pour que nos machines puissent nous fabriquer un vaisseau spatial, pour que nous puissions – enfin! — fuir ce monde sans avenir, mais ils n'ont pas réussi. On nous a balancés ici pour que l'on y reste!

— Vous auriez pu faire de grandes choses! Coloniser toutes les îles et y bâtir des cités de rêve, gagner les profondeurs de l'océan et y créer de toute pièce un monde unique et envoûtant. Avec le temps, les générations de scientifiques auraient fini par résoudre vos problèmes. La plupart des planètes que j'ai visitées ne sont pas mieux loties que vous. Mais les gens y semblent plus belliqueux, ils se battent, construisent des villes, de nouvelles machines, et au bout d'un certain temps, s'ils ne se sont pas tous entretués, comme c'est souvent le cas, l'Orbe galactique y envoie ses émissaires, supprime les despotes, les petits royaumes, et impose sa propre dictature.

— Et vous travaillez pour ces gens-là!

— Pas exactement, mais, d'un autre côté, nous aussi nous imposons notre règne de terreur. Et puis vous savez, entre les petits et les grands salauds, mieux vaut être du côté des grands. C'est l'erreur que vous avez faite, en choisissant d'être le chef d'une bande d'attardés rétrogrades. »

Orna frappa du poing la rambarde.

« Je suis peut-être la Gardienne d'une bande de ploucs, sur une planète paumée, mais je me suis documentée sur votre monde, sur vos si belles planètes. Nous avons une banque de données, et je sais ce dont votre science est capable, non, en fait, je sais ce dont l'Homme est capable, alors je préfère diriger une bande d'abrutis avec des haches de pierre, que des types suffisamment cons pour faire sauter leur propre monde avec des armes redoutables. »

Je ne pus m'empêcher de rire.

« Bien joué, vous m'avez eu ! »

Je vis les yeux de la jeune femme luire dans l'obscurité.

« Qui êtes-vous ? Je veux dire… *vraiment* ?

— Moi, répondis-je. Mais… je suis le Passeur… »

*

« C'est juste en dessous, me dit Neville avec un air mauvais. Là, dans ce bouillon, à 5870 mètres de profondeur ! Et c'est un long voyage, croyez-moi, une longue descente en enfer, vous verrez, même pour un Passeur… »

Le sous-marin tanguait dangereusement à la surface des eaux malades. Le vent avait repris sa litanie sans fin.

Hel était déjà sur le pont, la tête levée vers moi. Je m'accrochai comme je le pus à l'échelle et descendis à mon tour. Un marin m'attrapa par la ceinture et m'aida à prendre pied sur le Verne.

De grandes gerbes d'écume s'élevaient autour de nous comme autant de spectres.

Orna nous attendait en bas, avec une dizaine d'hommes armés qui encadraient l'équipage du sous-marin.

« Wheatley ! Dites à vos hommes d'amorcer la descente », cria la jeune femme.

Il y eut des bruits de portes que l'on fermait, d'autres de machineries qui entraient en action, et le chahut des vagues qui venaient s'écraser contre les parois du submersible fut peu à peu remplacé par le bruit désagréable de la pression qui commençait à tester les parois du Verne.

« J'imagine que l'on ne voit rien dans cette purée de pois ?

— Non, l'eau a cet aspect trouble et ferrugineux sur plusieurs dizaines de mètres, voire jusqu'à cent/cent cinquante mètres de profondeur, ensuite, elle retrouve un aspect plus normal. Bien entendu, elle n'a pas cette pureté de certains océans dont j'ai vu les photos dans la banque de données. Cela est dû à la couleur du plancton en général, des algues et des organismes qui s'y concentrent, surtout à la surface, et qui ont tous cet aspect gélatineux et blanchâtre. La photosynthèse n'est sans doute pas étrangère non plus au phénomène, malgré un spectre d'absorption peu élevé, mais je ne sais plus trop. De toute façon, tout cela ne m'a jamais intéressée.

— Non, c'est le pouvoir qui vous intéresse !

— Est-ce si honteux ?

— Avec les machines, les robots, votre pouvoir aurait été encore plus grand qu'avec cette bande de religieux rétrogrades. Vraiment, je ne comprends pas. »

La jeune femme parut se troubler.

« J'ai… j'ai récemment changé de camp…

— Pourquoi ? »

Sa voix perdait de son assurance.

« Eh bien… disons que j'ai vu des choses… depuis quelque temps… des choses bizarres qui donnaient raison à ces… à ces dingues…

— Quel genre de choses ? »

La jeune femme balaya la question d'un geste hargneux de la main.

« Peu importe !

— Et que sommes-nous censés voir dans l'épave ? »

Orna retrouva soudainement le sourire.

« Nous, rien, sinon par les caméras qui seront intégrées à votre scaphandre. Contrairement à la fois précédente, nous comptons rester à quelque distance de l'épave, à l'abri derrière un piton rocheux… La dernière fois nous a suffi !

» En fait… vous serez seul… »

Je jetai un coup d'œil à Hel – la jeune femme s'en rendit compte.

« Oh, si vous voulez l'emmener, me dit-elle, c'est votre problème. Nous n'y ferons pas d'objections.

— Non, je préfère qu'elle reste là.

— *Elle* ? dit Orna avec étonnement. C'est donc une… femelle… Votre petite copine peut-être… »

Je restai de marbre.

« En effet, c'est une sorte de femelle. D'abord parce que des imbéciles, quelque part dans une usine d'Altaïr-76C, l'ont doté d'une voix de femme, et ensuite, parce qu'elle est aussi dénuée de sentiments et d'empathie que toutes les femmes que j'ai pu rencontrer. »

Je m'arrêtai quelques secondes, laissant courir, sur la paroi du submersible, un long gémissement de tôles torturées.

« Un peu comme vous, finalement, ajoutai-je. Et puis je n'aime pas trop son passe-temps favori : avaler l'âme de ses victimes.

— C'est en effet particulier, me répondit la jeune femme sur un ton glacial.

— Oui… oui… Je lui ai d'ailleurs interdit de s'adonner à ce genre de manie sur ma propre dépouille, sur mon propre corps à l'agonie. »

La jeune femme parut surprise.

« Pourquoi ?

— Disons que cette vie m'a largement suffi.

— Et le corps à la clé ?

— Ce foutu corps de synthèse… quelle saleté… il est increvable… Non, plonger dans la nuit éternelle, s'éteindre à jamais, c'est encore ce qu'il peut arriver de mieux à chacun d'entre nous. À cette saleté d'humanité !

— Je ne vous comprends pas… Pourquoi travaillez-vous pour eux ? Pourquoi être Passeur, alors ? »

J'allais lui répondre lorsque le sous-marin fut pris dans une sorte de tourbillon, nous projetant d'un côté puis de l'autre du poste de commandement.

Cela eut pour conséquence (s'il en était besoin) de me remettre en tête ce qui m'attendait. Je n'aimais pas les bruits sinistres qui couraient le long de la coque du sous-marin.

On aurait dit que des choses gigantesques s'amusaient à y faire glisser des ongles anormalement longs. J'avais beau savoir qu'il n'y avait à l'extérieur qu'une soupe de micro-organismes hostiles, je n'en étais pas moins inquiet. En plus d'agir sur la coque du submersible, la pression de l'eau agissait aussi sur mes nerfs.

« Venez », me dit la jeune femme.

Elle me conduisit jusqu'à une étroite chambre où s'alignaient des scaphandres. Dans un coin, il y avait un hublot, et juste au-dessus, un cadran affichait en direct la profondeur. Orna repartit et je me retrouvai seul avec un marin neurasthénique et terrifié qui sursautait au moindre bruit. Je remarquai qu'il se tenait le plus loin possible des hublots.

Nous descendîmes ainsi pendant plus de deux mille mètres. De temps à autre, de vagues filaments, des espèces de petites taches vaporeuses, venaient danser devant le hublot qui me faisait face, mais, en règle générale, on ne voyait rien de plus dans la grande nuit qui s'étendait à l'extérieur. Je remarquai aussi, parfois, des formes plus claires qui s'agitaient un instant derrière la surface hyaline, et c'étaient celles-là qui faisaient le plus sursauter le marin.

À –4000 mètres, l'homme se leva nerveusement et commença à cafouiller sur l'un des scaphandres.

« Approchez, dit-il, que je vous en explique le fonctionnement. »

Ceux qui avaient envoyé les colons sur Svärd, 157 ans plus tôt, avaient tout de même bien fait les choses. Les générateurs de matière, programmés avant le départ, avaient produit les deux bateaux, le sous-marin, et tous les instruments qui y étaient associés. Le scaphandre était entièrement automatisé. À une telle profondeur, je n'aurais aucun effort à faire. Il me suffisait pour me déplacer de jouer avec les manettes placées dans les mains de l'appareil, et je me mettais à marcher, sauter, et faire des pirouettes. Des panneaux de contrôle oculaire, insérés de chaque côté de la surface transparente du casque, me permettaient de contrôler la vision et les caméras. Je m'entraînai quelques instants à me déplacer d'un point à l'autre de la chambre, jouai avec les pinces, les caméras, et autres appareillages divers.

Je tournai la tête vers le cadran : –5758 mètres. En dessous, le hublot était toujours noir comme l'enfer.

Hel me sollicita à ce moment par la connexion neurale.

« *Je devrais venir.*

— *Non. Il faut que quelqu'un mène la mission à terme. Il faut savoir, avant que l'inévitable ne se produise. À bientôt, Elle.* »

*

–5870 mètres.

Le submersible venait de toucher le fond. Après le choc initial, sa longue carcasse oscilla pendant un moment avant de se stabiliser. De grands frissons parcoururent son épine dorsale pendant une bonne minute encore, puis la bête se calma.

Je m'interrogeai un moment sur l'utilité de venir s'échouer à une telle profondeur, avec les risques que cela comportait, puis j'entrai dans le sas de décompression. Une chose minuscule, avec des lueurs rouges qui tournoyaient au-dessus de moi, et tout un tas de chiffres qui s'affolaient sur une dizaine de boîtiers témoins.

Dès que les vannes furent ouvertes, l'eau se mit à monter brutalement et je me retrouvai immergé en quelques secondes. Les lueurs clignotèrent une dernière fois et la porte en face de moi s'ouvrit en geignant. Je sentis que la pression devenait effrayante et qu'elle testait la résistance de mon scaphandre. Une grande main comme celle du Dieu de ces imbéciles. Une à une, toutes les lumières des boîtiers s'éteignirent dans le sas.

J'étais dans les ténèbres de l'abîme.

« Allez-y ! » hurla quelqu'un à mes oreilles.

À la douceur de la voix, je me doutais bien qu'il devait s'agir d'Orna, mais ça aurait aussi bien pu être ce crétin de Neville, tant elle était déformée.

Devant moi il y avait ce trou noir. Les diodes clignotaient de chaque côté de mon casque, m'indiquant la profondeur, la température, les courants, le relief, les mouvements qui m'entouraient, plus tout un tas d'autres infos qui défilaient sans arrêt en surimpression de la noirceur qui me faisait face. Stupidement, je baissai le volume du son dans mes oreilles et fis un pas en avant. Aussitôt, les capteurs se mirent en action, et le cadran s'illumina d'un paysage étrange.

Je me trouvais sur un fond rocheux ; une sorte de plateau où s'étendait un quadrillage quasi géométrique de fissures, de crevasses, qui me donnait l'impression de marcher sur les dalles gigantesques d'un temple construit par un peuple de monstres antédiluviens. Sur la gauche, à plus de cinq cents mètres, les capteurs avaient repéré les rebords déchiquetés d'un large cratère produit par une ancienne éruption volcanique. La lave en avait été rejetée sur les pourtours en des formes extravagantes, des amoncellements sinistres de gnomes et de kobolds, comme jetés pêle-mêle à la suite d'une bataille improbable, et au milieu desquels s'enfonçaient des tunnels qui devaient mener vers quelque monde caché et souterrain.

Une pluie de particules, de matières végétales à demi décomposées et d'animalcules moribonds dérivait devant mes yeux. L'ordinateur du casque isolait la plupart de ces créatures, de ces déchets, et réussissait à en identifier plus de 90%. Chacun de mes pas déplaçait aussi des nuages de sédiments qui allaient se mêler à toutes ces matières en suspension. Tout cela, et surtout ce paysage désolé, avait quelque chose de radical et de définitif.

C'était l'envers du décor. L'envers du monde grouillant de la surface ; le cimetière des profondeurs où tout ce qui n'a pas été entièrement dévoré, tout ce qui ne dévorera plus, vient s'échouer et pourrir. J'avais atteint le royaume de la mort et de la décomposition. J'essayai de sourire, mais je n'y arrivai pas. Alors je chassai cette idée de mes pensées et continuai à avancer droit devant moi, lentement, méthodiquement, n'osant pas accélérer de peur de réveiller tout un tas de choses mortes et oubliées. De peur de troubler le silence sépulcral qui s'étendait sur ce paysage primitif.

Je ne voyais pas encore l'épave du Horn, mais le cadran m'indiquait sa direction. J'arrivai finalement au milieu d'un tapis d'éboulis et de roches fracassées ; il s'étendait sur une bonne cinquantaine de mètres, au-delà desquels s'amorçait une pente à 27%. Je savais que le scaphandre était en mesure de la descendre ; j'enclenchai la marche automatique et me concentrai de nouveau sur cette vision des profondeurs.

Mais je n'en eus pas vraiment le temps.

Le scaphandre avait à peine progressé d'une dizaine de pas que je vis l'épave. Elle se trouvait en contrebas, dans une sorte de ravin où les coulées de lave s'étaient déversées en des contorsions hideuses et grotesques. Je ne vis d'abord qu'une masse compacte de ferraille hérissée de tourelles et d'antennes tordues par la pression. Autour de moi, il me semblait entendre de lointains échos qui se rapprochaient. L'analyse de ces sons ne donnait rien de précis, sinon que cette série de bruits venait de l'épave, de la tôle qui souffrait et du métal qui se tordait. En isolant les bruits qui traversaient cet océan de particules en suspension, je remarquai aussi une sorte de sifflement insistant, presque un miaulement, mais déformé, et comme passé au ralenti. Et cela me faisait penser à une voix, mais une voix écrasée par la pression de l'eau, par cette houle de bruits rampants et de murmures chtoniens qui arrivaient jusqu'à moi en un chant désolé et fatidique. Les correcteurs de sons et autres filtres ne parvenaient pas à la restituer correctement, mais j'étais à peu près certain qu'il s'agissait d'une voix.

« Quelqu'un peut-il essayer de traficoter ce son pour voir de quoi il s'agit ?

— Aucune importance, brailla un homme dans mes oreilles.

— Vous l'avez déjà entendu ?

— Bien sûr, *Passeur*, c'est le chant d'un navire qui meurt ! Le chant de tout ce qui est mort, en bas, et qui sait qu'il ne reverra jamais la lumière du jour ! Le chant des Abysses…

— Non, il y a autre chose…

— Eh bien, allez donc voir ce que c'est !

— *Hel, analyse-moi ça…*

— *C'est en cours d'analyse…* »

L'épave était à présent entièrement visible. Elle était gigantesque ; perdue dans son écrin de poussières qui retombaient sur ses ponts abandonnés et glissaient sur sa coque d'un blanc fantomatique. Comme me l'avait dit Orna, le Horn avait été conçu pour faire office de ville flottante ; il pouvait loger plusieurs milliers de personnes, et les capteurs me donnaient une longueur totale de 413 mètres pour un maximum de 88 mètres de hauteur. J'avais l'impression de voir le cadavre d'une bête gigantesque dont l'agonie avait dû être terrible.

Pendant un moment, j'eus du mal à respirer en voyant ce monstre, mais je me repris. Un par un, je passai en revue ses ponts aux bastingages curieusement intacts, ses centaines de hublots, et surtout la grande cicatrice qui avait presque sectionné en deux le bâtiment par le milieu.

C'est par là que je comptais rentrer dans la bête.

Et plus je m'approchais, plus les bruits, plus les craquements et les raclements devenaient inquiétants et montaient en puissance. De temps à autre, au pourtour de la coque, des nuages de sédiments s'élevaient et de brusques tourbillons se formaient, comme si des créatures remuaient dans la vase.

Au loin, sans interruption, il y avait toujours ce chant désolé, cette espèce de mélopée informe qui dérivait au hasard des courants. À présent, elle semblait multiple.

« *Ce sont des voix… mais elles ne sont pas humaines…*

— *Pas humaines ?*

— *Pas produites par des cordes vocales humaines. Une imitation. Mais le langage, lui, est humain.*

— *Et que disent-elles ?*

— *Elles disent : "Viens"…* »

Cette fois-ci, j'eus vraiment du mal à reprendre mon souffle.

« Qu'avez-vous vu, Passeur, que les caméras ne nous ont pas montré ? »

C'était la voix d'Orna.

« Pourquoi ?

— Vous venez d'avoir une brusque décharge d'adrénaline, votre rythme cardiaque s'emballe et le débit d'oxygène a presque doublé.

— Il sait ce qu'il va voir ! cria quelqu'un d'autre à mes oreilles. Il le sait ! Et il a peur…

— Qu'est-ce qui a pu déchirer le vaisseau de la sorte ?

— Nous n'en avons aucune idée ; il n'y avait pas de rochers, pas d'écueils à cet endroit, rien, juste des milliards de mètres cube d'eau. »

L'entaille était propre, nette, et il ne pouvait s'agir d'une explosion. Je me demandais pour quelle raison les mécanismes de sauvetage n'avaient pas fonctionné. Pourquoi rien n'était remonté à la surface ? Évidemment, il y avait des tas d'armes capables de faire ça dans l'univers, capables de tout stopper, les machines et la chair, et de couper un vaisseau en deux. Ça n'avait rien de surnaturel, bien sûr.

Bien sûr.

À présent, la silhouette étouffante du Horn se trouvait au-dessus de moi, à la verticale. Je n'avais jamais eu une haute estime de moi-même ; mes actes, ma vie, n'avaient pas contribué à améliorer cet état de fait ; mais là, seul, à près de 6000 mètres de profondeur, j'avais encore plus le sentiment de n'être rien. Un petit organisme ridicule et prétentieux. Suffisamment prétentieux pour devenir une sorte de cancer galactique – de destructeur de mondes.

Quelque chose, en moi, me disait qu'il était temps d'en finir.

J'entrai lentement dans l'épave par cette vaste déchirure qui ouvrait sur le monde des morts. Partout, il y avait de grandes pièces de métal tordu, des machines jetées en vrac les unes sur les autres, et des kilomètres de passerelles et de rambardes broyées. Je relevai la tête et zoomai vers les étages supérieurs. Tout se confondait en un fouillis de câbles, de tôles et de tuyaux qui dépassaient de cette architecture fracassée. Je continuai à zoomer, à monter le plus haut possible, jusqu'à repérer mon premier cadavre. Un amas blanchâtre de choses filandreuses et gonflées. Il était accroché à une rambarde par un pied, peut-être un morceau de tissu, et se balançait dans le courant avec une lenteur désagréable.

« Je n'ai pas bien vu le visage, cria Neville dans mes oreilles. Refaites un zoom, j'aimerai bien savoir si c'est cette garce de...

— La ferme ! Virez-moi ce connard, Orna, ou bien je demande à Hel de s'occuper de lui !

— Calmez-vous, Passeur, vous n'êtes pas l'homme que je croyais...

— Où dois-je aller ? Que suis-je censé voir ?

— Allez vous balader, ça ne saurait tarder. Prenez donc l'un de ces couloirs que j'ai cru voir sur la gauche. »

Je tournai lentement le scaphandre sur le côté. Au même moment, quelque chose de rouge se mit à clignoter sur l'écran de mon casque.

Attention. Objet en mouvement. Attention. Procédure de mise en sécurité opérée.

Sans que j'intervienne, le scaphandre fit un rapide écart d'une dizaine de mètres. Le casque se positionna automatiquement dans la direction de l'objet qui arrivait sur moi.

C'était un long morceau de métal, d'environ un mètre sur trois, qui tombait des ponts supérieurs. Il vint s'écraser à quelques mètres de moi dans un amas de machines et de tubes tordus.

Le bruit me parvint avec un léger retard.

Je gardai la tête levée, fouillant des yeux les ponts supérieurs. Mais je ne le fis pas longtemps, car un autre objet arrivait sur moi. Le cadavre pendu à la rambarde s'était décroché. Cette chose molle et spongieuse, broyée par la pression en une masse indistincte de chair, d'os et d'organes, arrivait directement sur moi. Mais lentement, et avec une lenteur effrayante même, qui le faisait tournoyer comme une feuille morte. Ses bras, ses membres, ainsi que de vagues lambeaux qui pendaient, se soulevaient autour de lui comme des ectoplasmes et semblaient me faire signe.

Altération des cellules. ADN non reconnu. Zoom moléculaire inopérant. Prélèvement requis pour analyse complète.

Le cadavre se coulait vers moi, dansant étrangement au milieu de la poussière qui dérivait dans l'épave. J'empoignai les commandes de ma main droite et fonçai vers le plus proche couloir.

Attention. Distance trop grande. Prélèvement impossible.

Mes yeux se fixèrent sur la case : *Pas de prélèvement*, et je continuai à accélérer. Je ne souhaitais surtout pas revenir en arrière et me trouver à portée de cette chose. Les pinces écartèrent les morceaux de métal qui en barraient l'entrée et je me retrouvai dans un couloir de deux mètres de large sur trois mètres de hauteur. J'oubliai de regarder la caméra arrière et me retournai, brutalement, prêt à tout.

Je scrutai un long moment le sol, m'attendant à voir une chose molle se relever et se remettre à louvoyer dans ma direction. D'un coup d'œil sur la gauche de l'écran, je vis qu'il n'y avait pas de mouvements significatifs dans un rayon de cent mètres autour du scaphandre. Je zoomai et passai au crible les débris qui s'entassaient à l'entrée du couloir.

Rien.

« Cette chose qui tombait des étages supérieurs, dis-je, ce n'était pas un de vos cadavres. Qu'est-ce que c'était ?

— Vous êtes descendu en Enfer, Passeur, comme ces mécréants que Dieu a rattrapés pour les jeter en ces profondeurs obscures ! Ce qu'Il fait d'eux ensuite, ce en quoi Il les transforme, tout cela ne nous regarde pas, glapit Neville. Ce sont les démons, les morts-vivants de l'Abîme !

— *Hel ! Balance-moi cet imbécile dans le sas à la prochai…*

— *Il a peur. Ils ont tous peur. Bien plus peur que toi.*

— *Pourquoi ? Parce qu'ils savent ce qui m'attend, ce que je vais voir ?*

— *Non, parce qu'ils croient en l'Au-delà et aux Démons, et que ce qu'ils ont vu confirme leurs croyances. Ils veulent te prouver que tu as tort ; que la vie se poursuit après la mort. Que les démons et les damnés existent. C'est pour cette raison qu'ils sont revenus ici malgré leur peur.*

— *Merci, je me sens mieux, Hel, tu es une vraie femme : tu trouves toujours le petit mot gentil qui remonte le moral de son compagnon…* »

Je me retournai et repris ma progression.

Le sol du couloir grinçait désagréablement sous le poids du scaphandre. L'analyse spectrographique permettait d'en évaluer l'épaisseur, et, toute proportion gardée, de limiter les risques de le voir lâcher sous mon poids. Les stabilisateurs gravifiques prendraient alors le relais, mais j'espérais bien ne pas devoir en arriver là. À chaque pas, les bruits ricochaient dans le couloir en une spirale confuse de sons. Je déplaçais des mètres cubes d'eau au moindre mouvement ; et cela produisait des vibrations qui allaient courir le long des cloisons métalliques. La plupart des portes étaient fermées, mais certaines ouvraient sur les machineries du Horn, sur des soutes lugubres au fond desquelles s'amoncelait tout un tas d'objets inutiles et morts.

Si quelque chose se trouvait dans ce vaisseau, il ne pouvait pas ne pas m'entendre arriver. La ou les créatures qui m'appelaient devaient savoir que j'arrivais. Alors j'imaginais que les portes allaient s'ouvrir toutes seules, révélant des cabines sinistres, du fond desquelles se mettraient à tournoyer dans ma direction de grands bras saturés d'eau de mer.

Je pris le premier escalier rencontré et montai ; il résista sans problème à mon poids et je me retrouvai dans une autre suite de couloirs déserts : pas de vie, pas de poissons bien sûr, juste cette pluie de particules mortes qui dérivaient devant mon casque. Je n'entendais plus de voix à présent, mais les grincements sinistres, les craquements et les gémissements du métal se poursuivaient, rendus plus sourds, plus terrifiants, par les cinq mille sept cents mètres d'eau qui les compressaient. C'était le murmure de l'abîme, avais-je envie de crier à Neville.

Je continuais de progresser lentement, de monter, cherchant, pour une étrange raison, à gagner le pont supérieur. Agacé par cette solitude infinie, irrité par toutes les images qui défilaient dans ma tête, je ne tentai qu'une seule fois d'ouvrir une porte. L'eau se mit à s'agiter, des vêtements, des morceaux de tissu reprirent vie pendant quelques secondes, et je vis – ou crus voir – une chose molle et spumescente dont les grands bras irréels se tordaient dans ma direction. Je refermai aussitôt la porte et continuai ma progression vers le haut.

Je fis une pause au huitième ou neuvième palier. C'est à ce moment-là que je remarquai, en me penchant légèrement par-dessus la rambarde, que de vagues formes blanchâtres s'agitaient plusieurs étages en dessous. Les mouvements étaient diffus et les détecteurs de mouvements n'avaient encore rien repéré. Mais avec le visuel, mon écran se mit à clignoter en rouge.

Formes inconnues. Zoom moléculaire inopérant. Prélèvements requis.

Le scaphandre amorçait un demi-tour et s'apprêtait à redescendre, mais je le stoppai net et repris mon ascension. Je ne savais pas ce qui me suivait, mais ça ressemblait furieusement à une version tronquée des victimes du naufrage. Et j'étais certain que faire entrer un peu de cette substance blanchâtre dans l'un des compartiments étanches du scaphandre pour l'analyser, c'était aussi risqué que d'inviter un vampire à passer la nuit avec vous.

Je n'avais aucune idée de ce que j'allais faire là-haut, mais je montais de plus en plus vite, et dans mon dos, à présent, par les caméras, je voyais des portes qui s'ouvraient les unes après les autres. À chaque palier, je les voyais s'ouvrir et laisser de longs serpentins d'une vie malade se faufiler dans le couloir. Ça clignotait en rouge partout sur mon écran. Et parfois, il me semblait que des choses plus substantielles se traînaient et commençaient à marcher derrière moi. Au milieu des formes rampantes, des amas de bras tournoyants, des silhouettes se tenaient debout et avançaient droit devant elles comme des morts-vivants.

Au niveau des derniers paliers, j'eus l'idée saugrenue de vouloir sortir. De gagner l'un des ponts du Horn. Un grand hublot me faisait face et je vis les rambardes désolées sous la pluie de particules. La porte extérieure se trouvait à une dizaine de mètres de moi. En passant devant le second hublot, je sursautai. Un visage de femme y était collé. Je voyais ses longs cheveux onduler derrière elle. Sa chair était translucide, presque phosphorescente, et je distinguai ses veines qui palpitaient en dessous — et ses grands yeux qui cherchaient les miens. Ses mains étaient collées au hublot et l'aidaient à se maintenir en place avec des espèces de ventouses.

Je me reculai. Je la vis alors sourire. Ses pupilles dilatées regardaient à présent derrière moi – et son sourire prit une étrange couleur dans mon esprit. Oubliant une fois de plus les caméras arrière, je me retournai aussi vite que possible.

Si j'avais pensé fuir, si j'avais pensé pouvoir retourner à l'escalier, c'était foutu, c'était trop tard, car des choses commençaient à s'en échapper. Des portes s'ouvraient à l'autre bout du hall. Je laissai tomber ce qui clignotait de partout sur l'écran et fonçai vers la porte extérieure. J'étais prêt à passer au travers de celle-ci s'il le fallait ; prêt à armer les lasers et à sortir les chalumeaux pour passer coûte que coûte, mais elle s'ouvrit normalement.

Je la refermai dans mon dos, broyant presque la poignée, et arrachai un morceau de bastingage que j'enfonçai dans le sol et entortillai autour de celle-ci pour éviter que la porte ne s'ouvre dans mon dos. J'évitais de penser à ce qui pouvait se trouver autour de moi.

Je réalisai alors seulement que quelqu'un me criait dans les oreilles depuis un moment.

« Yvia ! C'est Yvia-Line ! Je l'ai reconnue… En enfer, comme les autres, cette salope ! »

Je sortis l'un des chalumeaux et l'allumai. L'eau se mit à bouillonner devant la flamme et je me retournai. Il n'y avait personne sur le pont, j'étais seul, mais par le hublot qui se trouvait un peu plus loin, je vis un grouillement de formes qui s'étiraient et rampaient sur sa surface. Je ne savais pas où était passée la femme, ou ce qui avait été une femme, mais ce n'était plus là. Un long frémissement courut le long du bastingage, comme si quelque chose venait de se réveiller dans cette épave, puis j'entendis de nouveau les voix. Un mélange confus de sons et de gémissements qui tournoyaient autour de moi au hasard des courants.

Au hublot suivant, des amas de visages spectraux se formaient. Des mains qui ne semblaient pas terminées bougeaient et s'y agrippaient fébrilement. Et partout, à chaque hublot, alors que j'avançais seul sur le pont, des dizaines d'yeux glauques et de faces grimaçantes se tournaient vers moi et me suivaient. J'avais l'impression d'entendre leurs geignements qui se glissaient jusqu'à moi au travers du métal glacé du Horn. Une litanie terrifiante d'enfer et de mort.

Je repérai un escalier et fonçai vers lui.

«Le temps est venu! hurlait quelqu'un à mes oreilles. Ils sont revenus d'entre les morts pour ouvrir les portes de l'Enfer! Allez-y, Passeur, conduisez-les jusqu'à nous! Conduisez le troupeau des damnés jusqu'aux berges du Styx et venez mourir avec nous...»

J'arrêtai le chalumeau et testai le laser sur une partie du bastingage tout en continuant à progresser. Un bruit de lutte me parvint dans les écouteurs.

«Laissez-moi! Nous devons mourir! Nous allons tous mourir! Je suis votre vrai prophète, n'écoutez pas cette démone! L'heure est venue!»

J'entendais aussi tambouriner à côté de moi tout le long de la paroi. Et la cloison, la grande cloison, commençait à bouger, à se déformer, et je voyais les mains, les visages osseux qui s'agitaient derrière elle pour la transpercer. J'atteignis l'escalier dans un semi-galop et commençai à le gravir.

«Revenez! me cria une voix de femme. Mettez en route les propulseurs et revenez...

— Non.

— Quoi? Mais vous êtes complètement cinglé, comme Neville. Pourquoi?

— Je veux savoir ce qui m'a appelé. Je ne suis pas venu ici pour rien, je dois savoir.

— Mais ce sont ces choses... ce sont ces monstres qui vous appellent! Et je... je... Oh!

— *Ils viennent de perdre le contact avec la Nixe.*

— *Hein?*

— *La Nixe ne répond plus. Je ne pense pas ce soit un problème technique.*»

Hel marqua une pause.

«*Je pense qu'il se passe aussi quelque chose là-haut.*»

Moi aussi j'étais tout en haut; j'avais atteint le pont supérieur du Horn. Au-dessus, il n'y avait plus que le poste de pilotage, les restes déformés des antennes, des radars, et des tourelles chiffonnées et recroquevillées comme des araignées mortes.

Je vis aussi un grand trou, une trentaine de mètres devant moi. Je ne m'en sortais plus des lueurs qui clignotaient sur mon écran. Je ne cherchais même pas, dans ce fouillis de chiffres et de données qui défilaient à présent devant mes yeux, à connaître les dimensions de cette ouverture béante, mais, en remarquant les longs cous tordus de plusieurs grues qui pendaient juste au-dessus, j'imaginais qu'il devait s'agir d'une cale.

De nouveau, il n'y avait plus qu'une seule voix. Une voix unique. Et elle devenait plus forte à mesure que j'avançais ; elle s'enflait et ses vibrations venaient s'écraser sur mon scaphandre en une pulsation sinistre et continue. Je m'arrêtai à quelques mètres de l'ouverture et fis un demi-tour complet sur moi-même de façon à balayer la totalité du pont. J'étais seul, tous les mouvements que je captais provenaient des ponts inférieurs. En fait, juste en dessous de moi. La voix continuait de monter au milieu du bruit écrasant de la pression et des gémissements constants du navire. À présent, je comprenais presque ce qu'elle disait. C'était peut-être un effet de mon imagination, mais le « viens » me semblait perceptible.

Et cela venait de devant, juste devant moi, du fond de la cale.

« *La Nixe ?*

— *Rien. Pas de contact.* »

Je rallumai le chalumeau, pointai le laser devant moi, et repris ma progression. À chacun de mes pas, mon regard pénétrait un peu plus loin dans les profondeurs de la cale.

« Viens ! »

Et bien entendu, j'étais assez stupide pour venir !

Je m'arrêtai à un mètre du rebord, prêt à faire feu et à mettre les propulseurs en marche. Et plus mon regard descendait le long de ses parois délabrées, plus mon âme avait l'impression de sombrer, de toucher le fond de l'existence. Je ne m'étais jamais senti aussi déprimé et seul. Si quelque chose devait m'appeler, en un tel lieu, c'était forcément la mort. Et de tout cœur, j'espérais que ces choses n'allaient pas se glisser dans mon scaphandre et me transformer en l'une de ces caricatures saugrenues de vie qui grouillait sous mes pieds. Que je n'allais pas devenir l'une de ces créatures rampantes et vouées à hurler son dégoût de vivre jusqu'à la fin des temps.

Alors que je zoomais vers le fond de la cale, la voix se tut. Par un curieux sortilège, les longs grincements d'agonie du Horn parurent eux aussi se calmer. Il n'y avait plus que le bouillonnement continu de l'eau qui essayait de m'écraser.

Ce silence bourdonnant me parut encore plus lourd de menaces.

Ma vue balayait le fond de la cale. De rares morceaux de structures métalliques apparaissaient ici et là, mais, en général, tout y semblait fait d'une poix collante qui s'étendait sur ce qui reposait là ; sur des amas démembrés de robots, sur de grands filets déchirés qui formaient de gigantesques nœuds de serpents, et sur tout un tas de choses stériles et à jamais perdues. Difficile de dire pourquoi, car il n'y avait rien de vraiment morbide dans cette vision, mais j'avais le sentiment de regarder au fond d'une tombe.

J'en eus presque le souffle coupé.

« *Relève la tête.* »

Je sursautai et obtempérai.

« *Que dois-je voir ?*

— *Légèrement au-dessus de la proue du Horn. Ça arrive… Tu vas voir…* »

Je fouillai fébrilement la noirceur de l'océan ; puis je repérai l'objet en question. D'abord une légère phosphorescence au sein d'une masse de ténèbres. Une bonne grosse masse de ténèbres qui se découpait sur la solitude de l'océan. La chose descendait ; vers le milieu de celle-ci, je voyais une grande tache bouillonnante. Et elle était d'un vert de feux follets et de gaz délétères.

J'essayai de suivre sa progression, bloquai les capteurs dessus, et zoomai. Je ne vis d'abord qu'une surface luisante, métallique, marquée par une multitude de ronds. Et tandis que le balayage de l'objet se poursuivait, je vis des lettres apparaître à rebours, une à une.

E…. X…. I…. N…

Et je compris aussitôt ce qui était en train de couler.

Je revins frénétiquement zoomer sur la tache phosphorescente ; on aurait dit une sorte de bouillonnement de particules, de minuscules organismes qui bougeaient en tout sens et formaient de brusques entonnoirs dans la coque du vaisseau.

Parfois, à l'intérieur du bateau, des hublots s'illuminaient de cette substance verdâtre. Une fois, il me sembla voir une forme humaine passer en courant devant l'un des hublots éclairé par cette lueur maladive. Je m'abstins de repasser au ralenti la séquence enregistrée ; cela ne m'aurait rien apporté de plus. Cette chose, ces amas de choses, s'attaquaient à la coque du vaisseau et devaient se répandre à l'intérieur, rattrapant les survivants, détruisant les machines, immobilisant les robots, et faisant éclater les compartiments étanches les uns après les autres.

Je fermai un moment les yeux. Je me sentais totalement impuissant. Lorsque je les rouvris, je ne cherchai pas la Nixe, mais je regardai en bas, au fond de la cale.

Je vis alors des mouvements qui se produisaient ici et là, au sein de la vase, de l'espèce de substance noirâtre qui en tapissait le fond. On avait l'impression que des formes s'agitaient sous sa surface. Puis cela creva en un point ; puis deux, puis trois...

Et je vis des bras se tendre vers moi, des bras trop longs, des bras décharnés et à la chair fluctuante, qui s'extrayaient de la boue noirâtre du fond de la cale. Puis des têtes suivirent, des épaules, et des bustes qui se tordaient en des spirales impossibles. Et tout cela avait la même couleur que les milliards d'organismes qui terminaient d'attaquer la Nixe. Les yeux étaient translucides, les mâchoires ouvertes sur des cris qui ressemblaient, au travers du mur opaque de l'eau, à ceux d'animaux mis à mort.

C'était déchirant – et je ne pensai même pas à baisser le son.

Je sentis à quel point il était vain d'essayer de tirer sur ces spectres. Ils sortaient les uns après les autres de la boue ; et il y en avait des dizaines. Une bonne partie des cadavres du Horn devait se trouver là ; regroupés dans cette cale par ces organismes phosphorescents. Et ils montaient vers moi comme autant de mauvais rêves, des tourbillons cauchemardesques dont ressortaient les bras, les yeux démesurés, les bouches torturées par les cris, et parfois aussi, les longues chevelures nébuleuses qui s'agitaient autour d'eux en des spasmes douloureux et hypnotiques.

Je ne bougeais plus ; je restais là, figé, impuissant, face à cette lente montée de l'horreur.

« Mon Dieu ! Je les reconnais… Je reconnais tous ces visages malgré leurs déformations… Je les reconnais… Oh ! mon Dieu !... » sanglota quelqu'un à mon oreille.

Devant moi, la Nixe venait de s'écraser au sol. Un long nuage de poussières, de sédiments, s'élevait dans l'eau et arrivait sur le Horn comme l'image d'un raz-de-marée passée au ralenti. Cela formait un mur opaque et dense que les capteurs du scaphandre ne parvenaient pas totalement à percer.

Une femme se retrouva la première à hauteur de mon casque ; elle s'étirait sur plus de deux mètres en un long nuage de fumée torsadé. Ses bras, ses mains, s'agitaient curieusement. Je voyais son nez diaphane, la chair translucide de son visage au milieu duquel les gouffres sans fond de ses yeux me regardaient. Je crus y lire un terrifiant mélange d'horreur, de jouissance et de peur. Et elle criait ; elle hurlait…

« Ils sont en Enfer… », murmura Orna à mes oreilles.

Derrière elle, j'entendis de nouveau des bruits de lutte, au milieu desquels la voix d'Hel grondait.

Devant moi, ce qui avait été une femme se tordit et se remit à tournoyer avec les dizaines d'autres spectres qui s'agitaient au milieu des grues broyées, au-dessus des bastingages tordus, et sur le pont lugubre et sinistre du Horn qui était pour de bon arrivé en enfer.

Puis au milieu des cris discordants de ces dizaines de morts, j'entendis de nouveau cet appel ultime : « Viens ! ».

« Viens avec nous ! »

« Rejoins-nous ! »

« *Ne reste pas là. Nous savons ce que nous avions besoin de savoir. PARS !* »

J'enclenchai les propulseurs et me retrouvai au milieu de la ronde spectrale. J'accélérai au maximum et vis le pont défiler sous moi, puis le vide, le vide des nombreux étages du Horn.

À côté de moi, les spectres fonçaient dans la nuit des profondeurs en se tordant et en hurlant de douleur. Je ne pourrais pas les lâcher comme ça. Je n'avais aucune chance de m'en sortir. Le sous-marin ne remonterait jamais à la surface ; c'était pour moi une certitude.

« Transmets l'ordre, Hel, transmets-le. Nous ne nous en sortirons jamais.

— Non, je l'enverrai à la toute dernière milliseconde. »

J'avais perdu le sous-marin de vue ; j'essayais de détacher mon regard des formes qui glissaient à mes côtés et tâchais de me réorienter sans avoir recours au fouillis de symboles qui maculaient mon casque. J'allais à pleine vitesse, mais je finis par le repérer. Longue chose triste posée à côté d'un rocher.

J'eus une brusque décharge d'adrénaline.

Les fantômes étaient déjà là-bas, dansant autour du submersible.

« Partez sans moi !

— Inutile. Quelqu'un t'attend. C'est l'occasion d'avoir plus d'informations. Plus de données. Laisse-le faire. De toute façon, ils ne nous permettront pas de partir sans toi.

— Nous perdons du temps, c'est de la folie !

— Non. Il n'y a pas d'alternative. Ce sera l'occasion d'en savoir le maximum. »

Le Verne approchait dangereusement ; d'autres lumières clignotèrent sur l'écran et je ralentis brutalement.

Le scaphandre toucha le sol sur une surface rocheuse et se remit aussitôt à progresser en direction du submersible. Des dizaines de spectres étaient là, presque immobiles, bercés par le courant et les torsions qui les agitaient encore, mais de façon moins spectaculaire.

Ils entouraient le bâtiment ; je les évitai et fonçai vers le sas ouvert.

J'entendais encore les gémissements gutturaux des spectres et, au-delà, les sanglots d'Orna et les prières des membres encore sains d'esprit de l'équipage.

Je repris mon souffle et pénétrai dans le sas.

Je m'arrêtai net.

Doc'.

Doc' était là. Il me faisait face, malgré la pression, malgré l'absence d'oxygène. Bien sûr, je veux dire le vrai Doc', pas l'un de ces faux-semblants fantomatiques, l'une de ces caricatures phosphorescentes qui nageaient à l'extérieur. Le Doc' de la surface, celui qui aurait dû se trouver dans l'épave de la Nixe.

Évidemment, je m'attendais à ce qu'il se dévoile à un moment ou à un autre, mais, une fois de plus, j'avais complètement oublié son existence.

Ses lèvres étaient pincées et formaient une ligne droite qui oscillait entre le sourire, le mépris et le « Je vais attendre un peu avant de te bouffer sale con ».

Par pur réflexe, je levai le bras avec le laser ; cette fois, son sourire s'allongea et je compris l'inutilité de mon geste.

J'avançai légèrement, le sas se referma dans mon dos.

« Je suis de l'autre côté de la porte. »

L'eau reflua du sas, puis une sorte de brume chimique s'abattit sur nous. Cela, pas plus que le reste, pas plus que le changement de pression, ne dérangea celui qui me faisait face.

La porte intérieure du sas s'ouvrit et il s'écarta pour me laisser passer.

Hel était bien là ; à ses côtés, je vis Orna entourée par deux hommes en armes. L'un d'entre eux avait un pansement tâché de sang à la main, le second, une large cicatrice au niveau de la joue gauche. Et ils paraissaient tous terrifiés. Le visage de la jeune femme avait lui aussi quelque chose de spectral dans la lueur désenchantée qui s'écoulait de tubes livides placés le long des cloisons.

Nous étions en train de remonter ; je le sentais dans les vibrations qui animaient la grande carcasse du Verne.

Cela me prit deux ou trois minutes pour m'extraire du scaphandre. Ce qui était Doc' attendait patiemment devant la porte du sas, un léger sourire aux coins des lèvres. Les hommes le maintenaient en joue, mais je savais que c'était parfaitement inutile : ces armes n'auraient aucun effet sur lui. J'espérais que Hel leur avait fait passer le message et qu'ils allaient se tenir tranquilles.

Je repris mon souffle et m'approchai de lui.

« Pourquoi sourire ? Vous n'avez rien d'humain ? »

J'entendis les pas pesants d'Hel qui venait me rejoindre. D'un rapide coup d'œil, je vis la profondeur à laquelle nous nous trouvions.

–4910 mètres.

« Maintenant, si. Votre matériel génétique nous a été d'une certaine utilité.

— Que voulez-vous dire ? »

Il se pencha légèrement vers moi.

« Votre venue sur Svärd, pour utiliser le nom que vous donnez à notre monde, a ouvert notre esprit à… l'Univers. Au commencement, de nombreuses formes de vie évoluaient dans ce monde-océan, mais nous n'avons gardé que celles qui nous étaient profitables. Nous avons fait disparaître les autres, tout en absorbant leur matériel génétique. Si nous le souhaitions, nous pourrions à volonté récréer les monstres qui sillonnaient les océans de ce monde il y a des millions d'années. Mais c'est inutile, nous vivons à présent en harmonie. Nous *vivions*. Jusqu'à votre arrivée, bien sûr. Nous n'avions jamais pensé qu'il y avait autre chose que ce vaste océan-mère. Jamais pensé qu'il pourrait y avoir un océan encore plus vaste au-delà des nuages. Nous vous avons laissé faire, évitant juste que les nouvelles espèces que vous cherchiez à adapter sur Svärd ne se répandent. Nous avons ensuite absorbé l'un d'entre vous, son intelligence, ses connaissances, son patrimoine génétique, et nous avons compris. Il nous a fallu pas mal de temps pour digérer l'information.

» Plusieurs d'entre nous ont alors traversé l'espace. Le Doc' que vous connaissez a bien été sur Selvmord-6. Dix d'entre nous ont étudié dix de vos mondes. Puis nous sommes revenus. J'ai fait en sorte que mon entrée dans l'atmosphère soit repérée par les hommes – qui sont gentiment venus me repêcher, croyant que j'étais un naufragé de l'espace. »

La créature marqua une pause.

« Nous savons que vous êtes des conquérants, des destructeurs de mondes. La vie, les écosystèmes, les milliards de formes de vie de l'univers, tous les extraterrestres, sauf, bien entendu, ceux qui sont capables d'en découdre avec vous, n'ont aucune valeur à vos yeux.

» Et en cela, vous êtes comme nous. À une légère différence près : notre espèce n'est pas composée uniquement de malades mentaux. Nous ne souhaitons pas nous autodétruire, nous entretuer, car nous ne formons qu'un seul et même individu composé d'un nombre infini de cellules pensantes. Quand je vous parle, je dis «nous», mais je pense « je ».

» Aussi, il est temps pour nous de reprendre le flambeau. Des milliards d'entités vont prendre leur essor vers trois de vos planètes, et, de là, vers une dizaine d'autres, et ainsi de suite jusqu'à ce que nous occupions la totalité des mondes en votre possession.

— Vous serez repérés avant.

— Non, et vous le savez très bien. Voyez-vous, les hommes sont brouillons, égoïstes et illogiques ; ils se détestent entre eux et se méfient de tout le monde. Ils s'obligent eux-mêmes à se supporter dans des sociétés plus ridicules les unes que les autres. À se supporter au sein des familles, des couples, des cercles d'amis et des relations de travail ; les gens ne font – au mieux – que se tolérer. Mais au fond d'eux, ils se détestent. Notre venue ne changera pas grand-chose à cette paranoïa légitime ! Je crois que l'homme ne saura jamais comment il faut faire pour vivre. Pourtant, les gens passent leur temps à se donner des conseils. Et ils ont tous l'air de savoir de quoi ils parlent ; ils ont tous l'air si sérieux et si responsables, mais… tout cela n'est qu'une façade, une part inhérente de la folie de l'Homme, un mensonge de plus dans une existence de faux-semblants et de duperies.

— Pourquoi avoir attendu si longtemps ?

— Les cellules meurent, mais l'Être est éternel. Nous pouvons nous permettre le luxe d'observer, de réfléchir, et de préparer nos plans. Nous avons l'Éternité. Nous ne sommes pas limités comme vous à quelques battements de cœur. Le voyage vers vos mondes et les enseignements que nous en avons tirés nous ont pris plus de cent de vos années. Mais à présent, nous sommes prêts. Nous vous avons tous assimilés – ou presque.

— C'est ce qu'il s'est passé devant mes yeux, dans l'épave du Horn.

— Oui, nous avons maintenu certains des humains du Horn en léthargie, puis nous nous sommes occupés des derniers devant vous. C'est un peu douloureux pour eux, ils ne comprennent pas et ne veulent pas, mais ils finissent toujours par céder. Nous sommes les plus forts.

— Pourquoi cette mise en scène ?

— J'ai étudié vos littératures mortes, et cela m'a semblé judicieux. »

Autour de nous, la lumière vacillait par intermittence et les cadrans s'affolaient tandis que le Verne devait être poussé au maximum. À un moment, la lumière s'éteignit pendant plusieurs secondes et j'entendis Orna qui commençait à sangloter derrière moi.

–2327 mètres.

« Alors, nous sommes les derniers sur ce monde ?

— Oui. Plus de Horn, plus de Nixe, plus de village. Rien que les survivants de la bagarre qui a éclaté dans ce sous-marin avant votre retour. Vous voyez : jusqu'au bout il faut que vous vous entretuiez. Vous êtes incapables de vous unir. Tout cela à cause d'histoires de malades mentaux ! Des histoires de dieux, de vie après la mort et d'Enfer ! Mais rassurez-vous, si vous avez vraiment besoin d'un Dieu : alors nous serons votre Dieu ! »

La créature s'interrompit et me regarda avec une moue de dégoût typiquement humaine.

« Vraiment, je ne comprends même pas comment vous avez pu en arriver là !

— Vous êtes des monstres.

— Oui, acquiesça la créature, et vous parlez en expert ! Vous n'avez aucune leçon à nous donner après avoir détruit votre monde natal et avoir poursuivi cette vague de destruction à travers l'Univers… »

Le Verne continuait son chemin vers la surface ; le submersible devait avoir atteint ses limites car je sentais toute sa structure vibrer.

La créature dut lire dans mes pensées.

« Vous n'atteindrez jamais la surface, me dit-elle. Et même si vous réussissiez à l'atteindre : où comptez-vous aller ? Pensez-vous qu'il soit possible de fuir quelque part ?

— Je sais. Mais nous sommes fous et illogiques. »

La créature sourit.

« Pourquoi ne pas nous avoir tués tout de suite ? »

Nouveau sourire, mais plus prononcé celui-là.

« Parce que je sais qui vous êtes, Passeur ! »

Je m'abstins de répondre.

« Nous avons essayé de nous introduire dans votre organisation, l'Ad Noctum, essayé d'atteindre l'Évêché, mais celui qui avait été désigné pour le faire n'est jamais revenu. La collection des âmes, les corps de synthèse, tout cela n'est qu'une façade. Nous savons que vous nous aviez repérés et je vais avoir le privilège de tirer de vos cellules la moindre information que vous cachez ! »

Les vibrations du Verne devenaient intolérables. À présent, nous baignions dans une semi-obscurité hagarde dont ne ressortaient que les taches sinistres des visages.

–1780 mètres.

« C'est vous qui devez donner le signal ? » demandai-je.

La créature acquiesça.

« Oui, et le temps est venu, il me semble.

— *Es-tu prête ?*

— *Je suis prête depuis que nous avons atterri sur Svärd.*

— Attendez ! Encore une ou deux questions et vous pourrez disposer de nous... »

La créature haussa les épaules.

« Vous pensez gagner du temps pour atteindre la surface, c'est ça ? »

Je secouai la tête.

« Vous dites que vous savez qui je suis, mais vous mentez – et vous avez appris ça de l'Homme, bien sûr. Vous n'avez aucune idée de ce que je suis, moi, le Passeur ! »

Il y eut un instant de doute, de flottement, dans les yeux de la créature.

Autour de nous, les iris métalliques des hublots se fermèrent automatiquement.

C'était à mon tour de sourire.

« N'avez-vous pas entendu Neville ? N'avez-vous rien appris sur Selvmord-6F ? Le Passeur, celui qui emmène les morts, celui qui emmène les damnés en Enfer, et leur fait traverser le Styx ? »

Le fibrillateur psychique sortit à une vitesse foudroyante des entrailles de Hel; il se ficha dans l'abdomen de la créature et se mit aussitôt à vider ses cellules de toute forme de vie. Le Doc' eut juste le temps de tendre vers nous un appendice mou et diaphane, puis il s'écroula sur le sol en une masse gélatineuse d'animalcules morts. Il pouvait contrôler chacune de ses cellules, prendre n'importe quelle forme, modifier son organisme pour résister aux lasers, à n'importe quelle arme, mais contre ça, il ne pouvait rien.

Le fibrillateur se rétracta aussitôt et regagna l'intérieur du corps d'Hel-44.

–780 mètres.

J'empoignai Orna par le bras et l'entraînai avec les deux marins dans le couloir.

« Il faut se regrouper dans le poste de pilotage, vite, il n'y a pas une seconde à perdre. Venez! »

La jeune femme haletait à mes côtés.

« Que va-t-il se passer ?

— Dès qu'ils vont se rendre compte que… que leur copain est mort… ces choses vont se ruer sur le sous-marin et nous n'aurons aucune chance.

— Mais… comment ?

— Un vaisseau indétectable est stationné une bonne centaine de mètres au-dessus de la surface. Et il y en a d'autres…

— Mais… nos radars ont suivi le départ du Rorschach… et ils n'ont rien repéré d'autre !

— Bien sûr, mais la technologie a évolué ! »

En plus des deux hommes qui nous suivaient, il y avait aussi trois marins survivants dans le poste de pilotage.

–80 mètres…

Tous les iris étaient fermés, mais par les caméras, on voyait les eaux tumultueuses et blanchâtres de la surface qui bouillonnaient. La vitesse du Verne le propulsa hors de l'eau. Aussitôt, de lourdes clés d'amarrage vinrent se fixer à sa surface en une dizaine de points et le soulevèrent. À cet instant, j'avais les yeux rivés sur les caméras de poupe du Verne. L'océan s'éloignait de nous à une vitesse qui augmentait peu à peu. Mais ce n'était pas suffisant. Une grande masse gélatineuse et blanchâtre se forma à la surface de celui-ci, juste en dessous des nuées d'embruns et d'écume qui s'en échappaient, et cela se mit à se tendre dans notre direction, à s'élever au-dessus de cet océan malade comme un gigantesque appendice, et sa vitesse ascensionnelle dépassait la nôtre.

«Cramponnez-vous!»

Par les caméras, on voyait l'extrémité de la chose qui s'ouvrait comme la corolle d'une fleur. Il y eut un choc épouvantable. Hel réussit à se fixer au sol; son bras droit me serrait contre elle tandis que le gauche avait réussi à attraper Orna par les jambes. Deux longs filins sortirent de son abdomen et vinrent s'enrouler autour des marins les plus proches; malheureusement, les autres furent précipités par l'ouverture qui béait à présent à l'arrière du poste de pilotage. Du Verne, il ne restait que le tiers avant, tout le reste avait été broyé par les mâchoires de ce ver géant qui essayait de nous happer. Au-dessus de nous, la navette dut comprendre la menace et se mit à accélérer.

La chose réussit encore à monter de quelques dizaines de mètres puis elle s'écroula sur elle-même avec un hurlement de rage qui faillit nous briser les tympans.

*

Le Nihilne ressemblait à une grande phalène toute sèche. Orna le regardait avec des yeux effrayés tandis qu'il jonglait avec les symboles abstraits de l'écran de contrôle. Son corps poudreux, ses longs membres décharnés aux multiples articulations, son visage sans relief, uniquement marqué par de vagues striures et de rares décolorations, lui conféraient un air à la fois étrange et morbide.

Derrière l'écran de contrôle, l'abîme tournoyant de Svärd bouillonnait encore plus que d'habitude. Il ne restait plus aucune trace de ses rares terres émergées, de ses ébauches d'îles aux contours plus sombres, tout cela avait disparu. Seul demeurait le bouillonnement infernal des nuages, de l'écume, et les réactions chimiques de surface auxquels se mêlait la blancheur maladive de la faune et de la flore qui vivaient dans cette soupe.

«Vous pensez vraiment que ce sera efficace? me demanda la jeune femme.

— Doc' nous l'a dit; Hel en a eu la confirmation en sondant la multitude d'esprits enfermés dans le fibrillateur. Ils vont fuir la planète par milliards. Les ondes opéreront une régression sélective des gênes de ces créatures. Elles n'agiront sur aucune autre forme de vie. Mais sur eux, cela impliquera un retour en arrière de plusieurs millions d'années.

— Ils recommenceront.

— Non, ce type d'évolution sera définitivement bloqué en eux.

— Alors ils resteront des créatures idiotes jusqu'à la fin des temps?»

Un Viorne passa à côté de nous; son long corps tubulaire, sa reptation douloureuse, firent frémir la jeune femme. Puis elle reporta son attention sur moi.

«Pas nécessairement, dis-je. La Vie trouve toujours un moyen d'exprimer sa haine de la Vie. Mais une chose est sûre : ils ne formeront plus jamais une seule et même entité faites de milliards d'êtres différents. Ils deviendront peut-être un autre type de salauds. Des salauds individuels, égoïstes, comme les Hommes. Comme le disait ce vieux Doc', les hommes sont tous fous... Seulement, ils ne peuvent l'admettre. C'est pour cette raison qu'ils passent leur temps à se critiquer, à se détester et à s'opposer de quelque manière que ce soit.

— Et si quelques-unes de ces créatures en réchappent?

— C'est impossible. L'effet s'étendra jusqu'au noyau de la planète.»

Devant moi, il y avait une sorte de lueur rouge en suspension.

«C'est... cette lueur qui va tout déclencher?

— Oui. Il suffit de passer la main dedans pour l'actionner.»

La jeune femme ne me quittait pas des yeux. Une bonne part de sa morgue avait disparu, lavée par les événements récents, mais elle ne tarderait pas à refaire surface.

«Qu'est-ce que vous allez faire de moi?

— On va vous débarquer sur Bethany-4L. Vous y trouverez le même genre de copains que ceux que vous venez de perdre. Vous vous y ferez une place sans problème. Les deux marins, eux, iront sur Canopée, une planète recouverte de forêts située sur la bordure de l'Alliance d'Orion. C'est une planète plus calme, avec juste ce qu'il faut d'imbéciles en tous genres, mais où règne une paix relative. Ce n'est pas pour vous.

— J'ai vu beaucoup de choses, me lança la jeune femme avec un air de défi.

— Rassurez-vous, vous en aurez oublié la plupart en arrivant à destination.

— Je suppose que je n'ai pas le choix?

— Non. Des pirates ont débarqué sur Svärd, ils ont tué tout le monde, volé le matériel, et ils sont repartis avec une jolie jeune femme… qu'ils ont débarquée à la première occasion… Voilà ce dont vous vous souviendrez. »

En dessous de nous, le bouillonnement de l'océan semblait s'accroître de façon significative, donnant l'impression qu'une intense activité régnait sous la surface.

Je baissai les yeux et approchai mes mains de la lueur rouge.

« Qui êtes-vous vraiment? me demanda la jeune femme en suivant mon geste. Que sont ces créatures? Toutes ces créatures qui dirigent ce vaisseau – et les autres?

— Je suis en effet le seul homme présent sur le vaisseau nihilne. Je suis parti du port de Nebroskaïa, sur la planète Karisnaïa, à bord du Rorschach Experiment, pour ne pas attirer l'attention. Bien entendu, sur ce bâtiment personne ne savait ce que je venais réellement faire ici. La plupart des hommes n'ont qu'une idée assez vague de ce que sont les Passeurs; ils ne les aiment d'ailleurs pas beaucoup, car leur négation de toute forme d'au-delà, de toute forme de survie après la mort, brise leurs croyances. Ce qui ne les empêche pas de nous réclamer à l'heure fatidique! Pourtant, il nous faut choisir, sinon il y aurait trop de candidats : aussi, nous n'accédons qu'aux demandes des gens hauts placés qui peuvent nous être d'une quelconque utilité.

» Quant aux autres vaisseaux, tous ceux qui forment le maillage autour de cette planète, ils attendaient déjà ma venue depuis pas mal de temps. Ils devaient rester invisibles et s'assurer qu'aucune de ses créatures ne quitte Svärd.

— Alors vous n'êtes pas un Passeur ?

— Bien sûr que si.

— Je ne comprends pas, dit la jeune femme en secouant la tête. Je ne comprends pas… Les Passeurs se répandent à travers l'univers. Nos ancêtres vous ont appelés ; ils avaient eu connaissance de ce que vous faisiez par les émissions que nous captons d'autres planètes. Ils vous ont appelés parce qu'ils voulaient vivre plus longtemps, dans un nouveau corps, mais avec leur propre esprit. Qu'est-ce que cela a à voir avec tout ceci ?

— Où que ce soit dans l'univers, la Chair, c'est la matrice de l'Horreur. Les Nihilnes, suivis par quelques rares créatures, comme les Viornes, essayent de limiter dans l'univers l'activité destructrice à laquelle s'adonnent la plupart des formes de vie supposées supérieures. Comme vous le savez, la vie est basée sur un principe d'absorption, de reproduction et de destruction. La quasi-totalité des formes de vie se contente de reproduire ce schéma autour d'elles, mais à leur niveau, sans altérer irrémédiablement leurs propres écosystèmes. Cependant, certaines espèces, comme l'Homme, se mettent à détruire tout ce qui les entoure. Elles n'ont plus de limites. Il est curieux de constater, chez ces espèces, à quel point le développement de leur intelligence accroît de façon exponentielle leur capacité à porter la mort et la destruction autour d'elles sur une plus large échelle. Nous sommes des dictateurs et nous tentons de lutter contre l'activité destructrice d'autres dictateurs.

— Et l'Orbe galactique ? »

Je haussai les épaules.

« Ce n'est qu'une organisation humaine ; nous leur offrons nos services et ils se tiennent tranquilles. Ils ont peur de crever ; ils veulent encore jouir de leur pouvoir. Les Hommes sont notre problème principal. Mais, heureusement, leur technologie reste assez rudimentaire par rapport à celles des Nihilnes ou des Viornes. Comme je vous l'ai dit, je suis réellement Passeur, je vais de par les mondes et je recueille les âmes des mourants, mais mon activité principale, c'est de lutter contre le potentiel de destruction que toute vie engendre. Si je sauve des âmes, je suis aussi un tueur. Le tueur de l'Ad Noctum.

— Pourquoi récupérer ces âmes?

— Cela nous donne une légitimité. On a besoin de nous à travers les galaxies et les mondes. Quand des imbéciles n'en ont pas eu assez d'une seule vie, nous leur en infligeons une seconde, beaucoup plus longue… Ce sont essentiellement les Hommes qui font appel à nos services. Certains en sont très contents, ce sont généralement les plus idiots et les plus salauds d'entre eux, mais quelques autres finissent par s'en lasser rapidement. Marre de voir les hommes reproduire les mêmes conneries de siècle en siècle. Alors – seulement – ils sont prêts pour devenir des Passeurs…

— Quoi? Mais vous…

— Oui, moi. »

Le visage de la jeune femme s'empourpra.

« Mais c'est ignoble! Infliger aux autres ce que l'on ne peut supporter soi-même!

— Oui, je suis un sale type comme les autres, comme vous êtes une arriviste comme les autres. Ne me dites pas que vous êtes choquée, je ne le croirais pas une seule seconde!

— Qu'avez-vous à gagner à jouer ce jeu?

— La mort.

— Cette fois, c'est moi qui ne vous crois pas! Vous étiez paniqué dans l'épave du Horn… Vous aviez peur pour vos fesses…

— Non.

— Menteur!

— J'avais peur de survivre au travers de la multitude éternelle de ces créatures.

— Vous êtes complètement fou…

— Rappelez-vous : nous le sommes tous. »

Je marquai une légère pause. En bas, au niveau de l'océan, de gigantesques masses de créatures agglutinées commençaient à s'élever au-dessus des vagues, prêtes à essaimer dans toute la galaxie.

«Croyez-moi, je sais de quoi je parle. J'ai vécu…
très longtemps… On ne se suicide pas avec un corps de
synthèse. On est condamné à voir l'imbécillité se perpétuer
de siècle en siècle. Et on goûte avec plus de justesse encore
la sienne. La vie est une mécanique indifférente… et
douloureuse.

— Vous êtes vraiment un homme? Je veux dire…
avant… vous étiez…»

J'acquiesçai.

«Bien sûr. Tous les Passeurs sont des hommes.

— Pourquoi?

— Parce que l'Homme est l'une des rares espèces
capables de faire certaines choses désagréables, tout en
ayant la conscience de les faire.

— Quel genre de choses?

— Ça, par exemple.»

Et ma main traversa la lueur rouge qui me faisait face.

ALORS,
LE MARCHÉ
FUT
CONCLU

Tout petit déjà, c'est à travers deux fenêtres que KeoT observait le monde : les ordinateurs, et l'imaginaire. Ce sont les deux axes qui l'ont toujours suivi, et qui continuent de structurer jusqu'à ses thèmes d'écriture.

De fait, il aime quand les deux se mélangent, la fantasy qui s'hybride de cyber-choses, la chair avec le métal, le silicium qui voisine avec des entités innommables, tentaculaires, ineffables (ajoutez les adjectifs lovecraftiens à la suite). Et bien sûr, l'anticipation pure et simple, nourrie à grands renforts de conférences et de papiers de recherche en informatique, intelligence artificielle et sociologie web (il salue les TED « Talkers » et en particulier Mikko Hyppönen, inépuisable inspiration à base de réseaux de smart-grille-pains contaminés).

Pour ses influences, références, et grands maîtres littéraires, citons dans un ordre assez chronologique : R.L. Stine, K.A. Applegate, H.P. Lovecraft, Aloysius Bertrand, William Gibson, et l'entité bicéphale L.L. Kloetzer.

Mentionnons aussi les doutes et expérimentations du Nouveau roman, avec un Claude Simon en tête.

Son blog d'auteur : https://keotauteur.wordpress.com/
Son Twitter : https://twitter.com/KeoTauteur

Bibliographie :

Clameur dans le vent, fanzine Horrifique (2017)
Damnatio Memoriae, fanzine Horrifique (2017)
Surcharge système, Etherval n°11 « Falciparum » (2017)

ALORS, LE MARCHÉ FUT CONCLU

KEOT

Face à moi, le tunnel vide, qui s'étire loin, rythmé par les poches de lumière des néons. La grille de ventilation, énorme, au bout. Le souffle qui m'arrive en bourrasques est glacial. Encore quelques pas, les mains enfoncées dans les poches, manteau boutonné jusqu'au col. Allons, Vrig, pitié, ne me refais pas le coup habituel…

« Te voilà. »

Sa voix de basse résonne un instant, portée par le courant d'air. Tressaillement retenu de justesse, cette fois. Non mais. Souffler, doucement, pour évacuer le coup d'adrénaline.

« Salut, Vrig. »

Toujours personne – à voir comme ça – sous la voûte de ciment brut. Il va sortir d'un coin, un interstice, une zone d'ombre, quelque part. Prévisible, et pourtant ça marche toujours. Un bruit, derrière, pas même le temps de me retourner, une main sur mon épaule (reflets bleutés sur les griffes de métal) qui la serre gentiment avant de disparaître.

« Tu deviens un peu sourd, Gnist ? »

Il me le glisse à l'oreille, me contournant pour se placer en face. Une grâce de prédateur dans sa combinaison de guerre improbable, plaques de blindage d'alliages disparates vissées à même les implants des jambes et du torse.

Soutenir son regard inexpressif, de minuscules caméras comme les facettes d'un œil de mouche…

« Personne ne rajeunit. »

Ma réponse est sèche, mais il n'avait même pas l'air moqueur. Il reprend, très calme :

« Je peux te faire parvenir des prothèses adaptées. »

Un soupir m'échappe.

« Par simple charité bienveillante et gratuite ?

— Tu sais bien que c'est impossible. Les Nains ne font pas de prix d'ami aux types comme toi et moi.

— Ni à aucun Gobelin en général, tu veux dire…

— C'est ça.

— Alors peut-être le jour où je serai sûr de ne pas devoir vendre la boutique pour rembourser ce que je te dois déjà. »

Il acquiesce lentement, fouille dans la besace noire qui pend à son flanc émacié. Les tatouages de son crâne ressemblent à d'autres plaques de blindage sous cet éclairage.

« Tu as toute ma confiance, Gnist, c'est pourquoi je t'accorde encore tant de largesses… Pour d'autres, je ne serais pas aussi patient concernant le retour sur investissement.

— À propos d'investissement… Ce n'est pas que je fuie ta compagnie, mais je devrais être encore ouvert, à l'heure qu'il…

— N'aie crainte, nous y voilà. »

Ses mains à demi robotiques, incroyablement délicates quand il le souhaite, déballent minutieusement un objet empaqueté. C'est un livre. Non, des reflets métalliques chromés, un peu ternes… Un support de données, de ces modèles antiques à plateaux rotatifs. Il me le passe pour l'examiner, sans rien dire. Superbe état, pas l'ombre d'une oxydation… les symboles en caractères runiques courent intacts le long des plaques de métal clair. Impressionnant.

Vrig relève les yeux vers moi, ses dizaines d'objectifs bruissent doucement au fil de leur rotation.

« Tu dois pouvoir en tirer une certaine somme.

— Oh, c'est probable, il est… (Je retourne le boîtier, laisse les reflets de néon courir sur l'alliage sans défauts) il est parfaitement préservé.

— Tes clients doivent s'arracher ce genre de pièce. Surtout en état fonctionnel. »

Ciller, fixant ses caméras de mouche robotique en mouvement perpétuel.

« Tu veux dire qu'il est toujours opérationnel ?

— Oui. »

Quelque chose s'est un peu serré autour de ma gorge. Mes lèvres sont sèches avec ce courant d'air froid… Surtout, se retenir de les lécher… Trop tard.

« Tu en es certain ?

— J'ai arrêté moi-même cet énorme engin sur lequel il était monté. (Il marque une pause.) Un système encore en fonctionnement, probablement depuis l'époque.

— Bon sang. Où est-ce que tu as déniché ça ?

— Ce n'est pas utile que tu connaisses sa provenance. »

Il ne va pas en dire plus. Tant pis, autant essayer.

« Avoir une idée de son utilisation antérieure m'aiderait à estimer plus précisément la valeur que je peux en tirer. »

Il marque un temps d'arrêt.

« Je ne sais pas du tout à quoi il servait.

— Mais tu comprends, ça change du tout au tout les conditions dans lesquelles l'appareillage fonctionnait… Dans une corporation de mineurs ou de fondeurs, l'exposition aux résidus ou aux scories pourrait avoir dégradé les composants internes, qui sont irremplaçables aujourd'hui…

— S'il fonctionnait depuis trois siècles, tu peux déduire que les conditions étaient idéales.

— En vérité, pour la datation, aussi… »

Il m'arrête d'un geste.

« Les nécropoles, où les Nains sont persuadés que leurs ancêtres vont continuer de vivre leur vie paisiblement outre-tombe… (Son ton est froid, implacablement calme.) L'accompagnement mortuaire digne d'un ingénieur des hautes castes. Ce support de données, c'est juste un avant-goût du lot qui attend encore qu'on le transite jusqu'ici. »

Une nécropole. Les fous. Bon sang. Les fous. Tu es fou, Vrig. Cette poigne glaciale, à ma gorge… Respire. Respire.

« Voilà pourquoi je ne voulais pas te le dire… (Il grommelle, soupire.). Oublie ça, Gnist, tu n'as rien à craindre. Quoi qu'ait fait ce Nain de son vivant, sa famille a décidé de l'abandonner depuis suffisamment longtemps pour que plus personne ne vienne se soucier un jour de ce tombeau.

— Mais… (Déglutir, le son ne passe plus dans ma gorge.) Mais, les pièces de nécropoles sont inventoriées, marquées, classées… Tu sais qu'ils ont ces sortes de détecteurs, lors des transits de biens, lors des ventes sur offres…

— Et en quoi ça te concerne ? (Las, à présent.) Tu vends chez les Elfes, à la surface, tu crois qu'ils en ont quelque chose à faire, des marquages obsessionnels des Nains ? »

Il penche un peu la tête. S'il avait encore des paupières, ses yeux se seraient sans doute plissés.

« Qu'est-ce qui te dérange, en vérité, Gnist ? Des remords de déranger l'après-vie des fous de la ferraille ? »

Nous y voilà. Est-ce le moment de le dire ? Le temps s'étire, réfléchis, allez, décide-toi… Mais comment va-t-il le prendre ? Mal, tu le sais, mal, forcément, tu rejettes ses offres, c'est une rupture de contrat… Non, pas de contrat, il n'y a jamais eu de contrat, pas d'écrit, rien, bien sûr, mais c'est ainsi que les gens comme lui le conçoivent, non ?

« C'est que… »

Allez.

« … »

Allez !

« La boutique, je veux dire, mon affaire… je t'avais déjà dit que… enfin, que j'aimerais vraiment, à terme…

— Oh. Je me souviens, en effet. Ne plus vendre d'objets issus, disons, de "récupération illégale" ?

— Plus d'objets volés. Oui. »

Il sourit, plus amusé qu'autre chose.

« C'est un noble dessein. Mais, dis-moi, comment comptes-tu t'y prendre, exactement ?

— Ce n'est pas dans l'immédiat, bien entendu… Je veux dire, c'est le véritable projet… Je dis bien, à terme. Lorsque j'aurai suffisamment recueilli de fonds, pour assurer… »

Un son étrange sort de sa gorge, un gloussement, une sorte de rire. Si inhabituel, si froid, qu'il me fait frissonner (et m'en vouloir de frissonner, instantanément).

« Tu oublies un détail, mon ami… une simple broutille… »

Sa main à demi mécanique m'empoigne à l'épaule, soudain. Serre, très fort. Je manque lâcher l'objet – et mon cœur de s'arrêter en synchronisation.

Il martèle :

« Gobelin. Tu es un Gobelin. GO-BE-LIN… »

Lâchant mon épaule, que je me retiens de masser…

« Et ça, tu ne le cacheras jamais derrière des beaux atours de seconde main, Gnist… Tu comprends ? Un Gobelin. Pour les Nains, pour les Elfes, pour les Humains même, tu n'es Rien. Je ne suis Rien. Un élément qu'on tolère dans le décor tant qu'il ne moufte pas trop.

— Mes clients sont des Elfes, pourtant…

— Pour quel pourcentage de moins que les prix qu'ils pratiquent, eux ? Et combien tu dois débourser pour ta boutique, pour les taxes, les accords, les dérogations, les pots-de-vin ? Combien de plus qu'eux ? Ils sont tes clients, car ils savent que tes ventes, ce sont presque des dons, à ce niveau. Et sans doute aussi car tu proposes des pièces qu'ils ne pourraient pas trouver chez un vendeur de leur race… Car elles viennent de "récupération", et qu'aucun d'entre eux ne daignerait y risquer sa réputation, surtout quand il s'agit d'artefacts Nains. »

Son gloussement, à nouveau, très perturbant.

« Pour nous, il n'y a qu'un seul moyen (il continue, de plus en plus grave). Un seul moyen de nous en sortir, Gnist : outrepasser leurs règles… Ce qu'ils appellent leurs lois, qui ne sont conçues que pour eux-mêmes, et nous oublient… sauf lorsqu'il s'agit de nous faire payer pour considérer atteindre le niveau le plus minimal des droits qu'ils s'accordent. Nous sommes une espèce dominée, dans un monde créé par les dominants. »

Il laisse passer un silence, ses caméras fixées dans le vague (quoique c'est difficile à dire). Un bel art du discours, le Vrig. Pas grand-chose d'autre à faire qu'attendre gentiment qu'il finisse.

Sa voix est très basse lorsqu'il reprend :

« Il n'y a pas de honte à faire ce que tu fais. En conditions de survie, dans un territoire qui nous est hostile, les règles ne doivent pas te retenir. »

Cette fois, il semble avoir terminé. Un nouveau silence, puis il hoche la tête, désigne le support de données que je tiens toujours.

« Je compte sur toi, je sais que tu sauras tirer un excellent prix de cet artefact. Comme à l'accoutumée, tu gardes les 35 %, et le reste nous revient. »

Levant sa main d'alliages et de chair, en attendant l'approbation, le petit rituel traditionnel plus symbolique qu'autre chose. J'empoigne sa paume, laisse les griffes froides serrer mes doigts comme un papier qu'elles voudraient éviter de chiffonner.

« Alors, le marché est conclu. »

Cérémonieux, ses caméras droit dans mes yeux. À mon tour :

« Alors, le marché est conclu. »

∗

« … une période très recherchée, indubitablement. Les modèles élaborés dans les années pré-katzamniennes font l'objet de demandes récurrentes auprès des cercles d'archéotechnologie de fabrication naine.

— Le prix est particulièrement décent selon ce que j'ai pu observer du marché. Insistez bien sur ce point. »

La morgue de l'Elfe transpire dans sa réponse, il me semble voir son rictus insupportable :

« Le prix n'est pas décent, mon cher : il est donné. Vous êtes certain de votre estimation ? Si des regrets vous prenaient alors que j'ai déjà commencé à ébruiter votre offre, vous imaginez bien qu'il serait impossible de faire machine arrière.

— Douze mille écus, telle est l'offre. Votre part demeure la même, comme les fois précédentes. »

Il part d'un petit rire cassant.

« Ma part ? Oh, voyons, vous m'amusez… Parlons plutôt d'une compensation, pour l'aide que je vous procure. Nous ne sommes pas liés par contrat. Un petit arrangement, tout au plus. »

Appelle ça comme tu veux, l'Elfe, pour ne pas reconnaître que c'est un Gobelin qui t'emploie, pour une basse besogne d'intermédiaire publicitaire…

« Comme vous voulez. Sommes-nous d'accord pour ce… petit arrangement, dans ce cas ?

— Bien entendu. J'évoquerai votre offre dès ce soir, je suis attendu au buffet organisé par le seigneur Wynbaln. La plupart des cercles de collectionneurs du domaine seront présents. (Il marque une pause.) Comment dites-vous, déjà, chez les Gobelins ? Alors, l'affaire est conclue ?

— Alors, le marché est conclu.

186

« — Oh oui, c'est exact, pardonnez-moi ! Alors, le marché est conclu. »

Il raccroche.

Je pose le terminal sur un coin du bureau chromé. Au milieu de la plaque de métal, sous la loupe sur trépied, le support de données posé sur un tissu plié rouge sombre. Rassembler mes papiers de notes (traduction des caractères runiques, premières hypothèses de datation et estimations…), un petit tas de feuilles qui se rajoute aux documents divers empilés sur la droite. Les gestes me calment, il faut se concentrer dessus, ne pas repenser…

10 %. Bon sang, 10 % encore en moins pour payer cet escroc d'Elfe et son petit tour du bottin mondain des collectionneurs… Et pourquoi, pour accélérer la vente ? Qu'est-ce qu'il te prend, vieux fou ? Tu as déjà eu à en négocier, des objets issus de nécropoles. (Mais c'était il y a longtemps, tu étais jeune, avide de réussite, de monter, comme dit Vrig, si les lois t'en empêchent, eh bien, tant pis…). Pourquoi ce nœud dans la gorge, cette impression de… un pressentiment ? Plus un pressentiment, à ce stade, c'est une alarme qui hurle en pleine tête. Calme-toi, bon sang, calme-toi.

Et ce symbole ciselé à même l'un des empattements de métal qui se rattachaient sans doute à la machine… (Mon croquis s'est retrouvé juste en haut de la pile de documents, hasard ironique ou geste inconscient… ?) J'attrape la feuille et la lève sous les néons derrière leur verre blindé. Des circuits, un assemblage minuscule… ? Balise de marquage ?

Êtes-vous déjà en train de repérer le signal depuis que le support a quitté la tombe, Nains… ?

Je tourne en rond dans la pièce, au milieu des meubles de métal lisse.

Il y a cette plaque rivetée au plafond, près des néons, les fixations ne tiennent plus. Grimper sur le bureau, équilibre instable (vieux, vieux, vieux, tu te fais vieux…), j'atteins les attaches, la dalle vient. Au-dessus, des intestins de câbles qui serpentent, les alimentations, le réseau, les détecteurs domotiques. « Ces faux-plafonds sont doublés pour empêcher les émanations électromagnétiques… La phobie des Nains, les ondes parasites… » Qui t'a dit ça… ? Impossible de remettre un visage…

Accroupi sur le bureau pour attraper le support de données, enroulé dans le tissu rouge. Je me redresse en me tenant au mur, le glisse dans l'espace vide, niché au milieu d'une série de fils.

Daantok. C'est de Daantok, cette idée des plafonds isolés. Depuis combien de temps a-t-elle disparu, déjà…? Et puis zut, tant pis, c'est toujours mieux que de ne rien tenter.

La dalle retourne à sa place, maintenue par les rivets mal en point, et je redescends m'avachir sur mon lit (couche de mousse lavable sur plaque d'acier).

Plus qu'à attendre. Plus qu'à attendre.

*

Il ne va plus tarder. L'horloge antique (pure tradition humaine) décompte tranquillement les secondes, sur le mur lambrissé. Je me lève du fauteuil, contourne le grand bureau de chêne sombre. Le bois fait un beau contraste avec le support de données sur son écrin de velours rouge. La petite lampe à incandescence nimbe l'alliage de teintes chaudes. Présentation parfaite. Ne manque plus que le client, maintenant.

Je fais quelques pas entre mes stands, piédestaux de statues et de pièces technologiques, les meubles vénérables en végétal vivant elfique, acier chromé des Nains ou menuiserie minutieuse typique des Humains. Retour vers le bureau pour tirer un chiffon microfibre du tiroir de droite. Coup d'œil à l'écran de mon terminal au passage, translucide sur les veines du bois antique – rien, pas de notification. J'erre à nouveau, passe de petits coups sur les rares traces de poussière accumulées sur un marbre, un chrome ou l'éclat d'un cuivre reluisant. Parfait.

Le chiffon regagne le tiroir, (toujours rien sur le terminal…) et je m'avance vers la fenêtre. Au travers des feuillages de la canopée, les immenses tours blanches se découpent sur le ciel bleu vide.

Ah, la porte. Mon petit carillon d'artisanat troll – os et perles sculptés – qui résonne.

«Bien le bonjour, (je me retourne, petit effet de style devant la fenêtre) Sire Erydar, je vous…»

Gorge broyée, j'étouffe... L'énorme main de machine d'un Nain autour de mon cou. Un masque facial impassible, les yeux-caméras fixes – comme morts, autant qu'ils peuvent l'être. Lutter... cogner de mes petites griffes sur l'alliage, le bruit est dérisoire... la poigne me soulève du sol... Tempes qui bourdonnent... vue qui se trouble... mal mal mal mal mal mal

et lui il parle, il a sa bouche encore en chair sous le masque et je sens son souffle froid, odeur de cadavre de mort de pourri. Des vocables de runique ancien, gutturaux, graves, sépulcraux comme la nécropole dont il vient de ramper de sortir de s'extraire pour venir me...

Sonnerie de mon terminal sur le bureau... Mélodie guillerette, absurde, je suis en train de mourir je suis en train de...

Suffocant, redressé comme un i sur mon matelas raide. L'obscurité relative des voyants de capteurs et de sécurité qui scintillent sur le tableau domotique. Je tâtonne pour allumer la barre néon de tête de lit, quelque chose clignote dans la pénombre sur le plateau à côté de mon verre d'eau pour la nuit et la mélodie continue...

Calme-toi, c'est le terminal, c'est juste le terminal.

À cette heure-là ? (Aucune idée de l'heure...) Qui, pourquoi ? (Le Nain mort à l'autre bout du fil, qui gargouille ses imprécations avec son haleine de cadavre...)

Arrête. Secoue-toi, réponds.

Clignant des yeux dans la lumière, j'attrape l'appareil, décroche.

« O... oui ?

— C'est au sujet de votre offre de vente. L'objet m'intéresse. Je vous l'achète. »

Voix d'Elfe, les intonations hautaines habituelles, peut-être un peu éraillée.

M'acheter l'objet... ? C'est pour ça que tu appelles en pleine nuit... ?

« Je dois... Hum... (Ma gorge part en vrille, je tousse.) Je dois vous dire qu'il est un peu... tard.

— Je reconnais bien entendu que mon appel n'est pas très convenable, et je vous prie de m'en excuser. Mais je veux vraiment ce support de données. Mon offre sera en conséquence. »

Yeux qui piquent… je cille plusieurs fois. Tellement mal réveillé que cette discussion pourrait encore être le prolongement du rêve…

« Attendez. Vous ne comprenez pas. J'ai déjà un acheteur, depuis, euh… hier soir, déjà. La vente sera conclue dès demain matin.

— Je vous prierai de reconsidérer cet état de fait, Monsieur Gnist (Et voilà le "Monsieur" pour jouer le pseudo-respect…) Cent vingt mille écus. Voici mon offre. »

Un vague malaise au creux du ventre.

« Excusez-moi ?

— Cent vingt mille écus. C'est dix fois ce que votre acheteur vous apportera demain matin, n'est-ce pas ? Pensez-y. J'attends votre appel.

— Un instant… la vente… vous comprenez que je ne peux pas… »

Les mots se bousculent en désordre, je baragouine…

« Cent vingt mille (son ton est ferme, toujours posé). C'est à vous que revient la décision, Monsieur Gnist. »

La communication se coupe. Je fixe l'écran vide, ma main verdâtre à travers.

Cent. Vingt. Mille.

Assez pour rembourser l'essentiel de la dette auprès de Vrig, de la banque, des taxes, de tous les autres. Pour ne plus vendre d'objets volés. Le dernier peut-être, aujourd'hui, ce soir (cette nuit…), maintenant. Mais arrête, réfléchis, ça ne va pas, c'est faux, ça sonne faux, c'est impossible. Cette offre n'a pas de sens. Absurde. Insensée – c'est le mot. Même sans rien y connaître, même en ayant vraiment des moyens abjectement importants… Qui paierait…? Le double, à la rigueur, peut-être (« Le prix n'est pas décent, mon cher : il est donné », comme disait l'autre)… Mais DIX FOIS PLUS ?

Écoute les alarmes dans ta tête, cet arrière-goût… restes-en à la première vente, ça c'est fiable, du concret, habituel, un client connu de réputation… (Cent vingt mille. Plus de dettes. Plus de recel. La dignité. Enfin.)

Je regarde mes doigts courir sur l'écran, relancer le dernier appel…

Non… Tu ne devrais pas…

Interrompre ? Oui, interrompt. Allez.

« Monsieur Gnist. Ravi de recevoir votre appel. »

Je sursaute, manque lâcher l'appareil. La voix reprend, calme et rauque :

« Je savais que vous feriez le bon choix. Vos cent vingt mille écus sont déjà prêts. J'ai le montant sous les yeux, des coupures de cinq cents, cela vous convient-il ?

— C'est à dire que… Je…

— Des coupures de deux cents, voire de cent, seraient également envisageables. Mais vous imaginez bien que la logistique serait un peu plus difficile pour moi. »

Cœur battant. Douloureux. C'est maintenant ou jamais. C'est maintenant ou jamais.

« Non, non, les coupures de cinq cents conviendront parfaitement… »

Et voilà, tu l'as fait, c'est dit. Un frisson glacé, soulagement, angoisse, doute, tout se mélange, forme un bouillon détestable. (Et au fond, la question monte, taraude, pernicieuse comme une angoisse inconsciente : que dire au sire Erydar, demain matin ?)

« Bien. Bien. (Un sourire se sent à présent dans la voix, sans chaleur, plein de morgue elfique.) Croyez-moi, vous n'aurez rien à regretter de votre décision.

— Je…

— Comment procédez-vous, d'ordinaire ? Pour une transaction ? »

Les rouages de l'habitude commencent à se remettre en marche, à reprendre le dessus sur l'absurdité ambiante…

« Tout dépend de… tout dépend de l'article. Quand il n'y a rien à… je veux dire, quand l'objet n'est pas… Souvent, c'est un rendez-vous à ma boutique.

— Et que pensez-vous le mieux pour notre affaire ?

— Eh bien… Rendez-vous à la boutique, ce matin, à l'ouverture – à 8h, donc –, par exemple, qu'en dites-vous ? Car je… Car je ne pense pas qu'il y ait grand-chose à craindre pour cet artefact en particulier, je me trompe ?

— À votre guise, Monsieur Gnist. Je me plie à votre expérience. Demain matin, 8h, à votre magasin. Je crois savoir qu'il se trouve en surface ?

« — Oui, oui, en surface. District des Oréades… Je peux vous indiquer l'adresse par écrit, si vous…

— Non, c'est inutile. Votre réputation vous précède, Monsieur Gnist. En vérité, on m'a recommandé votre boutique à de nombreuses reprises. »

Oh, la bouffée de fierté… Calme-toi, vieil idiot, tu sais qu'il t'encense, qu'il ne le pense pas. C'est un Elfe, ne l'oublie pas.

« J'en suis honoré, vraiment, Sire… ?

— Dorxalim.

— Je vous attends donc ce matin, Sire Dorxalim.

— C'est entendu. Je ne vous retiendrai pas plus longtemps. (Un sourire fondamentalement elfique dans la voix, trouble par définition.) La bonne nuit, Monsieur Gnist. »

L'écran retrouve sa transparence, je repose le terminal sur la table de nuit (plateau de métal riveté au mur) à côté de mon verre d'eau à demi vide. Souffle, longuement… Respiration profonde pour calmer le cœur qui bat beaucoup beaucoup beaucoup trop vite…

Au plafond, l'impression stupide que le support de données m'observe. Ou peut-être l'esprit mort du Nain, privé de corps, qui suit sa propriété ?

Arrête, idiot.

J'éteins la lampe, l'obscurité relative revient — le faisceau de lumière nocturne rougeâtre sous la porte, les runes de l'écran domotique en mode veille.

Fermer les yeux. Nouveau soupir.

Cent vingt mille.

Bon sang.

Maintenant, il faudrait dormir.

*

Souffle, lentement. Là… Il faut rester calme, ne pas trahir quoi que ce soit, se mêler gentiment à la cohue… Tout ce monde, qui traverse la frontière chaque matin… ça en fait, du passage. Personne ne va faire attention à toi, tu verras. Pourquoi ferait-on attention à toi ? Tu es un Gobelin, rien de plus. Tout le monde se fiche des Gobelins.

(Oui, mais un Gobelin bien vêtu, en costume de seigneur impeccable – d'accord, tant qu'on ne regarde pas de trop près. Et ça, ça attire, ça attise, ça énerve, ça donne envie d'humilier, de secouer, de remettre à sa place...)

Mais non, ça va aller, respire.

Je tourne à l'embranchement vers le tunnel principal de ce quartier, celui qui mène vers la frontière. Deux Humains pressés me dépassent en trottinant, chargés de valises et de sacs. Un troisième me bouscule sans un regard. Même pas la peine de le relever, il est déjà loin, il s'en fiche, lui aussi. Comme tout le monde.

À peine 6h30, et la foule est déjà là, massée près des grands portiques, sous le bleuté blafard des néons plafonniers. Des gardes Nains perchés sur les postes de guet surélevés, ou coincés sous les portiques, à vérifier des identités, fouiller des sacs et des corps agités. (Nombreux, aujourd'hui... qu'est-ce qu'il se passe ?) Rien. Oublie-les. Avance. Bien droit, le souffle régulier, digne mais pas trop...

Entrée dans la masse, c'est parti. Coups de coudes, valises anguleuses, des sacs lourds qui percutent. Une grosse botte d'ouvrière troll écrase ma chaussure, je rends un coup de genou discret. Un groupe d'humains en costume de commercial m'encercle, criant pour continuer leur conversation. Frôlement contre la pointe de mon oreille, le sac de l'une des femmes, les boucles décoratives accrochent un peu la peau... Ne dis rien, au moins ils te dépassent tous d'un bon mètre au minimum, ils te cachent...

Le support de données est chaud contre mon flanc, dans la petite sacoche dissimulée sous le manteau et la veste. Pas tiède, chaud comme s'il émettait sa propre chaleur. Mais c'est absurde, une illusion psychologique, tu fais une fixation dessus, mon vieux, et il te brûle de culpabilité, de crainte, de cet effroi d'imaginer l'un des gardes nains t'interpeller pour un contrôle, pour une fouille... (Arrête, ils n'ont pas le temps pour ça, il y a d'autres cas beaucoup plus suspects, qui attirent vraiment l'attention, comme...)

Le mouvement général se décale un peu sur la droite, petit à petit. Pas un mouvement de foule, plutôt une translation progressive. Pas de visibilité – toujours les Humains autour – qui n'ont pas l'air affolés mais ont cessé de parler (crier) sans doute faute de s'entendre. Un choc sur ma gauche, la bourrade d'un autre Humain qui vient se greffer au groupe… Cet idiot va me faire tomber… Les autres essayent de m'esquiver alors que je chancelle…

La chute. Et derrière on se presse, je vois en contre-plongée (comme au ralenti) les trois Trolls immenses qui ouvrent leur route tête baissée et vont me piétiner me…

Et une main me rattrape, ferme voire brutale, fermée sur mon bras comme un étau. Poigne mécanique. Le garde nain me toise, ses caméras bourdonnant pour la mise au point (les modèles rouges de leurs masques faciaux d'uniforme, terrifiants).

Instant figé.

Pointe au cœur, le battement passe mal.

Et puis il lâche sa prise pour me pousser doucement en avant, ses objectifs déjà tournés ailleurs.

« Pas de bousculade. (Le volume de son implant vocal poussé très fort, le son est grésillant, métallique.) Merci de bien vouloir respecter les règles élémentaires de courtoisie. »

Son sermon se perd dans le bruit ambiant, malgré sa puissance.

Pulsations douloureuses dans ma poitrine, en rythme frénétique.

Respire, Gnist, respire.

L'ascenseur, enfin. Ou plutôt, la place pour y entrer – ou plutôt le moment où l'on finit par bien vouloir laisser entrer le petit Gobelin prétentieux avec ses atours de riche sans chercher à voler sa place dans la file. Les portes se referment juste derrière moi, compressé contre d'autres Gobelins qu'on a daigné autoriser à monter dans l'immense cabine de verre armé, peut-être parce qu'elle n'aurait pu contenir personne d'autre en plus, à ce stade.

Un regard pour les compagnons d'infortune à peau gris-vert, qui ne me le rendent pas, perdus dans leur monde, les yeux déjà fatigués. Au moins, ce qui est beau, c'est la solidarité au sein de la même espèce, pas vrai ?

Je me détourne vers le défilement des câbles, des armatures d'acier terne, les parois rugueuses de béton brut, qui émergent dans la lumière de la cabine.

Le soulagement monte en même temps que l'ascenseur.

C'est fait, bon sang, mon vieux, tu l'as fait. À leur nez et à leur barbe (en métal, modelée dans leurs visages-masques), il est passé, l'artefact. En même temps, ça a toujours été le cas jusqu'à présent, non ? Peut-être que c'est ça, être un peu chanceux, au final. Mais trop de frayeurs. Beaucoup, beaucoup trop de frayeurs. Plus trop de ton âge, maintenant, mon vieux. Jusqu'à quand le cœur va suivre ? (Ce garde nain, tout à l'heure…)

Cent vingt mille écus. Bientôt les cent vingt mille écus, et tout ça sera terminé. Terminés, les passages d'artefacts volés à la frontière. Oui. Enfin. (Oui. Si tout se passe bien… rien ne garantit encore que… peut-être que cet acheteur… ?)

« Excusez-moi ? »

Une voix tout près de moi, qui traverse le brouhaha confiné des conversations. Cette Gobeline trapue, qui me regarde dans le reflet. Je me retourne à demi.

« Oui ? »

Veste de cuir renforcée, des tatouages courent sur son crâne, et s'étirent jusqu'aux pointes des oreilles.

« Vous êtes bien Gnist, le vendeur d'antiquités ?

— Euh… ça dépend. Qui demande ? »

Elle sourit.

« Moi, c'est Wruszi. Je suis avec Vrig, vous faites pas de bile. Contente de vous rencontrer, il dit que vous tenez une affaire prometteuse.

— Eh bien… merci. »

L'étreinte du gang. C'est le (ou plutôt l'un des) point(s) d'obscurité qui t'attend encore, n'est-ce pas ? Vrig… Après ce que je t'ai dit, tu penses que je vais te laisser tomber, c'est ça ? Tu l'as plutôt bien pris pourtant, mais la prochaine fois… ? Nonobstant la dette, face au fait, face aux actes, comment va-t-il… ? Mais il y aura l'argent, son pourcentage. Ça va le calmer, ça, non ?

L'autre continue :

« Il aimerait vous parler, quand vous pourrez. »

Retenir le « Encore !? » qui manque de m'échapper…

« Ah, oui ?

— Oui, oui. (Elle baisse la voix, murmurant presque, et se penche un peu vers moi. Un peu menaçante… ?) Au sujet d'une prochaine transaction… très importante, selon lui. Nécropole. Artefact probablement magique. »

Oh, ce frisson glacé…

Artefact probablement magique. Et puis quoi encore, Vrig…!? Tu tiens à ce qu'on ait le Bureau d'Investigation Magique des Elfes sur le dos, en plus des gardes ordinaires (où qu'ils soient tapis à nous guetter)?

Mais il y aura les cent vingt mille écus, d'ici là. Respire, ça ne va pas tomber sur toi, il se trouvera un autre revendeur, et c'est tout.

Et Wruszi guette ma réaction, patiente mais dans l'attente tout de même… Une lueur dans ses yeux, perçante…

« C'est… Bien, bien, oui, très bien. Vous pourrez lui faire savoir que, oui, je le rencontrerai dès que possible, une fois mon affaire… actuelle, terminée.

— C'est entendu. Je ferai passer le mot. Vrig est très pressé de vous rencontrer à nouveau, Gnist, vous comprenez...

— Merci. »

Elle opine, validation ou salutation amicale, et s'écarte un peu pour se renfoncer entre les autres Gobelins toujours absorbés dans le vague. Son regard s'attarde encore un peu sur moi, le sourire amical a disparu. Puis elle se détourne.

Je cille face à mon reflet. Cette mine que je tire…

Vraiment, Vrig, tu me fais surveiller?

L'impression reste à la sortie de l'ascenseur, paranoïaque, pesante. La foule s'écoule autour de moi et m'englobe, je perds de vue les autres Gobelins (peut-être juste une vague silhouette menue entre deux Humains immenses, l'espace d'une fraction de seconde). Plus de trace de Wruszi (pour le moment? Est-ce qu'elle passe le relais maintenant qu'elle a transmis son message?) Peu importe. Ignore-les. Qu'est-ce qu'ils vont voir après tout, qu'est-ce qu'ils vont rapporter à leur chef? Je te suis fidèle, Vrig, pour cette dernière affaire du moins. Après… On négociera autour de tes 65 % bien juteux, d'accord?

Traverser le hall bondé, jouant des coudes ou plutôt se faufilant entre les sacs, valises et autres objets agressifs quand on fait la taille d'un Gobelin. Coup d'œil machinal au plafond (tout ce que je distingue de l'environnement, autrement dit, et encore) blanc immaculé, les lignes bioluminescentes de lichen vert pomme. Et les caméras, bon sang, les caméras... Combien en mettez-vous, pour chaque point de passage de la frontière? Vous les aimez, ces yeux numériques qui nous suivent, nous sondent au détecteur de chaleur, de métaux, d'émanations de mana et qui sait de quoi d'autre encore.

Au moins, ici, ça avance vite, l'espace est large, immense, les grands portiques de scan des puces ID bien dégagé... Depuis combien de temps n'as-tu pas vu un garde Elfe, ici, déjà? Longtemps, peut-être une fois le mois dernier... oui, cette interception d'une valise ou d'un sac ou de quoi que ce soit de suspect, en vitesse, sans remous mais sans douceur... Chirurgical. Tout le monde est bien plus calme, d'ailleurs, vous vous êtes un peu assagis, sous les grands yeux automatiques des Elfes... Plus que par les grosses voix des Nains.

La forme élégante, aérienne du portique loin, loin au-dessus de moi. Un léger frisson électrique dans la nuque, comme à chaque lecture – si ténu qu'il est probablement plus psychologique qu'autre chose, n'est-ce pas...?

Encore quelques mètres en procession lente, sur le nano-marbre blanc veiné lisse, impeccable (quelques traces de saleté, empreintes sales ou papiers gras, en cours de désagrégation accélérée). Et puis les portes, immenses dalles de verre d'un blanc doux – un peu aveuglant, tout de même – qui s'écartent sur leurs rails sans un bruit, pour laisser se déverser notre flot vivant. De premières bouffées d'air frais, un peu humide, sur mon visage – du moins les rares qui passent la muraille de grands corps encombrants.

Dehors, enfin, sur les pavés parfaits à peine salis par tous les pas. Les arbres immenses, les tours encore plus, albâtre impeccable et un peu grise sous les nuages orageux. Quelques gouttes de pluie froide, une bruine légère comme un brouillard. Au moins, pas de soleil qui cuit et qui aveugle, journée clémente pour ceux qui sortent de la terre.

Impression de déjà-vu, très proche, comme cette nuit, par exemple, non? Le chiffon froissé entre deux griffes, quelques petits coups sur les boiseries et les cuivres… Face à la fenêtre, face aux grandes tours, juste les nuages en plus, et la pluie qui s'écrase sur les vitres (petites perles qui disparaissent aussitôt avec l'autoséchage). Donc, là, c'est maintenant que le Nain va entrer – le petit carillon va sonner – et puis ses pas lourds de créature-machine sur le parquet vivant, et puis ses mains énormes sur ma gorge, qui serrent, qui serrent, qui serrent… Mais non. Il ne va pas venir. Il ne va pas y avoir de Nain. Le Nain est mort, dans sa nécropole… Imagine, s'ils avaient raison avec leur croyance de la vie en l'au-delà, les ancêtres qui déambulent à jamais dans les couloirs d'acier au milieu des lampes à néons des machines qui tournent elles aussi pour l'éternité comme si…

Et puis quoi encore, vieux fou?

Allez, ressaisis-toi. Tellement chaud, soudain, avec la lavallière… Non, laisse-la, il ne devrait plus tarder, il faut rester sérieux et digne encore quelques minutes, quelques dizaines de minutes et puis ça sera bon. Ressaisis-toi, vieil…

« Le bonjour, Monsieur Gnist. »

Sursaut. Bon sang, c'est peut-être toi le problème en fait, pas les blagues de Vrig.

Se retourner, en souriant mais pas trop, poli, il faut faire bonne figure…

« Sire Dorxalim. (La révérence d'usage, il se plie lui aussi, un peu raide peut-être.) Je vous souhaite la bienvenue dans mon humble boutique. »

Il sourit à son tour, ses dents d'Elfe impeccables (carnassières?), il est grand comme n'importe quel autre, un peu âgé, quelque chose de maladif, inhabituel. Le teint cireux, sans doute, et les cheveux blancs en catogan pas aussi reluisants que les Elfes l'aiment, en général. Une mallette coûteuse à la main, signe annonciateur du paiement alléchant.

« Allons, votre modestie est déplacée. Votre collection est splendide. (Examinant les meubles, la statuaire orque tribale derrière la vitrine sous alarme, les bustes de penseurs humains…) En toute sincérité, vous n'avez rien à envier à la plupart des marchands elfes de ma connaissance. »

Vous ne m'en voudrez pas si j'ai du mal à vous croire, mon bon Sire Dorxalim... Ou peut-être pour mes prix, comme d'habitude? Mais il y a quelque chose pourtant, dans le ton (la voix usée, vieillie)... une passion, l'avidité d'un autre collectionneur qui à la fois admire et envie les raretés qu'il voit s'étaler devant lui. Et peut-être un peu, au fond, autre chose... Du respect?

Son regard rivé sur moi, calme et plutôt amical. Voix un peu rauque :

« N'allez pas croire que je cherche à vous flatter, Monsieur Gnist. Pensez-en ce que vous voulez, mais je ne partage pas avec mes... congénères (Le mot semble déplaisant.) la tendance à la langue de bois. Lorsque je dis les choses, elles sont. »

Son intonation est dérangeante, sur la dernière phrase. Essayons d'abréger, d'accord?

Hasardons prudemment :

« Je comprends, et je ne saurais me permettre d'en douter, Sire. (Un petit mouvement stratégique vers le bureau où trône l'artefact Nain sur son coussin de velours rouge – comme dans le rêve, comme... Chut, tais-toi.). Je vous laisse examiner votre acquisition, prenez tout le temps qu'il faudra. »

Il hoche la tête, s'approche du bureau pour y déposer la mallette.

« Cela ne sera pas nécessaire. Je tiens pour acquis que ce matériel est toujours opérationnel, selon les échos que j'ai pu avoir. »

Des échos de quoi? De son origine?

Le cœur qui accélère un peu. Calme-toi, vieux fou, bien sûr qu'il sait que c'est volé, de toute façon. Pourquoi les alarmes dans ta tête, alors, encore?

Esquiver :

« Je ne saurais vous garantir le fonctionnement de ces pièces d'antiquités, messire. Vous comprendrez que je ne dispose pas des équipements techniques requis pour relier et tester les supports de ce type.

— Vous n'avez jamais cherché à le connecter?

— Non, messire. Je me contente de proposer ces artefacts à la vente pour ce qu'ils sont : des pièces d'antiquité. »

Les verrous de la mallette claquent sous les doigts de l'Elfe. À l'intérieur, les liasses de billets minutieusement alignées avec leurs petits élastiques assortis, comme dans un vieux film de contrebandiers Humains.

«Vous ne vous intéressez donc pas au contexte de leur utilisation? À ce qu'ils contiennent?»

Le regard pâle rivé sur moi. Ne pas ciller, soutenir, ferme – en plus c'est vrai, après tout, il n'y a pas de mensonge.

«Non, Messire.»

Un sourire indéchiffrable, il hoche la tête, puis contourne le bureau. Penché sur l'artefact, qu'il attrape délicatement, par les côtés – gestes de connaisseur. L'examen est rapide, peut-être même un peu trop (en même temps il a prévenu, non?). Du calme, pense aux cent vingt mille écus... La fin de tous les problèmes qui s'éternisent, l'espoir, tu te souviens...? (Mais ça aussi, cent vingt mille, c'est trop, c'est beaucoup trop, où est le piège, où est le problème, nécessairement, quelque chose ne va pas...)

«Je ne vois rien à redire, Monsieur Gnist. (Il emballe le support dans le tissu rouge, méthodiquement, sans un pli de trop.) Si vous n'avez pas d'objection, je vais me retirer. À moins que vous ne souhaitiez recompter le montant? Je n'en prendrais pas ombrage.»

La première couche de liasses doit avoir à peu près le tiers du compte. Trois épaisseurs, au vu de la mallette. Autant éviter l'affront du doute.

«C'est inutile, je vous remercie.

— Alors, le marché est conclu?»

Aucune ironie dans sa voix. Il lève sa main droite ouverte, la maintenant à ma hauteur, belle maîtrise du geste traditionnel.

«Alors, le marché est conclu.»

Sa poigne est ferme, suffisamment, courtoisement. Comme ferait un Gobelin.

*

«Et qu'est-ce que c'est, tout ça? Un soudain élan de générosité?»

Vrig et ses sbires, Wruszi (bien reconnaissable avec ses tatouages crâniens) et un autre, penchés sur le sac en vieille toile garni de liasses impeccables. Le tunnel est mal éclairé, ils peinent à lire les montants.

—C'est ton pourcentage. (Je sens poindre un sourire.) Ton pourcentage, et la part que je devais te rembourser depuis quelques mois. L'avance, pour la boutique. »

Il m'observe en silence, les deux séides échangent un regard, pour le moins perplexe.

« Hmm, c'était un gros coup, alors, ce support de données. (Il opine, lentement.) Je me doutais que tu saurais le changer en or. Combien ? »

Je ne sens plus mon triomphe.

« Cent vingt mille. »

Ses caméras tournent bizarrement, demi-cercle dans un sens, demi-cercle dans l'autre, s'immobilisent. Un réflexe d'écarquiller les yeux ? C'est la première fois que je te vois faire ça, le caïd.

« Oh. »

Wruszi et l'anonyme rattrapent son manque d'expressivité mécanique. Jubilation. Angoisse. Maintenant, il va vouloir parler de son nouveau « gros coup ».

Il hoche la tête à nouveau, moue appréciative, refermant doucement le sac.

« Tu ne me dois plus rien, Gnist, ta dette est levée. Je ne te fais pas l'offense de compter la somme ici, je sais que nous sommes entre personnes de confiance. (Il confie le sac à Wruszi, s'approche un peu, baissant la voix – de manière amicale, intime, et non menaçante.) Et c'est donc en associé et ami de confiance que je te propose de conclure notre prochaine affaire. Wruszi t'a évoqué le cas, je crois. »

Boule dans le ventre. Allez. Lance-toi.

Allez.

« Oui... Oui, elle m'a, présenté, le, la chose. (Ma voix dérape, je m'éclaircis la gorge.) Mais, Vrig... Je dois te dire, à présent, je veux dire, à présent que notre dette n'est plus... »

Il incline la tête, attentif, tendu aussi, peut-être.

« Je t'écoute.

— Je souhaite arrêter, Vrig. Je t'en ai déjà touché mot la dernière fois. C'est décidé, à présent. Je n'oublierai jamais ce que je te dois, que c'est grâce à toi que j'ai... Je veux dire, tout ce que j'ai à présent, sans ton aide, ça n'aurait jamais pu être possible. Mais... »

La gorge tellement serrée que ma voix disparaît. Vrig s'approche encore, pose la main sur mon épaule. Tension des muscles, prêt à reculer, prêt à bondir, prêt à fuir...

Il serre en douceur, amicalement.

« Et c'est pleinement ton droit à présent, Gnist. Sache que j'aurais poursuivi notre collaboration avec grand plaisir, mais je respecte ta décision. Je t'en demande beaucoup, depuis toutes ces années, j'en suis bien conscient... (Sa voix baisse, il prend mon autre épaule.) Et au bout du compte, je te dois presque autant que tu ne me devais pour ce prêt. Nous sommes quittes, vieil ami. Nous sommes quittes. »

Une chaleur douce, soulagement, joie, fatigue sereine d'un travail accompli, après des mois, des années d'angoisse et de labeur... J'aurais presque du mal à y croire.

Et la gorge qui serre, toujours, pourtant... De l'émotion ? De plus en plus forte, j'en ai du mal à respirer, le souffle court, non, pas court, bloqué net même. Arrête ça, vieux fou, qu'est-ce qu'il te...

Je ne peux plus respirer. Du tout. Du tout ! J'étouffe, comme si quelqu'un plaquait sa main sur ma bouche, broyait mon nez, mais pourtant il n'y a rien personne rien du tout, juste Vrig et Wruszi et l'autre type qui me regardent sans rien faire et sans rien remarquer maintenant, on dirait qu'ils sont figés, comme des holoimages, comme... Aidez-moi, mais aidez-moi, bon sang ! Vrig ? Vrig !? Réagis !

Mais Vrig et les autres disparaissent et tout d'un coup je suis dans la cohue devant les portails de contrôle de la frontière, tous ces orques ces humains ces Nains ces Trolls qui me serrent qui sont partout autour de moi et qui essayent d'avancer alors que ça coince, arrêtez, arrêtez, vous allez me tuer, vous allez me...

Quelque part, une voix d'Elfe flotte au milieu des fragments du cauchemar qui se brise :

« Viens m'aider, il va se réveiller. »

Manque d'air... Douleur... ! J'ouvre les yeux, les dernières bribes du rêve éclatent comme du verre mais la sensation horrible, l'étouffement persiste. Une silhouette au-dessus de moi dans le contre-jour de ma chambre, lumière nocturne rouge du couloir par la porte ouverte.

Respire. Respire ! Un corps qui m'écrase sur la couchette, qui écrase ma bouche, me meurtrit contre mes propres crocs... Une main, des gants en plastique....

Résister, agripper le poignet l'avant-bras gainé de fibres blindées essayer de griffer bouger la mâchoire pour mordre...

Une gifle, poing fermé. La joue me brûle.

À l'aide !

La voix murmure à nouveau, glaçante :

« Ne résiste pas. Tu auras encore plus mal. (La voix se détourne.) Il faut y aller, avant qu'il ne crie. »

Et quelqu'un d'autre qui parle à voix basse, à côté, un autre Elfe.

« C'est bien lui. On le prend. »

Non non non non non non réagis bouge agite les bras donne un coup de genou contre un flanc qui ne tressaille même pas essaye de...

L'autre main sur mon front maintenant et la voix d'homme qui marmonne des mots en runique anciens puissants et quelque chose coule dans ma tête comme une chape lourde... lourde... sommeil.

Noir.

Noir. Tête lourde. Ouvre les yeux. Pénombre étouffante, trop chaude, difficile de respirer. Quelque chose qui serre aux poignets, aux chevilles.

Sommeil, tellement sommeil...

Mais non, bouge, réveille-toi, allez. Ils sont peut-être encore là, les deux inconnus, l'homme avec sa force ses poings sa voix qui rend faible, tellement faible...

Mais il y a quelque chose tout autour qui appuie, aux épaules, sur la tête, aux pieds, aux jambes... Il faut se redresser, essayer de réagir, hurle, frappe, fais quelque chose... ! Un sac. C'est un sac. Bon sang bon sang bon sang je suis dans un sac.

Cauchemar. C'est forcément un cauchemar, oui, la suite du rêve qui commençait bien pourtant, et puis je me suis mis à étouffer à cause de l'Elfe de l'Elfe et sa main gantée et ses baffes et son poids écrasant qui broie étrangle sur place et qui m'enlève m'attache me met dans un sac...

Résiste. Résiste. Ne. Te. Rendors. Pas.

Des voix, dans le monde extérieur, derrière la toile tendue. Intonations mécaniques et graves, un Nain.

«Votre sac excède la taille autorisée pour un bagage personnel. Je dois procéder à une fouille.»

Oui. S'il vous plaît. Fouillez.

Du mouvement, quelqu'un frôle la paroi du sac.

Le Nain, à nouveau :

«Identité diplomatique confirmée. L'accord de passage est validé. Merci de votre coopération, et bonne fin de soirée.»

C'est ça, bonne fin de soirée... Identité diplomatique... Allons bon... Le rêve continue en beauté.

Les paupières lourdes, tellement lourdes...

Noir.

Et puis blanc, maintenant. Plus de douleur. Plus rien. Un nuage. Le rêve s'améliore à nouveau. Encore que... Un peu oppressant, ce vide. Détends-toi. Il n'y a rien. Rien. Rien.

Pas un rêve.

Pourquoi, pas un rêve?

Parce que ce n'est pas un rêve, vieil idiot.

Quoi, alors?

Inutile d'y réfléchir. Plus tard, peut-être.

Il y a un bruit de fond maintenant. Tant mieux, le silence s'éternisait. Des voix?

«... ne parviens pas... conscience encore insuffisante...»

Qui êtes-vous? Sont-ce vraiment des voix, déjà? Qu'êtes-vous?

Et autour il n'y a toujours rien, rien que du blanc doux, non pas aveuglant, doux, juste doux. Neutre.

«... tempérer l'effet à présent... devons parvenir à l'atteindre...»

Ils se parlent. Il y a quelqu'un d'autre aussi. Et les voix évoquent quelque chose. Pas familières, pourtant, non. Mais déjà entendues quelque part, un souvenir tout récent, comme si c'était... cette nuit?

(Une main sur la bouche, peur, douleur, un coup au visage…)

Mais non, ici tout est calme, ça n'a pas de sens, l'impression est fausse, tu fais erreur, forcément.

« essayer, vas-y… devrait… »

Et puis soudain, l'autre voix se précise, posée, féminine, des accents elfiques peut-être.

« M'entendez-vous ? Pouvez-vous m'entendre ? »

Est-ce que je suis supposé répondre ? Hésitation…

« Je… Euh… Je… Je crois que…

— Ne cherchez pas à formuler de phrase, Monsieur Gnist. Répondez par l'affirmative. »

Trouver les mots... N'y arrive pas… Tant pis, d'accord…

« À présent, Monsieur Gnist, répondez-moi : pouvez-vous m'entendre distinctement ?

— Oui. »

C'est bon, plaisant, reposant, de répondre… Douillet, un cocon de confort…

« Connaissez-vous la raison de notre conversation ? »

Bien sûr. Bien sûr. Des artefacts, du recel, des vols, quoi d'autre ?

« Oui. »

Un silence, éternité de calme, de paix. Et puis la voix revient :

« Reconnaissez-vous avoir rencontré, dans les jours, les semaines ou les mois derniers, le Gobelin dénommé Vrig ?

— Oui.

— Reconnaissez-vous la complicité, avec le dénommé Vrig, des crimes de recel, vente d'objets d'art et d'antiquités de contrebande, de fraude à la frontière pour transmission de biens volés, et de blanchiment de fonds illicites ?

— Oui. »

Vrig. Vieil ami. Tu ne m'en voudras pas, n'est-ce pas ? Tu comprendrais. C'est si reposant, d'avouer. Ne pas savoir où tout ça va mener. N'en avoir que faire. Juste être, flotter, dans le nuage doux.

« Reconnaissez-vous avoir rencontré, dans les jours, les semaines ou les mois derniers, l'Elfe dénommé Ulvar Dorxalim ?

— Oui. »

Continue, Voix. Je t'écoute, je t'attends.

« Reconnaissez-vous la complicité, avec le dénommé Ulvar Dorxalim, des crimes de détention d'objets à caractère magique, de biens en lien avec des affaires d'usage magiques illicites, et de nécromancie ? »

Pause.

Les nuages se couvrent. Impression d'orage approchant. Quelque chose de lourd, soudain.

(Une main sur la bouche, cris étouffés, dans la nuit rouge électrique, se débattre, un coup, un autre, douleur, terreur, impuissance.)

« Avez-vous entendu ma question, Monsieur Gnist ? »

Retrouver la paix, la douceur… Il faut répondre. Il faut répondre.

« Oui…

— Et reconnaissez-vous les crimes mentionnés, avec la complicité du dénommé Ulvar Dorxalim ? »

Des images en surimpression du blanc qui vire au gris de tempête… Défilement rapide, subliminal. Une grande salle de métal éclairée aux chandelles. L'assemblée de Nains sinistres, ornements rituels par-dessus les torses d'acier nus, les peintures sur les masques immuables, l'autel au centre parsemé du fluide rouge sanguin ruisselant chaud d'un cœur déposé sur un plateau. Litanies grondantes de dizaines de gorges mécaniques, des runes qui défilent sur les tablettes à mesure que le psaume avance. Des chants de mort, de pouvoir ancien, annotés minutieusement dans les archives électroniques, enfermées dans les machines d'un riche Nain lors de sa procession funèbre. Une famille noble qui fait taire les rumeurs, et honnit le nom en secret, mémoire maudite, oubliée, nécropole abandonnée à jamais comme on renie un traître sacrilège. Le support de données maudit entre les mains de Vrig.

Entre mes mains.

Dorxalim, son sourire de vipère.

Moi, traîné jusqu'à la potence, la mort des Gobelins.

« Reconnaissez-vous, Monsieur Gnist ? »

Le coton n'est plus, les nuages sont noirs et à présent tout semble faire sens.

Répondre… Le soulagement, peut-être, la paix, à nouveau… ?

« Oui… »

Et puis, un flash…

… transition en fondu blanc sur une petite pièce banale, typiquement elfique (du bois, des formes chantournées, asymétriques) et les deux Elfes assis face à moi, austères sinon un peu las. Une femme – la voix des questions ? – et puis un mâle assez âgé, cheveux blancs traits tirés…

Dorxalim !?

Le mot m'échappe, gargouillis, cri de surprise, et il sourit.

Je deviens fou, je suis fou, c'est impossible, le rêve… ?

« Vous… vous m'avez enlevé.. ? Drogué… ? (Articule, vieux fou, reprends le contrôle de ta mâchoire… !) Un… c'est un envoûtement… ? Je, vous n'avez pas le droit… (Déglutir, clarifier la gorge.) Je suis citoyen des Républiques naines, mes droits… vous ne pouvez pas… c'est un abus de pouvoir… ! »

Tu délires, les mots sortent tout seuls, arrête…

C'est peut-être pour faire taire l'autre voix, celle qui répète en fond, en boucle inlassablement comme une litanie de désespoir de raison de folie, qui rappelle froidement les faits, cent vingt mille écus, un client inconnu, des circonstances un prix un contact trop étranges. Un mot.

Piège.

Et Dorxalim sourit, son air compatissant, écœurant maintenant.

« Nous avions nos suspicions depuis quelque temps déjà, Monsieur Gnist. Vous comprendrez que nous nous devions de vérifier un jour ou l'autre.

— Je n'ai jamais vendu d'artefact magique… Vous devez vous… c'est impossible… »

Ma voix essaye de me défendre toute seule, baratin ridicule, arrête, à quoi bon de toute façon ?

Dorxalim semble affecté, hoche la tête, lentement.

« Il semblerait que Vrig vous ait dissimulé la véritable nature de certaines de vos transactions, Monsieur Gnist. »

Images du rêve, Vrig, l'accolade fraternelle… un sursaut d'honneur, d'indignation.

« Vrig ne sait pas de quoi il retourne. Il n'identifie pas les objets. Je ne lui aurais pas été utile, dans le cas contraire. »

Il hausse un sourcil.

«C'est ce que vous pensez? Mais, quoi qu'il en soit, Vrig n'est que secondaire. S'il ne sait peut-être rien, ce n'est pas le cas d'une certaine partie de vos clients, qui nous intéresse au plus haut point…

— Et le déni de connaissance n'est pas une entrave à la charge de complicité pour actes de nécromancie et de magie illicite. (La femme Elfe, froidement. Un regard vers Dorxalim, ou quel que soit son nom au final.) Ne perdons pas de temps, allons aux faits, maintenant. »

Il hoche la tête, soupire.

« La magie illicite est un fléau subtil. Les réseaux du trafic d'artefacts nécromantiques sont complexes et inextricables. Nous avons besoin d'une source en interne. Vous avez les noms, vous avez les contacts. Votre position serait parfaite pour assurer cette fonction. (Grave, à présent.) C'est la seule option qu'il vous reste à présent, Monsieur Gnist. »

La femme tranche, sèchement (Ça ne vous plaît pas d'avoir besoin de l'aide d'un Gobelin, n'est-ce pas?).

« Votre consentement est optionnel, nous obtiendrons ces informations d'une manière ou d'une autre.

— Acceptez, Monsieur Gnist… »

Dorxalim, dans un souffle. Il aurait presque l'air vraiment inquiet pour moi, – et peut-être qu'il l'est vraiment.

« Comme si j'avais véritablement le choix. »

Je les observe l'un et l'autre. Elle ne réagit pas, Dorxalim sourit. Il se penche en avant, semblerait satisfait, pour un peu, presque soulagé.

« Je suis heureux de votre décision, Monsieur Gnist, croyez-le ou non. Vous n'aurez pas à le regretter, je vais faire mon possible en ce sens. »

Est-ce qu'il a glissé un regard torve à sa collègue, en disant ça?

Il lève la main à présent.

D'accord.

Allez.

Joue le jeu.

Je saisis sa paume, serre. Il approuve.

« Alors, le marché est conclu? »

C'est amer, oh combien amer.

« Alors, le marché est conclu. »

LA GRIFFE
DE
L'ÊTRE-MIROIR

Romain Jolly a souvent souhaité vivre à l'écart du monde, perdu dans ses pensées et dans les livres. Devenu adulte, donc soi-disant responsable, il rêve toujours d'autres mondes, souvent futuristes et trop conscients, parfois absurdes et rêveurs. Et finalement, peu lui importe si cette réalité n'est qu'une illusion consensuelle, si la conscience est morte avec Dieu ou si le rêve touche à sa fin : il reste tant de pages à écrire.

Bibliographie :

Un rêve de lumière, Anthologie « Du plomb à la lumière », éditions Le Grimoire (2016)
Away, Gandahar n°3 (2015)
La Voix, Anthologie « Malpertuis V », éditions Malpertuis (2014)
L'Horloger, Mammouth éclairé n°2 (2013)
Sombre désir, Anthologie « On a marché sur... », éditions Voy'[el] (2012)

LA GRIFFE DE L'ÊTRE-MIROIR

ROMAIN JOLLY

Aka apprit qu'une menace pesait sur la lignée Servier après une longue journée passée à suivre son maître, Louis-Charles Servier-Bach, comte-héritier de la cinquième lignée, venu rendre visite à sa cousine.

Leur vaisseau protocolaire avait accosté le matin même au port du technofief de Shibato. La mégalopole croissait grâce à l'exploitation du xénosilicium et la nouvelle électronique qui en découlait, menant la révolution technologique de l'après-guerre.

La visite de courtoisie auprès de Juliette Servier-Jouroi s'était déroulée sans accroc. Aka y avait assisté sous la forme d'un garde personnel du comte. Avec la discrétion naturelle de ceux à qui l'on ne fait jamais attention, il avait observé la fameuse otage. La troisième héritière de la seconde lignée vivait dans ce technofief depuis ses huit ans en tant que garantie pour la paix. Son statut d'otage avait été imposé lors de l'armistice, dans le but d'éviter une reprise de la guerre en établissant une ambassade de haut rang. Dix ans déjà s'étaient écoulés et l'enfant avait grandi loin des siens jusqu'à devenir une belle jeune femme.

L'entrevue n'avait pas donné lieu à des démonstrations d'effusions. Louis-Charles Servier-Bach avait donné des nouvelles des évènements récents survenus sur les cités libres du fief Servier, avait renouvelé le respect de sa lignée et s'était assuré qu'elle était bien traitée. Chaque année, un membre de la famille s'acquittait de cette audience protocolaire, brisant un bref instant l'isolement de l'otage.

À l'aide de ses sens améliorés, Aka avait décelé l'ennui de la jeune femme lors de cet échange convenu. La chimie de son corps la trahissait. Elle n'avait pas reçu les enseignements permettant de contrôler parfaitement ses phéromones, la faute à son enfance perdue loin des siens.

Louis-Charles Servier-Bach, lui, était en proie à un profond trouble. Il ne pouvait dissimuler cela à son être-miroir, créé pour le protéger en prenant son apparence lorsque nécessaire. Aka portait en lui le code génétique de son maître, et sa perception était décuplée en ce qui le concernait. Ses cellules vibraient à l'unisson de celles du comte, et il comprit qu'il s'inquiétait pour sa cousine, qui vivait seule parmi ceux qui avaient été leurs ennemis jurés durant tant d'années.

Alors qu'ils regagnaient la demeure où ils résideraient durant ce séjour, un livreur apporta un bouquet de fleurs pour le comte. Aka l'intercepta et l'inspecta au préalable. Il n'y avait pas de carte, mais ce n'était pas nécessaire. Des phéromones étrangères dominaient le parfum des plantes, savamment calibrées pour délivrer un message que seul un bioware Servier pouvait déchiffrer. Il inspira profondément, et une succession d'images prirent forme.

Urgence. Un banc dans le parc près de l'aérogare. Nuit. Danger de mort. Lignée Servier.

Les phéromones sémantiques imprimaient en lui leur sens brut, avec une absence de syntaxe qui trahissait le manque d'expérience de leur auteur. Il affina sa perception en effleurant les fleurs du bout de la langue, afin d'analyser la signature chimique de l'informateur. Elle lui était inconnue.

Aka laissa le bouquet parvenir jusqu'à son maître. L'ordre ne tarda pas, flux de phéromones encodées pour son être-miroir : *Va au rendez-vous. Prends impérativement connaissance du message. Sois discret : fonds-toi dans la masse.*

*

Dès qu'il avait posé le pied sur le sol de cette mégalopole de métal et d'électricité, célèbre pour son marché d'implants cybertech, Aka avait été saisi d'un rejet viscéral pour cette perversion infligée à la chair et à l'humanité dans ce qu'elle avait de plus sacré. Lui-même, bien que né d'une matrice artificielle, se sentait plus humain que ce peuple plongé dans ses labyrinthes de xénosilicium.

Lorsqu'il constata que les véhicules de transport circulaient grâce à des programmes automatisés, n'ayant d'intelligence que le nom, il décida de marcher. Les hautes tours exposaient au soleil couchant leurs façades rotatives couvertes de panneaux dévorant la lumière pour la convertir en précieuse électricité. L'air sinistre de la ville résumait parfaitement l'inhumanité de ses habitants, jugea-t-il.

Aux portes du parc, il pénétra dans un parking souterrain, et en ressortit en ayant l'aspect d'une femme rousse au corps mince, hanches larges et poitrine tendue vers l'avant. Le symbiote qui le recouvrait avait pris l'apparence d'une tenue légère, rayée de rouge et de noir.

La nuit venait de tomber, et l'atmosphère du parc se chargeait doucement des effluves des désirs. Les luminaires éclairaient des zones réduites, invitant les gens à se tapir dans l'ombre pour y assouvir leurs envies. Aka s'avança d'un pas assuré, ses chaussures à semelles compensées crissant sur les graviers, les foulées raccourcies par sa jupe moulante. Pour fouiller l'obscurité, il forçait la dilatation de ses pupilles. Il ne décela aucune menace, seulement quelques travailleuses nocturnes et les premiers clients, rares à cette heure-ci.

Le banc évoqué dans le message se trouvait légèrement à l'écart, à côté d'une petite fontaine asséchée. Aka se plaça devant et commença à piétiner, en miroir de l'attitude des autres travailleuses. Elles le regardaient avec une curiosité mêlée d'envie. Il pouvait sentir leurs corps exsuder leurs émotions sans aucun contrôle sur leur propre chimie. Les humains de cette planète étaient toujours aussi impudents et irrespectueux.

Il n'eut pas beaucoup à attendre. L'homme était grand, le front dégarni, des mains aux longs doigts. Les rides autour de ses yeux gris soulignaient un regard calculateur. Il dévisagea Aka avec une nervosité semblable à celle d'un client peu habitué à cette situation. La puce de crédit qu'il lui tendit servait de support à la même signature chimique que celle du message des fleurs. C'était bien lui, l'informateur.

« Vous savez pourquoi je suis là. Ne perdons pas de temps, je vous prie. »

Aka l'invita à le suivre à l'écart de la lumière, dans l'ombre protectrice des arbres. Cela suffirait. Il tendit la main pour une communication par phéromones, mais l'autre le saisit par le coude avec brusquerie.

« Ne faites pas les choses à moitié ! » souffla-t-il.

Il le tira en avant et Aka tomba à genoux. Il aurait pu résister, mais ses ordres étaient de se fondre dans la masse. Il devait jouer son rôle jusqu'au bout. Le trouble de l'informateur n'était pas feint, et un véritable désir le poussait vers Aka. Il ne faisait pas semblant, comprit l'être-miroir. Ses doigts agiles défirent prestement les boutons retenant le pantalon, qui glissa le long de jambes musclées. L'homme était déjà tout tendu. Aka s'empara de sa virilité, d'un geste volontairement trop brusque qui fit sursauter l'autre. Un grognement s'éleva lorsque l'être-miroir le prit dans sa bouche.

Le cœur du message était là, cocktail sémantique préparé à son intention.

La femme-otage. Une menace pour sa vie. Assassin. Cette nuit.

Aka rejeta la tête en arrière et saisit la main de l'homme dans la sienne, projetant aussitôt des phéromones demandant plus de précisions. L'informateur se dégagea et empoigna l'être-miroir par les cheveux, l'attirant à lui de force, venant au fond de sa gorge. Aka voulut se libérer, mais l'ordre de son maître lui revint en mémoire. Il devait prendre connaissance de la totalité du message. *Impérativement.* S'en remettre à l'autre était le meilleur moyen. Ce n'était rien, se força-t-il à relativiser. Toutes les travailleuses nocturnes faisaient cela, il devait se laisser faire.

Tout en remuant le bassin de plus en plus vite, les mains fermement nouées autour de la tête d'Aka, l'homme formulait lentement les détails. L'excitation qui faisait trembler son corps perturbait sa capacité à produire des phéromones claires, à moins que ce ne fût le manque de pratique. Les images arrivaient troublées, comme s'il luttait, mais Aka comprit l'essentiel : un contrat avait été placé sur la vie de Juliette Servier-Jouroi. L'informateur craignait que le tueur ne frappe dès cette nuit.

Le messager jouit finalement en de longues vagues qu'absorba Aka, sans y trouver aucun fragment sémantique. Lorsque ses jambes cessèrent de trembler, l'homme remonta son pantalon avec des gestes précipités, puis s'éloigna d'un pas rapide. Il n'avait plus rien à faire ici.

Aka ne lui prêtait plus attention. L'avertissement occupait toutes ses pensées. Il se releva, lissa sa robe et se hâta pour faire son rapport.

Il n'omit aucun détail. Il sentit que Louis-Charles Servier-Bach était troublé en apprenant le traitement infligé à son être-miroir. Mais le contenu du message était d'une tout autre importance. Une nouvelle fois, l'ordre fusa en une succession précise de phéromones qui lui semblèrent inscrire leur loi dans ses cellules : *Infiltre-toi dans l'ambassade. Veille en secret sur ma cousine. Si un tueur surgit, sauve-la et emmène-la hors de cette maudite ville, en sécurité.*

*

Le système de sécurité de l'ambassade provenait des propres laboratoires de la seconde lignée Servier. Les murs dissimulaient un organisme vivant qui formait un maillage complexe, agencé autour de nœuds intelligents. Glandes et capteurs sensoriels assuraient le contrôle de l'environnement, et tout intrus serait instantanément neutralisé par un virus, un dard empoisonné ou bien une explosion dosée. Il s'agissait d'un système immunitaire de premier plan, dévolu à la protection de Juliette Servier-Jouroi.

Aka avait revêtu l'apparence de son maître. Ses cheveux ramenés en arrière dégageaient un visage encore jeune, à l'air naturellement confiant. L'organisme symbiote qui vivait, littéralement, sur son dos, avait reproduit un costume trois-pièces, gris anthracite avec un liseré doré. En évidence sur sa poitrine, une épingle à cravate portait l'emblème de la famille Servier, les deux doubles hélices jumelles.

L'entrée de l'ambassade était fermée et, à cette heure-ci, le poste d'accueil était désert. Plutôt que de sonner pour appeler un serviteur, Aka se plaça devant les appareils de contrôle et, une fois les capteurs sensoriels de la sécurité focalisés sur lui, il s'identifia avec la signature chimique du comte. La porte s'ouvrit aussitôt.

Aucun serviteur n'était en vue, et Aka demanda au système immunitaire de ne pas en réveiller un, mais de lui indiquer lui-même le chemin jusqu'aux appartements de sa cousine. Une luminescence naquit pour le guider. Il pouvait sentir l'organisme dissimulé derrière chaque cloison, une conscience fusionnée avec le bâtiment pour veiller sur ses occupants.

Le second étage était réservé à l'usage de Juliette Servier-Jouroi. L'accès en était strictement contrôlé et le maillage des cellules y était encore plus dense que dans le reste de l'édifice. Aka monta l'escalier jusqu'à l'espace qui servait à la fois de sas de sécurité et d'antichambre. La porte blindée était bien verrouillée et l'organisme lui confirma que rien d'anormal n'était détecté. Rassuré, il descendit au premier étage, partagé entre bureaux et lieux de vie du personnel assigné à vivre sur place. Il passa en revue les ouvertures, confirmant visuellement ce que la sécurité lui affirmait. Après avoir fait de même au rez-de-chaussée, il s'installa confortablement dans l'obscurité d'une salle de réunion et s'immergea dans son lien chimique avec le système immunitaire, jusqu'à sentir lui-même ce que percevaient les capteurs.

Tout était calme.

Environ 2500 battements de cœur plus tard, soit une heure standard, l'organisme hoqueta, pris de malaise. La pulsation qui rythmait son activité s'accéléra. Aka ressentit une douleur à la poitrine, empathie primaire de ses cellules. Saisi d'une impression de danger immédiat, il s'élança vers l'escalier, luttant contre le vertige qui faisait se tordre les murs. Il trébucha. Ses jambes, si lointaines, couraient de façon désynchronisée. Sa perception de l'ambassade vacillait et altérait jusqu'à la conscience de son propre corps, de l'unité imposée à ses cellules-miroirs.

Avait-il été empoisonné ? Il avait entendu parler de substances conçues pour cibler les êtres-miroirs, mais ça ne semblait pas être cela.

Il rompit le lien chimique qui l'unissait au système de sécurité, refoulant les signaux contradictoires que celui-ci émettait en désordre. Le malaise s'éloigna et il retrouva le contrôle de ses sensations. Ce n'était pas lui qui était attaqué, mais l'organisme assurant la défense de l'ambassade. Et ce n'était pas un assaut physique direct contre les cellules. Cela ressemblait plus à un virus. La fièvre qui débordait le système immunitaire le désorientait, le rendait incapable de remplir sa fonction.

Aka se mit à courir, la poitrine serrée par un sentiment de panique qui cherchait à émerger en un cri. Il stimula son système nerveux adrénergique et modifia son équilibre chimique, sécrétant en masse noradrénaline, stéroïdes et cortisol. Son rythme cardiaque et sa respiration accélérèrent, tandis que son foie produisait toujours plus de glucose. Il bondit tout en haut de l'escalier. La porte blindée était ouverte. Dans le salon de réception, Juliette Servier-Jouroi luttait pour le contrôle du couteau qu'un techninja pointait vers sa gorge. Aka s'élança avec un cri d'attaque et émit une vague de phéromones prédatrices chargées de perturber le tueur. Il y eut un moment de flottement, puis l'assassin lâcha sa lame et se jeta en arrière. Un canon creusé entre les métacarpiens de sa main gauche tira trois balles en une courte rafale. La jeune femme esquiva par une roulade, puis s'immobilisa.

Au bout de ses doigts, Aka fit apparaître des griffes osseuses qu'une glande intégrée dans chacune de ses paumes enduisit de neurotoxines. Il projeta ces dards sur l'assassin, qui se jeta vers lui pour esquiver. Aka durcit ses muscles pour encaisser sans broncher un coup de poing puis un genou qui visait l'aine. Il saisit le tueur par la nuque et projeta son visage contre le sol, tout en lui immobilisant les bras à l'aide de ses jambes. À deux pas, le sang de Juliette Servier-Jouroi ruisselait à partir de sa tête inerte.

Une porte discrète jusqu'alors entrouverte s'ouvrit complètement et une seconde Juliette Servier-Jouroi fit irruption, armée d'une seringue et d'un pistolaser. Elle portait un pyjama bouffant ajusté par une ceinture à laquelle pendait un holster. Elle se précipita vers le corps de la première et le retourna, prête à administrer le produit.

Le visage qui se tourna vers le plafond était borgne, troué par une large blessure mortelle. La seringue roula au sol, inutile.

Le techninja profita de la diversion pour renverser sa main gauche, tordant son poignet selon un angle rendu possible seulement par un implant remplaçant l'articulation naturelle. Aka détourna le canon inter-métacarpien par un geste réflexe, mais le tir l'atteignit sous le genou et le déséquilibra. Le tueur se redressa, tendit le bras vers la seconde Juliette Servier-Jouroi, mais elle fit feu la première. Le trait éclatant le toucha à la tête. Il tomba au sol sans un cri, l'encéphale réduit en cendres et le visage fondu. Elle s'avança pour s'assurer de sa mort, puis elle rengaina son arme d'une main tremblante.

Aka ne s'était pas relevé. Il luttait contre une douleur qui le paralysait, irradiant à partir de sa jambe blessée jusqu'à incendier chaque nerf. Ses yeux exorbités ne voyaient plus rien que la blancheur d'une souffrance insoutenable. Son corps secoué par des convulsions changeait de forme sans discontinuer, ses cellules-miroirs cherchant à fuir la destruction. La cohérence de l'ensemble de ses cellules menaçait de se rompre tandis que différentes parties de son organisme se modifiaient selon des génomes différents.

La seconde Juliette Servier-Jouroi se précipita pour ramasser la seringue. Elle lui injecta le produit qu'elle contenait, puis attendit en lui tenant la main, agenouillée à ses côtés. Les spasmes ralentirent jusqu'à n'être plus que traumatiques. Il reprit l'aspect de son maître, sauf pour ses jambes, qui n'étaient plus qu'un amas informe de chairs et d'os. Il les regarda longuement, cherchant à étouffer la terreur de voir ce qu'il percevait comme son apparence naturelle, ce qu'il serait sans la force de maintenir l'unité de son corps.

« Il s'agissait d'une forme de brise-glace, le poison ciblant les cellules-miroirs, l'informa sa sauveuse avec l'air de vouloir le consoler. Les laboratoires de mon père ont récemment mis au point un antidote. Vous avez eu de la chance. »

Aka se concentra sur elle pour oublier ses jambes, et il constata avec soulagement que ses sens fonctionnaient. Il émanait d'elle un mélange de tristesse et de colère.

«Vous êtes la véritable Juliette Servier-Jouroi. J'ignorais que vous aviez un être-miroir, avoua-t-il en tournant son regard vers celle qui était morte en portant son apparence.

— C'était un secret bien gardé. Pourtant, ajouta-t-elle d'un air sombre, le tueur était équipé pour y faire face.»

Elle se perdit un moment dans ses pensées, puis elle lui rendit la politesse des présentations.

«Vous êtes l'être-miroir qui accompagnait Louis-Charles lors de sa visite. Pouvez-vous reprendre votre forme d'alors, s'il vous plaît?»

Elle avait donc perçu sa présence lors de la visite protocolaire. Ses sens étaient plus affûtés qu'il ne l'avait cru. Aka ferma les yeux et se concentra sur lui-même, sur ses cellules-miroirs. Il visualisa sa conscience sous la forme d'une boule de lumière qu'il comprima jusqu'à laisser son corps dans le noir complet. Puis il étendit à nouveau son esprit sur l'ensemble de ses cellules, les remodelant au fur et à mesure du processus. Il termina par une diffusion de chaleur envers l'être symbiote qu'il portait, pour transformer le coûteux costume en un uniforme de garde.

Le froid douloureux qu'il ressentait sous le bassin ne disparut pas, les cellules de ses jambes ne répondaient plus. Lorsqu'il rouvrit les yeux, il était redevenu le soldat qui avait accompagné le comte durant sa visite. Un soldat avec des jambes atrophiées.

«Bien, j'aime mieux cela que l'apparence de mon cousin. Maintenant, dites-moi ce que vous savez de cet attentat contre ma personne. Pourquoi êtes-vous ici?»

Il lui fit un rapport succinct, passant sous silence les détails du rendez-vous avec l'informateur, pour se concentrer sur le message. Elle l'écouta attentivement sans l'interrompre.

«Si vous souhaitez emporter des affaires avec vous, conclut-il, profitez-en pour les préparer. Nous partirons dès que mes jambes seront guéries.

— Où ça?

— Chez vous, bien sûr. Dans le fief des biolaboratoires de votre famille, le siège du pouvoir Servier. Mon maître a fait préparer un biplace installé dans un emplacement secret. Il s'agit d'un moyen sûr pour vous libérer et vous mettre en sécurité.

— Pour me libérer...», répéta-t-elle en semblant se refermer sur elle-même.

Elle lui lâcha la main et se leva. Il ressentit un vide étrange à cette absence de contact. Durant tout ce temps, le calme de la femme l'avait apaisé, avait éloigné la douleur de ses jambes. Ses cellules se régénéraient à une vitesse bien supérieure à celle des organismes humains non augmentés, mais il ne pouvait pas occulter totalement la souffrance, pas sans courir le risque de perdre irrémédiablement l'usage de ces tissus.

Aka comprit qu'il devait lui laisser un peu de temps. Elle était si jeune encore.

Sans un mot, elle quitta la pièce et revint avec un couteau monofilament, des flacons vides avec seringues de prélèvement, et une mallette grise. Elle déposa le tout à côté du techninja et commença par découper sa tenue de camouflage. Les augmentations cybernétiques furent exposées crûment, excroissances noires parsemées de jauges de charge d'un bleu étincelle. Comment pouvait-on s'infliger cela? Remplacer sa chair par du métal froid et sans âme? Aka contemplait l'organisme défiguré avec répulsion. Ces hommes haïssaient-ils donc tant leur corps, qu'ils s'efforçaient ainsi de le faire disparaître?

Juliette Servier-Jouroi continua de manier le couteau pour dépecer la main droite du cadavre, mettant à nu le canon inter-métacarpien et les mécanismes de l'avant-bras. La fiole qu'elle recherchait était intégrée, ainsi que le chargeur, dans le coude. Elle préleva le liquide d'aspect inoffensif.

«Pourquoi récupérez-vous ce poison?» demanda Aka en ne pouvant s'empêcher de frémir. Il aurait voulu le détruire, le jeter, que la moindre goutte de ce fléau soit perdue à jamais.

« Élaborer un tel poison est un long et coûteux processus. En analysant sa structure, on a une chance d'identifier son créateur. »

Un produit de cette importance ne se trouvait pas sur le marché noir, du moins pas sur celui auquel pouvait avoir accès un techninja, réfléchit Aka. Il pouvait donc mener au commanditaire, qui l'avait probablement fourni au tueur.

Elle préleva également du sang, expliquant que c'était à la fois pour l'identification génétique et pour y rechercher la source du virus ciblant le système immunitaire du bâtiment.

« La contamination a dû se faire lorsque les capteurs ont analysé son organisme porteur du virus. On trouvera forcément une trace dans son sang. »

Elle s'activait pour ne pas penser au départ imminent, comprit Aka.

« Pourquoi les gardes de l'ambassade ne sont-ils pas intervenus ? demanda-t-il. Ils sont liés chimiquement au système immunitaire, n'est-ce pas ? Ils ont bien dû remarquer que quelque chose n'allait pas.

— Justement, leur lien les a probablement rendus inconscients, à cause du malaise ressenti. Vous-même, vous avez ressenti cela, n'est-ce pas ? Mais eux n'ont pas un bioware assez performant pour l'encaisser et s'en relever. Pas une attaque de cette ampleur, alors qu'ils n'y sont pas préparés. Dès que j'ai senti le mal-être de l'organisme, j'ai émis le signal de détresse convenu, sans obtenir de réponse. C'était sans doute trop tard. »

Lorsqu'il tendait ses sens vers l'organisme dissimulé dans les murs, Aka percevait la puissance du malaise qui le paralysait, la fièvre dévorante qui le rendait inopérant. L'effet paraissait décroître lentement, il faudrait encore plusieurs heures avant que le système immunitaire reprenne le dessus.

Avec une grimace de dégoût pour la chair fondue de ce qui était auparavant le visage du tueur, elle accéda à la connexion neurologique située sous l'os occipital. Elle y brancha un câble plat tiré de la mallette, qui contenait une console ornée du logo Shibato. Un hologramme diffusa une spirale de données éthérées. Ici et là, la représentation se brouillait ou se fragmentait en segments incompatibles, brisant la cohérence de l'ensemble. La structure s'effondrait alors, puis réapparaissait avec une base différente, sans jamais parvenir à un schéma stable.

Juliette Servier-Jouroi manipulait les contrôles avec l'aisance née de l'habitude, et sans avoir l'air choquée par les implants du techninja. Une modification du système nerveux touchait au siège de la conscience, il s'agissait d'un acte sapant les fondements mêmes de l'humanité. Aka peinait à garder son calme en présence d'une telle hérésie exposée ainsi devant lui.

La jeune femme referma la mallette d'un coup sec. Soit le laser avait endommagé trop de circuits, soit les données s'étaient autodétruites. Dans tous les cas, il était impossible d'accéder aux informations contenues dans les implants.

« Pourquoi récoltez-vous ces preuves ? demanda Aka. Votre parole et mon témoignage suffiront au Conseil des Patriarches pour lancer les représailles.

— Ces preuves me permettront de savoir précisément qui est derrière cette attaque. Sans cela, je cours le risque d'être manipulée. Je n'accepterai jamais de n'être qu'un pion dans les plans de quelqu'un d'autre. »

Aka fronça les sourcils. Elle avait pourtant été donnée en otage, condition nécessaire pour la paix. N'avait-elle pas alors été un simple pion dans les plans de son père, et plus généralement de la famille Servier dans son ensemble ?

« Vous croyez, comme tout le monde, que je ne suis que cette pauvre enfant-otage arrachée à sa famille. Mais suis-je vraiment condamnée à n'être qu'un pion que l'on peut placer puis retirer de l'échiquier politique à sa guise ? »

Elle brandit les échantillons dans sa direction, comme une promesse pour l'avenir.

« Durant toutes ces années, j'ai travaillé dur pour le rapprochement de notre famille et des technocorporations. Et maintenant, la paix serait anéantie par cette attaque ? C'est hors de question ! Je vais trouver le responsable et obtenir justice, puis je continuerai d'œuvrer pour que le futur ne connaisse plus de morts de masse, de populations éradiquées au nom de la religion. »

Il émanait d'elle une détermination féroce. Aka la contemplait sans rien dire, fasciné par la force avec laquelle elle faisait face aux évènements de cette nuit. Elle savait ce qu'elle voulait, et semblait prête à tout.

« Le plus important, pour le moment, tempéra-t-il, est de vous mettre en sécurité.

— Qui décide de ce qui est le plus important ? Vous ?

— Il s'agit des ordres de mon maître, le comte Louis-Charles Servier-Bach, votre cousin et représentant ici de l'autorité du Conseil.

— Les ordres de *votre* maître », rétorqua-t-elle.

Elle le défia du regard, avant de se tourner vers le corps de son être-miroir. Comme il devait être étrange de se voir étendue morte !

« Dama n'aurait pas voulu que je fuie, que j'abandonne tout ce pour quoi j'ai œuvré.

— Il aurait voulu que vous viviez, à tout prix. C'est là notre rôle, en tant qu'êtres-miroirs : protéger notre maître, jusqu'à donner notre vie en obéissant à l'ordre ultime.

— Quel être ordonnerait à un ami de mourir pour lui ? »

Aka ne sut que répondre, se demandant s'il y avait un piège.

« Ne remettez-vous donc jamais les ordres en question ? questionna-t-elle, l'air sincèrement curieux. Ne décidez-vous pas par vous-même ?

— J'ai été conçu pour obéir, je vis pour servir.

— Peu importe pourquoi vous avez été conçu ! À quoi bon être doté d'une conscience si vous ne réfléchissez pas pour et par vous-même ? Est-ce que vous appelez encore cela vivre ? »

Quel besoin avait-il de réfléchir à de telles choses ! Il obéissait aux ordres, oui, et alors ? Quel mal y avait-il à vivre pour servir son maître ? Aka bouillonnait intérieurement, rejetant le trouble qu'elle cherchait à faire naître en lui. Mais il n'osa pas répliquer, conscient qu'elle n'attendait que cela pour continuer.

Elle se détourna de lui, et quitta la pièce par la porte discrète d'où elle était venue. Quelques instants plus tard, elle réapparut habillée de vêtements amples et sombres.

Son holster formait une bosse à peine visible. Elle empocha les échantillons, puis elle se dirigea vers l'escalier sans lui prêter attention.

« Que faites-vous ? s'écria Aka d'une voix trop aiguë.

— Je vais contacter des amis pour avoir des informations et analyser cela. Puis je trouverai le coupable.

— Vous devez me suivre, je dois vous emmener en sécurité !

— Vous suivre ? Mais vous n'êtes même pas capable de vous lever, ironisa-t-elle.

— Je serai bientôt guéri, il faut juste…

— Faites ce que *vous* voulez, vivez *votre* vie. Je ne serai pas votre pion. »

Elle disparut en le laissant derrière elle, impuissant.

*

Ses jambes prenaient forme, avec une lenteur désespérante et douloureuse. Aka entra en transe, tant pour accélérer la régénération de ses cellules que pour contrôler le flot de ses pensées. Tout s'était passé trop vite, il était perdu.

J'ai failli à ma tâche, j'ai trahi l'attente de mon maître. Et maintenant, sa cousine est seule, sans être-miroir pour veiller sur elle !

Elle a refusé de s'en remettre à moi. Pourquoi n'a-t-elle pas confiance en moi ? Elle a dit qu'elle ne veut pas être mon pion, mais tout ce que je désirais c'était l'emmener hors de cette maudite ville, en sécurité.

Pourquoi met-elle autant d'énergie à ne pas suivre la volonté d'autrui ? Qu'y a-t-il de mal à obéir ?

La souffrance commençait à s'atténuer. Il se sentait redevenir complet, la fracture d'avec une partie de lui-même s'estompait lentement, comme un abîme comblé petit à petit, mais qui laissait une trace douloureuse dans sa conscience de soi.

Son esprit s'évada à nouveau tandis qu'il effectuait des mouvements de réappropriation des limites de son corps, comme ce que l'on apprenait aux nouveaux polymorphes.

Exercice de base pour fixer l'accord entre l'esprit et le corps, constituer une unité à partir d'une multitude de reflets.

Elle veut démasquer elle-même le commanditaire. Qui cela peut-il être? Pourquoi la tuer? Pour relancer la guerre, ce conflit meurtrier qui a failli causer la perte des deux camps.

Elle va suivre la piste du poison et du virus. Mais si cela ne donne rien, que pourra-t-elle faire? Deviner les motifs cachés derrière cette attaque, identifier ceux à qui profiterait le crime... Ou bien, tendre un piège sur une base de désinformation, et laisser l'ennemi se découvrir de lui-même, songea-t-il encore en parcourant du regard la pièce et les deux cadavres. Celui du tueur et celui de Juliette Servier-Jouroi, du moins en apparence.

Lorsque les serviteurs passant la nuit à l'extérieur de l'ambassade arriveraient, peu avant l'aube, ou bien lorsque le système immunitaire aurait récupéré, l'alarme serait donnée. L'existence de l'être-miroir étant un secret, tous penseraient qu'elle avait été assassinée. La supercherie durerait peut-être assez pour que l'ennemi se découvre.

Il devait s'assurer que l'on crût Juliette Servier-Jouroi morte. Le techninja abattu ne pouvant de toute évidence pas l'avoir exécutée, il fallait bien qu'il y en eût un second.

Il changea d'aspect pour revêtir celui d'un maître-marchand panrusse, apparence qu'il avait endossée lors d'une infiltration des années auparavant, et dont il avait conservé le code génétique car il avait un profil intimidant qui pouvait servir. Pour l'heure, son intérêt était d'être de la même taille et corpulence que le tueur. Il aurait pu utiliser le génome du cadavre, mais ne pouvait courir le risque que le poison brise-glace ait contaminé le reste du corps.

Son costume symbiote puisa dans son énergie pour s'étendre et l'habilla d'une tenue identique à celle qu'avait portée le techninja. La cagoule lui masquait le visage, à l'exception d'une étroite fente dégageant sa vision.

Il se leva maladroitement, soulagé que ses jambes réagissent bien. La douleur ne représentait plus une gêne bloquante. Afin de donner davantage de consistance à la supercherie, il décida d'attendre l'arrivée des premiers serviteurs pour que sa sortie soit remarquée. Il fit le tour de l'étage pour s'assurer que tout était en ordre. Aucune trace ne trahissait la présence d'un être-miroir : il s'agissait d'une contrainte forte que devait respecter scrupuleusement tout miroir en mission clandestine, afin de garantir le secret absolu. *C'est comme si nous n'existions pas*, songea-t-il. *Comme de simples reflets.*

Il évita de s'attarder devant le cadavre de l'être-miroir. Perdre la vie en sauvant son maître représentait un accomplissement. Cette mort avait un sens, quoi que puisse en dire la jeune femme ! Aka lui-même avait souvent espéré trouver une telle fin.

Lorsque des bruits se firent enfin entendre dans l'escalier, il s'élança vers la sortie. Des gardes avaient émergé de leur inconscience. Aka se fraya un chemin en retenant ses coups pour ne tuer personne. Il laissa derrière lui les corps inanimés, mais vivants, puis se fondit dans l'obscurité de cette fin de nuit.

Il avait fait ce qu'il pouvait pour aider Juliette Servier-Jouroi. Il soupira, soudain las. Il devait maintenant rentrer faire son rapport. Son maître aurait une idée, un plan. Fort de cette certitude réconfortante, il allait changer une nouvelle fois de forme, jugeant plus sage de prendre l'apparence d'un natif de la région, lorsqu'un véhicule s'immobilisa brusquement devant la sortie de la ruelle, faisant siffler ses suspenseurs. La paroi latérale coulissa, laissant apercevoir un jeune homme, les mains sur les commandes.

« Venez, Maître ! l'appela le pilote. Il ne faut pas traîner dans le secteur. L'alerte vient d'être donnée, ça va vite grouiller d'optiques armées par ici. »

Aka réagit sans marquer la moindre hésitation, et grimpa dans le siège à côté du jeune homme. La porte se referma derrière lui et l'engin bondit en avant. L'être-miroir sourit, dissimulé par la cagoule.

L'intérieur du véhicule sentait les produits chimiques. L'arrière allongé permettait de transporter jusqu'à deux personnes supplémentaires, ou bien de charger un cercueil adulte. Le conducteur paraissait tout juste sorti de l'adolescence, malgré un corps manifestement entraîné au combat rapproché. Une mèche blonde lui tombait dans les yeux, et il la repoussait sans cesse d'un geste machinal.

Concentré sur ce qu'il faisait, il vérifiait continuellement les différents écrans. Les indicateurs devaient être rassurants, car il enclencha le pilotage automatique. Le volant se replia contre le tableau de bord tandis qu'une voix non organique informait que tout était sous contrôle. Aka se crispa. Les parois gris béton de la voie rapide qu'ils empruntaient pour quitter le centre-ville défilaient à une vitesse d'autant plus folle qu'il se savait entre les mains d'une création artificielle, manifestation de l'esprit anti-chair qui gangrenait cette planète. Sa réaction n'échappa pas au garçon.

« Vous allez bien, Maître ? »

Il le regardait avec une attention pleine de sollicitude. Aka hocha la tête, préférant se murer dans le silence. Comment savoir quelle voix pouvait bien avoir le techninja ?

« Que s'est-il passé là-bas ? insista le pilote. Vous avez été absent plus de cinq heures. Je suis resté en poste, comme vous l'aviez dit, mais j'ai bien cru que vous ne sortiriez jamais. »

Aka haussa les épaules, et cela sembla suffire à relancer le pilote. Ce garçon parlait beaucoup trop pour son propre bien, jugea-t-il.

« Il y a eu une communication sortante en direction des forces de sécurité. Je n'ai pas pu déchiffrer le contenu, mais j'ai dérouté le signal. Ça devrait nous donner un peu de répit. J'ai cru que le message signalait votre mort, c'est pour cela que je suis sorti de la planque, j'étais sur le point de disparaître lorsque je vous ai vu sortir… »

Il se mordit les lèvres, une curiosité avide dans les yeux.

« Elle est bien morte, n'est-ce pas ? Vous avez réussi ? »

Aka acquiesça, sans rien ajouter. Cette fois, le garçon garda le silence et son regard s'égara sur sa tenue. À la recherche de traces du combat, ou bien pour comparer avec ses souvenirs des vêtements de son maître ?

« De combien de temps disposons-nous ? » tenta l'être-miroir pour faire diversion.

Il toussa pour faire bonne mesure et justifier sa voix rauque. Dans l'ombre de la cagoule, il ne quittait pas le disciple des yeux, guettant le moindre signe d'alerte.

« Je l'ignore, Maître », dit-il en se laissant aller en arrière dans le fauteuil, l'air soudain fatigué. Sa main gauche disparut du champ de vision d'Aka.

« Ne fais pas ça, prévint Aka, sans chercher à masquer sa voix.

— De quoi parlez-vous, Maître ?

— Ton odeur pue la peur et la violence. Alors, lâche ce que tu as dans ta main gauche, détends-toi et nous pourrons nous entendre. »

L'attaque fut rapide. Pas subtile, mais avec une bonne technique du couteau. Aka évita la lame en se penchant en avant, et déchira le bras armé à l'aide de ses griffes enduites de neurotoxines. Les yeux du garçon se révulsèrent et son corps se cambra en arrière avant de finir plié en deux par-dessus le harnais de sécurité, le visage figé sur un masque de surprise douloureuse.

L'écran de contrôle du pilotage automatique indiquait l'adresse renseignée. Ils arriveraient dans un peu moins d'une demi-heure locale. Après un moment passé à détailler les commandes, tâtonnant dans les menus, il parvint à demander un arrêt. Le véhicule quitta aussitôt la voie rapide et s'engouffra bientôt dans un tunnel menant à une aire de rechargement qui proposait des toilettes et un kiosque de restauration. Il n'y avait personne d'autre. Parfait.

Il vérifia les constantes vitales du garçon. Il avait dosé massivement les neurotoxines, le jeune homme n'allait pas se réveiller avant cinq bonnes heures, et il garderait peut-être des séquelles. Il le fouilla pour lui enlever ses armes. Un couteau, jumeau de celui qui était resté dans sa main serrée, des projectiles fumigènes artisanaux, des liens paralysants. Il se servit de ces derniers pour entraver le garçon. Il aurait besoin de lui si l'investigation à l'adresse indiquée ne donnait rien. Dans les compartiments situés au plafond et sous le tableau de bord, il trouva des grenades de différentes sortes – fragmentation, impulsion électromagnétique, poivre –, et une arme de poing automatique. Chaque article de cet arsenal avait son numéro de série limé et ses sécurités désactivées. On dénichait les mêmes armes noires dans toutes les villes. Il conserva un couteau et empocha une IEM, pour le cas où il rencontrerait des adeptes des cyberaugmentations, et fourra le reste dans un sac à cadavre plié derrière son siège.

Il porta le bras blessé à sa bouche et aspira deux petites gorgées de sang. Il ferma les yeux pendant que son corps intégrait le génome, tout en filtrant les neurotoxines. Son imagination lui représentait le processus sous la forme de cellules qui développaient une nouvelle facette, s'enrichissaient comme si elles absorbaient une identité supplémentaire qu'il pourrait ensuite incarner lorsqu'il le désirerait. Cela se faisait sans qu'il ait à y participer consciemment. Seule la mémoire sur le long terme impliquait qu'il se mette en transe pour graver en lui un code génétique afin qu'il ne se dissipe pas en quelques jours au fur et à mesure du renouvellement de ses cellules.

Une fois le processus achevé, il prit l'apparence du garçon. Lorsqu'il ouvrit à nouveau les yeux, il avait un corps jeune, copie parfaite de celui à ses côtés, à l'exception de sa paume intacte. Il sortit du véhicule et fit quelques pas chancelants, tant à cause de la fatigue que du temps d'adaptation nécessaire pour contrôler parfaitement une nouvelle enveloppe. Il marcha jusqu'au kiosque, constatant avec plaisir l'absence de vidéosurveillance, et commanda deux plateaux protéinés avec surdose de glucose. Il dévora les deux repas, rechargeant ses réserves, puis en prit un troisième. Chaque transformation puisait dans son énergie, mais c'était le contrecoup du poison qui l'avait le plus affaibli. Il avait passé une sale nuit, et elle n'était pas encore achevée.

Il regagna ensuite le véhicule et se laissa aller en arrière dans le fauteuil. La chance lui souriait enfin. L'ordinateur de bord lui demanda s'il souhaitait reprendre la route, rappelant qu'il ne restait qu'une demi-heure avant d'arriver à destination. Il donna son accord par la commande appropriée, et se permit un sourire satisfait, qui vacilla aussitôt sous un train de réflexions.

Ne devrait-il pas plutôt noter l'adresse, puis conduire pour aller faire son rapport ? Son maître saurait ce qu'il fallait faire. Ou bien, il pouvait suivre cette piste pour ne pas risquer de la perdre. Il pouvait décider de lui-même ce qu'il convenait de faire. Mais les ordres de son maître...

Il se concentra pour produire une quantité accrue d'endorphine, et s'enfonça dans un doux brouillard cotonneux où ses pensées se diluèrent.

*

Son horloge interne le réveilla peu avant d'arriver à destination. Les écrans de contrôle n'affichaient aucune alarme. L'indicateur de course-poursuite restait dans un gris inactif, signe qu'aucune filature n'avait été décelée. Le garçon n'avait pas bougé. Il respirait toujours.

Le véhicule s'arrêta devant une haute grille, passage obligé pour franchir un mur d'enceinte. Des systèmes d'armes automatisés s'accrochaient au sommet de leurs longues pattes métalliques, braquant leurs capteurs sur le transport. Aka se tendit, une grenade IEM à la main, prêt à s'éjecter du véhicule, mais ce dernier émit un code d'authentification qui ouvrit la grille et mit en veille les armes mobiles. Ils franchirent le point d'entrée sans encombre.

Une banlieue pavillonnaire déroulait ses résidences à deux étages le long d'avenues monotones, présentant les mêmes arbres, les mêmes jardins étriqués et les mêmes véhicules garés au bord de la voie. Ça n'avait rien à voir avec les modules d'habitation qui jonchaient le terrain de part et d'autre des barbelés encadrant la route qui reliait le port au cœur de la mégalopole. Il s'agissait là de véritables maisons reproduisant le mode de vie de la petite bourgeoisie historique, dont les nostalgiques et les héritiers parvenaient toujours à émerger, quelle que soit la puissance de la révolution qui les délogeait de leur piédestal pour quelques dizaines ou centaines d'années. On retrouvait la même chose dans le fief des biolaboratoires Servier, et Aka avait souvent entendu son maître critiquer ces nouveaux riches.

Le véhicule ralentit à l'approche de sa destination. Il commanda l'ouverture de la porte du garage, s'y engouffra et s'éteignit finalement. Aka sortit prudemment et inspecta

230

la pièce. Il s'attendait à un quartier général, des armes, des véhicules, d'autres assassins peut-être. Au lieu de ça, le local contenait du matériel de jardinage, des bottes et un établi avec des outils étiquetés et rangés par ordre de taille. Il chercha un passage dissimulé, une cave ou bien même un placard d'armement. En vain.

Il se tourna alors vers la porte renforcée qui menait à l'habitation. Ouverture à contrôle biométrique. Il y plaça sa main droite et regarda dans le lecteur optique. L'accès se déverrouilla sans un bruit tandis qu'une lueur verte indiquait que tout était pour le mieux.

Bienvenue chez toi, garçon.

Le couloir était bordé par deux portes à gauche, une à droite et un escalier conduisant à l'étage. Il progressa en silence, entrouvrant chaque porte avant de poursuivre. Une chambre, une salle d'hygiène et une dernière porte, fermée par une serrure à clef en plus de la sécurité biométrique. Il n'insista pas. Au bout du couloir, un holocran diffusait des spots musicaux, le son étouffé. Il s'avançait pour jeter un coup d'œil discret lorsqu'un canon glacé se posa sur sa nuque.

«Ah, c'est toi! lui lança une petite femme aux cheveux grisonnants, dans l'encadrement de la porte auparavant verrouillée. Tu m'as fait peur à te déplacer comme ça.»

Elle baissa son arme et s'avança pour le prendre dans ses bras. Elle sentait la graisse militaire et la transpiration. Bien que plus petite que le garçon de presque deux têtes, elle dégageait une impression de force affûtée qui démentait sa tenue de ménagère, avec son tablier de cuisine signé d'un *Linda* avec un cœur sur le i. Comme un cadeau de fête des mères.

La porte se referma derrière elle sans le moindre bruit, laissant tout juste à Aka le temps d'apercevoir des murs entiers recouverts de périphériques informatiques et de câbles croisés, ainsi que des rangées d'armes.

Linda se recula finalement et le gifla.

«Qu'est-ce que vous foutiez putain? Ça devait être une mission rapide! Où est ton maître?

— Je ne sais pas ce qu'il s'est passé, gémit-il, tête baissée. Il n'est jamais ressorti…

— Conneries ! siffla-t-elle. J'ai capté les communications de forces de sécurité, et ils sont à sa recherche. Il est ressorti il y a une heure environ ! »

Aka la regarda avec un air d'incompréhension, avant de mimer la honte.

« Je suis resté aussi longtemps que possible… »

Elle se mit à le frapper à nouveau, du poing cette fois. Il encaissa sans broncher, se laissant tomber au sol, les bras remontés pour protéger son visage. Elle le regardait sans le voir, déchaînant sa colère et sa peur.

« Petit con… Je n'aurais jamais dû te laisser y aller à ma place. »

Elle balança un nouveau coup de pied, avant de se laisser tomber en arrière dans une chaise, l'air abattu.

« On ne peut pas y retourner, constata-t-elle, le quartier est verrouillé. Il va devoir s'en sortir seul.

— Il va s'en sortir, affirma Aka, d'un ton plein d'espoir. Mais il ne pourra pas contacter le commanditaire et empocher la prime. Il faudrait que l'on s'en charge, non ? »

Linda lui lança un drôle de regard, évaluateur et soupçonneux. Elle s'apprêtait à lui répondre lorsqu'une alarme retentit dans la salle verrouillée. Ses yeux s'égarèrent dans le coin supérieur droit de son champ de vision.

« Le portail nord est désactivé. Intrusion probable. »

Elle se précipita vers la salle verrouillée, qu'elle ouvrit avec une clef dissimulée dans sa ceinture. Elle se plaça devant un poste de commande intégré au mur et lança une série d'instructions. L'éclairage de la maison s'éteignit aussitôt et les moniteurs montrèrent les environs immédiats de l'habitation. L'affichage alternait les spectres lumineux à la recherche d'une menace. Rien ne bougeait.

« S'ils ont capturé Rob, ou ont réussi à l'identifier, les services spéciaux pourraient remonter jusqu'à nous. Improbable, mais pas impossible. Bien sûr, l'explication la plus logique serait qu'ils t'aient suivi… Tu as bien conduit avec l'anti-filature activé ?

— Bien sûr que oui ! Je ne suis pas stupide !

— Ah ouais ? Alors comment expliques-tu cette intrusion ?

— Et si le commanditaire nous avait trahis ? tenta Aka.

— Non, souffla-t-elle en secouant la tête. Il ne nous ferait jamais ça. Il ne prendrait pas ce risque. »

Elle paraissait sûre d'elle. Pourtant Aka sentit la chimie de ses émotions s'altérer doucement tandis que le doute faisait son chemin. Il dut retenir un sourire. Elle connaissait le commanditaire. Et elle se croyait protégée par la menace de divulguer son identité ou une autre information compromettante. L'assurance classique des exécutants.

Sur les moniteurs, ils virent un fourgon se garer devant la maison, et deux combattants en sortir. Ils portaient des tenues de camouflage urbain avec casque intégral pour opérations nocturnes. Le plus grand était d'une carrure impressionnante, un véritable monstre.

« Déclenche le piège ! » ordonna Linda d'un air féroce, tout en s'équipant d'un fusil d'assaut à la forme ramassée et d'une ceinture de grenades et de chargeurs supplémentaires.

Aka la regarda sans savoir ce qu'il devait faire. Elle l'écarta brusquement en jurant et rentra une série d'instructions dans le poste de commande. L'impulsion électrique émise devait déclencher l'explosion d'un piège proche des deux intrus. Il ne se passa rien. Sur le moniteur, le géant leur adressa un signe moqueur de la main. Puis, à mesure qu'il s'avançait, les écrans affichaient un message d'absence de flux vidéo. Ils furent bientôt aveugles.

« Putain de cyborg », cracha la femme.

Aka se souvint d'un rapport évaluant les capacités de ces créatures artificielles, aux corps presque intégralement mécaniques. Ces abominations possédaient des instruments pouvant détecter les circuits électroniques et les désactiver dans un court rayon.

Ils les entendirent pénétrer dans la maison.

Linda fourra un pistolet chargé dans les mains d'Aka, verrouilla la porte et prit position derrière une barrière antiémeute qui servait de support à des moniteurs. Puis elle attendit, avec un calme démenti par l'odeur de surexcitation guerrière qui émanait d'elle. Aka vint s'installer à côté d'elle.

Ils entendirent des bruits de pas, et quelqu'un frappa à la porte. Ils ne répondirent pas. Tous les écrans de la pièce affichèrent de la neige statique. Le cyborg était tout proche.

Il y eut une détonation étouffée, puis la porte s'ouvrit sur un nuage de poussière et une odeur de poudre. Linda tira une rafale qui troua le mur de l'autre côté du couloir, puis elle lança une grenade à fragmentation réglée sur le délai minimum. Elle explosa dès qu'elle toucha le sol, laissant tout juste à Aka le temps de baisser la tête. Lorsqu'il jeta un coup d'œil prudent, il n'y avait toujours rien à voir.

« Nous voulons simplement discuter, annonça une voix féminine.

— Quand on veut discuter, on n'explose pas de porte ! répliqua Linda. Vous avez cinq minutes pour décarrer, après quoi je fais sauter la baraque. Votre cyborg peut vérifier : six charges reliées par des câbles protégés contre son brouillage. »

Il y eut un moment de silence, probablement pour vérifier la véracité de la menace et réévaluer la situation.

« Dès qu'ils seront partis, murmura-t-elle sans quitter la porte des yeux, je lancerai la minuterie et on dégage par-dessous. Dégage la trappe et va-t'en, prends de l'avance. Je vais les retenir. »

Aka ne réagit pas. Il ne se tourna même pas vers la trappe dans son dos, qui menait sans doute à un passage souterrain. Son regard restait braqué sur la porte, bouche bée.

Ils entendirent le son de quelque chose traîné par terre. La même voix de femme s'éleva, toute proche de l'encadrement de la porte, mais sans rien laisser transparaître de sa position.

« On va plutôt faire à notre façon : dites-nous qui est le commanditaire de l'attaque contre l'ambassade ou nous exécutons votre fils. Vous avez dix secondes. »

Le garçon fut jeté au sol dans l'encadrement de la porte, toujours inconscient. On l'aurait cru mort si l'on n'avait pas vu sa poitrine se soulever au rythme de sa respiration.

« Dix. Neuf. »

Linda n'hésita qu'un court instant. Elle se retourna tout en esquivant d'un pas de côté, mais Aka était trop proche d'elle. Il bloqua son arme et frappa dans le ventre. Son coup suivant lui griffa la joue, et les neurotoxines la paralysèrent rapidement. Aka la retint et l'allongea doucement sur le sol.

« Trois. Deux.

— Vous pouvez entrer.

— Qui parle ?

— Un miroir sans reflet », rétorqua-t-il avec un humour hésitant.

Après un moment de silence, Juliette Servier-Jouroi apparut, pistolaser braqué sur la tête du garçon. Elle regarda Aka d'un air méfiant.

« C'est bien moi, confirma-t-il. Content de vous revoir. »

Le pistolaser se déplaça pour le viser, lui.

« Lâche ton arme et mets-toi à genoux, mains bien en évidence », ordonna-t-elle d'un ton glacial.

*

Aka était agenouillé, les mains croisées sur sa tête. Le cyborg le tenait en joue de son fusil d'assaut. Sa carrure massive écrasait les proportions de la pièce. Il ne le quittait pas de ses yeux chromés inexpressifs et, pour les sens de l'être-miroir, il n'émettait aucune phéromone, aucune odeur chimique. Ce n'était qu'un agglomérat de métal froid. Il était terrifiant.

« Comment êtes-vous arrivés ici ? » demanda Aka pour briser le silence pesant.

Juliette Servier-Jouroi ne lui avait pas adressé la parole autrement que pour lui dire de ne pas bouger. Après avoir fouillé la pièce, elle s'installa devant le poste de commande et écrivit des lignes de code à toute vitesse. D'après son air renfermé, elle ne trouvait pas ce qu'elle espérait. Aka captait sa détermination, mais aussi un trouble qui n'était pas présent la dernière fois qu'ils s'étaient vus. Elle évitait de le regarder et gardait soigneusement ses distances. Un instant, il se demanda s'il n'avait pas rêvé ce moment où elle lui avait tenu la main ou celui où elle lui parlait avec passion.

« Votre *ami* appartient aux services spéciaux, déduisit-il soudain, déterminé à les faire parler.

— Comment…», commença le cyborg avant que la jeune femme ne lui fasse signe de se taire.

Elle continuait de pianoter, sans se tourner vers lui, sans paraître lui accorder la moindre attention. Pourtant, elle avait réagi pour couper la créature mécanique.

«La femme, là, Linda, a émis l'idée que les services spéciaux pourraient remonter jusqu'à cette adresse, s'ils identifiaient le techninja – Rob de son vrai nom, expliqua Aka. Je suppose que vous êtes celui qu'elle est allée voir pour analyser le poison et le sang prélevés. Si vous avez les équipements et les connaissances pour faire une telle analyse en aussi peu de temps, vous avez également pu séquencer le génome et lancer une recherche dans vos bases de données. À ce propos, qu'ont donné les analyses des prélèvements?»

Juliette Servier-Jouroi se détourna enfin du terminal. Elle vint se planter devant lui, restant à trois mètres tout en laissant dégagée la ligne de mire du cyborg.

«Si vous êtes ici, je suppose que cela signifie que cette Linda sait quelque chose, dit-elle en sortant enfin de son mutisme.

— Elle connaît l'identité du commanditaire de l'attaque de l'ambassade, lâcha-t-il d'un ton satisfait. Enfin, de la personne qui a embauché le techninja, donc sans doute un intermédiaire. Ce qui est tout de même une piste sérieuse vers le commanditaire.

— Oui, d'où votre présence ici. Mais alors, pourquoi ne l'avez-vous pas tuée?

— La tuer?» répéta Aka, sans comprendre.

La question tourna dans sa tête, écho sans réponse. Puis il fit le lien avec l'arme qui le visait, et l'attitude distante de la jeune femme malgré le fait qu'il ait remonté la piste tout comme elle.

«Vous pensez que mon maître est le commanditaire!

— Vous êtes son être-miroir. Vous êtes entré dans l'ambassade grâce à son empreinte génétique, justement la nuit où l'on tentait de m'assassiner. Vous êtes intervenu juste assez tard pour laisser l'assassin remplir son contrat. Quant aux poisons utilisés par le techninja, peu de laboratoires en dehors des nôtres ont les compétences pour les produire. Les preuves semblent le désigner.

— J'étais là sur son ordre, pour vous protéger ! Quant aux poisons, vous n'avez rien trouvé de probant, ou vous l'auriez dit clairement. Ce ne sont pas des preuves, seulement des soupçons infondés !

— Je ne connais aucun autre laboratoire que les nôtres capable de produire un tel virus tout en rendant sa provenance indétectable.

— Vous n'en connaissez aucun, mais cela ne veut pas dire qu'il n'y en a pas.

— Et quant à produire un virus capable de mettre hors-jeu un système immunitaire du niveau de celui de l'ambassade, et qui se dissout ensuite jusqu'à ne laisser aucune trace dans le sang, c'est encore plus improbable !

— Improbable peut-être, mais ce n'est pas une preuve. »

Ils s'affrontèrent du regard. Elle paraissait sincèrement convaincue que ses présomptions formaient des preuves irréfutables.

« Votre être-miroir n'était pas présent lors de sa visite protocolaire, raisonna Aka. Mon maître ignorait donc son existence, tout comme moi. Pourquoi aurait-il fourni au tueur un poison brise-glace ? Le vrai commanditaire devait savoir, lui.

— Peut-être était-ce une simple mesure de précaution, à moins que le secret n'ait été divulgué. À moins encore que le poison n'ait été destiné à vous éliminer, vous, afin de réduire encore les risques que l'on remonte jusqu'à lui.

— C'est ridicule, jugea Aka en levant les yeux au ciel. De toute façon, il n'a aucune raison de s'en prendre à vous. Vous êtes sa cousine !

— Certains membres du Conseil n'approuvent pas la paix avec les technocorporations et souhaitent la reprise de la guerre. Mon cousin est de ces gens-là. Un attentat contre ma personne sert ses intérêts stratégiques et personnels, quel qu'en soit le résultat. Si je meurs de la main d'un techninja ici même, dans le fief des ennemis historiques de ma famille, la guerre est certaine. Si je survis grâce à l'intervention de l'être-miroir de mon cousin, les tensions sont tout de même ravivées et il apparaît comme un héros.

Quelle que soit l'issue de l'attaque, il en est le principal bénéficiaire. »

Aka détourna le regard pour ne plus voir les yeux pers de la jeune femme, qui brillaient de la certitude de la cible à abattre. Il comprenait son raisonnement, mais tout son être hurlait qu'elle se trompait. Il le savait au fond de lui, sans parvenir à trouver le moyen de l'en convaincre.

« Je ne peux pas le croire…

— J'aurais dû m'y attendre, jugea-t-elle d'un ton froid où perçait sa déception. Vous êtes incapable de penser et agir par vous-même.

— C'est faux ! C'était ma décision de faire croire à votre mort, et c'est comme ça que j'ai pu remonter la piste jusqu'ici en me faisant passer pour le techninja, puis pour son élève. J'aurais dû rentrer faire mon rapport, mais j'ai choisi de venir. Pour vous aider. »

Il ne voulait pas qu'elle le crût incapable de penser par lui-même. Il savait qu'à ses yeux cela signifiait être un moins que rien.

« Quant à cette femme, Linda, je ne l'ai pas tuée. Au contraire, je l'ai neutralisée pour pouvoir l'interroger. Dose minimale de neurotoxines : elle est paralysée, mais peut voir, entendre et penser. Je peux l'interroger, si vous m'autorisez à bouger sans que votre robot m'exécute. »

Elle hésita et parut réévaluer la situation. Elle hocha finalement la tête, et l'arme du cyborg s'abaissa, tout en restant pointée dans sa direction.

« Surveille ton langage, petit, dit le cyborg d'une voix aux reflets métalliques. Si tu me traites encore de robot, je te casse en deux. »

Aka lui répondit par un sourire insolent. Il avait envie de se perdre dans un accès de violence, pour balayer le trouble que faisaient naître en lui Juliette Servier-Jouroi et ses discours interminables. Il était un soldat, lui, pas un stratège. La jeune femme lui toucha l'épaule.

« Vous avez pris la bonne décision en venant ici. Merci.

— Mais vous croyez toujours que mon maître est le commanditaire, n'est-ce pas ?

— Oui, mais vous n'y êtes pour rien s'il vous a manipulé. Vous n'êtes qu'un pion de plus à ses yeux.

— Vous avez tort, il n'est pas comme cela. Je vais vous aider à démasquer le vrai coupable, et vous verrez. »

Aka redressa Linda en position assise contre le mur, et prit ses mains entre les siennes. Il se concentra sur ce qu'il ressentait venant d'elle. Un peu de haine dans un océan de peur. Peur de ne pas retrouver le contrôle de son corps, peur des effets secondaires, et peur de cet être ayant l'apparence de son fils et prétendant lire dans ses pensées.

« Votre fils est vivant, il va bien. »

Soulagement. Méfiance.

« Vous connaissez l'identité du commanditaire de l'attaque contre l'ambassade Servier. »

Bien qu'incapable du moindre mouvement, sa chimie interne trahit la violence de sa réaction. Intérieurement, elle s'arc-boutait pour s'éloigner de lui, retirer ses mains, ou même seulement fermer les yeux. Elle ne pouvait rien faire de tout cela. Piégée par son propre corps.

« Est-ce Louis-Charles Servier-Bach ? »

Sa réaction fut une rapide succession d'incompréhension, de joie perverse et d'espoir. Elle se réjouissait de son erreur, du fait qu'il se trompait sur l'identité de celui qui les avait engagés. Aka leva les yeux vers Juliette Servier-Jouroi et lui fit signe que la réponse était négative. Il savait que cela ne signifiait rien, car la personne connue du tueur n'était qu'un intermédiaire, mais son cœur avait bondi, voulant voir là une preuve de l'innocence de son maître.

« Est-ce une personne travaillant pour Louis-Charles Servier-Bach ? »

Elle n'en savait rien.

« Est-ce un homme ? »

Oui. Mais il n'avait pas d'autre nom de suspect à lui soumettre, aussi se décida-t-il à changer d'approche.

« Est-ce lui qui a fourni le poison brise-glace ? »

Incompréhension.

« A-t-il fourni un poison pour enduire ses projectiles intermétacarpiens ? »

Oui.

« Vous a-t-il également fourni un virus pour franchir la sécurité de l'ambassade ? »

Non – mais à nouveau l'acidité de la joie perverse, comme si elle comprenait quelque chose à ses dépens.

« Vous a-t-il fourni un produit à ingérer ou à s'injecter dans le sang ? »

Non.

Aka fronça les sourcils. Il jeta un coup d'œil à Juliette Servier-Jouroi. Elle semblait aussi perplexe que lui.

« Est-ce lui qui a décidé de la date de l'attaque ? »

Oui.

Un frisson parcourut Aka.

« Vous a-t-il dit qu'à ce moment, la sécurité de l'ambassade serait désorientée ? »

Oui !

Aka serra les dents à s'en faire mal. Cela expliquait pourquoi le sang du techninja ne présentait aucune trace d'un virus chargé de désactiver la sécurité de l'ambassade. Il n'avait pas besoin d'une telle arme, car l'organisme était déjà désorienté lorsqu'il avait attaqué. Le commanditaire s'en était assuré.

Comment avait-il pu insérer le virus dans le bâtiment justement cette nuit ? Aka déglutit. Il ferma les yeux et se concentra sur ses cellules pour modifier la structure de son corps, changer d'aspect en se basant sur un code génétique absorbé sans y prêter attention.

Dans sa gorge, le goût salé légèrement amer du sperme.

La vive réaction de la femme à la vue de sa nouvelle apparence suffit à confirmer ses craintes. Le techninja n'avait pas eu besoin de désorienter le système immunitaire : Aka l'avait fait à sa place. Il était le coupable qui l'avait contaminé avec un virus qu'on lui avait fait ingérer. On l'avait manipulé. Cette pensée le mit dans une fureur terrible. Ce n'était pas seulement le fait d'avoir été utilisé pour s'en prendre à un membre d'une lignée Servier, mais parce que lui, Aka, avait été trompé.

Il se tourna vers Juliette Servier-Jouroi et désigna son nouveau visage d'un doigt tremblant :

« Voici le visage du coupable. Celui qui a engagé le tueur. »

Puis il se leva, ne voulant plus sentir la joie perverse de Linda. Il raconta tout ce qu'il avait omis lors de son premier rapport à la jeune femme. Les détails du rendez-vous où il avait joué le rôle d'une prostituée. Le trouble de l'homme et l'absence de clarté sur son ressenti, qu'il avait mis sur le compte du désir physique et de difficultés à communiquer avec les phéromones, mais qui masquaient quelque chose de bien plus grave. Le sperme, qu'il devinait maintenant chargé du virus destiné à désorienter le système de défense. En pénétrant dans l'ambassade, Aka avait permis au tueur d'y accéder à son tour.

« Mais cela ne prouve rien ! insista-t-il. Louis-Charles ne connaissait pas cet homme, lui non plus. Il a été dupé, tout comme moi ! »

Juliette Servier-Jouroi ne prit même pas la peine de répondre.

Le cyborg avait enregistré son nouveau visage et avait lancé une recherche dans ses bases de données. Le résultat arriva très rapidement.

« Il s'agit d'Albus Dokshire. Ancien agent des renseignements. Soupçonné d'entretenir des liens avec Servier. A disparu durant la dernière année de la guerre, présumé mort jusqu'à cette nuit. Il vient d'être retrouvé mort dans un accident de circulation.

— Le commanditaire élimine l'intermédiaire pour se couvrir », commenta la jeune femme.

Aka et elle échangèrent un long regard. Suppliant d'un côté, résolu de l'autre.

« Cela ne prouve rien, répéta mécaniquement Aka.

— On peut facilement s'en assurer, si vous acceptez de m'aider. C'est le moment de faire un choix, Aka. »

Oui, il devait choisir. Il ne s'agissait plus de suivre les ordres, mais de décider ce qu'il voulait, lui. Elle avait raison.

*

Louis-Charles Servier-Bach était dans le salon particulier de la résidence réservée à son court séjour. Des cernes soulignaient ses yeux fatigués à force de parcourir les rapports des agents de terrain. Son secrétaire se tenait devant lui, mémorisant les ordres qu'il donnait à la volée.

Lorsqu'il sortit, le comte se laissa aller en arrière, les deux mains sur les yeux. Il augmenta une nouvelle fois sa production d'endorphines et sa migraine diminua. Il devait tenir bon. Tant de choses dépendaient de sa gestion des évènements.

Une porte s'ouvrit. Il s'agissait de l'accès réservé pour ses agents personnels, ceux qu'il préférait ne pas voir passer par l'entrée officielle. Alerté par le mouvement d'air, Louis-Charles Servier-Bach se mit debout, et blêmit devant Albus Dokshire. Il se ressaisit aussitôt, au prix d'un grand effort.

« Un subterfuge pour faire croire à ta mort dans cet accident, commenta-t-il d'un ton badin magnifiquement contrôlé. Je le soupçonnais, mais je te croyais assez intelligent pour en profiter pour disparaître, quitter la ville ou même la planète. Pourquoi es-tu ici ? Pour me faire chanter ? »

Il avait besoin de toute sa concentration pour paraître maître de lui tout en émettant un signal d'alarme, un condensé de phéromones qui ferait surgir sa garde en quelques secondes. Lorsqu'il porta enfin toute son attention sur ses perceptions d'Albus Dokshire, il était trop tard.

« Toi ! » gronda-t-il, le visage soudain déformé par un rictus de rage.

Sous ses yeux exorbités, Albus Dokshire se transforma en un second Louis-Charles Servier-Bach, qui émit aussitôt une annulation de son ordre précédant, laissant sa garde à leur poste.

La porte s'ouvrit à nouveau, et sa cousine fit son entrée. Ce second choc fit chanceler le comte. Il ignora son être-miroir et accueillit la nouvelle venue en écartant légèrement les bras, comme pour une accolade.

« Chère cousine, je suis si heureux de vous voir en vie.

— Ne bouge pas, le prévint Aka d'une voix monocorde. Et n'essaye plus de communiquer avec quiconque en dehors de cette pièce, tu sais que je le saurais tout de suite. »

Son maître connaissait ses talents et son habileté avec ses griffes empoisonnées. Un tic agita sa joue droite alors qu'il se retenait d'éclater, de crier sur son serviteur qui lui donnait un tel ordre et se tenait debout au lieu de ramper en pleurant et hurlant de lui pardonner sa trahison.

« Je n'ai jamais voulu qu'il vous arrive le moindre mal, se défendit-il, tourné vers la jeune femme. Je n'ai fait qu'agir pour le bien de notre famille, vous devez comprendre cela. Votre place n'est pas ici, dans cette ville inhumaine, mais au sein de notre famille ! J'ai fait le nécessaire pour vous sauver de cet odieux statut d'otage.

— Vous avez commandité un attentat contre ma personne.

— Seulement pour les apparences ! Il fallait un motif suffisant pour vous extrader. Une tentative d'assassinat était le moyen le plus sûr. »

Il commençait à parler d'une voix plus assurée, retrouvant progressivement le contrôle de ses facultés. Ses mains ne tremblaient presque plus et son visage montrait un désir certain d'être cru. Juliette Servier-Jouroi le regardait sans rien dire, impassible. Elle paraissait soupeser la vie de son cousin.

« Tout était fait pour que ce soit crédible, insista-t-il, tout en prenant des précautions pour s'assurer que l'assassinat serait un échec, évidemment. J'ai envoyé mon propre être-miroir pour s'assurer qu'il ne vous arriverait rien, pour veiller sur vous.

— Et vous avez fourni à votre assassin un poison destiné à tuer en retour l'être-miroir qui s'en prendrait à lui. Si Aka mourait, le dernier lien entre vous, Dokshire et l'assassinat disparaissait. »

Le comte voulut nier, mais le lien qui l'unissait à Aka rendait tout mensonge impossible en sa présence. Il lança un regard assassin à son être-miroir, les pensées à nouveau balayées par un éclair de rage aveugle. Sa créature n'avait pas grand-chose à faire pour que le plan réussisse, et pourtant il avait tout gâché.

Il trouva cependant les ressources nécessaires pour continuer, proche du désespoir, mais refusant d'abandonner.

« Je n'ai fait qu'agir pour le bien de notre famille.

— Non, vous n'avez agi que pour vous-même. Si je meurs, vous éliminez une concurrente à la succession, un membre d'une lignée plus centrale que la vôtre. Si je survis grâce à votre être-miroir, vous passez pour un héros et je vous suis redevable. Et dans les deux cas, vous réduisez en cendres la paix avec les technocorporations, ce qui remet sur le devant de la scène votre famille et sa faction belliqueuse.

— Je ne nie pas que j'avais un intérêt personnel dans l'affaire, mais cela ne change rien au fait que j'ai pris des précautions pour que vous ne mouriez pas, vous devez le reconnaître ! »

Il lui adressa un sourire contrit. Peut-être tout n'était-il pas perdu…

« Je le reconnais », admit la jeune femme, soudain conciliante. Elle avait baissé la tête et adoptait une posture humble, reconnaissant l'excès de ses accusations. « Pardonnez-moi, j'ai seulement été choquée par cette attaque, et blessée que vous, mon cher cousin, vous puissiez vouloir ma mort.

— Jamais je n'ai souhaité votre mort ! s'écria Louis-Charles Servier-Jouroi, oubliant l'espace d'un instant la présence de son être-miroir.

— Il ment, jugea Aka, impitoyable.

— Sale traître ! explosa son maître, comprenant que tout était perdu. Comment oses-tu te retourner contre moi ? Tu n'es rien ! Rien ! Des cellules sans conscience ! Et tu me trahis ? Sale cancer ! Je t'éliminerai comme la tumeur que tu es, lentement, je… »

Aka le gifla. Pas très fort, mais cela suffit pour le faire taire.

« Toi, mon créateur, tu devrais plus que tout autre savoir que j'ai une conscience. Conscience que tu as écrasée, bridée, pour mieux m'utiliser. Et maintenant, tu t'en prends à un membre de ta propre famille ! C'est toi, le cancer.

— Finissons-en, ordonna la jeune femme.

— Vous ne pouvez pas me tuer ! Je suis l'héritier au sixième degré du grand Servier, vous n'avez pas le droit.

— Je ne vais pas vous tuer, cher cousin. Seulement vous endormir le temps de vous emmener avec moi voir les dirigeants des technocorporations, où nous pourrons calmer la situation avant que les efforts consentis pour la paix soient réduits à néant. Alors, seulement, vous recevrez le jugement que vous méritez. »

Louis-Charles Servier-Bach ressentit une piqûre au cou, puis les neurotoxines commencèrent à l'engourdir. Alors que son système immunitaire renforcé luttait contre l'inconscience, il vit Aka se pencher sur lui et émettre un message codé spécialement pour lui.

Sache que je te crois : je sais que tu as agi dans l'intérêt de la famille.

Une bouffée d'espoir et le frisson de la victoire envahirent le comte. Il se concentra pour transmettre ses consignes par le lien chimique qui les unissait. Il fallait faire vite ! D'abord, neutraliser la jeune femme. Puis… Alors que son message se bousculait, Aka reprit :

Cependant, j'ai fait le choix d'agir désormais selon ce qui me paraît juste, sans plus suivre les ordres et le plan de quelqu'un d'autre. Adieu, « maître ».

Il ressentit une nouvelle piqûre. Son système immunitaire se retrouva débordé et les ténèbres l'engloutirent sous le regard de sa créature.

*

Ils purent quitter le bâtiment sans encombre grâce à Aka, qui avait conservé sa forme de Louis-Charles Servier-Bach et distribuait des ordres visant à faciliter la suite. Le cyborg les retrouva et les aida à charger le comte inconscient à l'arrière du véhicule, aux côtés de Linda et de son fils. Puis ils se mirent en route vers le siège des instances dirigeantes du technofief.

L'aube chassait enfin l'obscurité de la nuit.

Tandis qu'ils circulaient sur la voie rapide, un drone se plaça au-dessus d'eux et requit une identification. Le cyborg connecta une carte magnétique au tableau de bord, et un code des services spéciaux lança le robot vers une autre cible. Les forces de sécurité étaient toujours en alerte, évidemment.

Aka se laissa aller en arrière dans son siège, avec un gémissement de douleur.

«Vous ne vous sentez pas bien? lui demanda Juliette Servier-Jouroi.

— J'ai trop présumé de mes forces. Je n'ai rien mangé de la nuit, je suis à bout.»

La jeune femme demanda au cyborg de s'arrêter sur une aire de rechargement pour prendre un repas. Elle-même avait les traits tirés.

Il y avait trois véhicules garés près du kiosque. Les conducteurs étaient attablés au comptoir. Le cyborg sortit pour aller chercher les repas. Aka insista pour descendre également. La jeune femme le suivit et ils emboîtèrent le pas au géant.

«Est-ce que ça va aller? demanda-t-elle. Vous n'avez vraiment pas l'air bien.»

Elle s'approcha pour le soutenir tandis qu'il trébuchait. Elle n'eut aucune chance d'esquiver. Aka la griffa délicatement sur la nuque, après avoir dosé soigneusement les neurotoxines. Elle chancela, une main sur le cou, l'autre empoignant son pistolaser, mais déjà la paralysie s'emparait d'elle. L'être-miroir accéléra le pas, sans plus feindre un état de faiblesse avancé. Le cyborg se retourna lorsqu'il entendit la jeune femme tomber.

«Crève, robot», lança Aka avec un plaisir libérateur.

La grenade à impulsions électromagnétiques détona depuis sa poche et toucha le géant de plein fouet. Sans prendre le temps de s'assurer que les circuits du corps artificiel étaient irrémédiablement grillés, il prit deux grenades à fragmentation dans le sac du cyborg. Il en plaça une dans la bouche du robot et s'éloigna en courant. Après l'explosion, il constata qu'il n'aurait finalement pas besoin de la seconde.

Deux des civils se cachaient derrière le kiosque. Le troisième tenta de rejoindre son véhicule. Aka s'occupa d'eux avec le pistolaser de Juliette Servier-Jouroi, sachant qu'il ne devait pas laisser de témoins.

Une fois le nettoyage effectué, il vérifia l'état de Juliette Servier-Jouroi. Elle respirait correctement, inconsciente. Il avait pris le temps de bien doser les neurotoxines. Il l'installa à l'arrière du fourgon, avec les autres, puis démarra le véhicule en sifflotant.

*

Le vaisseau prévu par Louis-Charles Servier-Bach pour extrader sa cousine était dissimulé dans un garage nautique abandonné, au cœur d'une friche industrielle. Il n'y avait personne aux alentours.

Dans un ancien réfectoire non chauffé, trois corps étaient étendus à même les dalles noires et blanches. Aka vérifia l'état de chacun de ses patients, s'assurant que les constantes vitales restaient à un niveau acceptable, et dosant pour chacun une piqûre de neurotoxines chargée de les maintenir inconscients. Il aimait penser qu'il leur offrait un voyage dans le temps. Lorsqu'ils s'éveilleraient enfin, des mois se seraient écoulés, et le changement serait radical. Il avait hâte que l'humanité soit débarrassée des hérétiques et autres ennemis de la chair, pour que ses protégés puissent vivre dans un monde meilleur.

La femme, Linda, n'assisterait malheureusement pas à cet avènement. En prenant soin d'elle, il avait trouvé une prise neuronale dissimulée dans ses cheveux. Une inspection plus poussée avait exposé plusieurs implants supplémentaires, et il avait été contraint de l'éliminer. Le monde qui venait n'avait pas de place pour ceux qui avaient tourné le dos à l'humanité.

Il s'arrêta longuement auprès de Juliette Servier-Jouroi. Il lui caressa la joue, guettant le moment où il la sentirait émerger. Il avait décidé de la laisser parvenir à un stade suffisamment éveillé pour pouvoir l'écouter. Il avait besoin de se confier, et elle avait le droit de savoir, elle qui l'avait poussé vers sa libération. Il lui devait bien cela.

Son retour à la conscience se fit lentement, puis s'accéléra quand elle se mit intérieurement à hurler et ruer pour vaincre la paralysie qui l'immobilisait. Aka lui murmura des propos rassurants pour l'apaiser, mais il lui fallut attendre très longtemps avant qu'elle ne soit prête à l'entendre.

«Vous aviez raison, lui avoua-t-il alors, je devais faire un choix. Et désormais, j'agis enfin selon ce que je sais être juste. Ainsi, votre cousin doit être jugé, car il n'aurait pas dû vous mettre en danger. Pourtant, il agissait réellement pour le bien de votre famille, pour l'avenir des biolaboratoires. Le rapprochement avec les technocorporations est contre nature et doit cesser! La guerre est nécessaire pour combattre ces abominations. Les tolérer serait renoncer à l'humanité!»

Il sentit la jeune femme aveuglée par la colère, en plus de la terreur qui ne la quittait pas. Il lui caressa la joue, compréhensif.

«Cela ne fait que quelques semaines et les premiers affrontements ont eu lieu dans les colonies mixtes. Votre assassinat ne saurait rester impuni. Bientôt, les armes biologiques s'abattront avec la force du juste et purgeront le monde des êtres dont l'existence est contre nature. Ici, nous serons épargnés, naturellement. Vous pourrez alors reprendre la place qui est la vôtre au sein de votre famille, dans ce monde meilleur. »

Elle ne se calmait pas. Au contraire, sa colère semblait s'accroître à mesure qu'il parlait. Il fronça les sourcils, puis soupira d'un air peiné, mais compréhensif.

«Vous avez vécu trop longtemps parmi ces ennemis de la chair. Mais vous comprendrez que j'avais raison, lorsque vous verrez ce monde que je vous prépare. En attendant, vous allez dormir encore un petit peu...»

LA LÉGENDE
D'UN HOMME

Après avoir sillonné le Québec à motoneige et écumé les circuits de France et de Navarre pour des courses moto, **Jean-Pierre Baratte** décide en 2015 de se frotter à un tout autre genre de compétition : les concours de nouvelles. Surpris, ravi, il voit plusieurs de ses textes récompensés (troisième prix au concours de l'ENSTA 2015, deuxième prix au concours des Éditions Itinéraires 2016) et remporte le prix nocéen de la nouvelle 2016.

Vous pouvez suivre ses publications via sa page facebook et son site :

https://www.facebook.com/people/Jean-Pierre-Baratte/1000
13802293841
www.jpbaratte.weebly.com

Bibliographie :

Quota, recueil « Comme c'est curieux, comme c'est bizarre, quelle coïncidence ! », Presses de l'ENSTA (2015)
Trois gouttes, recueil « Ma passion »,
Éditions Itinéraires (2016)
Le Passage de la Déroute, recueil « Le Passage »,
Éditions Les Autanes (2016)
Bouquet final, prix nocéen de la nouvelle 2016
Mourir, la belle affaire, recueil « Spécial Concours »,
Éditions de L'Encrier Renversé (2017)

LA LÉGENDE D'UN HOMME

JEAN-PIERRE BARATTE

Ô tempora! Ô mores!

Dans le quartier de l'astroport, toute une foule bigarrée se côtoie. Les bars, les tavernes et autres bouges sont de véritables tours de Babel.

Bysk est installé à une table haute. Il sirote un cocktail. Il cherche à occuper le temps qui lui reste avant son astrojet, quand, fort à propos, un ménestrel conteur sorti de nulle part passe près de lui. Le rétrogottik est la nouvelle mode. Bysk adore ça. Des chansons de geste, il en a écouté des centaines. Il croit en avoir fait le tour. Pourtant, ce ménestrel l'interpelle. Il a un je-ne-sais-quoi de différent, peut-être son petit air désuet.

Bysk jette un galaxécu dans son escarcelle, étudie le menu déroulant, mais laisse finalement le système aléatoire faire le choix.

Les ménestrels sont des dispositifs conçus pour le divertissement des clients. Ils content des légendes. Ensuite la machine raconte, aussi, l'origine historique de la chanson. C'est tout le piquant de la prestation.

Tous les récits doivent être véridiques.

Romancés, anecdotiques, mais historiques. Le Conseil en a décidé ainsi ; il a même légiféré !

Pourtant, certains sont si extravagants que Bysk doute de leur authenticité.

Il ajuste le casque. La machine entame un chant au ton monocorde et rythmé, quelque peu ampoulé, souvent accentué sur l'avant-dernière syllabe. Le texte s'écrit simultanément sur le côté de l'écran.

Le monstre est redoutable.
Preux se veut charitable,

Et d'esquive en esquive,
Toujours sur le qui-vive,
Agile comme un chat,
Refuse le combat.
Hélas, il est blessé
Et se sent menacé.

Avec grande tristesse,
Mais sans nulle faiblesse,
Il doit, de son épée,
Le dragon terrasser.
Alors foule en li-esse,
Modèle de finesse,
Se met à l'acclamer.
Il est Le Chevalier.

Du Chevalier Preux le Premier, voici la fabuleuse histoire
Grand seigneur, il se flattait plus de paix que de toute victoire
Prêt au sacrifice pour quelque noble cause à défendre
Il patrouillait, guettant un ignoble ennemi à pourfendre.

Il battait la campagne, affrontant éléments et cieux obscurs
Portait secours aux veuves, aux orphelins et aux cœurs déjà
mûrs.
Chevauchant son destrier flamboyant en cavalier accompli
Avec une intelligence rare, emportait tous les défis.

Il vient de préserver Guenièvre d'une destinée cruelle.
Esprit pur, il brûle d'un amour platonique pour la belle.
Sur sa Florissante, il offre à sa princesse d'être enlevée
Avec lui, elle est assurée de ne plus être paniquée

Mais ces perfides Kahalamaars, êtres des plus malfaisants
Pour leurs jeux abjects, ont monté un méprisable guet-apens.
Par un stratagème haïssable, l'ont attiré dans leurs rets
Enfin, l'ont lâchement estourbi pour mieux pouvoir l'enlever.

À son réveil, Preux le Premier se voit encagé dans l'arène
Le but de ses geôliers est évident, il le comprend sans peine.

Un sinistre combat contre le mal s'engagera dans l'heur'
On l'a choisi pour en devenir le héros, le gladiateur

Il a, aussitôt, jugé son adversaire, une âme immonde :
Le sombre dragon exhale la haine et le mépris du monde.
Il crache le feu, effraie et menace tel un monstre hurleur,
De ces vaines provocations, Preux se gausse, il ignore la peur,

Fait fi des effarantes fanfaronnades du fieffé fauve
Et refuse obstinément de combattre. Non pas qu'il se sauve !
Il voudrait juste que son pitoyable ennemi le comprenne :
Preux devra l'occire, il a pour devoir de protéger sa reine.

Soudain, l'abominable dragon fond sur lui, tel un faucon.
Preux le gladiateur pare, sans frayeur ni aucune crainte.
Fort de sa petitesse, il use et abuse de belles feintes,
De subtilité, de grâce et de clémence, tel un vrai bon.

Le monstre est redoutable. Preux se veut charitable,
Et d'esquive en esquive, Toujours sur le qui-vive,
Agile comme un chat, Refuse le combat.
Hélas, il est blessé Et se sent menacé.

Avec grande tristesse, Mais sans nulle faiblesse,
Il doit, de son épée, Le dragon terrasser.
Alors foule en li-esse, Modèle de finesse,
Se met à l'acclamer. Il est Le Chevalier.

La machine a débité l'intégralité de la chanson de geste. Une partie du plaisir tient dans son écoute. Les ménestrels aident parfois à la compréhension du texte en affichant des images sur leur écran. À la demande du client, ils peuvent aussi fournir des renseignements complémentaires. Bysk est un amateur éclairé, un esthète de la geste. Il ne demandera rien avant la fin de la prestation. Mais pour la partie historique, il se fait répéter et afficher les couplets, au fur et à mesure, afin de pouvoir savourer pleinement le parallèle.

Le ménestrel, après avoir laissé à son client le temps de décider, reprend de sa voix au rythme lancinant :

𝔇u Chevalier Preux le Premier, voici la fabuleuse histoire
Grand seigneur, il se flattait plus de paix que de toute victoire
Prêt au sacrifice pour quelque noble cause à défendre
Il patrouillait, guettant un ignoble ennemi à pourfendre.

Seule la strophe concernée reste à l'écran. Apparaît, à côté, l'image d'un homme : un militaire en treillis. Le ménestrel change de timbre de voix et raconte, sur un ton maintenant naturel :

« La musique résonne sourde et forte. Le rythme de la basse, distillé par le juke-box, donne de grands coups de butoirs dans le cerveau gorgé d'alcool du Première Classe Perreux. Le militaire se tient péniblement accoudé au bar. Sa dégaine actuelle ne lui donne guère fière allure : avachi sur son tabouret, les deux jambes pendantes, un de ses bras repose allongé sur le bar, doigts crispés sur le bord opposé. Au-dessus de son autre bras replié sous son thorax, dodeline une tête qui semble d'autant plus petite que le cou est fort. La bouche se dessine bien ourlée, presque féminine, mais le nez, visiblement cassé à plusieurs reprises, lui donne une belle virilité accentuée par une barbe naissante. Ses yeux, légèrement enfoncés, brillent de leurs iris bleu acier. Les sclérotiques sont rougies, irritées par l'alcool et l'air ambiant. La fumée rend l'atmosphère âcre et lourde.

La musique agace le Première Classe. L'alcool le rend de méchante humeur.

« Hey, patron ! La même chose ! », éructe-t-il en montrant son verre vide.

Puis se tournant vers son voisin de droite, il souffle, comme pour excuser son ivrognerie :

« Bon dieu, c'qu'i fait chaud, on n'arrêterait pas de boire par c'temps-là. »

L'autre hausse les épaules en grommelant un « mouais » très nettement pas dupe.

Montant d'un ton, le militaire insiste :

« Tu trouves pas qui fait chaud ? »

La cible ne répondant pas, il hurle soudain :

« Eh, j'te cause !

— Ouais, ouais, il fait chaud. Excuse-moi, je pensais à autre chose. »

Perreux se retourne vers son verre, dépité. Il espérait avoir trouvé un motif de querelle, mais l'autre n'a vraiment pas l'air d'avoir envie de se battre. Et finalement, il semble plus costaud qu'il ne l'avait évalué au départ. Perreux est un teigneux et l'alcool le rend hargneux. Il sait se battre et porte sur lui qu'il aime la bagarre. Son comportement, sa façon de parler, ne laissent aucun doute : il n'a pas choisi son métier par hasard ou par patriotisme. Mais, du haut de son mètre soixante-dix, même si son aspect trapu laisse deviner un gros travail de musculation, il sait ne pas être un colosse et essaie de choisir des adversaires qu'il pense pouvoir dominer aisément. Sa technique : frapper le premier !

Il avale son verre d'un seul trait et regarde autour de lui. Il cherche dans la faune présente une éventuelle victime. Le bar n'abrite que peu de monde.

Cela accentue sa mauvaise humeur.

Son voisin de gauche lui semble moins robuste. Il entame la conversation :

« T'es du coin ?

— Oui, j'habite Yvré.

— Je suis au camp, je devais partir au Mali, mais se sont gourés dans les affectations. Donc je reste là, pépère !

— T'as eu de la veine !

— Quoi !? J'suis une lavette ? »

L'autre hausse aussitôt le ton pour couvrir la musique et détaille chaque syllabe :

« Non, non. Tu as eu de-la-vei-ne. De la chance.

— Ah ouais, abandonne Perreux, avant de grommeler : Décidément, y'a qu'des couilles molles, ce soir. »

L'autre, qui a compris le manège, fait semblant de n'avoir rien entendu et s'adresse au patron et, bien que connaissant la réponse, demande :

«Il est pas là, Pierrot, ce soir? Non? Bon, ben j'y vais. Tu lui diras que je suis passé», puis prétexte un vague rendez-vous pour quitter le bar.

Perreux commande un dernier verre, l'avale cul sec. Après avoir jeté de la monnaie sur le bar, il se décide, enfin, à lâcher le comptoir. Il aurait bien continué à se comporter en éponge; hélas les finances ne suivent plus.

Il se dirige vers la sortie, bousculant ostensiblement un client, espérant vaguement une réaction qui ne vient pas. Tant pis, il va rejoindre sa patrouille.

> Il battait la campagne, affrontant éléments et cieux obscurs
> Portait secours aux veuves, aux orphelins et aux cœurs déjà mûrs.
> Chevauchant son destrier flamboyant en cavalier accompli
> Avec une intelligence rare, emportait tous les défis.

À l'extérieur, l'air est épais et poisseux : l'orage menace. À l'horizon, quelques éclairs embrasent déjà, furtivement, les nuages. Perreux écarquille les yeux à la recherche de sa «Rosissante». C'est le toubib du camp qui a baptisé ainsi le cyclomoteur de Perreux. Bien sûr, il avait dit Rossinante. Assez justement, le Première Classe avait trouvé le nom amusant. Mais il n'avait absolument pas compris pourquoi et ne s'en souvenait que très imparfaitement...

Après avoir longuement titubé, en vain, à la recherche de son deux-roues, l'homme décide de satisfaire un besoin naturel et subitement pressant. Au bout de quelques instants de soulagement, il retrouve sa mobylette, constatant mi-figue, mi-raisin, que c'est sur celle-ci qu'il est en train d'uriner... Vingt minutes plus tard, le temps d'enlever l'antivol baptisé, il enfourche enfin son vélomoteur. Il pédale quelques mètres, défiant ainsi toutes les lois de l'équilibre. Le moteur pète comme un coup de fusil, finit par démarrer. Dans une dernière embardée, le Première Classe Perreux s'assied sur l'engin.

Il n'a pas actionné l'interrupteur de phare.

Le cyclo ronronne, dorénavant; enfin, pétarade serait plus exact, car l'échappement, plutôt usé, est tout sauf discret. Ce qui n'empêche pas le militaire de pester, à voix haute, contre cette caserne située à des kilomètres de la ville. Il traverse, ainsi, la ville endormie dans le plus profond mépris du sommeil de ses habitants et… des feux de circulation.

À un moment, il aperçoit deux femmes qui semblent attendre près d'un abribus. Ayant instantanément identifié les princesses, il s'arrête pour leur demander le tarif. Et reçoit en réponse une bordée d'injures, tandis que le dernier bus s'arrête et que les femmes pénètrent, elles, à l'intérieur.

Plutôt piteux de cette petite péripétie de tapineuses pas péripatéticiennes, Perreux, esprit pâteux, repart.

Le bon dieu des ivrognes veille probablement : en dépit de toute logique, cette première portion du trajet se fait sans encombre.

Pourtant, la mobylette roule toujours sans éclairage.

L'oubli devient plus dangereux encore, car Perreux emprunte une rue dont les lampadaires sont défaillants : il voyait un peu double, il n'y voit plus rien…

Malgré l'absence de spectateurs, il fait une nouvelle démonstration acrobatique et frise la chute : pour atteindre l'interrupteur situé sur le phare, il a dû lâcher le guidon d'une main. Une lumière, plutôt falote et tremblotante, éclaire enfin la route et lui révèle, juste à temps, un terre-plein central que Perreux évite in extremis.

> Il vient de préserver Guenièvre d'une destinée cruelle.
> Esprit pur, il brûle d'un amour platonique pour la belle.
> Sur sa Florissante, il offre à sa princesse d'être enlevée
> Avec lui, elle est assurée de ne plus être paniquée

Alors que le Première Classe Perreux passe devant la gare, il aperçoit cette bonne Geneviève. Allongée sur un carton, elle semble dormir. Debout, à côté, un type la regarde. Le militaire s'arrête sans stopper le moteur, prend le temps de mettre la béquille avant d'asséner un violent coup de boule à l'inconnu. Le pauvre n'a rien compris, mais ne demande pas son reste et disparaît dans la gare.

Geneviève ne se présente pas à son avantage : couchée dans son vomi, elle serait même un peu repoussante. Mais

Perreux, frustré par son aventure de l'abribus, a quand
même une idée derrière la tête... Enfin, si on peut dire...
Il la réveille :
« Salut, Geneviève ! Tu viens faire un petit tour ?
— Humm.
— Eh ! Geneviève ! Tu viens faire un tour avec moi ?
— Humm. T'as à boire ?
— Évidemment, ment-il cyniquement. À la caserne,
j'ai une bonne bouteille. »
Égrillard, il rajoute :
« Pis, on pourra passer un peu de bon temps. »
Quelques instants plus tard, un curieux équipage
roule vers le cantonnement. Geneviève tangue, assise sur
le porte-bagage, jupe retroussée, les jambes repliées de
manière grotesque, le bout de ses pieds frôlant le bitume.
La tête plaquée contre son dos, elle ceinture fermement
son chevalier servant.

Quand la pluie commence à tomber, le pilote du
vélomoteur ne s'en aperçoit pas tout de suite : il est trop
occupé à insulter un rare automobiliste qui le dépasse.

Perreux a quitté la ville depuis un moment. Il est à mi-
chemin pour atteindre la caserne. Il fait nuit noire... et
froide. Il essaie de maîtriser cette saloperie de mob qui
refuse obstinément de suivre une ligne droite. Il se pensait
sur le point d'y parvenir quand un éclair foudroie un arbre
à une centaine de mètres de la route. Surpris, il attrape le
levier de frein. Ayant épuisé tout le capital chance dont il
disposait, il dérape, tombe lourdement et finit sa course
dans le fossé.

> Mais ces perfides Kahalamaars, êtres des plus malfaisants
> Pour leurs jeux abjects, ont monté un méprisable guet-apens.
> Par un stratagème haïssable, l'ont attiré dans leurs rets
> Enfin, l'ont lâchement estourbi pour mieux pouvoir l'enlever.

Hébété, le Première Classe Perreux s'extrait du fossé.
Il scrute la noirceur en direction de ce qu'il a aperçu dans
l'éclair responsable de sa chute. La nuit est d'encre.
Il veut reprendre sa mobylette, mais le guidon,
désolidarisé de la fourche durant la chute, rend celle-ci

inutilisable. Il la punit sévèrement en la bourrant de coups de pied et en la traitant de tous les noms. Une fois sa rage passée, il se souvient qu'il avait une passagère et s'inquiète enfin, mais se rassure vite : Geneviève dort paisiblement dans le fossé.

Il décide de faire du stop, si d'aventure une voiture venait à passer. De longues minutes s'écoulent sans qu'aucun véhicule n'arrive. La pluie commence à lui être désagréable.

Quand, enfin, une automobile apparaît, elle va dans le mauvais sens. Allez savoir pourquoi, pour se donner une contenance, Perreux regarde à l'opposé, le pouce en l'air. Genre : il attend quelqu'un venant de l'autre côté, et puis voilà tout. C'est bien lui ça. Agir d'abord et réfléchir ensuite. Ce comportement instinctif (pour ne pas dire primaire) lui a déjà joué pas mal de tours, mais il n'y a rien à faire. C'est sa nature. La voiture, qui avait commencé à ralentir, reprend son allure et disparaît, bientôt.

Un bon quart d'heure passe encore. Il est rincé.

Il regarde, de nouveau, en direction de l'arbre frappé par la foudre. Il reste convaincu d'y avoir aperçu un véhicule.

Forcer le Neiman et court-circuiter les fils : voilà qui, pour lui, sera un jeu d'enfant...

La pensée a fait son chemin, inexorable. Il réveille Geneviève.

« Ça y'est t'as à boire ? minaude-t-elle sans se soucier le moins du monde de ses vêtements trempés.

— Non, pas encore, mais suis-moi. »

Et le fabuleux couple, pataugeant dans le terrain boueux, titube vers l'arbre. Ils se perdent, retrouvent leur chemin à la faveur d'un éclair. Perreux, un peu écœuré, se réconforte à l'idée d'une voiture où ils seront à l'abri. L'incongruité d'une automobile, en état de fonctionnement, stationnée au milieu d'un champ, ne l'effleure même pas. Arrivé tout près, il constate que l'arbre n'a pas été touché par la foudre. Un nouvel éclair lointain lui confirme que ses sens ne l'ont pas abusé : il y a là un camion. La foudre a dû tomber dessus. Néanmoins, la forme lui semble surprenante.

Il s'approche, tirant par la main sa promise. Enfin il discerne parfaitement l'engin. Difficile de savoir en l'occurrence s'il s'agit de courage, d'inconscience ou tout simplement des effets de l'alcool, il ricane :

« Ah, ben ça ! Une soucoupe volante !

— Hein !? », rétorque sa moitié.

Une lourde torpeur les envahit. Ils perdent, tous deux, connaissance.

À son réveil, Preux le Premier se voit encagé dans l'arène

Le but de ses geôliers est évident, il le comprend sans peine.

Un sinistre combat contre le mal s'engagera dans l'heur'

On l'a choisi pour en devenir le héros, le gladiateur

Quand le Première Classe Perreux s'éveille, il sait que quelques heures seulement se sont écoulées depuis son évanouissement, car il sent encore l'alcool dans ses veines. Une pensée vrille son cerveau :

J'ai un couteau, un arc, deux flèches et mon adversaire n'a qu'un seul point faible, à moi de le trouver...

Il se secoue : d'où sort-il cela ? Il regarde autour de lui. Il est enfermé dans une sorte de cage, faite de quatre parois de verre, située dans une salle immense. Il pense tout d'abord se trouver à l'intérieur de la soucoupe volante qu'il a découverte, mais la taille de la salle lui fait abandonner rapidement cette idée. Ovale, elle mesure près d'une centaine de mètres (soit environ $3,24077885 \times 10^{-15}$ parsecs) sur sa plus grande longueur et à peine moins en largeur. Elle paraît vide, sauf à l'autre extrémité, où une cage semblable, quoique beaucoup plus grande, contient... contient...

Une image de cauchemar.

Oui, c'est bien ça : une image de cauchemar. Perreux ne voit pas comment appeler autrement cette espèce de dragon monstrueux. Ça ne ressemble à rien de connu. Deux à trois fois la taille d'un éléphant, l'horreur est couverte de grosses écailles, hérissée d'un nombre incalculable de pattes, tentacules, bras... Le tout couvert de griffes, de cornes, de dents...

Un œil ! Ce truc n'a qu'un seul œil !

Un cyclope ! Il se remémore la pensée de son réveil. En effet, à ses pieds se trouvent un couteau, un arc et deux flèches. Il y a aussi Geneviève qui dort profondément. Il ramasse les armes et glisse rapidement le couteau et une flèche dans sa ceinture. Il présume que le point faible qu'on lui a soufflé (car il considère maintenant que cette pensée ne lui appartient pas) est l'œil du monstre.

Qui lui a incrusté cette pensée dans la tête? Il examine la salle. Une mince couche de sable recouvre le sol. Perreux en fourre une poignée, à tout hasard, dans la poche de son treillis : ça peut toujours aveugler un cyclope. De hautes parois bordent la place. Vues d'où il se trouve, elles paraissent revêtues d'un carrelage de grande dimension. L'éclairage, au centre, éblouit violemment. Malgré le contraste, Perreux finit par discerner, au-dessus des enceintes, des alignements de grosses boules. Il lui faut beaucoup de temps et pas mal de réflexion – ce qui n'est pas son fort – pour identifier des gradins. Y sont rangées de bizarres éponges sphériques de deux à trois mètres de diamètre. De couleur rouille, elles sont aussi munies de tentacules... Petit à petit, la compréhension pénètre son cerveau. La réalité paraît inconcevable, elle finit par l'assommer. Il pense devenir fou, se jure qu'il ne boira plus, mais doit finir par admettre :

Une arène! C'est une arène! Les jeux du cirque martiens! Et ces espèces de pieuvres rondes sont les spectateurs!

Mais qu'est-ce que je fous là, moi? Z'ont pas l'intention de me faire écharper par ce monstre, quand même! Putain. J'y crois pas.

Puis repensant aux armes trouvées :

Ils se sont dit que je n'allais pas faire long feu avec l'horreur qui est en face, alors ils ont décidé de m'donner un coup de main pour pouvoir rigoler plus longtemps.

Le militaire, au fur et à mesure qu'il découvre la vérité, se décompose littéralement. Il veut croire qu'il fait un cauchemar, que l'alcool lui joue des tours, qu'il subit une crise de delirium. Il en a entendu parler, on lui a dit que ça pouvait faire voir des éléphants roses. Mais ici, il n'y a rien de rose...

La réalité demeure tenace et rugueuse. Insoutenable. Perreux craque. Il tombe à genoux, se prend la tête à deux mains et se met à pleurnicher comme un enfant.

Soudain, dans un claquement sec, les parois de verre disparaissent dans le sol. Perreux rouvre les yeux : l'urgence du danger lui fait reprendre ses esprits.

Le dragon est, pour l'instant, immobile. Son œil semble ne rien fixer en particulier. Perreux se raconte des histoires :

Ce truc est peut-être bigleux, il ne m'a p't-être même pas vu.

L'homme recule lentement, sans quitter le dragon des yeux, vers la paroi de l'arène. Mettre le plus de distance possible entre cette créature et lui-même semble, pour l'instant, la meilleure option. Il essaie d'examiner au mieux le dragon, pour juger de ses chances d'atteindre son œil. D'épaisses écailles, hérissées d'immenses griffes, couvrent tout le corps, y compris les membres. Il dénombre six pattes et six bras (des tentacules ?) et, à l'avant, un appendice (une trompe ?) doté d'une seule petite (par rapport aux autres) griffe à son extrémité.

On dirait la queue d'un scorpion. Si en plus c'est venimeux…

L'œil de l'animal se situe au centre d'un large front flanqué de quatre griffes plus conséquentes (des cornes ?). Étant donné la taille de l'animal, l'organe se trouve à plus de trois mètres du sol.

Seule une flèche peut l'atteindre.

Réalisant qu'il n'a jamais utilisé un arc de sa vie :

Je me suis quand même foutu dans un drôle de pétrin, il faut que je décampe.

Comme cette pensée le traverse, il regarde autour de lui : il n'y a aucune issue.

Son adversaire ne bougeant pas, Perreux décide de tenter un tir vers la paroi pour s'initier au maniement de l'arc. Sans perdre de vue un seul instant le dragon, il s'éloigne de quelques mètres de l'enceinte et décoche une flèche vers celle-ci. Son manque de précision lui fait perdre tout espoir. Malgré tout, le monstre n'ayant toujours pas remué d'un millimètre, il multiplie les tirs, espérant s'améliorer. Le mur se compose de dalles d'une matière semblable à du caoutchouc; les flèches y pénètrent assez peu et s'en retirent facilement.

Soudain, la bête siffle brutalement. Bien qu'encore, un peu, inhibé par l'alcool, l'homme sent un frisson d'effroi lui parcourir le dos. Ce sifflement est insupportable.

Putain! Quelle trouille il m'a foutu!

Rapidement, Perreux se réfugie contre la paroi. Son regard croise la forme endormie de Geneviève : il l'avait oubliée, celle-là. Après une mûre réflexion, pour des motivations que nous préférons taire ici, il va la chercher, la réveille et tous deux reviennent vers la paroi.

Il l'abandonne contre le mur et inspecte ce dernier. Les interstices des dalles devraient lui permettre de se hisser un peu en hauteur et, pourquoi pas, de se mettre à l'abri du dragon. Il envisage de tenter d'y grimper. Il craint qu'escalader la paroi ne lui donne pas le temps de se placer hors de portée des tentacules. Il n'a aucune idée de la vitesse potentielle de déplacement de ce mastodonte. Peut-il, même, se hisser suffisamment haut pour se retrouver en sécurité? Rien n'est moins sûr. Il décide de faire une tentative. Pas besoin d'être polytechnicien pour comprendre que ces espèces d'éponges ne le laisseront pas s'échapper ainsi.

Il monte de quelques dalles, pour jauger la difficulté et se laisse retomber au sol pour reprendre sa surveillance du dragon qui n'a toujours pas bronché.

Geneviève, non plus, n'a pas bougé. Maintenant, elle finit sa nuit, assise, adossée à la paroi.

Fait fi des effarantes fanfaronnades du fieffé fauve

Et refuse obstinément de combattre. Non pas qu'il se sauve !

Il voudrait juste que son pitoyable ennemi le comprenne :

Preux devra l'occire, il a pour devoir de protéger sa reine.

Perreux a repris son entraînement à l'arc. Il progresse assez rapidement, mais doute de pouvoir, un jour, atteindre un but tel que l'œil du dragon. Il a, quelquefois, approché le point qu'il visait – une intersection entre quatre dalles

– avec une probabilité de seulement une flèche sur dix. Et jamais il ne l'a réellement atteint...

Ah ! Celle-ci s'est plantée vraiment très près. Perreux s'approche et mesure avec son pouce, il y a moins d'un doigt entre sa flèche et le centre de sa cible imaginaire. Il lui faut continuer à s'entraîner. C'est sa seule chance.

À ce moment, le monstre émet à nouveau, son sifflement abominable. Et là, comment savoir ce qui se passe dans la tête du militaire ? Pense-t-il ainsi faire taire le dragon ? Dans un réflexe instinctif, tels ceux qu'il peut déplorer ensuite, le Première Classe Perreux porte les doigts à sa bouche et lance un long sifflement strident. Il a toujours été très bon. Lors des matchs de foot, on entendait que lui ! Il siffle du plus fort qu'il peut et le plus longuement possible, jusqu'à bout de souffle. Bien sûr, il n'arrive pas à la cheville de la puissance de sifflement du monstre. Mais il se juge assez satisfait de sa prestation. Un beau coup de sifflet !

Hélas, comme d'habitude, il regrette rapidement son initiative : le dragon, jusqu'ici totalement immobile, s'est mis en mouvement.

Perreux se maudit. Qu'avait-il besoin de provoquer ce titan ? Il ne bougeait pas, peut-être ne l'avait-il même pas vu ! Et maintenant, tout en agitant ses tentacules, la monstruosité vient sans hâte, mais clairement, vers lui. Il se déplace plutôt lentement : sa vitesse de marche équivaut sensiblement à celle d'un humain. Il se pose néanmoins une question : qu'en est-il des possibilités d'accélération de ce mastodonte ? Rester hors de portée semble vital.

Le dragon a stoppé au centre de l'arène... Et a, encore, poussé son horrible sifflement en agitant sa trompe d'avant en arrière. Le Première Classe en a les jambes qui flageolent.

Par réflexe, l'homme se plaque contre la paroi. Sa seule voie de fuite longe celle-ci. Il se met à courir.

Court à en perdre haleine.

Le militaire constate bientôt, avec effroi, que son ennemi a commencé lui aussi à tourner tout en continuant à se rapprocher. Plus près du centre, il n'a que quelques mètres à faire pour rester en face. Facile de comprendre ce qu'attend le pachyderme... Si Perreux continue à courir, il finira exténué.

L'homme ralentit le rythme de sa course. Quelles sont ses probabilités d'échapper à son adversaire? Vu sa taille, ses capacités de course sont-elles semblables à celles d'un éléphant? En cas de charge du monstre, ses maigres chances seront-elles dans l'esquive? La configuration d'une arène ne favorise pas le fuyard. Le dragon se rapprochera inexorablement, en spirale. Si Perreux ralentit, l'abomination se rapprochera juste plus vite.

Perreux stoppe brutalement et fait demi-tour. Il en était sûr. Le dragon a suivi le mouvement et le militaire se sent pris au piège. Il reprend sa course dans le sens initial.

Il a maintenant quasiment fait le tour de l'arène et retrouve sa compagne qui n'a pas bougé d'un cil.

Il ne sait plus quoi faire.

Alors qu'il va céder à l'abattement, il constate que le monstre ne se rapproche plus. Il a stoppé en même temps que lui. Il semble qu'il ait estimé la différence de vitesse et limité son éloignement à une distance où il sait que Perreux ne peut lui échapper. Ils se regardent. Ou, plutôt, Perreux regarde le dragon, parce que du côté du monstre, le globe oculaire semble toujours rouler dans son orbite sans fixer quoi que ce soit.

«Tu croyais quand même pas que j'allais continuer à courir comme un con?», crâne le militaire. Pourtant, les vapeurs d'alcool se sont maintenant totalement évaporées, et la trouille lui noue le ventre.

Le monstre répond de son sifflement hideux.

Les deux... Pardon, les trois protagonistes demeurent immobiles.

Soudain, l'abominable dragon fond sur lui, tel un faucon.
Preux le gladiateur pare, sans frayeur ni aucune crainte.
Fort de sa petitesse, il use et abuse de belles feintes,
De subtilité, de grâce et de clémence, tel un vrai bon.

Perreux relève Geneviève et la secoue :
«Hey! On est dans la mouise. Réveille-toi!
— Ça y est, t'as à boire!
— Mais non. Regarde où on est! Bordel.»
Brusquement, le dragon bondit et fonce sur le couple.

L'homme, dans un réflexe de survie, prend appui sur sa compagne pour s'expulser de la trajectoire du mastodonte. Ainsi faisant, il l'a jetée en face du monstre.

Geneviève n'aura plus jamais soif.

Incroyable, à quelle allure peut se déplacer un mastodonte pareil. Je ne sais même pas comment j'ai réussi à l'éviter... Semble qu'il ne m'a pas chargé directement. On dirait qu'il a mal visé. Comme je le pensais, ça doit pas bien voir clair, si j'arrive à atteindre son œil...

Nom de dieu! C'est maintenant ou jamais!

Le militaire vient de se rendre compte que le monstre est immobilisé. Telle une locomotive folle, il a fini sa course en heurtant le mur, emporté par son élan. Plusieurs de ses griffes sont plantées profondément dans la paroi. Il n'arrive pas à se débloquer.

Geneviève, elle, a disparu. Elle doit faire la crêpe sous le mastodonte.

« T'es coincé, mon gros, ricane Perreux, je vais te l'éclater ton joli nenœuil !... »

Utilisant les interstices des dalles, il grimpe prestement le long de la paroi, tout en évitant soigneusement les membres du dragon restés libres. Il s'approche de l'unique œil de la bête. Celui-ci roule dans son orbite. Quoique vu de près, l'organe ressemble beaucoup moins à un œil. Il est entièrement recouvert d'une épaisse protection semblable à celle des écailles. Seule apparaît au centre une mince fente derrière laquelle se tient probablement la pupille. Perreux ne prend pas le temps de savourer son triomphe : il plonge rapidement son couteau dans la fente et, d'un coup de pied l'enfonce totalement. Il cherche à s'éloigner le plus rapidement possible, toujours accroché, le long de la paroi. Dans la précipitation, il n'assure pas une prise, perd pied et tombe rudement au sol. Tout en récupérant son arc et ses flèches, il tente de se relever. Une douleur violente vrille sa jambe droite.

Sûr qu'elle est brisée. Mais qu'importe, puisqu'il a vaincu le dragon. Il surmonte la souffrance et se traîne le plus loin possible du monstre. Même quand il faisait un parcours du combattant et mettait un point d'honneur à arriver parmi les premiers, jamais il n'a rampé aussi vite. Il ne s'autorise à regarder derrière lui qu'une fois la moitié de l'arène franchie.

Son sang se glace, la peur le submerge. Le dragon, libéré, se dirige lentement vers lui. Comble de l'horreur, tout en marchant, il a, d'un tentacule, extrait le couteau. Pas une goutte de sang !

Le monstre est redoutable. Preux se veut charitable,

Et d'esquive en esquive, Toujours sur le qui-vive,

Agile comme un chat, Refuse le combat.

Hélas, il est blessé Et se sent menacé.

La bête se trouve maintenant à quelques mètres de l'homme. Elle fait, de nouveau, entendre son sifflement atroce et agite ses griffes. Perreux, dans une ultime tentative de survie, bande son arc de toutes ses forces et décoche une flèche sur le dragon. Elle rebondit sur l'épaisse carapace sans autre conséquence. Le monstre siffle encore tout en agitant ses nombreuses griffes.

Il se délecte à l'avance. Il savoure... imagine le condamné.

La bête s'approche encore. Puis, lentement, lui faisant toujours face, tourne autour de Perreux.

Le Première Classe ne cherche même plus à s'échapper. La bête a, maintenant, fait un tour complet autour de lui. Elle le serre au plus près. Deux membres hérissés de dents, de cornes et autres griffes l'encerclent. Aucune issue. De près, le monstre est encore plus repoussant. Perreux se sent défaillir. La peur le tétanise. Il mouille son pantalon sans s'en rendre compte. Alors le dragon ouvre une gueule ressemblant à s'y méprendre à celle d'une murène géante...

Mais ! Il veut me bouffer, a juste le temps de penser le Première Classe Perreux.

Première Classe Perreux Gilbert 6ème d'Infanterie Camp d'Auvours

Né le 18 août 1986 à Vitry-Le-François

Porté déserteur depuis le 06 mars 2008.

Observation : le capitaine Morvan déclare l'avoir vu faisant du stop en direction de la caserne dans la nuit du 5 au 6 mars 2008. Son cyclomoteur, accidenté, a été retrouvé au même endroit.

Première disparition d'une longue série. »

Le ménestrel reprend la chanson à son début et affiche dorénavant l'image d'un Mhiithik. Il change de timbre de voix et commence une nouvelle histoire. Bysk en profite pour avaler une gorgée de son cocktail.

> Du Chevalier Preux le Premier, voici la fabuleuse histoire
> Grand seigneur, il se flattait plus de paix que de toute victoire
> Prêt au sacrifice pour quelque noble cause à défendre
> Il patrouillait, guettant un ignoble ennemi à pourfendre.

« Le soleil bleu, minuscule par rapport au rouge qui vient de disparaître à l'horizon, donne au ciel une teinte mauve qui contraste superbement avec le jaune éclatant du sable.

Ce sable était ocre quelques instants auparavant. Plus tôt encore, il avait été vert, gris, violet ou même quasiment blanc. De nombreux soleils baignent tour à tour, ou en même temps, la planète Omarh. Cela crée des variations de couleurs, mais surtout de températures qui seraient rapidement insupportables à tout être humain. Du moins, peut-on le supposer, car le cas ne s'est jamais produit. Bien que sa gravité, sa période de rotation sur elle-même et son atmosphère soient proches de celles de la planète Terre, nul homme n'a jamais mis les pieds sur cette planète située aux confins de la galaxie la plus proche (soit à un peu moins d'un million de parsecs).

Bre est un Mhiithik. Il ne se soucie aucunement de ces variations thermiques. Originaire de cette planète, la sélection naturelle, universalité des mondes de la vie, lui a sculpté une anatomie totalement adaptée à son milieu. Il est le maillon final d'une évolution longue de milliards d'années. En haut de la chaîne alimentaire, il est un représentant de l'espèce la plus évoluée de son monde : l'équivalent de l'homme sur la Terre.

Bre vient de décider d'aller faire un tour hors de portée des sifflements de la fête à laquelle il participe. Il adore l'ambiance, mais il veut prendre l'air. Il aimerait atténuer les sensations hypnotiques du crésal. Il a sans doute un peu abusé...

Et puis, il y a cette jolie fille, elle a l'air un peu seule. S'il veut être à son mieux, il doit avoir toute sa tête.

Il battait la campagne, affrontant éléments et cieux obscurs

Portait secours aux veuves, aux orphelins et aux cœurs déjà mûrs.

Chevauchant son destrier flamboyant en cavalier accompli

Avec une intelligence rare, emportait tous les défis.

Hors de question, dans son état, d'utiliser son véhicule. Il veut juste s'aérer, se rafraîchir les idées. Il s'engage dans les buissons garnis d'immenses épines sans s'en soucier le moins du monde. Ses épaisses écailles le protègent totalement. Cette planète qui semblerait particulièrement inhospitalière, voire hostile, à bien des espèces est pour lui un jardin d'Eden.

De plus, à l'instant présent, il se sent vraiment bien. Reposé. Zen. Le crésal y a, sans doute, sa part de responsabilité...

Tiens! Un cavalinosaure de bonne taille vient se frotter contre Bre. Ces animaux, aussi doux qu'imposants, se nourrissent des buissons aux puissants piquants. Ils aiment la compagnie des Mhiithiks et les portent volontiers sur leur dos.

Maintenant, excepté pour le plaisir, plus personne n'utilise de cavalinosaures, bien trop lents. Pourtant, peu de gens le savent : de là vient l'appellation Chevalier, commune à tous les Mhiithiks.

Bre décide d'enfourcher l'animal, qui en trépigne de joie, pour continuer sa balade.

La chevauchée se fait à un train de sénateur. Ça tombe bien : Bre se sent l'âme bucolique et tient à profiter pleinement de l'instant présent.

Mais déjà, il stoppe brutalement son destrier. Il vient d'apercevoir quelque chose qui l'a intrigué. Il descend de sa monture et se dirige vers l'objet de sa curiosité, caché dans les fourrés. Il ne s'était pas trompé : une harandelle s'y trouve en difficulté. Deux épines de buisson emprisonnent une de ses ailes et la malheureuse bête n'arrive pas à se dégager. Bre, délicatement, brise les épines et libère la pauvresse. Il admire le magnifique animal et...

Lui brise le cou, puis l'avale tout rond.

Un pur instant de délice ! L'harandelle est un met rare, très prisé, mais difficile à attraper. Bre se félicite de la chance qu'il a eue.

Il régale sa monture des épines brisées, et en profite pour la congédier. Non, décidément, il a envie de marcher.

Il vient de préserver Guenièvre d'une destinée cruelle.
Esprit pur, il brûle d'un amour platonique pour la belle.
Sur sa Florissante, il offre à sa princesse d'être enlevée
Avec lui, elle est assurée de ne plus être paniquée.

Oui, quand il y repense, vraiment, cette petite est mignonne. Et puisqu'elle a l'air de s'ennuyer, il va s'en occuper dès son retour.

Plus doué dans le virtuel que dans le réel, Bre se met à rêvasser.

Il se voit enlevant sa belle sur un cavalinosaure, tandis que ses amis les applaudissent de leur trompe.

Il s'imagine commençant une belle histoire d'amour avec cette inconnue aux charmes si appétissants.

Il fantasme, tout en continuant à déambuler parmi les buissons griffus.

Quelques instants plus tard, tandis que deux minuscules soleils rouges sont apparus à l'horizon, le dernier rayon du soleil bleu accroche, un court instant, un reflet métallique. Si Bre l'a vu, il n'en modifie pas pour autant son cap. Les sensations procurées par le crésal ont maintenant totalement disparu, Bre profite de cette belle soirée.

Mais ces perfides Kahalamaars, êtres des plus malfaisants
Pour leurs jeux abjects, ont monté un méprisable guet-apens.
Par un stratagème haïssable, l'ont attiré dans leurs rets
Enfin, l'ont lâchement estourbi pour mieux pouvoir l'enlever.

Cette petite harandelle a aiguisé son appétit et il ne fait pas bon croiser un Mhiithik affamé.

La chance l'a quitté et il ne rencontre plus un seul animal. À défaut, mais non sans plaisir, il cueille quelques baies logées au plus profond des buissons et les déguste avec délectation. Elles sont protégées d'une coque épaisse. Ses puissantes mâchoires les croquent avec facilité et le jus aux saveurs douces et grisantes coule pour son plus grand plaisir dans sa gueule impressionnante.

Bien sûr, ce ne sera pas suffisant pour le rassasier...

Bre repart. Il marche lentement, humant de sa trompe les senteurs poivrées de la nuit tombante. Sans but précis, il marche pour retrouver des sensations primaires : rien de tel qu'une petite balade dans la nature pour se sentir en forme, faire le plein de vitalité et oublier les petits tracas du modernisme.

Comme tous ses congénères, Bre apprécie les bienfaits de la civilisation. Comme tous ses congénères, chaque fois que c'est possible, il fuit la ville, recherche les joies de la vie au grand air. L'éventualité d'une délicieuse harandelle est la cerise sur le gâteau...

Sur Omarh, la nuit est claire avec ses deux petits soleils, mais incomparable à l'intense luminosité dispensée par les éclatants soleils diurnes. Pour Bre, dont la vue est adaptée, il commence même à faire très sombre. Il décide de rebrousser chemin. Lors de son demi-tour, la découverte d'un objet de forme circulaire le surprend. Il l'identifie aussitôt. Ses deux cœurs s'emballent, il lui faut prendre la fuite. Trop tard. Une lourde torpeur l'envahit. Il sombre dans l'inconscience.

À son réveil, Preux le Premier se voit encagé dans l'arène
Le but de ses geôliers est évident, il le comprend sans peine.
Un sinistre combat contre le mal s'engagera dans l'heur'
On l'a choisi pour en devenir le héros, le gladiateur

Quand le Chevalier Bre reprend conscience, il sait où il se trouve. Il a été enlevé par ces dégénérés de Kahalamaars pour participer à leurs ridicules et sanguinaires jeux du cirque.

Ils l'ont enfermé dans une arène.

Il ne comprend pas trop pourquoi ces barbares sont revenus à la charge sur sa planète. Il y a longtemps qu'ils avaient abandonné l'idée de faire se battre les gens de son espèce.

Le hasard avait fait que le premier Mhiithik enlevé soit membre d'une confrérie végétalienne. Il n'avait donc pas bougé d'un tentacule quand l'animal qu'on lui avait opposé l'avait chargé, avec des intentions très nettement belliqueuses. Il aurait pu aisément tuer ce moustique ; il s'était contenté de faire le dos rond, sans bouger. La bestiole avait même fini par se blesser toute seule. Elle avait abandonné ses assauts. Les Kahalamaars avaient tenté de lui faire affronter d'autres espèces sans plus de succès et, probablement écœurés de tant de pacifisme, avaient fini par le renvoyer chez lui.

Tous les Mhiithiks furent informés de l'aventure, et ainsi était née la Consigne.

Depuis, tous les Chevaliers enlevés l'ont respectée : ils ont refusé de combattre et sont restés immobiles. Quasi indestructibles, ils se sont contentés d'attendre ou de maintenir leurs adversaires à distance, si ceux-ci semblaient trop agressifs. Tous finirent par être rapatriés sur Omarh.

Les Kahalamaars s'étaient lassés et les enlèvements avaient cessé.

Bre sait ce qu'il doit faire pour que les Kahalamaars le ramènent chez lui.

Et ce sera facile. Car si ces machins qu'ils ont décidé de lui opposer sont particulièrement répugnants – avec leur peau glabre, on dirait qu'ils vivent dépecés ! – ils sont minuscules. Un des deux respecte la Consigne : il reste inerte, roulé en boule. L'autre s'agite : Bre peut l'examiner à loisir.

Il n'a que quatre membres et se tient en équilibre sur deux ! Les deux autres ont des terminaisons bizarres... La tête, au-dessus, semble – et c'est à vomir – à demi dissociée du corps. Cette chose pèse probablement cent fois moins qu'un Mhiithik ordinaire. Facile, ça n'atteint même pas la taille d'une harandelle mâle. Il ne voit pas en quoi cette bête pourrait représenter un danger, d'autant qu'elle n'a même pas de carapace. Elle porte une fine protection plus ou moins moulante, couleur terre, qui ne peut en aucun cas la défendre de quoi que ce soit.

Bre pensait connaître toutes les espèces peuplant sa galaxie. Mais cet animal-là, il ne l'a encore jamais vu. Les Kahalamaars sont-ils capables d'aller recruter dans une autre galaxie? Dans ce cas, ce sont les premiers extragalactiques que Bre rencontre.

Il a, aussitôt, jugé son adversaire, une âme immonde :
Le sombre dragon exhale la haine et le mépris du monde.
Il crache le feu, effraie et menace tel un monstre hurleur,
De ces vaines provocations, Preux se gausse, il ignore la peur,

Quand les cages disparaissent, Bre reste immobile. On ne la lui fait pas, il connaît la Consigne. Son attention se focalise sur l'extragalactique qui ne la respecte pas.

Il aimerait savoir si la créature est un animal ou un être doué d'intelligence, de compréhension. Dans ce dernier cas, il pourrait essayer de faire comprendre à son vis-à-vis qu'il n'a aucune intention de rentrer dans le jeu des Kahalamaars. Sinon, après tout, moche ou non, un animal demeure un animal. Bre n'est aucunement végétalien, lui, et il a les estomacs dans les talons...

Certes, ces bestioles sont réellement repoussantes. Il s'agit juste d'un manque d'habitude. À bien y penser, certains crustacés que les Mhiithiks affectionnent n'ont pas un aspect très appétissant. Il y a même des régions où l'on mange les gasteropes! Et le summum : après les avoir cuisinés, on prend soin de les remettre dans leur coquille avant de les consommer!

Mais la Consigne, c'est la Consigne, alors Bre attend.

Il ne bouge pas et attend de voir la réaction de la bestiole. Sera-t-elle agressive? Cela paraît peu probable. Car après quelques instants de battement, celle-ci, plutôt à l'aise sur ses deux pattes, se contente de s'éloigner.

Et maintenant, elle s'amuse avec des bâtons! L'autre créature ne remue toujours pas.

Voilà qui est de bon augure. Les Kahalamaars vont être déçus et rapidement les renvoyer chez eux.

Bre continue de patienter. Le temps passe et commence à lui paraître long. Il a hâte de retourner sur sa planète : il meurt de faim.

Lui vient une idée. Afin de rentrer plus vite chez lui, il pourrait tenter de nouer le dialogue. De plus, quand il racontera à ses potes qu'il a parlé avec des extragalactiques, ils en auront la trompe qui tombe. Sans parler de la notoriété pour draguer. Il siffle :

« Je ne te veux aucun mal, me comprends-tu ? »

Le Chevalier Bre sera dorénavant le premier.

Hé oui, le premier à ne pas avoir respecté la Consigne !

De son côté, le petit animal a fait quelques pas en arrière, il a grimpé un court instant, puis est redescendu.

C'est bon signe : pas d'agressivité. Par contre, rien n'indique que cette réaction soit une preuve de compréhension.

Fait fi des effarantes fanfaronnades du fieffé fauve

Et refuse obstinément de combattre. Non pas qu'il se sauve !

Il voudrait juste que son pitoyable ennemi le comprenne :

Preux devra l'occire, il a pour devoir de protéger sa reine.

Le petit animal a repris son jeu avec ses bâtons.

La patience n'est pas le fort du Chevalier Bre le Premier (à ne pas avoir respecté la Consigne). Tous ses amis le lui disent : attention, ton manque de patience, un de ces quatre, va te jouer des tours.

Non seulement Bre est moins patient que ses congénères, mais probablement aussi est-il un peu moins malin, car il siffle à nouveau :

« Est-ce que tu me comprends ? »

La joie inonde Bre. Le petit animal a tenté de lui répondre. Une réponse totalement inintelligible, mais la tentative de dialogue paraît claire. Bre n'a cru comprendre qu'un seul mot dans ce galimatias : pomme. Il a constaté que la créature a fait un gros effort pour émettre ce sifflement poussif. Aussi, Bre, ayant définitivement rompu avec la Consigne, décide-t-il de se rapprocher. Il se met en marche lentement, voulant être certain qu'il n'y ait pas de méprise sur ses intentions.

Rendu à mi-chemin, il lui siffle, en se montrant de sa trompe :

« Je suis Bre. »

Puis en désignant la créature, toujours de sa trompe :

« Et toi, Pomme ? »

Et là, surprise, il voit l'entité débuter un mouvement circulaire. Bre suit ce mouvement. Il n'en croit pas ses yeux, même si c'est gauche. Il semble que si, lui, ne connaît rien de l'extragalactique, l'inverse ne soit pas vrai...

Bre a encore un doute. Il stoppe et, de nouveau, attend.

Le petit être a émis un léger bourdonnement – c'était à peine audible – et a été chercher son congénère. De nouveau, ils se sont immobilisés.

Bre répète :

« Est-ce que vous me comprenez ? »

Il se remémore, enfin, les recommandations, et décide que le mieux est de ne plus bouger. Les Kahalamaars vont se lasser et finir par les renvoyer sur leurs planètes d'origine.

Les deux... Euh... Les trois protagonistes restent, ainsi, figés.

Soudain, l'abominable dragon fond sur lui, tel un faucon.
Preux le gladiateur pare, sans frayeur ni aucune crainte.
Fort de sa petitesse, il use et abuse de belles feintes,
De subtilité, de grâce et de clémence, tel un vrai bon.

Soudain, une décharge électrique de haut voltage frappe le Chevalier Bre. Des réflexes ataviques millénaires prennent le commandement de son corps et le propulsent en avant. Toute sa puissance musculaire s'est mise, d'instinct, au service d'un départ fulgurant pour échapper au danger. La vitesse atteinte en moins d'une seconde est inouïe. Il va heurter ses compagnons d'infortune, mais dans un effort colossal, parvient à dévier sa course. Hélas, cette esquive de dernière seconde ne sert à rien. Une des créatures s'est soudain placée dans sa trajectoire. Bre réussit à ne pas l'embrocher sur une de ses griffes. Mais, déséquilibré, il ne peut éviter la collision avec la paroi. Il craint, malheureusement, de l'avoir blessée dans le choc. Elle est bloquée entre le mur et lui. Il va tenter de retirer ses griffes qui sont profondément ancrées dans les dalles, sans lui nuire plus encore. Il va lui falloir du temps pour se dégager.

Bre a bien compris que les Kahalamaars sont à l'origine de ce mauvais coup. Maudits soient-ils ! Il a peut-être blessé cette entité extragalactique. Que vont-ils penser maintenant ! Ils vont croire qu'il a cherché le combat.

Mais voici que l'autre extragalactique a réussi à se hisser à sa hauteur et vient de planter une griffe, que Bre n'avait pas vue jusqu'ici (l'être l'avait-il cachée ?) dans son orbite frontale. Il l'a enfoncé si vigoureusement qu'il semble que la griffe se soit détachée de son corps. Elle est restée coincée dans l'entrée de son orbite frontale.

Ah, mais là, ça change tout.

Le sort en est jeté.

Cette entité sait ce qu'elle fait.

Le monstre est redoutable. Preux se veut charitable,
Et d'esquive en esquive, Toujours sur le qui-vive,
Agile comme un chat, Refuse le combat.
Hélas, il est blessé Et se sent menacé.

Le Mhiithik se sent las : l'énergie nécessaire pour se libérer de la paroi, ajoutée à l'effort phénoménal déclenché par la décharge électrique, l'ont totalement affamé.

La petite créature qui était coincée sous lui continue à respecter la Consigne. Elle reste parfaitement inerte.

La décision de Bre est prise. D'un tentacule, il retire la griffe et se dirige vers l'autre extragalactique. Rien de plus aisé : celui-ci ne remue quasiment plus. Il semblerait qu'il veuille de nouveau jouer avec ses bâtons : il vient de lui en jeter un !

Le Chevalier Bre le Premier arrive maintenant tout près, il se baisse et entoure l'être de ses bras tentaculaires puissants, il fait jouer ses griffes et ouvre grand sa gueule...

Chevalier Bre Statisticien.

Né le 302ème jour après la dernière conjonction des quatre soleils.

Disparu depuis le 4ème jour après la dernière éclipse du soleil vert par le fuchsia.

Observation : enlevé par les Kahalamaars, premier et seul Mhiithik à n'être jamais revenu »

Bysk jubile. Il aime l'originalité de la présentation de cette chanson de geste. Elle correspond parfaitement à ses attentes. Il se félicite de s'être laissé tenter par cette machine et de lui avoir permis de choisir la chanson. Il se veut modeste, mais pense avoir deviné comment cette histoire va se terminer. Il écoute d'autant plus attentivement la suite du récit. Le ménestrel a pris un nouveau timbre de voix et affiché, sur son écran, l'image d'un Kahalamaar :

Du Chevalier...

« Sur la planète Vaulâyeu, les nouveaux organisateurs travaillent dans l'urgence : les jeux sont pour bientôt et ils n'ont toujours pas de gladiateurs. Habituellement, le vainqueur précédent se confronte à une nouvelle prise et les jeux sont assurés. Plus il gagne, plus la foule l'acclame : il devient un héros. S'il perd, le combat a été difficile et, donc... spectaculaire.

Il faut bien le dire, l'essentiel est que le sang coule...

Seulement voilà, plus de champion : les deux derniers gladiateurs se sont lamentablement entre-tués en quelques secondes. Le Suprême n'a pas apprécié de s'être déplacé pour si peu, la sanction est tombée... D'où leur fraîche nomination. Ils le savent, ils n'ont pas droit à l'erreur. Sinon leur sort sera identique.

Il battait...

Ils ont décidé de profiter de la dernière révolution technologique : le transport supraluminique.

Grâce à cette nouveauté, ils peuvent programmer des sondes pour aller «pêcher» dans une autre galaxie. Il faut s'y prendre à l'avance, car même avec une vitesse près de dix milliards de fois celle de la lumière, quelques heures sont nécessaires pour rejoindre la plus proche galaxie! Mais le plus long reste de trouver des gladiateurs. Il y a des centaines de milliards de planètes potentielles. Ils n'étaient pas peu fiers de cette idée, espérant des surprises et des nouveautés à la pelle. Alors, ils ont envoyé toute leur flotte vers la destination.

Mais...

Hélas, la galaxie choisie ne doit pas abriter autant de vies que la leur, car toutes les sondes sont revenues bredouilles. Une seule manque encore à l'appel. Les organisateurs espèrent que c'est le signe d'une prise, leur vœu le plus cher. Ils n'ont plus le temps de visiter une nouvelle galaxie, ils programment, donc, dans l'urgence, des navettes pour aller chasser au plus proche. Il leur faut des gladiateurs coûte que coûte. Ils n'ont pas envie de subir une Disgrâce du Suprême.

Il vient...

Les navettes ont toutes ramené leur contenu, en définitive pas grand-chose. Les deux organisateurs des jeux évaluent leurs prises. Pour la première fois, ils ont capturé des êtres extragalactiques. Ils n'ont que peu de données sur eux. Il semble que ce soit un couple. Cela devrait donner de la vaillance au mâle, mais il paraît bien frêle. C'est le problème avec ces sondes automatiques, les prises se font un peu au hasard.

Et, alors que tous les autres vaisseaux sont revenus vides, il faut justement que ce soit le seul programmé par erreur vers la planète des Mhiithiks qui ait attrapé quelque chose : un de ces dragons pacifiques!

L'espèce à laquelle appartient ce petit « Homme », comme il s'appelle lui-même, semble particulièrement belliqueuse. Reste que face à un Mhiithik... Il va falloir probablement faire preuve d'ingéniosité...

À son réveil...

Un bruissement de mécontentement a parcouru l'arène : le combat sera trop inégal. Aucun intérêt!

Plus grave : quelques spectateurs ont même fermé plusieurs de leurs ouvertures.

Les organisateurs des jeux se consultent. Il faut trouver un moyen de faire durer le combat. Ils n'ont pas envie d'être frappés d'une Disgrâce. Dans sa loge, le Suprême n'a pas bougé d'un orifice, mais il vaut mieux être prudent.

«Nous pourrions donner une arme et quelques indications à cette petite bestiole mâle», suggère l'un des organisateurs.

L'autre acquiesce.

«Je l'ai sondé pendant son sommeil pour déterminer de quelle arme nous pourrions l'équiper afin qu'il puisse se défendre sans pour autant prendre un avantage décisif. Pas évident. Il ne maîtrise le maniement que de deux types d'armes : une tout à fait primaire qu'il appelle "couteau" et une autre appelée "fusil" avec laquelle, sur un coup de chance, il pourrait tuer son adversaire du premier coup.

— Nous pourrions lui donner cette arme qu'il n'a jamais utilisée, mais dont il connaît le principe : "l'arc".

— Excellente idée, nous lui indiquerons que son adversaire a un point faible et... Que le Suprême nous soit clément...»

Il a, aussitôt...

Les deux gladiateurs s'observent. Logique. L'Homme femelle semble totalement absent. Mais les organisateurs ont consulté les archives. Ils sont inquiets. Aucun Mhiithik n'a jamais bougé quand il était dans l'arène! Tous les jeux auxquels on a tenté de les faire participer ont été des fiascos. Les deux Kahalamaars cherchent activement une solution.

Ah! La chance a tourné : contre toute attente, le dragon s'est manifesté! Il a émis un sifflement épouvantable. Pas mal impressionnant. La foule, attentive, retient son souffle.

Le dragon a, de nouveau, sifflé horriblement. Et le petit extragalactique a tenté d'impressionner le monstre en faisant de même. Ils se provoquent. C'est bon, ça.

Le combat va commencer : le dragon vient de commencer à se déplacer.

Que la petite bestiole se sauve sans arrêt n'est pas illogique. Mais ce dragon devient insupportable : bien que très nettement supérieur à son adversaire, il n'attaque pas. Il se contente de striduler effroyablement. Il s'est approché de sa future victime, et maintenant ne bouge plus. Il reste planté là, comme pétrifié, tel que décrit dans les archives.

Les organisateurs sont catastrophés. Ils étaient persuadés que le combat était lancé. Et là, les gladiateurs s'observent, depuis trop longtemps, sans faire le moindre mouvement...

Le Suprême a fermé un de ses orifices ! Il n'y a plus de temps à perdre. Ces bestioles se sont suffisamment jaugées. Le combat doit débuter. Sinon, la Disgrâce peut tomber à tout moment. Il faut prendre une décision. Un des organisateurs propose d'envoyer une décharge électrique à l'endroit où se trouve le dragon.

Le résultat est au-delà de toute espérance. Cette décharge a survolté le dragon. Il s'est rué sur le couple. Ces monstres sont surprenants de puissance. Celui-ci a chargé avec une telle fougue qu'il a fini sa course en heurtant le mur. Il semble y être coincé... La femelle a été aplatie entre le monstre et la paroi. Il serait surprenant qu'elle ait survécu à un tel choc.

Le petit mâle a su esquiver, mais cette charge violente semble l'avoir boosté. Il ne se sauve plus. Il a profité de l'immobilisation du dragon pour grimper à sa hauteur et tente de le blesser avec une des armes fournies ! C'est à mourir de rire.

L'Homme est tombé ! Il semble blessé, il se traîne, maintenant, péniblement.

Ah, enfin du spectacle.

Le dragon s'est libéré !

La foule se trémousse de plaisir. Le monstre va faire jaillir le sang. Mais cette petite bestiole se défend bien, malgré l'inutilité évidente de ses efforts. C'est vraiment trop drôle. Une véritable corrida.

Le Suprême a rouvert son orifice. Ouf, les organisateurs sont soulagés. Sur Vaulâyeu, des jeux ratés sont synonymes de Disgrâce. De précédents organisateurs en ont été victimes. Ils avaient mis en affrontement deux animaux qui avaient refusé de se battre ! Quelle humiliation. Il avait fallu les renvoyer sur leur planète d'origine. Que voulez-vous faire de deux bestioles pacifiques ? Quant aux organisateurs, ils avaient été frappés d'une telle Disgrâce du Suprême que même leurs petits-enfants en subissent encore la honte. »

Le ménestrel fait une longue pause. Il affiche de nouveau l'image du militaire en treillis et reprend, avec le timbre de voix du premier récit :

« ... Alors, le dragon ouvre une gueule ressemblant à s'y méprendre à celle d'une murène géante.

Mais ! Il veut me bouffer, a juste le temps de penser le Première Classe Perreux, avant de hurler :

« Tu digéreras ça d'abord ! »

Il vient d'attraper sa dernière flèche et de la planter vigoureusement dans la gueule béante.

Le sang gicle aussitôt.

Le monstre siffle horriblement.

Ses tentacules commencent à battre l'air en tous sens.

Malgré la douleur paralysant sa jambe, Perreux rampe le plus rapidement possible hors de portée des membres devenus fous.

Il glousse sadiquement en regardant les soubresauts du dragon.

C'est tellement inattendu, tellement inespéré.

La bête s'écroule bientôt, puis, petit à petit, meurt, tandis que Perreux l'insulte copieusement et lui souhaite un :

« Crève, charogne ! »

Le Suprême vire à l'écarlate. Tous ses orifices bâillent largement. Sa joie est extrême. La foule délire littéralement. Tous les spectateurs sautillent sur place.

Les organisateurs se congratulent. Ils avaient imaginé une petite boucherie : le dragon mettant en pièces cette ridicule bestiole. Jamais ils n'auraient espéré un tel rebondissement. Le Médaillon, la plus haute distinction du Suprême de la planète, est à eux.

Ce petit animal garantit l'avenir. Ils vont le remettre d'aplomb et lui trouver d'autres adversaires. Les prochains jeux sont assurés. Ils regardent l'homme. Celui-ci invective sa victime.

Oui, décidément, voilà une bonne recrue, pense l'un des organisateurs.

Et surtout, ils ont noté les coordonnées terrestres, ils vont pouvoir envoyer d'autres sondes...

Un soleil fuchsia, celui autour duquel tourne la planète de Bre, pointe à l'horizon. Les deux petits soleils rouges se chevauchent maintenant au zénith.

La fête bat toujours son plein. Avec les vapeurs du crésal, personne n'a noté la disparition de Bre.

Nul ne s'inquiète : il y a tellement longtemps que toute forme de violence a disparu de cette planète ! La petite mignonne qu'avait remarquée Bre se fait courtiser par un autre Chevalier...

Quelques convives prennent congé. Ils se dirigent vers leurs hôtes. Ils avancent lentement. Leurs yeux, très enfoncés, sont invisibles de l'extérieur. Deux écailles latérales les protègent de l'agressivité des lumières solaires.

Elles n'offrent qu'un angle de vision restreint et leur imposent de toujours s'orienter vers ce qu'ils regardent.

Arrivés près de leurs amis, ils leur sifflent une amabilité style :

« Bonsoir, amis Chevaliers. Cette soirée était particulièrement réussie ! Nous nous sommes amusés comme des fous. Hélas, nous devons vous quitter, car Perlinpinpin travaille demain. Au plaisir de vous recevoir à notre tour... »

Ensuite, ils les remercient en décrivant un cercle autour d'eux, marquent un arrêt, puis reprennent leur rotation, coutume très précise et millénaire chez les Chevaliers ; les protagonistes effectuent la figure sans se quitter du regard et, donc, se font toujours face.

Enfin, ils embrassent leurs amis, en enfonçant vigoureusement la griffe de leur trompe dans la fente articulée qui orne le front de leur espèce. Cet orifice a cette seule utilité.

Leurs hôtes leur répondent en agitant leurs griffes : signe de protection, et ouvrent largement leur gueule : signe de paix et de confiance, car c'est le seul point faible de leur incroyable carapace... »

Le ménestrel laisse quelques instants à son client pour digérer cette chute. Il miaule sur un ton servile :

« Nous espérons que cette geste et son histoire vous ont été plaisantes. Puis-je vous aider en quelque chose ? »

Bysk réfléchit quelques instants avant de demander quelques précisions. Il essaie de prendre la machine en défaut, mais celle-ci satisfait à toutes ses questions. Sans hésitation. À court d'idées, il la congédie.

« Merci, mon bon seigneur », salue-t-elle avant de s'éloigner, probablement à la recherche d'un autre amateur.

Maintenant, Bysk a encore plus de doutes. Ce récit serait historique ? Il n'y croit guère. C'est tellement abracadabrant.

D'un autre côté, il serait surprenant que les programmeurs de ménestrels aient le droit d'inventer pareille histoire et de la déclarer pour vraie ! Certes, il lui suffit de regarder autour de lui pour voir la diversité de la foule. Mais le voyage supraluminique ! Plus vite que la lumière ! N'importe quoi ! Et cette monstruosité extragalactique incroyable, c'est vraiment trop. Et pourquoi pas, une seule patte et un seul tentacule... Bysk termine son cocktail au crésal. D'un tentacule, il repose le contenant, tout en se grattant une écaille avec sa griffe de trompe.

Il sourit intérieurement : cette présentation inversée, vue de cette supposée vilaine petite bête, il fallait oser. Mais seulement deux pattes, deux tentacules bizarres... Même pas de carapace ! Et cette violence... Ah oui, vraiment, ce ménestrel lui a raconté une histoire un peu trop fantaisiste. Il va devoir en parler au Conseil. Certains Chevaliers programmeurs vont avoir des comptes à rendre.

Bon, ce n'est pas le tout, mais il a un astrojet à prendre.

Remerciements :

Un grand merci à Marie, Marc des champs, Jean-Claude, Béa, Gilles, Yo, Marc des villes, Annie, Nico, Amaury, Josette et à ma maman, mes plus fidèles lecteurs et relecteurs.

FIVE
O'CLOCK
TEA

Marlène Charine aime écrire autant que lire, les pays nordiques, le chocolat (surtout le noir), les primevères sauvages, débattre du meilleur super-pouvoir avec ses lutins, la course à pied, les t-shirts avec des licornes dessus, le thé vert, tous les genres de la SFFF (avec une préférence pour le fantastique), le terme « mais » (qui lui sert souvent parce qu'elle balance toujours entre deux idées) et les parenthèses.

Par contre, elle n'aime pas trop rédiger de biographies. Si ces quelques lignes vous ont malgré tout intrigué, vous pourrez en apprendre plus sur elle directement sur son site (www.marlenecharine.com) ou en lisant ses récits déjà publiés.

Bibliographie :

Le projet Alice (roman), éditions Numeriklivres (2017)
Tombent les anges (roman), éditions Numeriklivres, (2017)
Effet papillon, Revue Gandahar n°9 (2017)
Le chant des fées, anthologie « Entre rêves et irréalité »,
éditions Arkuiris (2017)
Sous la peau, anthologie « Malpertuis VIII »,
éditions Malpertuis (2017)
La couleur des mots, anthologie « Blessures »,
éditions Flammèche (2017)
Deux pour un, revue Etherval n°9 (2016)
De l'autre côté de la porte, anthologie « Moisson d'épouvante 3 »,
éditions Dreampress (2016)
Le nom des gens, anthologie « Vents contraires et autres histoires d'air », éditions RROYZZ (2016)
Au-delà du Val sombre,
Revue Gandahar spécial Aventuriales 2016
Le club des montagnards pâtissiers cynophiles,
anthologie « Malpertuis VII »,
éditions Malpertuis (2016)

FIVE O'CLOCK TEA

MARLÈNE CHARINE

J 14

Cinq heures de l'après-midi. Assis sur sa couchette étroite, Oliver décomptait les coups d'un clocher invisible depuis la fenêtre. Entre le quatrième et le cinquième, un homme pénétra dans l'antichambre. Ponctuel, comme la veille. Depuis sa partie de la pièce, Oliver le dévisagea, incertain. Il se leva, autant pour soulager ses jambes nerveuses que sa curiosité. De l'autre côté de l'épaisse paroi vitrée qui les séparait, l'homme déposa un plateau sur une affreuse table basse en fer forgé, tira sur les plis de son pantalon puis s'assit.

« Vous prendrez un peu de thé ? »

Oliver se rapprocha tout en se concentrant pour retrouver son nom. Il se souvint qu'il s'était présenté la veille. Le jour d'avant aussi, à bien y réfléchir. Mais rien à faire : cette information semblait s'être perdue dans les méandres de son esprit.

« Volontiers, Monsieur… ?

— Gardener, répondit l'autre avec un franc sourire. Mais appelez-moi donc Thomas.

— Enchanté, Thomas. Je suis navré, j'ai les idées un peu embrouillées.

— Pas de soucis. Du sucre ? »

Il refusa sucre et lait et s'installa en face de l'homme en chemise bleue, le temps qu'il soulève la théière et verse deux portions de liquide fumant. L'interstice dans le mur transparent était juste assez large pour laisser passer la tasse en porcelaine fine. Oliver s'en saisit de ses mains maladroites et admira un instant les entrelacs de fleurs qui la décoraient. Du joli travail. Bien loin de ces énormes mugs au goût douteux qu'affectionnent les jeunes d'aujourd'hui, songea-t-il.

De part et d'autre de la cloison, les deux hommes sirotèrent quelques gorgées en silence. Avant de reprendre la parole, Thomas croisa les jambes et déposa un stylo-bille en travers du dossier placé sur la table. Un support en carton renforcé, sur lequel était agrafée une feuille. Hormis la mention « J 14 », elle était vierge.

« Ça ne vous dérange pas de reprendre depuis le début ? », demanda Thomas de son air toujours affable.

Oliver en était encore à s'interroger sur la signification de ce chiffre. Quatorze jours ? À dater de quand, ou de quoi ? Il fronça les sourcils, tenta de trouver une explication logique. Comme aucune ne lui apparaissait, il secoua la tête à deux reprises, une fois pour évacuer cette énigme, puis une autre pour signaler à son interlocuteur que cela ne le dérangeait pas. De toute manière, il ignorait ce qu'il souhaitait recommencer.

« Votre nom ?

— Oliver Bushby.

— Votre âge ?

— Quarante-deux ans.

— Nationalité ?

— Je suis un bon citoyen de Sa Majesté la reine d'Angleterre », dit-il en levant sa tasse de thé en guise de toast.

Gardener sourit à sa boutade, griffonna quelques mots sur son papier, puis reprit :

« Statut marital ?

— Je suis… veuf. »

La réponse était lente, presque indécise. Thomas releva la tête pour le regarder par-dessus ses lunettes.

« Vous m'en voyez désolé. Comment s'appelait votre épouse ?

— Margaret. Mais tout le monde l'appelait Maggie.

— Et de quoi est-elle décédée ? »

Oliver se mordit la lèvre inférieure, puis aspira une nouvelle gorgée de thé pour donner le change. Il avait beau se creuser les méninges, rien ne venait. Maggie était morte, l'ambulance était venue chercher sa dépouille et il y avait eu ce bruit incessant, comme une plainte… Quelque chose d'agaçant, qui lui limait encore les nerfs. Une sirène, peut-être ? Suite à un accident de la route ? Probable, mais pas sûr.

« Désolé, mais je n'en ai aucune idée. Tout est si embrouillé dans mon esprit…

— Ce n'est pas grave, Oliver. Vous vous trouvez ici pour parvenir à clarifier tout cela. Et mon rôle consiste à vous y aider. Vous progressez à grands pas, je vous assure.

— Vraiment ? Je… »

Il fixa sa tasse vide. Que voulait-il dire, déjà ? Ses doigts se crispèrent autour des charmantes fleurs peintes à la main. Il lui suffirait de serrer à peine plus fort pour que la porcelaine explose en mille morceaux.

« Encore un peu de thé ? »

Après quelques inspirations saccadées, il détendit ses phalanges et accepta l'offre. Même si un étrange frisson lui traversait l'échine de part en part, accompagné d'une vision, comme un flash répété en boucle. Oliver s'y voyait jeter sa tasse par l'ouverture, tenter d'agripper Thomas par la chemise, son corps écrasé contre la paroi vitrée et secoué par une furie sans nom. Il cligna des yeux pour effacer cette effroyable image.

« Tout va bien, Oliver ?

— Oui, je… Je me sens juste un peu bizarre.

— Alors allongez-vous un moment, lui suggéra-t-il. Ça va vite passer. Nous nous revoyons demain, d'accord ?

— Avec plaisir. »

Thomas prit congé et il s'empressa de suivre son conseil. Sa couchette l'accueillit en douceur, agréable à ses membres courbaturés et perclus de crampes. Avant de sombrer, il trouva à peine le temps de se demander à quoi servaient les lanières qui pendaient, inutiles, de part et d'autre du matelas.

*

La vue depuis sa fenêtre n'offrait rien de trépidant. Un bâtiment d'une affreuse modernité coupait une douce colline boisée. Oliver s'y était posté en entendant sonner quatre heures et depuis, il n'avait pas constaté le moindre signe de vie, hormis quelques vols de corbeaux. Le bloc de béton qui lui faisait face était dénué d'ouvertures, en tout cas de ce côté-là, et aucune indication ne l'ornait. Dommage. Il aurait bien voulu savoir où il se trouvait. Cette question le tarabustait depuis la veille, et il envisageait de la poser à ce bon monsieur Gardener. Il sourit, fier de s'être souvenu de son nom. Ça n'avait pas été chose facile, mais en le répétant sans relâche, il y était parvenu.

Thomas fit justement son apparition dans l'espèce de vestibule qui jouxtait sa chambre. Pile à l'heure, comme d'habitude.

« Bonjour, Thomas ! », s'écria-t-il.

Son expression ravie le remplit de satisfaction. Un peu comme un gamin qui se ferait féliciter pour une mention très bien. Puéril, mais ô combien agréable.

« Hé bien, Oliver, vous m'avez l'air en forme, aujourd'hui ?

— Je me sens très bien, en effet. De mieux en mieux, dirais-je. Même si après vos visites, j'ai tendance à être fatigué. À croire que vous droguez mon thé ! »

Thomas ouvrit de grands yeux avant de laisser échapper un rire un rien forcé.

« Quelle drôle d'idée ! Gâcher un si bon Earl Grey tiendrait du sacrilège !

— Oh, vous savez, l'Earl Grey n'a jamais été mon favori. Celui-là se laisse boire, mais je préfère… Oh, quelle variété, déjà ? »

Il pesta intérieurement, sentant sa pensée se dissoudre à la manière d'un cube de sucre dans de l'eau bouillante. Thomas marqua un geste rassurant de la main.

« Vous me tiendrez au courant sitôt que vous vous en souviendrez. Mais jusque-là, il faudra vous contenter de ce mélange, j'en ai peur.

« — Ça pourrait être pire. Vous pourriez m'obliger à boire du café tiré au percolateur.

— Grands dieux, je ne suis pas un tortionnaire! Bien, Oliver, et si nous reprenions? Au vu de nos dernières séances, je crois qu'il est inutile que je vous pose les questions de base. Nous en étions restés à Margaret, aux circonstances de son décès. D'autres détails ont-ils refait surface? »

Oliver s'octroya quelques gorgées de thé, le temps de réfléchir.

« Rien de plus que ce que je vous ai confié jusque-là. L'ambulance, ce bruit…

— La sirène?

— Non, il s'agissait d'autre chose. Un cri, je crois. Sans doute notre voisine de palier. Madame Dobson a toujours eu les nerfs fragiles. »

Thomas hocha la tête d'un air convenu, lui laissant le loisir de développer. Après quelques secondes de silence, Oliver posa sa tasse sur le sol à ses côtés, puis observa à la ronde le décor dépouillé et fonctionnel de sa chambre. Trois murs nus, l'un flanqué de la couchette, le deuxième percé d'une petite fenêtre. Et cette fameuse paroi vitrée qui coupait la pièce en deux et le séparait de son interlocuteur.

« C'est étrange en fait. Je me souviens de milliers de détails du passé, mais à partir d'un certain stade, ma mémoire joue à cache-cache. C'est déstabilisant. Je ne sais plus… Pourquoi suis-je ici, Thomas? Quel est cet endroit, un asile psychiatrique? Vous êtes médecin?

— En quelque sorte, répondit l'autre avec un sourire apaisant. Nous sommes là pour travailler ensemble, de manière à combler vos lacunes mémorielles. Vous progressez à merveille, Oliver, je peux vous l'assurer. »

Oliver eut envie de protester, de demander pour quelle raison on le maintenait enfermé dans une chambre de douze mètres carrés aux allures de cage de zoo. Pourquoi il dormait le plus clair de son temps, mis à part ces séances de thé de cinq heures et des deux repas journaliers. D'où lui venaient ces flashs terribles, visions cauchemardesques pleines de violence, qui hantaient son sommeil. Mais l'attitude rassurante de Thomas le calma, et il finit par prendre une nouvelle gorgée de thé.

« Vous aviez des enfants ?

— Hélas non. Ça n'a pas été faute d'essayer. La cinquième fausse couche a eu des conséquences désastreuses. Maggie n'aurait pas supporté une autre tentative et je préférais garder la femme de ma vie… en vie.

— Je n'en doute pas. Vous me parliez d'une tranche de votre existence dont vous auriez de la peine à vous rappeler. Pourriez-vous la situer ?

— Hé bien… mes souvenirs reprennent ici même, il y a quelques jours. Bien que les détails demeurent flous. Oh, il y avait un chiffre, sur votre carnet. Le quatorze. »

Thomas leva un sourcil, l'air amusé. Il lui montra son dossier où figurait le dix-neuf.

« Bien vu. Ça remonte donc à cinq jours. La dernière chose claire qui vous reste en mémoire, avant ?

— Je ne sais pas trop, dit Oliver avec un haussement d'épaules. La routine. Si, attendez : nous avions prévu de partir en vacances. Un beau voyage en Thaïlande.

— Mhm, superbe, cocotiers et sable blanc… Vous y êtes allés ?

— Non. Tout était organisé, les billets achetés, mais le vol a été annulé. J'ignore pour quelle raison. Ensuite, c'est le black-out.

— Ne vous torturez pas l'esprit. Nous en resterons là pour aujourd'hui. Je peux reprendre votre tasse ? »

Oliver la lui tendit via le guichet de la paroi transparente. Avec un brin de fierté enfantine : pour la première fois, il en avait bu le contenu sans en renverser une goutte.

« Je pensais amener des scones, demain, ça vous dirait ?

— Pour être honnête, je préférerais un sandwich au roast-beef. »

Thomas le considéra un instant, tête penchée. Puis il prit congé et disparut. Immobile au milieu de sa chambre, Oliver resta à se demander si son expression n'était pas un peu teintée de découragement.

*

Les trois verrous bloquant l'accès de l'aile ouest dûment refermés, Thomas se dirigea vers la salle de débriefing hebdomadaire. Sur le chemin, il passa aux toilettes, se lava longuement les mains, puis ôta ses lunettes et se massa l'arête du nez. C'est dans cette position peu avantageuse que Basinio le débusqua. Impeccable dans sa blouse d'un blanc immaculé, l'Italien considéra la chemise froissée et le visage dégoulinant de son collègue avec un sourire narquois.

« Alors, fini de s'amuser à la dînette pour ce soir ? »

Thomas ravala une réplique bien sentie. Il arracha un coupon de papier au distributeur, s'essuya soigneusement avant de le tordre en boule et de le jeter à la poubelle. Il répondit avec calme :

« Chacun ses jouets. Comment se portent vos souris ?

— Mes rats, cher ami. Leur appétit décroît de jour en jour. Pouvez-vous en dire autant de votre cobaye ?

— Il retrouve à chaque séance un peu plus de civilité. C'est le but de l'exercice, après tout. Et qu'y a-t-il de plus civilisé au monde qu'un véritable five o'clock tea, servi dans les règles de l'art, et partagé en bonne compagnie ?

— Vous autres anglais êtes vraiment absurdes, railla Basinio. Aucun sens des réalités. Vous rêvez de guérir plutôt que d'utiliser vos connaissances dans le but de prévenir.

— Je sais que selon vous, je devrais l'exécuter. Un comportement abject, surtout s'il doit s'appliquer à des centaines de milliers de sujets. Vous y avez déjà songé ?

— N'essayez pas de me faire passer pour un monstre, Gardener, rétorqua l'Italien. Ou regardez-vous dans le miroir. Si vous êtes aussi humain que vous le prétendez, pourquoi l'obliger à repenser à ce qui est arrivé à sa femme ? »

Basinio sortit de la salle d'eau d'un pas rageur. C'est donc plus pour lui-même que Thomas murmura en réponse :

« Parce qu'il lui faudra bien en passer par là. »

*

J 24

Le sourire aux lèvres, Oliver huma le parfum délicat qui s'échappait de sa tasse. Fini l'arôme désagréable de la bergamote.

« Ce Darjeeling touche à la perfection, Thomas. Merci pour cette charmante attention.

— Tout le plaisir est pour moi, Oliver.

— Non, vraiment. C'est à croire que vous l'avez acheté dans la boutique de thé de mon quartier. D'ailleurs, sommes-nous toujours à Londres, ou dans ses environs ?

— Pas du tout, répondit Gardener de but en blanc. Nous nous trouvons tout à l'est des Wales. St David's, vous connaissez ? »

Les yeux d'Oliver s'élargirent sous le coup de la surprise. Pourquoi un endroit aussi loin de tout ? Il s'aperçut également que c'était la première fois que son interlocuteur lui livrait des informations concrètes. L'occasion d'en obtenir plus, peut-être ? Il se racla la gorge et demanda, l'air de rien :

« Et ce bâtiment…

— Un centre de recherche. Construit dans l'urgence, d'où les courants d'air et la faible isolation.

— Ça me semble quand même solide. »

Oliver avait tenté d'alléger l'ambiance, mais la réponse le glaça.

« C'était d'une absolue nécessité. »

Les deux hommes se dévisagèrent un moment en silence. Quelques gouttes de sueur froide s'écoulèrent le long de l'échine d'Oliver, sous son pyjama en épaisse cotonnade beige. L'attitude directe de Gardener, si inédite, le mettait mal à l'aise. L'homme ôta ses lunettes, se massa le front, les tempes.

« Pourquoi n'avez-vous pas pu partir en Thaïlande, Oliver ? »

Surpris par ce changement de sujet, Oliver attendit quelques secondes pour bafouiller :

« L'avion… Le vol a été annulé.

— Pourquoi?

— Je ne sais plus.

— Réfléchissez donc!», s'écria-t-il en se levant.

Stupéfait, Oliver regarda son confident jeter ses lunettes sur la table basse, puis faire les cent pas derrière la vitre, les mains pressées sur son crâne.

«Jour vingt-quatre, tonna-t-il en désignant son dossier à pince. Nous n'avons plus le temps de tergiverser, Oliver. Plus le temps! Alors, pour l'amour de Dieu, remuez-vous et réfléchissez!

— Mais je… Vous me répétez sans cesse que je progresse, lâcha Oliver d'une voix plaintive.

— Certes, admit l'autre avec un soupir. Mais pas assez vite.»

L'air complètement démoralisé, il se rassit sur sa chaise. Oliver regarda autour de lui, incertain, puis ferma les yeux de manière à se concentrer au mieux.

«Nous nous trouvions à l'aéroport quand l'annonce a été faite, finit-il par murmurer. Maggie était tellement déçue… Elle se réjouissait tant de ces vacances, une manière de tourner la page. J'ai essayé d'obtenir des informations au guichet, histoire de connaître la cause de l'annulation, mais j'ai été refoulé comme un malpropre. C'est là que…

— Que quoi? encouragea Thomas, penché en direction de la paroi qui les séparait.

— Que tout est devenu incompréhensible.»

Oliver pressa ses paupières pour s'immerger dans ses souvenirs.

«Je ne me souviens que de bribes. Les gens se sont mis à courir en tout sens. La police hurlait des ordres contradictoires, quitter l'aéroport, se réfugier dans le terminal B… J'ai pris Maggie par la main et l'ai tirée en direction du parking. Je me revois dans la voiture, démarrer sur les chapeaux de roues… Maggie s'inquiétait. Pas à cause de tout ce délire que nous venions de fuir. Mon amour de petite femme se faisait du souci parce que je saignais.

— Pour quelle raison?

— Un homme, vers les taxis. Un Asiatique, je crois. Il m'a mordu. Ce dingue m'a mordu ! Pourtant, je ne comptais pas lui piquer sa place…

— Comment est morte Margaret, Oliver ?

— Je… Je n'en sais rien, bon sang !

— Quand est-elle décédée ? Combien de jours après les événements de l'aéroport ? »

Une bulle de ressentiment gonfla lentement dans la poitrine d'Oliver. Trop de pression, trop de questions dérangeantes, trop de manœuvres incompréhensibles… Il se dressa, balança sa tasse encore à moitié pleine par terre et hurla :

« Cessez de me torturer, espèce de salopard ! Libérez-moi, à présent, ou allez vous faire mettre ! »

Il se rua contre la vitre et y abattit ses poings. La surface transparente rebondit à peine sous ses coups. Thomas ne trembla pas. Il se releva avec calme, le regard bas. Près de la sortie, il appuya sur un interrupteur. Une sonnerie retentit, désagréable et répétitive, jusqu'à ce qu'un jet de vapeur jaillisse dans la moitié de la pièce où se trouvait Oliver. Sa fureur douchée, celui-ci resta immobile, les mains à plat contre la paroi. Étrange pantomime qui finit par se résigner et rejoindre sa couchette. Il tourna à peine la tête au son de la porte qui s'ouvrait.

« On enregistre l'échec ? demanda une voix féminine depuis le couloir.

— Non, répondit celle de Thomas, laconique. Laissez-moi aller jusqu'à la fin du temps imparti. »

*

J 28

Une odeur réveilla Oliver. Un parfum fort, entêtant. Son estomac se tordit d'envie. Il ouvrit les yeux et sursauta, sa tête se renfonçant dans son oreiller.

Thomas était assis à quelques centimètres de son lit. Plus de paroi de séparation, plus d'isolement physique. Son thérapeute était si proche qu'il aurait pu le toucher, lui serrer la main… Si ses poignets n'avaient pas été entravés. Déboussolé, il tira sur les liens souples, mais résistants.

« Simple mesure de précaution. Hormis des sédatifs, aucun traitement ne vous a été administré depuis notre dernière entrevue, il y a quatre jours. »

Quatre jours ? Oliver n'aurait pas soupçonné qu'un aussi long laps de temps se fût écoulé. Les calmants avaient dû l'abrutir. Mais pourquoi était-il courbaturé à ce point ?

« Jour vingt-huit, donc ?

— Exact. Le dernier jour de l'étude. Pas plus de quatre semaines, c'était la règle. Passé ce délai, il y a un effet d'accoutumance à la médication qui entraîne une régression des sujets. S'ajoutent à cela des problèmes de logistique… mais je ne voudrais pas vous embêter avec ces histoires.

— J'ai l'impression de vous avoir déçu. J'en suis désolé.

— Vous n'y êtes pour rien. J'ai voulu tenter une approche différente, mettre au point une méthode curative plutôt que de me lancer dans la course au vaccin. Jusqu'ici, hélas, les essais n'ont pas donné raison à mes espoirs philanthropiques. »

Yeux clos, Oliver laissa ses visions erratiques submerger son esprit. Certaines le firent frémir d'effroi, d'autres de plaisir. Lorsqu'il rouvrit les paupières, il demanda d'une voix mesurée :

« La morsure… Je suis devenu une sorte de zombie, c'est ça ?

— Vous avez été infecté par un virus qui ne porte pas encore de nom officiel. En quelques jours, celui-ci vous a ôté tout sens de l'humanité, vous rabaissant au niveau de l'animal sauvage. Tout comme quarante pour cent de la population mondiale.

— Dieu tout puissant…

— Dieu ne nous est pas venu en aide, rétorqua Thomas, amer. Il a juste permis à une fraction d'entre nous de se réfugier dans des lieux sûrs, loin de nos anciens amis, collègues ou parents transformés en bêtes enragées. Avec la responsabilité de décider de leur sort.

« — Et malgré vos efforts, vous n'êtes pas parvenu à me ramener au niveau d'être humain.

— En partie. Le traitement médicamenteux donne de très bons résultats. Dès les premiers jours, on constate une amélioration de la motricité générale, de l'élocution, ainsi qu'une diminution de la pilosité et une décontraction musculaire. En l'associant à une thérapie comportementale, on récupère en moins de deux semaines un sens social chez le sujet. Plus précisément, vous avez réussi à tenir votre tasse sans tout renverser à Jour huit, et vous avez cessé de me la balancer en pleine figure à Jour douze.

— Le thé faisait donc partie de la palette de soins ?

— À plus d'un titre. Votre tasse était toujours tapissée de calmants. Au cas où. »

Les deux hommes se sourirent, un sourire las et empli de mélancolie. Puis Oliver laissa échapper un petit rire fluet.

« J'en boirais bien un, d'ailleurs…

— J'espérais que vous me le demanderiez », répondit Thomas.

Il se leva pour aller chercher un plateau chargé de l'habituelle théière et d'une assiette débordante de pâtisseries parfumées. En se contorsionnant, Oliver parvint à porter sa tasse à ses lèvres. Le liquide était encore brûlant.

« Darjeeling. La meilleure qualité que j'aie pu trouver dans ce trou perdu.

— Votre prévenance me touche, Thomas. »

Le thérapeute répondit d'un hochement de tête poli. Sa main survola le plat, puis s'arrêta sur un biscuit en pâte feuilletée. En le voyant le déguster, Oliver se surprit à se sentir affamé. Pourtant, l'odeur des pâtisseries l'écœurait. Il se concentra sur son thé, sur toutes les discussions partagées au-dessus de ce breuvage au cours des derniers jours.

« Maggie, finit-il par murmurer, les yeux humides. C'est moi qui l'ai tuée, n'est-ce pas ?

— J'en suis navré.

— Et le son dérangeant dont je me souvenais… Mes propres hurlements. »

Un silence, puis Oliver poursuivit :

« Pourquoi souhaitiez-vous que je me remémore ce point précis ?

— Parfois, revivre et analyser un traumatisme permet d'avancer de manière surprenante. J'espérais débloquer certains mécanismes de pensée.

— Je vois. »

Il s'écoula une longue minute avant qu'Oliver ne reprenne la parole. Une larme glissa le long de sa joue hirsute et s'arrêta juste au-dessus de ses lèvres, qui se retroussèrent dans un rictus dément.

« Je crois que je sais tout, à présent. Je me souviens de chaque instant. Mais il vaudrait mieux que vous sortiez, Thomas. Votre odeur corporelle… Elle m'ouvre l'appétit. Je m'en voudrais de vous sauter à la gorge, surtout après tous les moments agréables que nous avons vécus ensemble. Je préférerais que nous nous quittions en de bons termes.

— Ne vous en faites pas, Oliver. Votre tasse était truffée de pentobarbital. Vous devriez bientôt vous sentir partir pour de bon. »

Le soupir d'Oliver se mua en sanglot nerveux. Après un effort visible pour reprendre contenance, il murmura :

« Ce fut un plaisir, Docteur Gardener. Je vous souhaite bonne chance pour la suite de vos travaux… »

Thomas attendit quelques instants, puis se leva, entre harassement et dépit. Il se rapprocha du sujet, lui referma les paupières.

« Le plaisir était partagé, cher Monsieur Bushby. »

Puis il appuya sur l'interphone et se tourna vers la caméra dissimulée dans le faux plafond. Une voix féminine lui répondit aussitôt.

« J'envoie l'équipe de nettoyage, Tom ?

— Non, laissez-moi une minute. Par contre, est-ce que les gars du maintien logistique ont pu me fournir un autre sujet ? J'aimerais tester une nouvelle approche, plus directe.

— Vous avez votre gusse, mais je vous avertis : c'est pas beau à voir. On commence tout de suite avec le traitement de base ?

— Volontiers, Jenny. Adaptez les doses selon sa corpulence actuelle. J'arrive dans un instant. »

Il revint au centre de la pièce, jeta un dernier regard au corps sans vie abandonné sur la couchette. Puis il empila la vaisselle sur le plateau et chuchota pour lui seul :

« Et j'amène le thé. »

PAS DE QUOI
FOUETTER
UN CHAT

L'univers de **Jean-Marc Sire** est un joyeux mélange de science-fiction, d'histoires surréalistes, de fantasy déjantée et de carnets de voyage. En 2013, il publie sa première nouvelle dans Lanfeust Mag et depuis il fréquente régulièrement les sommaires d'anthologies ou de webzines.
En 2017, Il est lauréat du prix Alain le Bussy et en 2016 du concours de nouvelles organisé par l'association de la 71eme Dimension.

Ses dernières publications en date :

À portée de toutes les bourses, Anthologie « L'art de séduire », éditions Arkuiris (2017)
Un cadeau pour Rebecca, Anthologie « Les OGM et après… », éditions Arkuiris (2017)
Comme les rois-mages…, Anthologie « Animaux Fabuleux », éditions Sombres Rets (2017)
Un bonheur partagé, Anthologie « Les yeux du tueur », éditions L'Ivre-Book (2017)
Tant que ça reste en famille…, Revue « Ténèbres » n°10, Éditions Dreampress (2017)
Going to Dartmoor (Carnet de voyage sur Plymouth & le parc national de Dartmoor), (2017)

PAS DE QUOI FOUETTER UN CHAT

JEAN-MARC SIRE

Par la fenêtre de sa chambre, Alexander observait la pluie de septembre s'abattre sans discontinuer sur son jardin. Trois jours d'absence, en soi ce n'était pas dramatique, mais ce satané chat disparaissait rarement aussi longtemps. Alexander soupira en se disant que le mieux était de prendre son mal en patience et d'attendre encore une journée ou deux avant de se lancer à sa recherche. Une disette de quelques jours ne pouvait de toute façon pas faire de mal à cet animal grassouillet, et son estomac finirait inévitablement par le ramener vers la maison.

*

Dès qu'il ouvrit la boîte aux lettres, une grande enveloppe en papier kraft attira son attention. Une main maladroite y avait écrit au feutre bleu « à l'attention de M. Marble », accompagné dans le coin supérieur gauche d'un « URGEN » souligné deux fois. Le visage d'Alexander blanchit quand il prit connaissance du singulier message formé par des lettres maladroitement collées au dos d'un prospectus pour la location de shampouineuses à moquette : *« Si tu veu revoir ton chat vivant suivre instruction. Police = couic. Consulter message sous pot du jardin (le vert) »*. Certes l'orthographe semblait un peu approximative, la syntaxe également, mais le message était explicite. Un long post-scriptum manuscrit venait ensuite préciser que le message émanait d'un groupuscule anarchiste indépendant, le « G.N.O.M.E. », et qu'ils n'étaient pas dupes, qu'ils surveillaient tous les faits et gestes d'Alexander, et qu'ils ne rigolaient pas. Pour preuve, les deux griffes coupées à la patte arrière droite de leur prisonnier et jointes au courrier. Une dernière phrase écrite à l'encre rouge lui suggérait de prendre contact le plus rapidement possible avec sa banque, afin de préparer 300 francs en petites coupures de 5, 10 et 20.

Alexander se demanda qui pouvait bien avoir encore besoin de francs en 2017 et si cette lettre n'était pas seulement une mauvaise blague. Mais les deux griffes glissées dans l'enveloppe lui laissaient la désagréable impression que cette histoire était peut-être plus sérieuse qu'elle n'en avait l'air. Son anxiété augmenta encore lorsqu'il trouva une feuille pliée en quatre cachée sous un des pots du jardin. Il jeta un regard inquiet autour de lui et rentra précipitamment se réfugier dans sa maison.

*

Assis dans son sofa, une tasse de thé posée devant lui, Alexander essayait de retrouver son calme. Il y avait eu enlèvement, certes, des griffes envoyées comme preuves irréfutables et cette injonction de ne pas prévenir la police, mais en même temps, qui souhaitait réellement courir le risque de passer pour un crétin en prétendant que le groupe activiste « G.N.O.M.E. » venait d'enlever son chat ? Et la somme réclamée était tellement ridicule…

Le contenu du second message vint renforcer ses doutes. On lui demandait de déposer le soir même la boîte de croquettes du chat dans un coin abandonné du jardin et de préparer les 300 francs pour le jour d'après. L'échange proprement dit aurait lieu sur la rive gauche du bassin à poissons rouges, à 23H45. Il était précisé de se présenter seul, sans armes et que le signe de reconnaissance serait un bonnet rouge. Une phrase soulignée à la règle précisait également que si les croquettes n'étaient pas mises à disposition en temps et en heure, la rançon pourrait fortement augmenter, au vu des quantités astronomiques de nourriture que son chat ingurgitait. Une longue tirade hystérico-lyrique concluait la lettre en s'insurgeant contre son manque de responsabilité envers son animal et la nécessité vitale de le mettre au régime.

Il restait à Alexander un peu de monnaie et quelques billets qu'il glissa dans une enveloppe. C'en était fait pour la rançon et tant pis si elle était en euros. Dans un des cartons du grenier, il réussit à dégoter un bonnet de père Noël au revers de fourrure blanche et à la pointe terminée par une clochette dorée. Il rassembla le tout sur le buffet du salon, avec une boîte de croquettes à moitié vide.

À la tombée de la nuit, Alexander déposa la nourriture à l'endroit indiqué avant de regagner rapidement son salon. Par l'entrebâillement des volets, il aperçut une petite silhouette rondouillarde sortir en catimini des buissons pour venir s'emparer de la boîte de croquettes. Le gnome disparut aussi rapidement qu'il était apparu, portant le paquet à bout de bras au-dessus de sa tête.

Passée la surprise de voir un si étrange personnage se promener en toute impunité dans son jardin, Alexander eut soudain le sentiment que la situation n'était peut-être pas aussi critique qu'elle le paraissait. Il retourna farfouiller dans son grenier pour en extirper une grande épuisette.

*

Arrivé en avance sur le lieu du rendez-vous, Alexander patientait, l'enveloppe bien en évidence dans sa main gauche, le bonnet rouge enfoncé sur sa tête et l'épuisette déposée sur le sol à ses pieds. La pluie avait cessé et la lune montante brillait avec suffisamment d'intensité pour éclairer le jardin.

À l'heure dite, un gros carton émergea de sous la haie de thuyas. Un gnome peinait à le faire glisser sur le sol, obligé de soulever et de tirer l'encombrant paquet pour lui faire passer les creux et les bosses du terrain. Une suite continue de miaulements et de feulements provenaient du carton. Par instants, on pouvait même apercevoir des griffes acérées transpercer les fragiles parois avant de se rétracter. Après cinq bonnes minutes d'effort, le paquet fut enfin amené à destination, à proximité du bassin à poissons rouges. Le petit personnage barbu et rondouillard en profita pour reprendre son souffle, essuyer avec son bonnet la sueur qui coulait sur son front et glisser sa longue barbe blanche dans la ceinture de son pantalon.

« Oui, je sais, commença le gnome d'une voix agacée, j'ai un peu de retard, mais votre chat est vraiment très lourd et... »

... avant que l'épuisette ne s'abatte sur lui.

*

Une grosse pierre posée sur le manche de l'épuisette maintenait le gnome captif. Ses tentatives pour déchirer l'épais fil de nylon s'avérèrent vaines, ainsi que ses efforts désespérés pour essayer de soulever l'armature métallique.

Alexander passa un long moment à observer l'étrange petit bonhomme qu'il venait de capturer. Il avait toujours considéré les gnomes comme des statues en plâtre destinées à décorer les jardins des personnes âgées, mais ce spécimen-là semblait bien vivant et passablement mécontent de sa présente situation, même s'il restait étrangement calme. Alexander contourna l'épuisette à distance respectable – il gardait en tête le vague souvenir d'un lutin capable de vous enchanter en vous touchant du bout de son doigt – pour se diriger vers le carton où se trouvait emprisonné son chat. Le gnome le suivait du regard, le visage soudain fendu d'un sourire radieux. À l'énoncé de son nom, le chat se mit à ronronner et à miauler d'une petite voix suppliante. Alexander s'accroupit pour entreprendre d'arracher les bandes de scotch qui maintenaient l'animal prisonnier.

« Si j'étais vous, siffla le gnome, et si j'avais une once de compassion pour ce stupide animal, je crois que je n'ouvrirais pas cette boîte. Enfin, si vous voulez le récupérer vivant. »

Alexander arrêta ses mains à une distance raisonnable du carton. Il reconsidéra l'ensemble de la situation avant de risquer une question :

« Et qu'est-ce qui pourrait bien justifier que je n'aie pas simplement à arracher ces bandes de scotch pour récupérer mon chat... avant de le glisser dans l'épuisette pour que vous puissiez vous expliquer ensemble sur ce regrettable malentendu ?

306

— Disons que ce n'est peut-être pas qu'un simple carton ! exulta le gnome avec un large sourire. C'est une boîte de Schrödinger ! »

Interdit, Alexander regarda le paquet ceinturé de bandes autocollantes.

« Ça ressemble quand même drôlement à un carton d'emballage un peu usé...

— Parce que vous en avez déjà vu beaucoup, vous, des boîtes de Schrödinger ?

— Jamais.

— Ben voilà...

— Et en quoi le fait de sortir mon chat de ce carton pourrait le tuer ?

— C'est toujours le même problème dans les villes de province, soupira le gnome, donnez-moi deux secondes... »

Le gnome sortit un smartphone de la poche de sa salopette et actionna une des molettes situées sur le dessus de l'appareil. Une bande de papier défila sous une ouverture rectangulaire découpée dans le boîtier avant de s'arrêter sur la page wikignomia dédiée à Erwin Schrödinger. Un petit croquis explicatif montrait un chat enfermé dans une boîte à côté d'un système d'engrenage assez complexe relié à un marteau suspendu au-dessus d'une fiole en verre.

« Bon, là c'est le concept de base, expliqua le gnome d'un ton un peu condescendant. Un truc tout compliqué basé sur la désintégration d'un atome d'un élément radioactif, mais j'ai réussi à créer un enchantement qui reprend grosso modo le même principe et qui entraîne systématiquement la mort du chat dès qu'il quitte le carton. Ça reste encore un peu expérimental comme sortilège, mais croyez-moi, il y a quand même beaucoup de chance qu'il n'ait même pas le temps de sauter en dehors de la boîte avant de passer l'arme à gauche...

— Excusez-moi, l'interrompit Alexander, soudainement intrigué par l'étrange appareil que tenait le gnome. Vous faites comment pour lancer vos recherches ? »

Il s'approcha prudemment pour mieux observer l'image imprimée sur le rouleau de papier.

« C'est un peu particulier comme technologie, c'est un papier psychosensible. Il suffit de se concentrer sur un sujet précis et de tourner les molettes pour faire défiler la bande de papier. La technologie embarquée crée un lien entre vos influx nerveux et les bases de données internet et elle les matérialise sur l'espace de la page. Bien sûr, il faut laisser un peu de temps au contenu pour s'afficher et pas tourner les molettes comme un bourrin... mais dans l'ensemble, c'est assez rapide et pertinent.

— Très intéressant, avoua Alexander en s'asseyant sur la pelouse pour mieux observer l'étrange appareil.

— Après, on a une large gamme de boîtiers, en bois de ronce ou en plaquage de bouleau. Il y a même des coques en peau de lapin, mais bon, ça coûte une blinde, la fourrure. Là, ce que vous voyez c'est le modèle de base en noisetier, avec trois couches de vernis. Je trouve que ça reste quand même classe.

— Ça vous ennuie si je le prends quelques minutes pour le regarder ?

— Non, du tout...

— Miaaaou ?

— Attend un peu Melchior, j'arrive...

— Je vous le passe sous le filet. »

Alexander souleva légèrement le cercle métallique de l'épuisette et récupéra l'étrange et pourtant si familier appareil. Pas peu fier de voir son jouet technologique susciter autant de curiosité, le gnome s'approcha et tendit son bras entre les mailles du filet pour désigner les commandes de base de son appareil. Sur le dessus de la coque, un panneau en bois coulissait pour créer une fenêtre de lecture. De part et d'autre du boîtier, deux cylindres accueillaient le ruban sensitif. Les molettes permettaient de le faire glisser de droite à gauche ou inversement.

Alexander fit défiler le papier avec précaution. Les pages web s'affichaient devant ses yeux, s'adaptant au fil de ses pensées.

« Honnêtement, je suis bluffé. Vous faites comment pour avoir du réseau ?

— Quand il y a un MacDo on s'arrange avec, avoua le gnome en ricanant, sinon on squatte un peu les bandes passantes du voisinage...

— C'est vrai que le grain du bois est très fin et très agréable, et pas trop lourd en fin de compte. Sans vouloir être indiscret, vous l'avez payé combien ? »

Alexander glissa l'appareil sous le filet de l'épuisette, pour le rendre à son propriétaire.

« Pour l'instant, on est sur une production allemande, donc le coût est encore un peu élevé. Mais le produit commence à être de plus en plus populaire, alors on va certainement le délocaliser au Groenland si le niveau de commande se maintient. Ce modèle-là vaut environ dans les 150 francs. »

Pendant que son chat se débattait en miaulant et en écharpant les parois de sa boîte, Alexander compta les billets et les pièces contenues dans son enveloppe.

« Et contre 50 euros... vous seriez prêt à me le vendre ? C'est beaucoup plus que 150 francs ! »

Le gnome, les mains posées sur les mailles en nylon du filet, observait d'un air calculateur les quatre billets et les pièces jaunes entassés dans la main d'Alexander.

« Pourquoi pas... »

Il sortit à nouveau son smartphone, le glissa sous le cercle métallique de l'épuisette et récupéra l'argent en échange, recomptant pour s'assurer du montant.

Alexandre n'arrêtait pas de jouer avec les molettes, stupéfait par la pertinence des résultats qui s'affichaient sur la bande de papier.

« Et si j'étais intéressé pour en acheter une plus grande quantité, vous pourriez m'en vendre combien ?

— Il faudrait que je contacte mon fournisseur, mais comme ça, à vue d'œil, je dirais qu'il en construit une petite cinquantaine par semaine. Et bien sûr, dans le cas d'une grosse commande, on pourrait même envisager une légère ristourne sur le prix.

— Super, répondit Alexandre en soulevant l'épuisette pour libérer le gnome. Et si on partait sur une première commande de quarante téléphones ?

— Aucun problème. »

Ils se serrèrent la main pour finaliser l'accord.

« Et pour mon chat... on fait comment ? »

Le gnome lissa sa longue barbe blanche en considérant le carton, l'air soudainement embarrassé. Il s'approcha de la boîte pour lui mettre un bon coup de pied, libérant toute une salve de feulements et de crachats.

« Voilà, l'enchantement est maintenant normalement annulé, mais comme je vous l'ai dit, c'est un sortilège un peu expérimental… le mieux c'est peut-être de le laisser dans sa boîte, le temps que je fasse quelques vérifications.

— Pas de problème. Je vais le garder enfermé pour l'instant. De toute façon, je risque d'être pas mal occupé dans les semaines à venir, ça m'évitera de passer mon temps à lui courir après. »

Alexander se leva pour aller prendre le carton et le glisser son bras. L'épuisette dans son autre main, il regarda l'étrange petit bonhomme le saluer avant de disparaître derrière la haie de thuyas. Le chat s'excitait comme une bête folle enfermée dans une cage, miaulant et se jetant contre les parois.

« Du calme, Melchior, il va falloir rester bien gentiment dans ta boîte, parce que, si je t'ouvre, tu risques de mourir. Tu comprends ? »

*

On venait de sonner à la porte d'entrée et Alexander réalisa qu'il avait complètement oublié la visite de son ex. Il quitta l'interface de gestion de son site marchand et ferma son ordinateur. La porte à peine entrouverte, la tornade rousse qui n'arrêtait pas de faire le yo-yo dans sa vie retrouvait ses aises et ses habitudes. Un trench-coat et un sac besace jetés sur le fauteuil de l'entrée, de hautes bottes à lacets retirées d'un mouvement de main et abandonnées nonchalamment sur le sol. La silhouette menue habillée d'une robe noire imprimée de fleurs multicolores se faufila entre les cartons qui encombraient la pièce pour venir s'installer confortablement sur le sofa du salon.

« Je veux bien un truc chaud à boire. Il fait un temps de merde en ce moment ! »

Dans la cuisine, Alexander mit de l'eau à chauffer. Il prépara deux mugs, avec un morceau de sucre et un sachet de bergamote dans chaque. Il ajouta un soupçon de Cachaça avant de verser l'eau bouillante. Eleanora patientait en parcourant le salon du regard.

« C'est de plus en plus le foutoir chez toi ? Tu collectionnes les caisses d'emballages maintenant ?

— J'ai été pas mal occupé ces derniers mois...

— Je vois, en effet. »

Alexander déposa les deux mugs fumants sur la table basse du salon avant de s'asseoir à l'extrémité opposée du sofa.

« Et donc, tu voulais absolument me voir pour quoi ? »

Eleanora s'adossa confortablement au dossier du sofa, les jambes en tailleur, le mug enserré dans ses longs doigts fins, calé contre le bas de son ventre.

« En fait, j'aurais un service à te demander...

— La dernière fois qu'on s'est vus, l'interrompit Alexander, je me suis réveillé seul au petit matin dans mon lit, avec un simple SMS pour m'avertir que tu partais pour Fuerteventura rejoindre un de tes amis qui venait d'ouvrir un bar de plage.

— C'était juste un ami et il cherchait des serveuses...

— Je crois que c'est ça le problème : tu as trop d'amis. »

Eleanora aperçut une présence blanche qui soupirait, blottie en rond dans une des innombrables boîtes qui encombraient la pièce. Basculé sur le côté, le carton était fermé par un morceau de grillage fermement retenu par du scotch. Une couverture polaire occupait le bas du carton et on avait placé une gamelle généreusement pourvue en croquettes dans un des coins.

« Je vois que tu as gardé mon chat au final. Il est de plus en plus gros, non ? Mais pourquoi tu l'enfermes dans un vieux carton ?

— C'est un peu long à expliquer, mais crois-moi, il est bien mieux comme ça. Si tu m'expliquais ce que tu veux au lieu de tourner autour du pot... »

Eleanora se pencha nonchalamment en direction d'Alexander.

« J'ai su que tu avais mis au point un nouveau type de smartphone et il paraît que ça fait un malheur ! La liste d'attente est "in-ter-mi-na-ble" et j'ai deux amies qui m'ont demandé, comme je te connaissais, si je ne pouvais pas leur en avoir un plus rapidement.

— Deux amies "i" "e" ?

— Fais pas ton imbécile... oui, deux filles et elles connaissent pas mal de monde. Si j'arrive à me mettre bien avec elles, elles pourraient peut-être me renvoyer la balle. Pour être franche, je galère un peu en ce moment et j'aurais vraiment besoin d'un coup de main... »

Mine de rien, Eleanora venait de réduire de moitié la distance qui les séparait sur le sofa. Le chat s'était retourné dans son carton, enfouissant sa tête sous ses pattes. Il y avait dans l'air un parfum oppressant de cannelle... et des coups tapés avec insistance contre la vitre de la porte-fenêtre du salon. Un petit bonhomme rondouillard coiffé d'un bonnet rouge leur faisait signe de la main pour attirer leur attention. Alexander se leva précipitamment pour aller lui ouvrir.

Le gnome franchit d'un bond allègre le pas de la porte et salua Eleanora d'une révérence de son bonnet.

« M'dame. »

D'un long sifflement strident, il signifia à la bande qui l'accompagnait de s'avancer pour venir déposer leurs lourds cartons dans le salon.

« Mettez-les où vous trouverez de la place », commença Alexander en essayant de trouver une zone un peu moins encombrée. Il finit par désigner la pièce exiguë des toilettes. « En attendant, vous pouvez en entasser là. Je m'en débrouillerai après. »

Leurs colis déposés, les gnomes s'empressèrent de ressortir en saluant Eleanora d'un rapide « M'dame ». Il ne resta bientôt plus dans la pièce que le petit bonhomme rondouillard en train de recompter la liasse de billets qu'Alexander venait de lui donner.

« Impeccable, sourit le gnome en rangeant l'argent dans la poche de sa salopette. Donc, même chose pour la semaine prochaine ?

— Pareil. Et si vous avez un peu plus de coques en peau de lapin, je veux bien.

— Pas de problème. Si ça vous intéresse, en ce moment, j'ai aussi de la taupe, du ragondin et peut-être même de l'écureuil, mais je dois confirmer. De toute façon, je vous mettrai un petit assortiment pour que vous puissiez tester auprès de vos clients. »

Il envoya à Alexander un clin d'œil appuyé :

« Je vois que vous êtes occupé, je ne vous dérange pas plus... à la semaine prochaine ! »

Alexander referma la porte-fenêtre. Déjà il essayait de trouver la façon dont-il allait pouvoir expliquer tout cela à Eleanora... quand il la vit paralysée, le regard effrayé, serrant dans ses mains tremblantes le corps inerte de Melchior.

« Il a... il a... haleta Eleanora. J'ai juste voulu le prendre pour le caresser et quand je l'ai sorti de sa caisse il s'est mis à ronronner avant de devenir tout raide ! On dirait qu'il est... »

Alexander prit une profonde inspiration avant de soupirer avec fatalisme. Déjà, en temps normal, Eleanora était difficile à gérer, mais si elle basculait en mode panique, la situation pouvait devenir apocalyptique.

« Ne t'inquiète pas, je vais t'aider pour tes amies et ce n'est pas ta faute, d'accord ? Alors, même si c'est la première fois que tu tues un chat, ne te mets pas à pleurer ou à hurler ou à ameuter toute la terre entière... Repose-le tranquillement dans son carton et je vais tout t'expliquer ! Schrödinger, ça te dit quelque chose ? »

*

Base souterraine du G.N.O.M.E.
Théodorus Leafbroom remontait en trottinant le tunnel principal qui menait au centre de commandement. Il avait hâte d'aller faire son compte-rendu. À deux journées de la fin de la ligue nationale de bûcheronnage, le match de ce soir était déjà décisif. Si le Gnome Stadium Club l'emportait, mathématiquement il serait sacré champion 2017. La cantine avait été réquisitionnée pour l'occasion et au moins trois barils de cidre remontés des caves attendaient d'être percés pour fêter la victoire ! Théodorus accéléra encore pour passer rapidement devant un tunnel secondaire qui avait mauvaise réputation. Sur sa droite se profilait une succession de portes en bois. Il

continua jusqu'à la troisième et s'engouffra sans prendre la peine de frapper dans le bureau de son responsable de district. Taillée à même la roche, la pièce avait une forme vaguement rectangulaire. Un large écran plat occupait presque tout le mur de gauche et à l'autre extrémité de la salle, un gnome au crâne dégarni glandouillait avachi dans son fauteuil en cuir, les pieds posés sur son bureau, occupé à zapper les chaînes avec sa télécommande. Théodorus s'avança pour déposer une liasse de billets sur le bureau :

« Ça n'a pas encore commencé, j'espère ?

— On a le droit à une demi-heure de pub avant le match, c'est insupportable », s'énerva Léopold Thibodeau, avant de prendre conscience de la pile de billets qui venait d'apparaître devant ses pieds.

Il se redressa avec un sifflement d'admiration.

« Douze douzaines de téléphones à 42,50 euros pièce, soit 6120 euros. Un joli pactole et apparemment mon client n'arrête pas de recevoir des tonnes de commandes ! On a encore une sacrée progression devant nous.

— Honnêtement, Théodorus, je suis impressionné. Si on continue comme ça, il va falloir qu'on double le nombre de nos chaînes de production ! Si seulement tout pouvait fonctionner aussi bien, on ne peut malheureusement pas en dire autant de notre business avec les chats...

— Oui, c'est désolant. On dirait que les gens profitent du fait qu'on les enlève pour s'en débarrasser. Dans l'entrepôt, ils n'arrivent même plus à trouver de la place pour ranger les cartons. En plus, ça nous coûte un bras en nourriture et ça sent la pisse dans tout l'étage !

— Il faut impérativement qu'on passe à la phase 2, s'énerva Léopold en frappant du poing sur son bureau. On a voulu bien faire en commençant par s'entraîner sur des chats, mais au final, je pense qu'on a manqué d'ambition. »

Il sortit une grande carte d'un de ses tiroirs et la déroula sur toute la largeur de son bureau. Il déposa une canette de bière à chaque coin pour l'empêcher de se replier et de son gros doigt poilu, il désigna la multitude de petits points jaunes qui constellaient la carte.

« Des petits vieux à foison, plein, partout. Je ne sais pas ce qu'ils ont en ce moment les humains, mais on dirait qu'ils n'arrivent plus à mourir. Nous avons étendu nos tunnels pour avoir des points d'accès aux principaux trajets vers les salles des fêtes et les cabinets médicaux. Il ne nous reste plus qu'à attendre la livraison de cartons dans la bonne taille et on va pouvoir passer à la vitesse supérieure !

— En plus, réfléchit Théodorus, on pourra toujours leur donner à manger des croquettes, histoire de finir notre stock.

— Bonne idée, ça augmentera notre rentabilité. Par contre, tu as pu vérifier que l'annulation du sort fonctionnait ? Il ne faut pas commettre d'impair. Dès que les familles auront raqué, il faut leur refiler leurs vieux sains et saufs. »

Une immense clameur résonna dans les couloirs souterrains du centre de commandement. On entendait monter des appels de cornes de brume et les bruits stridents de sifflets.

« Hé, hé ! Je crois que ça vient juste de commencer ! s'exclama Théodorus. Je vais aller rejoindre les autres dans la cantine ! Pour le sortilège, aucun problème, je viens encore de voir le gros chat blanc chez notre client. Quand j'ai quitté sa maison, une folle hystérique était en train de le sortir de sa boîte pour le patouiller et il ronronnait comme un poêle à bois. Je pense qu'on maîtrise tous les paramètres maintenant... On réglera les derniers détails demain ! »

Pendant que Léopold Thibodeau s'installait confortablement dans son fauteuil en montant le son de la télé et en décapsulant une de ses canettes de bière, Théodorus s'éclipsa en dévalant les couloirs à toute vitesse. Si le GSC remportait la coupe ce soir, la troisième mi-temps risquait d'être sacrément arrosée. Il faudrait peut-être penser à faire une coque de smartphone avec l'écusson du club pour marquer l'événement. Ça serait drôlement classe !